La Parade.

LE SALTIMBANQUE

PAR CLÉMENCE ROBERT.

PROLOGUE.

Près de la place Bellecour, à Lyon, dans une rue étroite et sombre, était une vieille maison lézardée, croulante, et habitée seulement par de pauvres ouvriers.

Au cinquième étage, une chambre isolée des autres logements présentait un de ces pâles et froids tableaux de misère qui blessent rarement les regards et attristent peu le spectacle du monde, cachés qu'ils sont sous les toits des masures.

Dans cette chambre, le papier et le plâtre, tombés l'un après l'autre des murs, laissaient voir la pierre nue; les meubles, vendus un à un pour fournir le pain de quelques jours, avaient, en sortant, jeté sur le plancher le peu d'objets qu'ils contenaient : des haillons, des outils abandonnés, des ustensiles de ménage et de vieilles pipes qui avaient servi dans de meilleurs jours.

Il était sept heures du soir; le soleil oblique du couchant, donnant sur la fenêtre et traversant un châssis de papier, décrivait seulement une ligne de lumière trouble et pâle au milieu de la chambre.

Dans une des parties obscures était un grabat formé d'une paillasse dont la toile usée dispersait autour d'elle des brins de paille. Là gisait une femme arrivée au dernier période de la maladie. Elle était âgée de trente-six ans; mais la misère lui avait fait un visage de soixante ans, et la mort allait bientôt effacer cette dernière trace.

De l'autre côté, dans l'ombre, se tenait un petit garçon de sept ans, roux, hâve, chétif, à peine vêtu de lambeaux; sa taille grêle avait déjà pris de défectueux contours; ses membres débiles avaient un tremblement semblable à celui de la vieillesse. Tranquille par faiblesse, il demeurait accroupi par terre, où il était censé qu'il jouait. Mais l'enfant apportait beaucoup de mollesse dans son amusement : il laissait échapper les oreilles du chat de ses dolentes mains, et il interrompait toutes ses agaceries à la complaisante bête par un long bâillement, et ces mots fort à son usage :

— J'ai faim.

Cet accent piteux interrompait seul le silence à l'intérieur; mais, au loin, un roulement continuel de bruits confus annonçait une grande rumeur dans l'étendue de la ville. C'était la fête du roi, une des dernières qui se célébraient pour Charles X. On entendait le canon de réjouissance, le branle des cloches, le passage des cavaliers de gendarmerie, le bourdonnement de la foule appelée par les jeux publics, dont la place Bellecour était un des principaux théâtres.

Il y avait là surtout une troupe de saltimbanques dont les fanfares perçaient l'air de leurs sons aigres de cymbales et de trompettes.

La malade s'affaissait sur le bord de sa couche; une de ses mains était restée inerte sur un escabeau où elle venait de poser une écuelle d'eau dont les gouttes ne pouvaient plus passer; mais, à chaque coup de la musique que faisait retentir la troupe ambulante, elle avait un tressaillement douloureux mêlé d'une espèce de terreur.

Cependant le petit garçon, devenu plus impatient, formulait sa demande d'un morceau de pain par des cris larmoyants.

— Joue, petit... amuse-toi... lui dit sa mère.

— J'ai faim! répondit-il.

— Ton père va rentrer... il t'apportera à manger.

A quoi l'enfant répondit également :

— J'ai faim!

La mère, rappelant un peu de force, s'accouda sur le grabat, releva douloureusement sa tête entourée d'un mouchoir et de cheveux gris épars, où pendaient des brins de paille de la couche.

— Viens ici, garçon, dit-elle, nous causerons ensemble... comme de grandes personnes... cela fera passer le temps.

Le marmot avança en se dandinant.

— Ecoute, dit la mère en passant la main dans ces petits cheveux jaunes qu'elle trouvait encore du bonheur à toucher, écoute.... Un jour, tu ne me verras plus ici.... je t'aurai quitté.... parce je que serai morte...

— Dans bien longtemps?

— Oui, dans bien longtemps. (Elle sentait qu'elle ne passerait pas la nuit.) Tu connais bien Loyasse (1) cette montagne avec de belles tombes et de grands arbres... c'est là où on me portera.... Te regarderas bien la place où on me mettra.

— Dans bien longtemps?

— Oui... tu feras une croix à cette place pour la reconnaître... Comme je ne serai plus là pour te nourrir, ton père t'enverra demander l'aumône.... Va te mettre à la porte du cimetière... ça ne te fait rien, là ou ailleurs... au contraire, la place est bonne... Quand les riches sortent de cet endroit, il paraît que ça les fait songer au grand compte à rendre, et ils donnent beaucoup aux pauvres... Et moi, il me semble que je pourrai encore veiller sur toi!...

L'enfant regardait à la porte pour savoir si son père ne venait pas.

— Ensuite, continuait la mourante, quand tu auras fait ta journée... tu iras dans les champs voisins, tu ramasseras des marguerites ou des veilleuses... selon la saison .. et tu les poseras sur cette place où tu auras fait une croix, en pensant à ta pauvre mère.... N'est-ce pas, ami, que tu feras cela?

— J'ai faim! cria l'enfant en portant ses deux poings dans ses cheveux roux.

— Je te dis que ton père va venir, répéta la mère avec une ineffable complaisance, mais en sentant son cœur se déchirer.

(1) Cimetière de Lyon.

Cette fois ce n'était pas une vaine espérance; la porte s'ouvrit et Pierre Guérin entra.

Il était sans chapeau, sans souliers, vêtu d'une blouse bleue veinée de blanc, souillée de boue, déchirée; son front montrait une large meurtrissure et sa joue une écorchure qui saignait encore. Il portait sous son bras gauche un pain long et un saucisson, et sa main droite, posée sur les comestibles, les soutenait, ou plutôt les caressait amoureusement.

— J'apporte du régal, dit-il; quel dommage, ma pauvre Jeanne, que tu ne puisses y goûter!

— Donne vite à manger au petit.

Le pain de quatre livres était déjà rompu; le père mordait à même dans la miche, et l'enfant en tenait un morceau aussi gros que lui.

— Tu as été à la distribution de vivres qui se fait à la fête? dit Jeanne à son mari.

— Et tu as pris le dîner du roi pour nous l'apporter, dit le marmot, à qui l'esprit revenait en mangeant.

— Si vous saviez que de monde il y avait autour de la baraque au jambon et au cervelas!... Il m'en a coûté de fameux horions pour attraper celui-ci!.... mais c'est égal, j'ai eu le dessus... Quel malheur, Jeanne, répéta-t-il, que tu ne puisses en profiter!

— C'est égal, je sais que vous mangez, je suis contente, répondit-elle d'une voix pleine de larmes.

Le rayon de soleil mesuré par une étroite fenêtre avait bientôt disparu; l'ombre du soir régnait dans le galetas, et le bruit des dents broyant activement les croûtes s'y faisait seul entendre.

— Il fait nuit, dit la mourante,... Que c'est triste la nuit... surtout quand on va y entrer pour toujours!

— Pauvre Jeanne!

— En tout temps j'ai eu peur de l'obscurité.... Tiens, Pierre, tu me croiras si tu veux, mais ce qui m'a le plus chagriné dans notre misère, c'est de n'avoir plus un bout de chandelle à allumer le soir.... Que les riches sont heureux! dès que le jour s'en va, ils en font un autre avec des flambeaux; il n'y a jamais de nuit pour eux!... En ce moment, par exemple, si je pouvais vous voir tous deux... vous voir manger!... il ne me manquerait plus rien.

Comme elle disait cela, heureux hasard! la petite chambre s'illumina tout à coup.

— Qu'est-ce que cela? dit Jeanne, dont la vue et l'esprit s'affaiblissaient. Le jour qui revient!... mais non, pas encore.

— Ce sont les illuminations de la fête qui commencent, dit Pierre. La maison d'en face est toute garnie de lampions.

Alors, il y eut un moment de silence et de bonheur, tel qu'on n'en avait connu depuis longtemps.

La mansarde offrait une silhouette pittoresque. La lumière donnait en plein sur le grabat blanchâtre de la malade, et s'étendait avec dégradation sur les objets d'alentour. Les yeux de Jeanne contemplaient les êtres qu'elle aimait au milieu de leur bon repas, et son visage morbide s'était ranimé d'un sourire. Près du lit, le père, assis sur un escabeau, se reposait de la bataille livrée pour obtenir des vivres, en même temps qu'il en savourait les fruits, les deux coudes appuyés sur ses genoux, et les bras relevés pour que les morceaux fussent plus près de sa bouche; il y avait dans sa pose tout ce qui annonce la plénitude du bien-être. Le bambin, assis sur ses talons, des yeux et de la bouche, également animés, dévorait le saucisson; et le chat, dressé sur les deux pattes, en avait la vue... s'il eût attendu autre chose, c'eût été un espoir bien chimérique.

C'était fête dans ce pauvre intérieur.... une fête à faire venir les larmes aux yeux.

L'étonnement, la joie que donnait à ces pauvres êtres un peu de pain et de viande jetés à leur tête par la charité publique et maculés de boue, la douceur de cette lumière répandue aussi par une aumône du hasard, la consolation apportée à la mourante par cet instant rapide où son mari et son enfant étaient soulagés de la faim, tout cela était plus triste que la détresse habituelle.

Le désespoir du pauvre ne montre qu'un moment bouleversé de sa vie; mais la joie émue qu'il éprouve à quelque misérable bonheur révèle les privations, les souffrances, le supplice de sa vie entière.

Lorsque Guérin fut rassasié (on ne pouvait pas trop lui en vouloir de commencer par là, il n'avait rien mangé depuis deux jours), il s'occupa plus sérieusement de sa femme.

— Eh bien! Jeanne, demanda-t-il, comment te trouves-tu?

— Comme quelqu'un qui finit.

— Tu crois?

— Ce sera pour cette nuit, Pierre.

— Je perdrai tout.... Mais toi, tu n'auras plus au moins à souffrir de tous les maux de ce monde.

— Je crois que de là-haut je m'inquièterai toujours de vous deux.

— Pauvre femme!

Le petit garçon s'était endormi sur un lambeau du lit de sa mère.

— Ecoute, reprit Jeanne, pendant que je peux encore parler... J'ai une recommandation à te faire. Demain, emmène le petit de la maison, à cause de ce qu'il va y avoir ici... les enfants en ont peur, cela le frapperait.... Et puis.... il me caressait de si bon cœur! J'étais si heureuse de sentir ses petites mains sur mon visage! c'est le seul bonheur que j'aie jamais eu.... Et demain.... Je souffre à l'idée de lui faire peur!... de faire sauver de moi mon enfant.

— Sois tranquille.

— Ensuite... tâche de prendre du courage pour toi... pour lui.. le courage, vois-tu, c'est tout pour nous autres... Moi, je n'ai jamais eu autre chose, et j'en suis venue à mes fins: j'ai élevé notre garçon... Quand on ne craint rien pour soi, ni la fatigue ni les humiliations, on vient toujours à bout de nourrir son enfant... et puis, quand on est trop fatigué... la Providence vous envoie reposer... là où je vais... c'est là tout l'espoir des pauvres...

Pierre, oppressé, ne répondait rien. Il souffrait, mais son rude langage ne lui fournissait pas de mots pour les souffrances de cœur.

Jeanne continuait:

— Pour moi, j'aurais voulu... hélas! Pierre, tu ne comprendras pas que, dans le moment où je suis, on désire quelque chose pour soi! Et pourtant j'aurais bien voulu une bière pour mon corps et la bénédiction d'un prêtre... La terre est si froide, et la fosse est si sombre!... Mais c'est impossible, je le sais; nous n'avons pas de quoi acheter ces quatre planches et cette prière. Mon Dieu! tout le temps de ma vie j'ai désiré en vain ce dont j'ai beson, et je vois qu'en mourant on ne fait que changer de misère!...

— Si je peux, femme, dit Guérin en sanglotant, tu l'auras.

Au bout de quelques instants, la voix de Jeanne ne prononçait plus que des mots entrecoupés.

— J'ai froid... Non, Pierre, ne quitte pas ta blouse; ce froid-là, rien ne le réchauffe.

Puis, après un long silence, pendant lequel la mort s'était approchée.

— Ta main, Pierre... Hélas! je ne la sens plus. Mon enfant... il est là, et je ne le vois plus.

Pierre était assis par terre, les mains croisées sur ses genoux, la tête appuyée sur le chevet de la couche; l'enfant dormait sur les brins de paille qui s'en étaient détachés, et Jeanne mourait de sa longue misère.

Au-dessous de la fenêtre, les bruits de la fête, la musique de saltimbanques, les cris de joie de la foule redoublaient leurs éclats.

Au point du jour, Jeanne prononça encore d'une voix inintelligible:

— Du pain pour notre enfant...

Et, après ces mots, elle n'était plus.

Pierre Guérin demeura auprès de ce corps sans penser à rien, sans se mouvoir; les heures s'écoulaient, et il restait toujours là fixé et pétrifié.

Au milieu du jour, il sortit un moment et rentra plus abattu et plus sombre. La première idée qui s'était éveillée dans son cerveau avait été celle de donner à sa femme les dernières choses qu'il avait désirées; il était allé à la mairie, et de là à l'église, savoir ce qu'il en serait. En chemin, il se disait souvent:

— Si je pouvais au moins faire enterrer ma pauvre Jeanne *comme tout le monde!*

Qu'il y a de tristesse dans cette ambition du pauvre d'être compté en mourant *comme tout le monde!*

— Mais ça va être bien cher!... bête brute que je suis! ajoutait-il, que m'importe que ce soit cher ou bon marché, puisque je n'ai rien?... Faut toujours aller voir ce qu'il y aurait à faire.

Il était entré à l'église et avait demandé ce qu'il en coûterait pour avoir une bière passable, une petite messe et de l'eau bénite sur la tombe.

On lui avait répondu que, pour lui passer le tout à bon compte, parce qu'il *n'avait pas l'air très-heureux*, ce serait vingt-cinq francs.

Guérin avait tourné le dos et était venu au logis reprendre sa place auprès de la morte. Il lui en coûtait cruellement de voir Jeanne privée de ces derniers secours, et cependant trouver ces vingt-cinq francs était imposssible. Il pensait donc continuellement à faire enterrer sa femme d'abord, puis ensuite à vivre, lui et son enfant; il ressassait ces trois questions dans son esprit, elles lui martelaient le cerveau, et il ne trouvait pas un mot de réponse.

Cette sombre méditation n'était interrompue que par les pas de l'enfant, qui tournait autour de son père en répétant comme de coutume: *J'ai faim!*

La nuit revint. Ce n'était plus fête, il n'y avait plus de souper, plus de reflet de lumière dans la mansarde; on n'entendait plus les doux adieux de Jeanne; le moment de bonheur qui avait brillé la veille n'était pas fait pour le pauvre Guérin et devait être cruellement payé. Au dehors, la ville aussi était redevenue sombre et muette.

Plus le temps avançait, plus la situation inextricable de Pierre se creusait profondément. Le souci fiévreux, le manque de nourriture, les cris de son enfant, que la faim dévorait, et qui sanglotait de voir dormir si longtemps sa mère, lui faisaient perdre le peu de force et de raison à son usage. Il était ivre de désespoir; mais c'était l'ivresse lourde, brute, qui n'amenait que le sommeil de toute pensée, le néant.

A sept heures du soir, un éclat sonore et perçant de trompettes et de cymbales, partit de la place Bellecour et frappa tout l'espace d'alentour. C'était le tintamarre des saltimbanques, qui recommençaient leurs jeux à l'heure accoutumée.

Pierre écouta quelque temps ce bruit comme malgré lui; puis, tout à coup il se leva, regarda fixement devant lui, serra son front de ses poings et s'écria d'une voix rauque et brisée :

— J'ai trouvé! j'ai trouvé!

Il pensa encore et reprit :

— Pauvre Jeanne! tu seras enterrée, va! enterrée bravement!... Le petit n'aura plus faim... ni moi non plus... Hein! tu ne seras plus *inquiète de nous* là-haut?...

Le malheureux, dans une joie navrante, battit des mains et se mit à rire... Puis, n'ayant pas épuisé sa désolante gaieté, il se prit à chanter, mettant sur un air joyeux les paroles qui l'inspiraient : *L'enfant n'aura plus faim, ni son père ni sa mère!*

Ce chant bizarre et froid, discordant, résonnait dans la mansarde vide entre le corps de la mère et les larmes de l'enfant.

Pierre prit son petit garçon par la main et, du sommet de cinq étages, descendit en un clin d'œil dans la rue.

Quoique cette fantaisie dût sembler incompréhensible de sa part, il alla se placer dans le cercle de la foule qui entourait les saltimbanques. C'était une singulière situation pour le pauvre Pierre que de faire partie des joyeux compagnons du peuple qui, après une bonne journée, venaient se divertir.

Les artistes de la place représentaient, ce soir-là, les premiers chefs-d'œuvre de la culbute française. Leur chef, vêtu en général et tenant un enfant sur chacun de ses poignets tendus, était Birouste, *bâtonniste-équilibriste de France, le grand Birouste, qui avait eu l'honneur (comme il pouvait le prouver par certificats) de travailler devant toutes les têtes couronnées de l'Europe.* Autour de lui, une troupe fantastique étalait les grâces de la nature en marchant et dansant sur la tête et sur le ventre, et montrait toutes les ressources de cet art où on parvient à se tenir debout sur une corde, comme on le ferait tout naturellement par terre, le tout au grand ébahissement du public, dont le goût se montre toujours si éclairé et si pure!

Pierre demeura là, l'œil fixe et immobile. Son enfant, éveillé par la musique, avait pris plaisir à voir ces personnages de nouvelle espèce pour lui, dont les oripeaux dorés et pailletés reluisaient aux bouts de chandelle posés sur le tapis.

Après le grand tour de force qui couronna le spectacle, la foule se dispersa. Le chef des bateleurs, occupé à compter la recette, demeura seul sur la place, tandis que sa troupe pliait bagage.

Pierre alors prenant son enfant par l'épaule, le poussa devant lui d'un coup de pied, tout en essuyant de sa manche une grosse larme qui lui roulait dans l'œil.

—Voilà, dit-il au maître saltimbanque, une vipère d'enfant dont je veux me débarrasser en votre faveur, et qu'il s'agit d'enrôler dans votre troupe.

Pierre voyait alors de plus près le fameux Birouste. Celui-ci était un grand diable d'homme bronzé, tanné, paré d'un œil blanc et d'un noir, pourvu d'une barbe épaisse et courte comme celle d'un lion.

Il abaissa sur l'enfant le regard qui venait d'un seul de ses yeux (une fistule l'avait fait cyclope) et dit en notifiant son estimation :

— C'est chétif, maigre, pâlot; ça n'a pas pour deux liards de vie.

Guérin tremblait déjà de voir refuser le marché.

— C'est assez bien mon affaire, ajouta le chef de la troupe par la conclusion la plus inattendue.

Puis il souleva l'enfant par une jambe et se mit à faire jouer ses membres en tous sens et à tourner son corps en peloton.

Cette fibre toujours vibrante, qui unit le père à l'enfant, tressaillit chez le pauvre Pierre; son cœur, au fond, saignait de voir sa progéniture disloqué ainsi; il y eut un moment de suspens où il tremblait de céder son fils à cet ogre au moins autant qu'il le désirait.

— Combien en voulez-vous? demanda Birouste.

— Combien est-ce que vous en donnez? demanda Pierre.

— Au dernier mot, vingt-cinq francs.

— *Vingt-cinq francs!* Ce chiffre frappa Guérin comme une révélation; c'était juste ce qu'on lui demandait pour enterrer Jeanne; il ne balança plus.

— Topez là, dit-il, je vous le cède.

— C'est pour vous obliger que je prends ce moutard.

— Je ne serai pas difficile sur les conditions d'apprentissage; vous serez engagé à nourrir, vêtir, loger le marmot.

— C'est entendu.

— Comme à cultiver ses dispositions naturelles.

— Est-ce qu'il en a?

— Vous lui en donnerez... vous lui apprendrez le métier.

— Je le mettrai à même de travailler aussi bien que moi sur la place, fût-ce dans Paris lui-même, devant le public le plus exigeant de tous les publics de la terre.

— J'y compte.

— Et, en retour, il m'appartiendra jusqu'à l'âge de vingt et un ans.

— En toute propriété.

— Il nous faut un papier.

— L'écrivain du coin est encore ouvert; il va nous barbouiller cela en double.

Ils se rendirent chez l'écrivain public, qui leur fit un sous-seing où ces dispositions furent consignées et paraphées.

Les deux feuilles de papier marqué et les frais de l'acte furent au compte de Birouste, qui offrit magnifiquement en sus un litre de vin au cabaret voisin.

Les contractants se rendirent chez le marchand de vin, emmenant l'enfant, qui ne se doutait guère de ce qui se passait à son égard.

Les deux hommes s'assirent à la table d'un cabinet, ainsi que l'enfant, qui prit place entre ses deux pères.

On ne boit guère sans causer. Pour Pierre, qui était encore à jeun et n'avait pas bu de spiritueux depuis longtemps, l'effet en fut foudroyant; dès le premier demi-litre, il avait la tête partie et parlait avec une effusion complète à son nouvel allié.

— Voilà deux ans, disait-il, que ça a commencé à mal tourner; il n'y avait d'ouvrage d'aucun côté... c'était comme un sort... je ne savais où donner de la tête. Je mourais de faim, laissant le peu qu'il y avait chez nous à Jeanne et à ce marmot qui est là.

L'enfant, qui n'avait goûté de vin de sa vie, était tombé ivre-mort au premier verre et dormait profondément sous la table.

— Pendant ce temps-là, que voulez-vous, continuait Guérin, le jeûne, le froid, les misères m'ont affaibli, un rhumatisme est venu par là-dessus, et quand j'aurais pu retrouver à travailler, je n'étais plus bon à rien, l'ombre d'un homme, quoi!

— C'est malheureux d'avoir une constitution qui ne soit pas de fer.

— Cependant ma pauvre Jeanne suait sang et eau pour nous faire vivre tous trois, et elle en venait toujours à bout, ou à peu près, la pauvre femme... Les mères, ça vous a des rubriques du diable pour trouver du pain à leur enfant... Elle travaillait le jour, la nuit, et quand ça lui donnait la fièvre, elle disait, avec son doux sourire qui vous fendait l'âme, que c'était autant de pain économisé à la maison... Tant que la pauvre femme a été là, on pouvait donc vivre, ou du moins on pleurait ensemble, et il y a encore du bon à cela... Mais, depuis huit jours, le mal a été le plus fort et l'a clouée sur la paillasse... huit cruels jours, que ceux-là! Je la voyais heure à heure qui s'en allait, et la nuit dernière... tout était fini.

— Et ce coup-là vous a achevé, mon pauvre homme?

— Oui, j'ai vu tout de suite que, pour nourrir à mon tour ce marmot, je n'avais pas l'astuce de Jeanne et que j'y perdrais patience... Mais ce qui me tourmentait le plus, je vous le dis vrai comme je le pense, c'était de ne pouvoir donner à ma pauvre défunte ce qu'il lui fallait, son drap, sa bière et son eau bénite sur le tout.

— Dame! ce n'était pas facile.

—J'y pensais, j'y pensais sans rien trouver... Enfin ce soir, quand j'ai entendu votre satanée musique, il m'a passé un éclair dans le cerveau, je me suis dit : Voilà le joint, je vas vendre l'enfant pour faire enterrer la mère, et moi, j'irai me jeter à l'eau.

— En voilà une ressource!

— Oui, me suis-je dit encore, je vas mener le moutard à ce brave monsieur... Il lui en faut des moutards, il m'achètera le mien, et de la manière dont j'arrange les choses, l'enfant est nourri, la mère a ce qu'il lui faut et le père n'a plus besoin de rien. Trois affaires d'un seul coup, hein!

— Et vous tenez toujours à votre idée.

— Je crois bien!

— Vous allez vous jeter à la rivière... Au fait, vous êtes en âge de savoir vous conduire; je n'ai pas de conseil à vous donner.

— Ce serait inutile : je vais où la tête me dit.

— De ce pas?

— C'est-à-dire, non; je fais, avant tout, enterrer ma défunte avec les cinq pièces de cent sous qui sont là. La chose se fera demain matin; et quand midi sera venu, vous pourrez dire : Pierre Guérin est allé voir s'il y a un ciel pour les pauvres.

Un instant après, les deux hommes s'éloignèrent du cabaret, Pierre reprenant pour la dernière fois le chemin de la mansarde, et le chef de troupe, le pacha des souffre-douleurs, emmenant avec lui l'enfant qu'on confiait à sa terrible éducation.

Comme ils s'étaient déjà séparés, Birouste se retourna du côté de Pierre et lui cria :

— A propos, comment s'appelle-t-il, le moutard?

— Le petit?

— Oui.

— Il s'appelle Fortuné.

PAILLASSE.

Vous connaissez à Paris le boulevard de l'Hôpital, qui conduit du pont d'Austerlitz à la barrière d'Italie.

C'est la promenade élégante du faubourg Saint-Marceau; elle est pour le populaire du quartier ce qu'est le boulevard de Gand pour l'aristocratie habitante de la petite Athènes.

Par une belle soirée d'été, une tribu d'artistes nomades avait déroulé le tapis et commençait des exercices de saut, d'équilibre et de bâton.

Le principal acteur, en costume de Turc, tournait la manivelle d'un orgue placé à l'un des foyers de l'élipse formée par le concours de la foule, ce qui ne l'empêchait pas de caresser du regard son superbe bâton, son bâton de longueur, déposé sur le pavé, à quatre pas devant lui, tout en répétant d'une voix retentissante qu'on voyait en lui :

— *Le célèbre Birouste, grand bâtonniste-équilibriste de France, qui avait eu l'honneur de travailler devant toutes les têtes couronnées de l'Europe.*

Quatorze ans avaient passé sur la tête du grand homme sans rien ajouter à sa barbe, qui était postiche, ni à sa laideur, qui ne pouvait être plus affreuse; sa troupe n'était pas changée non plus; les enfants n'avaient pas grandi, puisque, pour la plupart, on les renouvelait à chaque saison.

A l'autre foyer, le classique paillasse, en serre-tête blanc, en vêtement de toile à matelas, avait enfourché le dossier d'une chaise et s'y balançait gracieusement comme le singe sur la branche, tandis que trois ou quatre marmots blondins, brodés de salles paillettes, venaient tour à tour grouiller sur le tapis, sorte de prélude destiné à fournir aux curieux retardataires le temps d'arriver avant que l'on passât au travail sérieux... et à la recette.

De temps à autre, à un hochement de tête du maître, Paillasse interrompait tout à coup ses évolutions pour décocher un lazzi à la face du public. Le pauvre garçon, sous l'influence du terrible Birouste, semblait un second orgue dont celui-ci, quoique à distance, tournait de même à son gré la manivelle.

A chaque lazzi, la partie la plus impressionnable des assistants, par exemple le gamin, le tourlourou, la bonne d'enfant, ripostait par un gros rire; sur quoi le loustic, après s'être confiné de nouveau dans son état de nonchalance, répétait à part soi :

— Stupide public, je fais de toi ce que je veux. Ris donc, public, ris à te tordre tes maigres côtes; ris à te fendre ta large bouche par delà tes deux oreilles, ignoble public!

Parcourez tous les échelons de la hiérarchie mimique, depuis le tragédien à la mode, qui, gros d'alexandrins, monté sur la scène d'un grand théâtre, développe une intelligence et une âme de feu, jusqu'au Jeannot de la foire, qui, sur son double tréteau, se bourre de filasse et la rejette en fumée : partout vous retrouverez cette habitude de traiter cavalièrement le public dans d'irrévérencieux *à parte;* et pourtant le bonhomme public fait vivre tout ce monde. Il est vrai que, de son côté, il ne paie pas toujours en vénération l'homme qui se dévoue à l'amuser et quelquefois à le rendre meilleur : l'ingratitude et la mauvaise logique sont aussi vieilles que le monde.

Par hasard, le regard distrait de Paillasse s'arrêta sur un visage de jeune fille, le seul visage frais et avenant, mais aussi le seul demeuré impassible au milieu de cet océan de faces luisantes et en jubilation : un délicieux visage, vraiment, et tel que Paillasse ne se rappela pas en avoir vu de semblable en sa vie.

Redressant vivement son échine et aiguisant le feu de sa prunelle, il s'empressa de débiter avec beaucoup de soin le moins saugrenu et le plus neuf de ses quolibets. Il l'accompagna même de son geste le plus suave et de sa grimace la plus pittoresque ; vain espoir! le joli visage ne s'était point animé. Pour le coup, l'indignation alluma la verve du galant, et il se livra à l'improvisation, au grand orgueil de Birouste qui se mirait dans son élève. Seconde défaite aussi complète que la première.

— Il faut que celle-là soit taillée d'un moellon, se dit-il avec dépit; rien ne lui fait.

L'instant arriva pour lui de figurer sur le tapis.

— Un saut de carpe proprement exécuté a son mérite, pensa-t-il; je forcerai bien la mijaurée à le reconnaître et à me payer au moins d'un sourire.

Alors il s'étendit avec grâce sur le ventre, puis, par une impulsion énergique, bondit en l'air et trouva le moyen de frapper deux fois dans ses mains avant de retomber de son long sur le dos. Vous eussiez dit en effet une carpe échappée de la poêle et qui essaie de se soustraire à la main impitoyable de la cuisinière. Il termina par une vive culbute en arrière, après laquelle il se retrouva sur ses pieds, agitant en l'air son bonnet et poussant un hourra en signe de triomphe.

Le joli visage conservait son immobilité.

— Le saut de carpe t'a trouvé insensible, tu ne résisteras pas au baiser du soulier!

Et Paillasse se précipite de nouveau sur le tapis.

Bientôt sa poitrine seule presse le sol. D'un côté, sa tête s'est redressée, et de l'autre ses jambes tendent à le rejoindre : c'est un O qui va se fermer. Enfin, la pointe du pied descend errer sur le bord des lèvres, et les dents parviennent à la saisir : le tentateur, roulé en serpent, était moins beau que Paillasse en cet instant. Il s'était orienté, comme vous pouvez croire, de manière à se présenter à la jeune fille sous le point de vue le plus favorable. C'était la scène à sentiment de Paillasse : il ravissait un doux baiser à son soulier !

Un murmure approbateur circulait dans l'assemblée entière, la bouche rosée et les grands yeux bleus du joli visage avaient enfin changé d'expression... Mais, hélas ! ils révélaient un sentiment de pitié charitable. Paillasse était piqué; se mettre en frais de coquetterie, et pour prix retirer, quoi? de la pitié!

Bien autre devait être son martyre. En se relevant, il remarqua, auprès de la jeune fille, une figure qui, jusqu'alors, avait échappé à son attention.

C'était celle d'un grand beau jeune homme; œil noir, nez aquilin, moustaches élégantes, teint d'un brun pâle. Sa brillante tournure, sa mise de dandy et sa jolie canne de jonc annonçaient un habitant civilisé de la rive droite de la Seine. Le quartier Saint-Marceau n'est pas fait pour avoir de tels phénomènes, celui-ci par hasard s'y trouvait égaré.

Le coude du beau jeune homme semblait presser la large manche qui flottait sur un bras gracieux ; son œil chargé de convoitise enveloppait les plis ondoyants d'une robe de mousseline bleue qu'une pudeur de bon aloi avait fermée de toute part. Peut-être même était-ce l'haleine de ce voisin (tant sa tête se penchait sous prétexte de mieux voir le spectacle) qui agitait la garniture de tulle du modeste bonnet noué avec une chaste négligence.

Paillasse se porta de ce côté afin, se disait-il, de faire élargir le cercle, et, en réalité, quoiqu'il ne s'en rendît pas bien compte, pour contrarier la quasi-cohésion qui lui semblait imminente entre ces deux spectateurs... Paillasse se prononçait pour la morale.

— Un peu en arrière, Messieurs et Mesdames, s'il vous plaît, disait-il en se rengorgeant, et de son feutre pointu menaçant avec gaieté les récalcitrants.

Le gamin habitué, le Jean-Jean discipliné, la femme de campagne innoffensive, le rentier protecteur, tout ce bétail recula peu à peu d'un pas. Restaient le beau jeune homme et la jeune fille. Le feutre indiscret, sans aucune intention méchante certainement, allait effleurer le tablier de laine noire qui dessinait une taille fine et souple : un vigoureux coup de canne le heurta et l'envoya voltiger dans l'espace.

Paillasse et le dandy se regardèrent.

Paillasse eût voulu pouvoir mettre du venin dans son regard; mais il rencontra, dans celui du jeune homme, tant de hauteur et de mépris, que, dompté à l'instant, il balbutia un mot d'excuse; ensuite, tout interdit, il alla ramasser son bonnet sous les rires du public et sous les huées et les lardons du gamin lui-même, pour l'ordinaire son admirateur sympathique.

Grâce à cet incident, *le stupide public, l'ignoble public* avait reconquis sa supériorité. Paillasse se sentait tout humble et tout tremblant. Que n'aurait-il pas donné pour que la représentation fût terminée! Le plus déguenillé d'entre cette masse de juges avait le droit de le honnir, de le trouver à son tour, et, qui plus est, de l'appeler tout haut *niais* et *butor* : quel degré d'humiliation! Comme il concevait maintenant la pitié de la jeune fille! La pitié, c'était le sentiment le moins défavorable qu'il lui fût donné d'inspirer.

— Mais, ajouta-t-il, pourquoi ce raisonnement me vient-il aujourd'hui pour la première fois? Cette bégueule est-elle donc la première que j'aie vue pincer sa lèvre et faire fi de notre spectacle? De personne autre, cela ne m'a encore affecté, et d'elle, j'en prendrais du souci! Allons donc!

Cette réflexion lui redonnant du cœur, il exécuta une cabriole avec souplesse et énergie. Trois ou quatre gamins, ceux-là paraissaient de vrais connaisseurs, applaudirent.

— Attention, Messieurs, Mesdames, s'écria Birouste, Paillasse va passer à l'équilibre sur le chandelier.

C'est un spectacle tout à fait solennel, je vous assure, que celui d'un homme qui, la tête en bas, les bras croisés sur la poitrine et les jambes rapprochées en l'air, repose en équilibre sur un énorme chandelier de bois, en guise de cierge. Cependant, la situation n'est pas absolument confortable, surtout pour un jaloux qui désire ne pas interrompre une série commencée d'observations : or, Paillasse, tout en s'ignorant soi-même, était déjà jaloux.

A ce cerveau renversé, les objets perçus se présentaient en définitive de bas en haut. Pour lui, toutes les têtes de l'assistance semblaient autant de têtes à l'envers.

Dans cette pose, où l'immobilité parfaite est impossible (si vous en doutez, faites l'expérience vous-même), Paillasse, à la plus légère oscillation de sa colonne vertébrale, à la plus légère crispation de l'un de ses muscles, voyait la voûte du ciel vaciller, et toutes les figures circonvoisines entrer en jeu dans un branle général. Les deux qu'il honorait d'une surveillance spéciale n'étaient point exemptes du mouvement. Tantôt elles apparaissaient sur la même ligne; l'instant d'après, l'une s'élançait en haut tandis que l'autre exécutait un plongeon; parfois, elles se poursuivaient en sautillant. Dans ces évolutions fantastiques, souvent il lui sembla que la bouche de l'une effleurait les lèvres de l'autre : vous reconnaissez là l'imagination d'un jaloux.

Paillasse était au supplice. Un frisson lui courut par toutes les veines; il lui monta ou il lui descendit, comme vous l'entendrez, au visage, plus de sang qu'il n'en eût fallu pour colorer en carmin le teint même d'Othello : il suffoquait. Par degrés un nuage s'épaissit sur ses yeux, et il perdit connaissance.

Lorsqu'il revint à lui, il gisait près du chandelier. Sur ses épaules planait le bâton de Birouste, le terrible bâton de longueur.

Au premier horion, Paillasse rugit. Dans son misérable métier, les coups n'étaient pas chose inexpérimentée; mais se laisser battre devant eux deux! devant elle si jolie et qui n'avait répondu aux plus beaux exercices que par un regard de pitié! devant lui si bien mis et si méprisant, qui paraissait si vivement occupé d'elle!

— Pas de coups! pas de coups, ou sinon... cria la victime, qui, pour la première fois, osait refuser son échine au bourreau.

— Pas de coups, drôle? pas de coups?

Et le bâton de retomber, mu par une impulsion plus intense, et les deux mains de Paillasse d'en saisir aussitôt l'extrémité.

Une scène commença, bouffonne pour le spectateur badaud, qui y vit un plagiat de Polichinelle et de sa femme se disputant le bâton, horrible pour les deux acteurs. L'œil de Birouste, son œil unique, flamboyait; sa lourde bouche s'ouvrait pour jeter d'épouvantables jurements. Chez son faible adversaire, la crainte, au contraire, avait rapidement paralysé la velléité de rébellion, ses genoux s'entrechoquaient en se dérobant sous lui, ses dents claquaient, ses doigts détendus laissaient échapper l'instrument fatal.

—Ah! tu dis : Pas de coups, gibier de potence!... rugit le tigre à face humaine; tu dis : Pas de coups... Je t'apprendrai...

Et au lieu de continuer à tirer à soi le bâton, il en porta, à deux mains, le plus rude coup d'estoc dans le creux de l'estomac du patient.

Celui-ci poussa un cri, le cri de l'oiseau aux mains du chasseur... et tout se voila devant ses yeux.

D'un genou et d'une main il toucha le pavé. Un coup de taille, asséné entre les deux épaules, le contraignit à se raffermir sur ses pieds.

Le public avait vu dans tout cela un batifolage, un agréable intermède pour tenir son attention en haleine. Il daigna en témoigner sa gratitude à Paillasse par les éclats du rire le plus franc et le plus cordial. Excellent public, que de fois il lui arrive de s'estimer généreux, tandis qu'il n'est que niais et atroce en encourageant l'infamie!

Cependant la recette avait été son train. Le plus joli des petits blondins de la troupe avait circulé la tasse à la main et terminé sa ronde.

— Attention! poursuivit Birouste, Paillasse va passer au saut périlleux en arrière; mais en conscience, pour un tour semblable, la recette ne monte pas assez haut : il manque encore dix sous. Allons, Messieurs, Mesdames, la moindre de vos générosités (et montrant le tapis) : le bureau est ouvert, on reçoit depuis les gros sous jusqu'aux doubles napoléons, et même les pièces rognées.

Au premier mot de cet appel à la générosité, un bon tiers des comparants s'empressa de faire défaut. Le reste de l'assemblée se renferma dans une gravité et surtout dans une inaction alarmantes.

— Ne donnez pas tous à la fois, poursuivit Birouste d'une voix goguenarde.

Puis, reprenant l'accent piteux :

— C'est un admirable tour et où Paillasse court un vrai danger : ça vaut la peine d'être vu. Allons, Messieurs, Mesdames, qu'une seule personne commence, les autres se décideront. La main à la poche!

— Que pas un rouge liard n'étrenne ton tapis, disait tout bas Paillasse, vieux scélérat! Damné métier! avoir en perspective un saut périlleux, après que cet assassin m'a brisé les os! Mes honnêtes messieurs, mes charitables petites dames, serrez ferme les cordons de votre bourse. Il y va de ma vie, ayez pitié de moi. Ne me condamnez pas au saut périlleux, ne faites pas les dix sous. Tournez vite les talons, et rentrez chacun chez vous.

Tels étaient ses imprécations et ses vœux secrets et bien ardents. Entre Birouste et Paillasse la Providence tarda cinq grandes minutes à se prononcer.

Sur toute la courbure de la zone vivante qui entourait les deux suppliants adverses régnaient une immobilité imposante. Toutes les respirations étaient suspendues; tous les yeux dirigés vers le tapis. Y aura-t-il, ou n'y aura-t-il pas saut périlleux? les dix sous nécessaires se parferont-ils?

Enfin un son argentin bruit, et Paillasse tressaillit. Une petite pièce blanche et brillante avait frappé le pavé; elle roulait devant Birouste.

— Dix sous en une seule pièce! s'écria-t-il, c'est ça une personne qui sait apprécier le talent! c'est ça une belle âme! Et il s'abattit sur la proie de telle force, que la ferrure de ses bottes tira du pavé une étincelle.

La charité est contagieuse (un écrivain l'a dit; que tous les pauvres ne sont-ils à même de le répéter!), ce qu'il y avait là de belles âmes se sentit électrisé par ce trait de rare munificence; jusqu'à cinq sous, en différentes monnaies, furent jetés de différents points. Birouste, demeuré sur ses quatre pattes, bondissait rapace et joyeux dans l'enceinte.

Paillasse, s'il en eût eu la force, eût bondi de rage; d'autant plus que dans le premier bienfaiteur il avait retrouvé le brillant jeune homme.

— C'est pour faire son fendant vis-à-vis d'elle qu'il a lâché la pièce de dix sous. C'est une manière de dire : Permettez-moi de vous régaler du saut périlleux. Il lui sert sans façon ma personne. Je suis un singe à qui l'on dit : Saute, ça fera peut-être rire ma particulière.

— Allons, Paillasse, mon ami, à la besogne.

— Satané muscadin, continua à murmurer à part soi Paillasse. Ah! il te faut du saut périlleux pour divertir ta nymphe! Quelle envie j'aurais de te plaquer cette lourde table sur le ventre!

Et il allait placer la table de manière à ce qu'elle portât parfaitement.

— C'est donc à dire que, pour égayer monsieur, il faut, moi, que je risque de me tordre les reins : tu te fais un jeu de mon existence. Si j'osais, comme je te lancerais cette chaise à la tête.

Et au-dessus de la table il plaçait la chaise, que deux des petits blondins furent chargés de maintenir.

— Je ne sais, mais aujourd'hui, je me sens las de

Combien en voulez-vous? demanda Birouste. — Page 4, col. 2.

la vie. Je voudrais que mon crâne allât se fracasser sur le pavé.

Et il grimpait au sommet de l'échafaudage formé de la table et de la chaise.

— Ah! tu as payé pour avoir du saut périlleux! Ecarquille tes gros yeux, bête féroce, en voilà, du saut périlleux.

Alors, se renversant brusquement en arrière, il accomplit coup sur coup et par ricochet, une première cabriole entre la chaise et la table, et une seconde entre la table et le tapis.

Une telle fureur l'animait, il s'était donné une impulsion tellement violente, qu'en arrivant au sol, il ne put, comme à l'ordinaire, retrouver son aplomb. Il chancela, se sentit, comme un homme ivre, entraîné à quelques pas à côté, et de toute sa masse vint rouler sur les pieds du dandy. Sa chevelure rousse, trempée de sueur, toucha le pantalon de coutil blanc, un coutil anglais et d'un lustre admirable.

— Goujat, dit l'homme du monde avec dégoût, en repoussant de sa canne la brute hideuse, veux-tu bien prendre garde!

— Goujat, goujat! hurlèrent les gamins, et la meute sans pitié, encouragée par Birouste, se rua sur Paillasse aux abois: qui le pinçant, qui lui infligeant une nazarde ou le tirant par les cheveux; un plus espiègle imagina de lui enfoncer une épingle dans le mollet.

La partie grave du public goûta fort ce morceau d'ensemble improvisé.

— Fortuné! Fortuné! cria enfin l'un des petits blondins aux oreilles du malheureux en lui présentant un verre d'eau, bois, ça te remettra.

Le pauvre diable était donc Fortuné, que nous avons vu tout enfant, acheté par le grand Birouste... Il venait de se donner une entorse.

Pendant que Birouste se prépare à couronner le spectacle par un magnifique maniement de bâton:

— Ceci est la fin, dit mademoiselle Simonin à Henriette Meneau en la poussant du coude, il faut songer à partir.

— Mais que va devenir ce malheureux?

A ce mouvement de compassion, vous devinez que Henriette Meneau n'est autre que la jolie fille pour laquelle Paillasse a cru devoir se mettre en frais de coquetterie. Orpheline dès l'enfance, elle travaille chez mademoiselle Simonin, couturière, qui jouit d'une haute réputation dans le quartier.

Toutes deux revenaient de chez une pratique à laquelle elles avaient porté une robe. Mademoiselle Simonin, de mœurs rigides, mais qui cependant aime le spectacle, surtout quand il ne coûte rien, s'est arrêtée devant le tapis. Henriette a donc été forcée de s'arrêter aussi, bien qu'elle éprouve une grande répugnance à regarder tous ces tours de force. La seule pensée qui se présente à son esprit, c'est combien de coups a dû coûter chacun d'eux au malheureux que ses parents ont condamné tout enfant à ce misérable et périlleux apprentissage.

Paillasse n'était plus le fringant artiste à la tête haute, aux reins souples, aux jarrets fermes, l'artiste épris de la gloire et jaloux de contraindre la

Fortuné s'en allait mendiant. — Page 13, col. 2.

jolie bouche qu'il avait rencontrée dédaigneuse à un sourire flatteur d'approbation. Le corps plié en deux, la tête basse, l'œil morne, il se traînait à grand'peine et en boitant vers l'orgue, point de ralliement pour tous les personnages grands et petits de la tribu.

Là est le vestiaire, là sont déposés *les habits de ville;* c'est le nom donné à ces carricks d'une couleur indécise, d'une coupe fantastique, avec complication de collets, sous lesquels s'abrite périodiquement, et pour le temps qui sépare deux représentations, la pompe du costume de travail. Là, sont installés aussi la cave et le garde-manger, c'est-à-dire la miche de grossier pain bis, qui, par malheur, se refuse à la multiplication et trahit, hélas! l'appétit, et la bouteille d'eau, qui ne se métamorphose jamais en vin que pour le gosier du maître.

— En vérité, Paillasse, tu me fais l'effet de boiter, mugit la rauque voix de Briouste.

— Oh! que non pas, notre maître, répliqua Paillasse en s'efforçant de se redresser.

— Vous verrez que l'imbécile se sera fait mal.

— Au contraire. Vrai comme vous êtes honnête homme...

Au même instant, la douleur lui arracha un gémissement.

— Comment, canaille, tu t'avises de t'estropier! Tu veux donc me ruiner!...

Paillasse s'arrêta tremblant; l'énormité de sa faute lui apparut. Il n'eût pas eu plus de terreur s'il lui fût arrivé de blesser une autre jambe que la sienne, une jambe de quelque artiste de la troupe, une jambe reconnue auss propriété de M. Birouste, ou encore l'une des deux jambes qui supportaient M. Birouste lui-même.

Toutefois, une idée vint à passer par le cerveau du pacha, où d'ordinaire les idées ne faisaient pas foule.

— Ce bon Paillasse! poursuivit-il, entremêlant ses paroles de soupirs empoisonnés d'odeur de vin, c'est en cherchant à divertir l'honorable assemblée qu'il vient de se blesser, peut-être pour le reste de ses jours. Allons, messieurs, mesdames, avant de terminer la représentation, une quête au bénéfice de Paillasse! Une quête pour lui tout seul, pour payer ses emplâtres, pour lui faire un avenir. C'est la première gratification que je lui aie accordée, le premier argent qu'il aura jamais touché. Etrennez ce pauvre Paillasse. Pour donner plus d'intérêt et pour varier le spectacle, quoique estropié, il fera la quête lui-même : mon bâton lui servira de béquille. Vivement, Paillasse! montrez à ces messieurs et ces dames que, tout boiteux que vous êtes, vous iriez à cloche-pied de Paris à Rome pour leur plaire et pour continuer à me mériter la faveur dont le public daigne m'honorer depuis quarante ans sur toutes les places de l'Europe.

Paillasse, qui, pour la première fois de sa vie, voyait pointer à l'horizon une gratification là où il n'attendait que tortures, retrouva un reste de force. Il commença à clopiner autour du cercle.

— Pour un grognard blessé à Austerlitz! dit-il en présentant la tasse à un invalide.

Et l'invalide de répondre avec un rire malicieux :

— Passe ton chemin, mon vieux ; le militaire est net d'impositions.

— Pour un blessé de Juillet ! dit-il à un rentier.

Et le rentier, avec une longue moue :

— Pas d'allusions politiques, s'il vous plaît.

La tasse restait vide.

— Faut pas oublier de bassiner ce soir votre jambe avec une compresse d'eau de boule, dit une grosse femme avant de lui tourner le dos.

— Attendez donc que je mette, dit un gamin en avançant sa main fermée.

Vite Paillasse de tendre la tasse. La main, en s'ouvrant, laissa tomber un caillou.

Un autre gamin pensa faire choir le quêteur en poussant du pied par derrière le bâton qui lui servait de béquille.

Lorsque Paillasse arriva devant mademoiselle Simonin, il était à peu près découragé.

— Allons, mon excellente dame, pour raccommoder un paillasse disloqué.

— Je ne donne jamais aux saltimbanques.

— Vous êtes bien dure à ce pauvre garçon, dit Henriette Meneau, et elle déposa un sou dans la tasse, le seul argent qu'elle eût dans la poche de son tablier.

Ses beaux yeux n'exprimaient encore que de la pitié ; mais l'orgueil de Paillasse avait subi de dures leçons, et cette fois, combien il s'estimait heureux de posséder un peu de ce modeste bien !

Le beau dandy, empressé d'imiter sa jolie voisine, portait la main à la poche de son habit ; Paillasse détourna brusquement la tasse. Cette libéralité de son bourreau lui eût été trop amère à recevoir.

— Il m'offrirait une de ses pièces de dix sous, lui, que je me sentirais la force de refuser. Mais ce sou qui me vient d'elle, ce sou-là, je ne le dépenserai de ma vie.

Et il serrait le sou dans sa main, et son regard était empreint d'un sentiment de reconnaissance si vif, que Henriette se prit à rougir.

— Partons, dit-elle à sa maîtresse.

— Folle que vous êtes ! Aller donner à ce garçon quand vous avez plus besoin que lui ! Voyez-vous, je l'ai toute ma vie entendu répéter, les paillasses, les saltimbanques, comme généralement tout ce qui est acteur, tout ce qui tient au théâtre, ce sont tous gens qui se gobergent ; ça crève de bombance.

Birousté, dont l'œil suivait attentivement la quête, exécuta son dernier tour ; ensuite il fit son salut au public.

Le cercle se dissipa. La tribu, s'enveloppant dans les carricks, demeura seule, groupée autour de l'orgue : c'était pour elle l'arche sainte.

UN SI BON MAITRE !

— Ah çà ! vous autres, attention ! dit le suzerain Birouste à ses serfs. Du Paris m'en voilà rassasié, et pour longtemps. Je veux tâter de nouveau des départements. Vous allez prendre les devants par la barrière de Fontainebleau. La soirée est belle ; vous trotterez à la fraîche, comme des lapins, jusqu'à Villejuif, où je vous rejoins pour coucher. Demain nous commençons un tour de France. L'Eveillé, tu vas te coiffer le crâne avec la table : vivement ! mille tonnerres ! vivement !... Gargamelle, empoigne la chaise, fourre le tapis entre les quatre bâtons ; maintenant, fais-toi de tout cela une casquette comme l'Eveillé... Ah ! la trompette, attends que je l'accroche en haut. Et les cymbales, gredin ! Il oubliait les cymbales, l'enragé !... A toi, Bistoquette, ma fille, pas de fainéantise, la grosse caisse et le panier à la provision... Mon pauvre Turlure, il n'y a pas de rémission, je vais t'appliquer l'orgue en guise de manteau sur les épaules. Quand tu te sentiras fatigué, tu te régaleras d'une ritournelle. Ça rafraîchit le sang, c'est un baume.

— Mais, notre maître, dit Paillasse, c'est toujours moi qui le porte, l'orgue.

— Un beau clampin, pour qu'on te donne la musique à soigner. D'ailleurs, tu ne vas pas avec eux, toi : j'ai à te parler... En route, enfants de troupe !

Et Moïse ayant communiqué toutes ses instructions, Israël se mit en marche.

— Je vous assure que j'aurais bien pu le porter tout de même, notre maître, reprit l'héroïque Paillasse, chez qui le sentiment du devoir triomphait de la douleur.

— Ne m'appelle plus notre maître : à partir d'aujourd'hui, tu fais ton entrée dans le monde. Tu es appelé à jouir de tes droits civiques. Tu as cessé d'être Paillasse.

— Oh ! mon Dieu !

— Tu redeviens Fortuné Guérin, du nom de ton père, ni plus ni moins.

— Je suis tout saisi.

— Ecoute. Tu te souviens du jour où nous fîmes connaissance à Lyon ?

— Pas trop ; j'avais sept ans.

— Tu étais avec ton père ; un rousseau déguenillé, qui ne trouvait plus rien à te jeter sous la dent.

— Ma bonne mère était morte à la peine.

— Tu étais diantrement gentil dans ce temps-là. Il y a longtemps, quatorze ans. Une petite mine, maigrelette, pâlotte, avec des yeux battus ; une de ces figures qui ont toujours l'air de mourir, une de ces figures moulées tout exprès pour attirer les gros sous dans la tasse. Je pliais le tapis après une représentation sur la place Bellecour, ton bonhomme de père me vendit la propriété de ta personne par un acte dont voici le double. Il résultait de ce contrat que je devais te loger, nourrir, vêtir, te former au métier de manière à ce que tu pusses te faire une existence, une belle existence par toi-même, moyennant quoi tu m'appartenais jusqu'à ta majorité..... J'eus en outre à payer à ton père une indemnité de vingt-cinq francs.... cinq bonnes roues de carrosse que je lui donnai. L'écrivain et les deux feuilles de papier marqué furent aussi à ma charge. Je ne parle pas de trois litres de vin que nous bûmes en réglant l'affaire. Ton pauvre père voulut que tu en prisses ta part : il t'en fit avaler un verre qu'il accompagna de sa bénédiction. Ce fut encore moi qui payai. Je ne te dis pas cela en manière de reproche ; foi de Birouste, je n'en ai rien regretté : tu m'avais trop intéressé.

— Excellent monsieur Biroute !

— Après quoi ton pauvre père, qui n'avait plus rien à faire en ce monde... ou plutôt dont ce monde ne voulait plus rien faire.... alla finir ses jours au fond de la rivière.

Un léger frisson passa dans les veines de Fortuné.

— Mon père est mort ainsi ! dit-il.

— Oui, mon ami, de misère.... et cela doit te réjouir par la pensée que tu ne te verras jamais exposé à un pareil sort, grâce aux talents que je t'ai donnés. Le ciel et les hommes me sont témoins que je n'ai rien négligé pour te former. Tu peux dire aujourd'hui, sans amour-propre, puisque tu me dois tout, puisque tu es ma création, qu'il n'y a peut-être pas sur le pavé du globe entier un artiste qui mieux que toi réunisse dans les reins le moelleux et l'énergique, qui attaque la cabriole avec la même franchise, qui apporte dans l'équilibre autant de précision.

— Il est certain que sans vous....

Et un sourire d'orgueil rayonna sur la figure souffrante du jeune artiste flatté.

— Je n'ai pas omis de meubler ta mémoire de tous les lazzis et quolibets qui, depuis dix générations au moins, sont entrés dans la circulation : ton répertoire est riche et varié. Je t'en ai communiqué quelques-uns que tu n'aurais jamais pu connaître, puisqu'ils sont de mon crû. A toi permis, mon garçon, de continuer à t'en servir ; et même à l'occasion, devant un confrère ou un élève (un homme comme toi se doit de former des élèves), de t'en faire honneur comme de ton bien. Ne crains pas que je réclame ; tu me trouveras là-dessus comme sur le reste, toujours désintéressé, toujours grand, toujours généreux.

— Oh! monsieur Birouste!

— J'ai tenu aussi à t'enseigner quelques airs sur la trompette : c'est un complément d'éducation qui ne gâte rien. J'ai toujours eu pour habitude de répéter à mes élèves favoris : « Ne négligez pas la trompette, elle vous procurera une distraction aimable dans vos instants de mélancolie ; et qui sait? c'est une ressource que vous pourrez être bien aises de retrouver un jour.» Voilà pour les soins moraux. Quant aux soins physiques, après quatorze ans de tutelle, tu es là plus grouillant que jamais. Ce pourrait être mon unique réponse ; mais, dis, m'as-tu jamais vu lésiner sur ta portion dans la miche commune? J'excepte les jours où tu t'étais négligé dans le travail. Que veux-tu? le jeûne était un mode de correction qui devait tourner à ton avantage. Lorsque ma conscience de maître m'imposait le devoir de t'envoyer coucher sans souper, que le tonnerre m'écrase si je n'en avais pas toute la nuit le cœur gros! Il m'en coûtait plus qu'à toi. De bonne foi, y penserons-nous encore, maintenant que nous te voyons homme et avec du talent? Ton estomac crispé t'a fait les jarrets souples, remercions-en le ciel.

— Il est de fait qu'à bien prendre....

— D'aujourd'hui tes vingt et un ans sont sonnés ; d'aujourd'hui je ne te dois plus rien ; j'en appelle à toi-même, à ta raison, à ton équité.

— C'est vrai.

— Mon créateur sait combien j'aurais désiré pouvoir te garder plus longtemps dans ma troupe, parce que, tu comprends bien, on n'est pas né organisé comme une citrouille ; on a la bêtise d'avoir un cœur, et ce cœur-là vous saigne quand on en est venu à se séparer d'un élève, d'un ami de quatorze ans, d'un artiste qu'on a vu pas plus haut que ça, et qu'on a longtemps soulevé à bras tendu, par la seule force du poignet. Foi de Birouste! une affection de cette nature, vois-tu, on ne la rejette pas à volonté à dix pas de soi, comme un vieux bout de cigare qui ne vous tient plus à la bouche.

— De mon côté, monsieur Birouste, vous pouvez être sûr que je ne vous oublierai jamais, que j'aurai toujours pour vous les sentiments d'un fils.

Et le pauvre diable, dans l'homme qui venait de le maltraiter si cruellement tout à l'heure, persistait à chérir un ami. L'habitude l'avait attaché à ce bourreau comme le chien au maître qui le bat.

— Mais les temps sont durs, et un gaillard de ton âge et de ton appétit, c'est une rude charge. Maintenant que j'ai rempli, et j'ose le dire, rempli avec honneur tous mes engagements, maintenant que nous voilà tous les deux dételés de la brouette où le sous-seing nous attachait, et que je t'ai mis en état de récolter toi-même ton pain tout cuit sur la voie publique, je puis te le dire en confidence, je puis te l'avouer sans crainte de manquer à la délicatesse, ton apprentissage m'a ruiné, tu ne m'as pas rapporté le demi-quart du demi-quart de la valeur de tout ce que tu m'as mangé durant ces quatorze années. Pendant les premiers six mois, je ne dis pas, le minois de sept ans faisait son effet. Tu me rendais ma tasse comble de gros sous, et je te nourrissais la journée entière avec deux gâteaux de Nanterre : c'était le bon temps. Mais, mon cher, que je sois le plus infâme scélérat si, depuis, je n'ai pas constamment mis du mien! A mesure que tu as grandi et que tu as perdu de ton intéressant physique, la bourse du public s'est resserrée, et cependant ton ventre s'élargissait : c'est devenu un gouffre. Il y a des jours où tu dévores, au point que ça ressemble à une infirmité.

— Croyez, monsieur Birouste, qu'il n'y a pas de ma faute ; je me retiens tant que je peux...

— Mon Dieu! je ne t'en fais pas un crime ; que le ciel y pourvoie! Je n'ai plus à m'en mêler, comme aussi de ton habillement ni de ta chaussure! En attendant, je t'ai supporté sans reproches quatorze grandes années. Le plaisir d'avoir fait ta connaissance à Lyon me coûte ma fortune, car le moyen d'amasser, quand on jette, comme je l'ai fait, ses espèces à la tête du premier venu, quand on sue, quatorze années durant, sa sueur et son sang pour engraisser l'enfant du prochain!

— Monsieur Birouste, je sais bien que je ne suis qu'un malheureux. Si je parlais de m'acquitter un jour envers vous, ça vous ferait pitié ; mais, croyez-le bien, si jamais je parviens à gagner le plus petit argent, j'en fais le serment, je le regarderai comme le vôtre ; je remuerai ciel et terre pour vous le faire parvenir. Que je serais fier et heureux si j'arrivais à pouvoir vous rendre quelque chose!

— J'y compte. D'ailleurs, en supposant que je n'aie obligé qu'un monstre d'ingratitude, comme on en voit tant de nos jours, personne ne pourra m'enlever la jouissance d'avoir fait une bonne action, et une bonne action qui a duré quatorze ans.

— Je vous promets une vie entière de reconnaissance.

Et ses larmes, longtemps contenues, se faisant passage, coulèrent abondamment sur la main large, grosse et velue qu'il avait saisie et qu'il pressait dans les siennes.

— Allons, allons, pas d'attendrissement indigne de nous, reprit le bienfaiteur délicat ; que diable! je ne suis pas encore Dieu le Père pour qu'on me vénère de la sorte. Faisons-nous nos adieux sans faiblesse, en hommes. Entrons chez le marchand de vins. Un demi-litre en deux verres sur le comptoir nous rafraîchira les esprits ; ça servira de préliminaire à quelques dernières instructions que je veux te donner pour la pratique de notre art.

Outre le préliminaire, le sermon de Birouste eut, comme tous les sermons, les trois points de rigueur, et chaque point découla méthodiquement d'un nouveau demi litre. La jeune victime, atterrée par l'idée de cette séparation si brutalement résolue et annoncée, écoutait avec une résignation morne. A peine trouva-t-elle la force de porter une seule fois son verre à ses lèvres, tandis que Birouste, qui avait à réparer des déperditions d'éloquence, vidait et remplissait le sien sans relâche.

Vint le moment de régler le compte : il tira de sa poche une pièce de monnaie.

— Lâchez donc la bride à votre parole ! Tu vois cette pièce de trente sous; eh bien ! vrai comme il est vrai qu'on n'a qu'une tête et qu'on ne vous la coupe qu'une fois, je l'avais mise de côté pour toi, cette pièce. Je me disais : Ça sera un fonds pour son boursicot, à ce pauvre garçon ; seulement, comme de juste, je voulais prélever le simple demi-litre, les adieux. Brrrrr ! Nous avons jasé... la langue se dessèche, le gosier veut être humecté... Nous avons bu, nous avons bu... Dieu sait ce qu'il va t'en rester de la pièce, brigand ! six sous ! rien que six sous à nous rendre ! conçois-tu?... Fi donc ! Il ne sera pas dit que j'aurai humilié un ami par le cadeau de six sous... Nous ferons mieux de terminer par un dernier demi-litre... à ta santé, car aujourd'hui c'est toi qui auras payé. Cette fois, c'est le monde renversé, c'est Paillasse qui régale son maître.

La plaisanterie fut accompagnée d'un grognement saccadé, qui avait la prétention d'imiter un rire d'homme. L'amphitryon improvisé, rudement secoué par le bras et arraché à lui-même, essaya de sourire; ses yeux s'ouvrirent un instant plus grands, puis il retomba dans sa torpeur.

— Le jour baisse; il est temps d'en finir. La dernière quête de ce soir, la quête faite à ton bénéfice, tu l'as soigneusement empochée, n'est-ce pas? Je ne te demande ça que dans ton intérêt; je n'ai rien à y voir, je te l'ai abandonnée en pur don. Tu as un carrick sur le dos, des souliers aux pieds; avec cela on va loin... pourvu toutefois qu'on y joigne des papiers, et voici les tiens. Surtout n'oublie pas de les tenir en règle, car, dans le doux pays de France, s'il n'est pas positivement ordonné d'être Français par le cœur, en revanche, il est diantrement enjoint de l'être par les papiers. Je te livre à toi-même, assuré contre la grosse faim et le gendarme, deux rudes fléaux au prolétaire. A toi, à ton tour, de t'administrer : comme on fait son lit on se couche. Pourquoi ton bonhomme de père n'a-t-il pas vécu ! Comme il jouirait des améliorations survenues de mon fait en sa progéniture ! Pauvre cher père ! il trouverait encore une bénédiction à te donner : à son défaut, tu auras la mienne, *in secula seculorum ! Amen.*

Si, par hasard, quelqu'un était tenté de juger trop sévèrement la conduite de Birouste, nous prendrions la liberté de lui faire observer qu'en se séparant de son élève au jour de l'échéance du contrat, ledit Birouste agissait dans l'exercice de son droit. La société accorde au père l'exploitation de son fils; Birouste avait exploité une créature mineure par délégation de la puissance paternelle. En saisissant la circonstance de sa majorité atteinte, pour se débarrasser de Fortuné grandi, et qui lui rapportait moins; de Fortuné impotent, à qui une entorse venait d'enlever, pour longtemps peut-être, le reste de sa valeur, Birouste était un chef d'industrie retranchant de sa machine une roue qui fonctionne mal, jetant hors de l'atelier l'ouvrier que l'âge ou l'épuisement a rendu moins habile. Resterait le reproche général de faire objet de curiosité et passe-temps, pour les badauds, d'innocentes créatures, disciplinées par la faim et le bâton, affrontant dix morts par minute, se torturant en poses périlleuses pour accomplir avec leurs membres quelque niaise et dégoûtante combinaison de statique, éclose dans un cerveau d'ivrogne; mais, de bonne foi, sans le cercle de flâneurs béants, qui ne rougissent pas de s'arrêter devant le tapis des Birouste, les Birouste se rencontreraient-ils ?

LA FAIM ET LA LOI.

Après avoir, aussi longtemps que possible, suivi des yeux le respectable M. Birouste, qui s'éloignait d'un pas rapide et à peu près ferme, cuvant résolûment ses cinq demi-litres, et qui poussait le stoïcisme jusqu'à ne pas tourner une seule fois la tête, Fortuné s'assit ou plutôt s'affaissa dans un des fossés qui bordaient alors le boulevard; il se sentait sur la poitrine un poids à la briser, et cela était accompagné d'une tristesse si amère, qu'il eût voulu mourir.

La nuit survint, sans qu'il songeât à changer de position; d'ailleurs, à quoi bon ? aucun asile n'était préparé pour lui. Où était le paternel M. Birouste, qui, chaque soir, faisait ouvrir et payer le gîte? Peu à peu cependant, et c'est un privilége de la jeunesse, le sommeil le visita. Il est vrai que ce sommeil fut fiévreux et escorté de songes bizarres et terribles, tels qu'il en peut monter d'un estomac défaillant vers un cerveau inquiet.

Sous l'impression du froid qui précède l'aube naissante, Fortuné se réveilla. Son vêtement était humide de rosée. Un douloureux frisson agitait ses membres. Tout boiteux qu'il était encore, il essaya, pour se réchauffer, de marcher par la ville endormie. Il frottait sa paupière toujours pesante et projetait son regard sur les longues files de fenêtres aux cinq et six étages des innombrables maisons. Pas une de ces fenêtres, pas une de ces lucarnes même ne paraissait prête à s'ouvrir, et, là derrière, des familles prolongeaient un repos délicieux. Fortuné avisa surtout, perdu presque au sommet d'un toit, à la base d'un conduit de cheminée, une vitre de la dimension d'une ardoise. Le réduit auquel cette bienheureuse vitre servait d'œil devait tout juste pouvoir contenir un être humain... Là, comme on devait dormir !

A mesure qu'avança la journée, se présenta, de plus en plus pressante, la question que le cinquième de la population parisienne est condamné à s'adresser à chaque réveil : *Trouverai-je à vivre aujourd'hui?* Vous qui me me faites l'honneur de me lire (ce qui certainement suppose du loisir et une existence ornée de quelque superflu), vous n'êtes pas à même de savoir, et je vous souhaite d'ignorer toujours combien de difficulté présente la solution du problème, quelle distance sépare le pain étalé derrière les barreaux d'une boulangerie de la bouche du pauvre diable qui n'a pas un sou dans sa poche.

Et à propos de sou, celui qui composait tout le trésor de Fortuné, ce sou, qui ne devait jamais être dépensé, disparut d'abord. La nécessité triompha du vœu téméraire formé la veille dans un moment d'exaltation : soumis à l'ignoble épreuve du besoin, Fortuné échangea ce précieux souvenir contre un grossier morceau de pain bis.

Hélas ! ce maigre repas ne donna qu'un bien court répit à ses souffrances ! Le reste de la journée et une seconde nuit s'écoulèrent, et l'occasion de le renouveler ne se présenta pas.

Fortuné trouvera-t-il son couvert mis au grand banquet de la vie, comme disent, dans leur style gravement coquet, MM. les économistes?

Sans doute, répondra-t-on; il est physiquement

impossible aujourd'hui qu'un homme puisse mourir de faim. Il n'est personne qui ne puisse trouver à vivre... Vous ne savez pas manier la truelle ni gâcher le mortier, il vous reste à charger ou pousser la brouette : le procédé est simple et ne demande pas d'apprentissage. Avec quinze sous par jour, on vit exempt de soucis, d'inquiétude; on mange sur la borne un pain que l'appétit rend délicieux.

La pelle et la brouette, présentées par les maîtres à des mains qu'ils ne verraient qu'avec terreur inactives, sont, il faut l'avouer, une ressource, bien qu'une ressource mal appropriée à un bon nombre de tempéraments. Parmi les bandes conviées pendant dix heures par jour, et souvent sous un soleil qui darde à plomb, à disposer en terrassement une terre crayeuse et brûlante, ou à épuiser la bourbe d'un marais pestilentiel, ou à retourner le sol noirâtre et fétide des rues d'une cité, d'incessantes épidémies exercent de cruels ravages. C'est une aumône héroïque : elle tue le patient débile et ne veut que des patients d'une robuste trempe pour être restaurés par elle; en outre, elle découle moins d'un esprit de charité qu'elle n'est une concession arrachée par la peur; mais enfin, telle qu'elle est, c'est une aumône, et toute aumône mérite approbation. Elle consacre le principe que la société doit du travail à chacun de ses membres. Un jour peut-être les maîtres trouveront plus logique d'aviser aux moyens de prévenir la misère que d'épuiser leur imagination en palliatifs pour la réprimer.

Quoi qu'il en soit, Fortuné ignorait quelle magnifique carrière on tenait à sa disposition. Sous la tutelle Birouste, il avait été initié à fort peu de choses de ce monde, ce qui explique comment l'idée ne lui vint pas d'aller d'abord en grève et de voir qu'en effet son couvert était mis au banquet de la vie.

J'entends maintenant quelqu'un dire : Qui l'empêche de se faire soldat? c'est un état qui loge et nourrit son homme, et, à la longue, le décore d'un galon et même d'une épaulette. Qu'il se vende comme remplaçant d'un fils de famille, il entrera en jouissance d'un fort joli capital. Vous avez raison, c'est un merveilleux expédient. Je ne doute pas que la loi, en accordant au riche la faculté d'envoyer, moyennant salaire, le pauvre se faire tuer à sa place, n'ait eu principalement en vue les chances de fortune qui en devaient résulter pour ce dernier. Par malheur, Fortuné était inhabile à en profiter. La tutelle Birouste n'avait pas plus développé son corps que son esprit. Appelé, quelques mois auparavant, à satisfaire à la conscription, le sort l'avait désigné pour entrer dans le contingent; mais à peine le chirurgien, à l'œil de qui toutes les nudités belliqueuses sont exposées tour à tour derrière un paravent, eut-il constaté une peau malsaine, des membres chétifs, une poitrine rachitique, que, détournant la tête avec dédain, il se hâta de prononcer ces mots : *Impropre au service.*

Voler, mendier furent donc les seuls expédients vers lesquels, pendant ce jeûne prolongé, la faim, perfide conseillère, dirigea les pensées de Fortuné.

Voler était peu de son goût, non pas que son aimable précepteur eût pris le moindre souci d'édifier en ce jeune cœur une noble moralité, basée sur la beauté de la vertu et la difformité du vice. Deux ou trois peccadilles de ce genre, aux dépens du public, avaient été d'abord, sinon inspirées à la lettre, du moins complaisamment tolérées par l'indulgent Birouste, qui, asssuré, dans chacune de ces occasions, de ne pouvoir être lui-même compromis, avai daigné fermer l'œil et tirer à soi la plus grande part du profit. Un jour, cependant, cette activité naissante, faute d'un autre champ à exploiter, s'était repliée sur le bissac du maître et s'y était accommodée d'un notable morceau de fromage. Une grêle de coups fut la récompense immédiate de cet acte. Birouste, inquiété dans sa propriété, fit un appel à toutes les peines inscrites dans le Code : le carcan, les travaux forcés à perpétuité, la guillotine, et, après chaque définition, la grêle de coups recommençait plus terrible. Fortuné, demeuré longtemps meurtri, avait conservé ce terrible souvenir. Il était devenu en moralité de la force du chien de chasse. Il avait cessé d'estimer le vol, par la seule raison que le vol attire sur son auteur une foule de conséquences fâcheuses.

Mendier avait aussi ses dangers. Birouste, pour qui ses jeunes artistes étaient autant d'outils précieux et qui aurait craint de les voir confisqués par la police, leur avait soigneusement inculqué le précepte que la main ne doit se tendre qu'à la suite d'un exercice; que le don à solliciter du public doit toujours pouvoir être considéré comme la rémunération d'une industrie; autrement, il y va de la prison. Sans doute, à un homme dans la situation de Fortuné, une prison qui offre pain et abri doit sembler un lieu de délices, et il courra frapper à la porte; mais, outre que Birouste s'était appliqué, dans son intérêt, à faire du dépôt de mendicité la peinture la plus effrayante, trouvez-moi une créature humaine, à moins qu'elle ne soit usée par les infirmités et les ans, qu'elle n'ait épuisé toutes les amertumes et toutes les déceptions, qu'elle ne soit tombée à ce degré d'abrutissement hypocondriaque où l'on exècre jusqu'à la lumière d'un beau ciel et l'air pur des champs, qui se résigne à accepter une vile pitance en échange d'un labeur sous les verrous? Fortuné donc haïssait la prison de toute la terreur que Birouste avait su lui en inspirer et de toute la soif de liberté qu'on ressent à son âge, et cependant, la nécessité parlant encore plus haut que la peur, Fortuné s'en allait par les rues mendiant.

Il marmottait une phrase suppliante et avançait furtivement la main chaque fois qu'il passait auprès d'une personne proprement mise, tout en lorgnant du coin de l'œil chaque objet qui, de loin, rappelait la forme du tricorne du sergent de ville, ou la redingote râpée et le menteur ruban rouge des familiers furets de la police.

— Jusqu'ici, ajouta-t-il en soupirant, on ne m'a encore rien donné, à moi, mais aussi, je suis gêné dans mes moyens de m'y prendre pour demander. Ayez donc de la confiance, quand vous savez que vous n'êtes pas en règle, que vous n'êtes pas un pauvre en titre. Je ne puis pas, comme eux, m'installer commodément aux meilleures places, ni donner en plein toute ma voix pour préparer de loin les âmes charitables et qu'elles aient le temps de fouiller à leurs bourses. Je n'ai pas le loisir de me faire une figure à la circonstance et de prendre une pose à intéresser. Il m'est interdit de stationner sur la voie publique; je dois marcher, marcher sans cesse, et à chaque pas, je sens le sergent de ville sur mes épaules. A peine ai-je commencé une phrase qu'il me faut m'interrompre et vite renfoncer mes deux mains dans mes poches, et puis siffloter pour me donner l'air dégagé d'un flâneur. Est-ce là une manière productive de demander l'aumône? Faut-il qu'il y ait au monde des sergents de ville!

Cependant, l'un de ces justiciers du trottoir avait éventé les manœuvres de Fortuné. Il les couvait de ce regard de vautour assez fréquent sous les sourcils froncés par la pression d'un tricorne sur le front. Il va sans dire que ce sinistre regard était oblique; la direction de la prunelle était à angle droit et parfois même à angle obtus à celle que suivait le corps du personnage.

L'échine se balançait avec un mol abandon et le bras droit plié en deux reposait négligemment sur la hanche, tandis que les doigts de la main gauche, allongés sur le fourreau de la forte épée, lui imprimaient une oscillation aussi régulière que celle du balancier d'une horloge. Vous eussiez juré le plus benin des fonctionnaires, enveloppé sous cet ennui de plomb qui est le manteau de toute dignité, et se livrant à l'innocente occupation de diviser mentalement en secondes la dernière heure qui lui restât à consumer à son poste. De temps à autre, un perfide bâillement servait de complément à la ruse. Deux fois déjà il s'était cru sur le point de happer son gibier; mais le délit n'avait point acquis une maturité assez flagrante. La pièce de conviction manquait. Ce sergent de ville était artiste en son genre. Il eût rougi d'une besogne mal faite. Une arrestation hasardée, une proie dont la légalité eût été quelque peu contestable, fi donc! le poignet de ce preux sans reproche n'avait jamais subi la honte de rien relâcher. Enfin, à un coin de carrefour, un mystérieux mouchard se rencontra qu'un signe presque imperceptible appela aussi sur la piste, et dès lors, le limier-militaire et le basset-pékin, différents de poil et d'allure, mais jumeaux distincts, chassèrent tous les deux de conserve.

Quelle vigilance peut se soutenir égale! Fortuné, vaincu par la fatigue, avait abandonné une à une toutes les mesures de prudence. Son coup d'œil perdait de l'application nécessaire; il mendiait avec toute la témérité de son âge, avec toute l'audace du besoin, sans se douter qu'il était observé, et que cette première aumône si ardemment souhaitée allait, une fois tombée dans sa main, se transformer en un témoin irrécusable et servirait à sceller derrière lui la porte de la prison qui lui inspirait tant d'effroi.

Deux femmes apparurent, dont la mise n'annonçait pas l'opulence; mais une voix secrète disait à Fortuné que la pitié habite surtout au cœur des femmes, et d'ailleurs le désespoir l'emportait. Il s'approche d'elles en avançant la main... Oh! bonheur, une main mignonne et blanchette se dirige vers la sienne.

Tout à coup un horrible fracas de lourdes bottes retentit sur le pavé. Fortuné tressaille et tourne la tête : c'est la meute qui se précipite vers le délinquant. La fuite est impossible. Le cerf aux abois lève les yeux sur les deux femmes et pleure. Il est perdu!...

Il est sauvé! car la blanche main a saisi la sienne et l'attire vivement. Une voix, la voix d'un ange, s'écrie avec une intention marquée : « Eh! bonjour donc! quel plaisir de vous rencontrer! » tandis qu'un bras qui frémit doucement sollicite l'appui de son bras demeuré pendant à son côté. En un instant le mendiant se trouve, à la face de tous les passants, improvisé le chevalier légal d'une jolie fille qu'accompagne une femme âgée d'une apparence tout à fait respectable.

Encore un flagrant délit qui se dissipe en fumée!

A quatre pas, les deux explorateurs s'étaient arrêtés. Ils reprenaient haleine en soufflant et s'entre-regardaient d'un air ébahi.

Après quoi, le sergent, hochant de la tête, recomposa par degrés son allure fallacieuse; le mouchard, brandissant sa grosse canne, raffermit dans leur boutonnière chacun des boutons de sa redingote croisée jusqu'à son menton, et se replongeant dans les ténèbres de l'incognito, il disparut.

UN SUJET.

C'était à Henriette Meneau que Fortuné devait son salut. Cela s'était passé avec la rapidité de l'éclair, et l'inséparable mademoiselle Simonin y avait assisté sans rien comprendre. En présence du danger couru par le malheureux, Henriette avait suivi l'élan de son cœur et trouvé la force d'accomplir cette vertueuse feinte de le connaître afin de le soustraire à ses persécuteurs. La compassion l'avait fait brave. Le danger passé, la timidité de jeune fille reprit ses droits; elle baissait maintenant la tête en rougissant et cherchait à dégager son bras que cependant Fortuné retenait avec quelque force : outre qu'il voyait dans ce bras son encre de miséricorde, il avait retrouvé la jolie spectatrice par lui remarquée lors de la dernière représentation, et il commençait à goûter un charme inconnu jusqu'alors en sentant un bras de femme reposer sur le sien.

Quand on se fut expliqué et que mademoiselle Simonin put apprécier le fait :

— Certainement, ma chère, dit-elle à Henriette, vous avez perdu la tête. Vit-on jamais rien de semblable? Une honnête fille s'aviser en pleine rue de se pendre au bras d'un mendiant!

Puis s'adressant à Fortuné :

— Quant à vous, il faut que vous soyez bien vil pour vivre de charité à votre âge.

Le texte prêtait : aussi l'austère demoiselle ne se fit-elle pas faute de parler. L'auditoire était autant mieux disposé à ne pas l'interrompre, que tandis qu'elle parlait, on continuait de marcher, et qu'en marchant, on s'éloignait du lieu de la scène. Henriette perdait de sa confusion à mesure qu'elle devenait de plus en plus assurée qu'aucun des nouveaux passants n'avait pu être témoin de son action inconvenante. Fortuné achevait de se remettre de sa peur; et comme on marchait toujours groupé dans le même ordre, il eut de la sorte fait des lieues et écouté plusieurs sermons.

L'orateur (qui un quart-d'heure auparavant avait déjeûné d'une excellente tasse de café à la crème) démontra catégoriquement comme quoi il vaut mille fois mieux mourir de faim que mendier. Elle fit voir comment l'homme valide, qui ne rougit pas de demander l'aumône, se confesse par-là au-dessous du dernier des hommes. Elle raconta comment elle, mademoiselle Simonin, qui n'avait pas hérité d'un liard de ses parents, avait travaillé nuit et jour et s'était créé une existence honorable; comment Henriette, avant d'être sortie de l'enfance, avait déjà commencé à se suffire à elle-même. Et lui, homme, lui qui, à son âge, devrait, aves ses bras, nourrir non-seulement sa personne, mais encore une femme et une famille, il avait la bassesse de demander à une pauvre fille qu'elle s'arrachât de la bouche, pour le lui donner, le morceau de pain gagné à coups d'aiguille! Elle résuma enfin par cette magnifique sentence : on travaille ou l'on meurt; mais mendier, jamais!

Ce morceau d'éloquence, fulminé d'une voix aigre et furibonde, éveilla dans l'âme de Fortuné plus d'irritation que de repentir; ce que pressentant, la bonne Henriette hâta d'ajouter :

— Un homme est bien à plaindre de demander son pain : qu'il faut avoir souffert avant de s'y décider!

Mieux fait douceur que violence. Ces simples paroles, prononcées avec un accent de commisération vraie, opérèrent un miracle. Fortuné, se comparant avec la noble fille comme lui pauvre, mais si courageuse et si charitable dans sa pauvreté, prit honte de lui-même : généreuse honte, en compagnie de laquelle la dignité d'homme se montra bientôt.

Pressant sur sa poitrine le bras de sa libératrice :

— Aujourd'hui, s'écria-t-il, aujourd'hui, je le jure, et c'est à vous que je le jure, j'ai mendié pour la dernière fois de ma vie : je ne veux plus rien demander que du travail. Si l'on m'en refuse, eh bien! j'irai m'étendre et mourir dans un fossé... Mais à qui demande-t-on du travail? Est-il un travail auquel je sois bon? Vous, madame (s'adressant à mademoiselle Simonin), qui, à force de travailler, êtes devenue riche, voulez-vous me donner du travail, voulez-vous m'indiquer où l'on en trouve?

Mademoiselle Simonin, pour le moment descendue dans son for intérieur, s'y occupait à distribuer quelques louanges aux passages les plus saillants de son dernier discours; cette apostrophe l'en fit remonter brusquement. Elle fit presque un saut en arrière. Elle eût donné vingt autres discours; mais donner de son temps pour chercher et procurer du travail! elle avait assez de ses propres affaires, vraiment! Son mauvais vouloir, sans s'ingénier à trouver une bonne excuse, se décida effrontément, pour sortir d'embarras, à une invocation un peu tardive, il faut l'avouer, au sentiment des convenances.

— Mais, dit-elle, conçoit-on ce mendiant qui a été si osé que de nous suivre, et qui se tient collé à nous comme notre ombre! Croit-il donc qu'on doive être si flatté de sa société? Voulez-vous vite quitter le bras de mademoiselle, vilain pauvre, et nous laisser libre de continuer notre chemin?

L'ordre était cruel; cependant, depuis longtemps, Fortuné devait s'y attendre; il se résigna à obéir.

— Quittez-nous, dit Henriette à demi-voix, mais tenez-vous à distance et ne nous perdez pas de vue.

— Je crois, en vérité, dit mademoiselle Simonin, qu'il s'obstine à rester derrière nous?

— N'allons-nous pas chez M. Gouju?

— Sans doute.

— Eh bien! laissez-le faire.

M. Gouju était le maître d'un petit cabaret, dans le voisinage de la barrière Fontainebleau. Mademoiselle Simonin, qui tenait à lui par un lien de parenté, s'était mise, ce matin même, en route pour lui faire une visite.

Elle débuta par la question d'usage :

— Eh bien! cousin Gouju, comment vont les affaires?

Le mot *affaire* est, pour tout commerçant gros ou mince, le mot sacramentel...L'homme qui vous vend dans la rue une boîte d'allumettes fait des affaires.

— Ne m'en parlez pas, cousine; le commerce est mort.

Autre allocution sacramentelle en usage dans les bureaux du banquier millionnaire et de l'échoppe.

Assez souvent l'homme qui répond : « Le commerce est mort, » sourit légèrement, car il s'arrondit. Celui qui vous dit : « On fait de l'or, on ne suffit pas à la vente, » a l'œil sombre, car il prépare son bilan.

M. Gouju est trapu, courtaud, rougeaud; sa figure est plate et son œil sans feu. Sa bouche a seule de l'expression : elle est de travers et fortement serrée. De tous les instincts mis par le Créateur au service de ce bloc de matière, un instinct unique est parvenu à s'allumer en lui : le désir d'acquérir; mais aussi a-t-il fait merveille.

Petit garçon, Gouju, au lieu de polissonner, s'attelait complaisamment, cheval de volée, à côté des hommes de peine qui tiraient le haquet pour le compte des épiciers-droguistes du quartier des Lombards. Le moindre chiffon de toile à ballot ou de papier, le plus petit brin de ficelle était par lui ramassé dans les balayures du magasin, et du tout il était parvenu à se composer un petit pécule.

Dès que son encolure fut assez forte, il obtint la faveur d'entrer en qualité de limonier dans les brancards du haquet d'une bonne maison en demi-gros. Au lieu de consumer ses loisirs sur la borne de la rue en béates contemplations, il les employait à regarder agir le commis et à s'initier aux mystères du grand art de vendre. Personne n'avait fait une étude plus approfondie des poids et mesures du magasin. Il pouvait dire au juste quel heureux démenti la pesanteur ou la capacité réelle de tel hecto ou de telle velte donnait au titre officiel, et c'étaient toujours ses favorables instruments qu'il avait soin de tenir à portée lorsqu'un client venait prendre livraison de marchandises. Dans chaque balance, il savait lequel des deux plateaux avait une aimable propension à s'incliner vers le sol. Il savait quel article demande à être présenté dans un savant demi-jour et quel peut braver la lumière; quel gagne à être trituré dans un lieu humide, ou quel s'accommode d'une chaleur extrême. A l'apprenti insouciant et distrait, le maître de la maison avait pris l'habitude d'opposer Gouju, le simple homme de peine Gouju, disait-il, vous donnerait des leçons; Gouju est plus que vous commerçant, Gouju est né avec l'esprit du commerce.

Si Gouju était demeuré insensible aux plaisirs naïfs de l'enfance, les folles joies de la jeunesse ne le trouvèrent pas moins sourd à leur voix. La loi de sa nature le condamnait à amasser, et il cédait à cette loi, il amassait. Il n'avait point de vice, cela eût coûté de l'argent; il n'avait point d'amis, cela eût entraîné une perte de temps. La vue d'une jolie fille ne lui donna jamais la moindre distraction; mais un jour, une laide cuisinière, qui comptait vingt années de plus que lui, lui montra le contrat d'une rente assez ronde, rapinée, Dieu sait dans quelles voies! Gouju calcula que le capital, joint à son pécule, suffirait pour ouvrir au public des barrières un nouveau salon de cent couverts et alimenter des fourneaux où Léonarde brillerait de l'utile éclat du talent, bien préférable à la jeunesse et à la beauté; en conséquence, il s'empressa de conduire à l'autel cette colombe retardataire. Il y avait un mois que le sacrifice était consommé.

La question de madame Simonin fut suivie d'une conversation assez longue et sans nul doute fort intéressante, puisque cette sage personne en fit à peu près tous les frais. Enfin, au moment où l'on parlait de se séparer, Henriette, qui jusqu'alors avait gardé le silence, préoccupée qu'elle était d'une pensée, fit un effort sur elle-même et jeta timidement au milieu

Voulez-vous quitter le bras de mademoiselle, vilain pauvre. — Page 15, col. 1.

d'un point d'orgue de sa compagne la phrase suivante :

— Vous devez avoir bien du mal, vous et madame Gouju, dans votre établissement. Auriez-vous par hasard besoin d'un garçon ?

— Oh! mon Dieu, ma chère, s'écria mademoiselle Simonin, comme votre voix tremble. Vous prenez le ton de quelqu'un qui sollicite. On dirait que vous avez un protégé à placer.

Pour réponse, Henriette indiqua de l'œil le malheureux Fortuné, demeuré dans la rue à une distance et dans une attitude respectueuse; mademoiselle Simonin regarda et fit un geste de dégoût.

— Un garçon! dit à son tour M. Gouju; certainement, j'ai toujours été dans l'intention de prendre un garçon. Quoique les temps soient durs, madame Gouju a bien assez de soigner ses fourneaux, et j'ai peine à suffire seul au service du comptoir et de la salle. Mais où trouver un sujet? Je dis un sujet qui convienne, ce qui s'appelle un sujet. Tout ce qui se présente est détestable, cela a de si mauvaises habitudes, cela s'est gâté dans de si mauvaises maisons! Il y a aujourd'hui tant de baraques!

Pour le commerçant, toute maison qui n'est pas la sienne est une baraque.

— Je ne pense pas que le mien ait le défaut d'avoir été mal formé, dit Henriette, qui reprenait du courage.

— Le vôtre! vous connaissez donc un sujet? dit Goujou avec une négligence affectée.

— Ne faites pas attention, cousin, dit mademoiselle Simonin, je sais ce que cette petite veut dire. Cela ne peut convenir à une maison comme la vôtre; cela ne conviendrait pas même dans la plus misérable baraque. Figurez-vous un être à peine vêtu, le dernier des pauvres diables, un meurt-de-faim.

Ici, l'éloquente demoiselle se trompa sur l'effet qu'elle pensait produire. Elle avait pris Fortuné en aversion à cause du manque de charité dont elle s'était déjà deux fois rendue coupable à son égard. Elle cherchait à déprécier le sujet, à foudroyer son mérite sous une masse d'épithètes dénigrantes, et chacune d'elles était au contraire un nouveau lustre dont elle le rehaussait aux yeux du cupide marchand.

Le dernier des pauvres diables, un meurt-de-faim, pensa-t-il, doit être un sujet prêt à se donner corps et âme au premier maître qui daignera l'accepter; excellente affaire!

Le patron avare avait en effet manqué jusqu'ici d'auxiliaire, par la seule raison que le hasard n'avait pas encore amené sous sa coupe une créature dans un dénuement tel qu'elle dût accepter ses dures conditions.

— Peut-on faire un crime à quelqu'un de son malheur! dit Henriette. Plus il souffre et plus il se recommande.

Gouju approuva par un hum! hum!

— C'est au point, reprit mademoiselle Simonin, que pas plus tard que tout à l'heure, en pleine rue, à nous-mêmes, il a tendu la main. Sans cette folle...

— Cousine, interrompit d'une voix grave et avec un accent digne d'un philanthrope, Gouju, que ce

Nous venons dîner, cousin.—Page 18, col. 2.

dernier trait décida, cousine, un peu de charité! je suis de l'avis de mademoiselle Henriette : plus ça souffre et plus on leur commande. Voyons : quel âge ça peut-il avoir?

— Un âge tout à fait convenable, répondit Henriette.

— Ça, avoir un âge! dit mademoiselle Simonin. Tenez, cousin, mettez-vous à la fenêtre et regardez là, sur votre droite. Voilà le sujet. Je parie que ça n'a pas en tout quatre pieds dix pouces de haut. Que dites-vous de cette tête en calebasse, toute renflée par derrière et posée sur ce pauvre petit buste maigrelet, avec deux longs bras en pattes d'araignée? Au corps vous donneriez douze ans et à la tête trente. Je vous recommande les cheveux en vergette, d'un blond iscariotte; la racine part à deux doigts des sourcils. Et le nez épaté, aussi large du haut que du bas! et le mufle en avant, terminé par un menton carré de singe! Conçoit-on qu'un pareil laidron, avec ses grosses lèvres, fasse constamment la bouche en cœur et qu'il ne cesse pas de clignoter d'un air tendre avec ses petits yeux gris! Veux-tu te cacher, horreur!

Le sujet, pensa Gouju, est de taille minime; il coûtera moins à nourrir. Un soufflet le jetterait par terre; on s'en fera mieux obéir : madame Gouju elle-même, avec sa cuiller à pot, le conduira. Il est laid; il n'en sera que plus rangé et courra moins. D'ailleurs, sur ce visage, il y a comme une envie de se rendre serviable; vis-à-vis la pratique, c'est une admirable qualité.

— On est toujours assez beau, observa Henriette, pourvu qu'on soit bon.

— Oui, cousine, reprit Gouju, mademoiselle parle d'or : ce qui est beau n'est jamais bon. Maintenant ça fait-il quelque chose? ça a-t-il une teinture du commerce?

— Quand je vous dis, cousin, que c'est une peste qui empoisonnerait votre maison. Il n'y a pas trois jours que nous l'avons vu dans une troupe de saltimbanques. Ça servait de paillasse; ça vous avait une langue de vipère; ça vous disait des choses qui venaient de je ne sais où, et tous mes badauds de rire! Le monde est aujourd'hui d'une immoralité... J'étais la seule à hausser les épaules. Ça, déboucher adroitement une bouteille! ça, rincer proprement un verre! Ça vous débitera du matin au soir un tas de quolibets, à la bonne heure... mais ça dit des choses à mettre en fuite une femme qui se respecte, à faire de votre établissement un désert. Sainte Vierge! quand je me rappelle ce que j'ai été exposée à entendre! le rouge m'en monte encore au visage.

Il ne sait rien, pensa Gouju; donc pas un sou de gages à donner en entrant; on imposera un temps d'apprentissage que l'on prolongera avec habileté. Il a le babil réjouissant, il débite la gaudriole; c'est un trésor : on n'est pas prude à la guinguette. Grâce au ciel, mes consommateurs ne sont pas souvent de l'âge ni de la sagesse de la cousine Simonin; ce sujet est capable d'achalander ma maison, ce sujet fera ma fortune.

— Pauvre garçon! observa Henriette, est-ce sa

faute si, dans son enfance, on lui a meublé la tête de fadaises au lieu de l'envoyer au catéchisme! D'ailleurs, il suffira de lui défendre...

— Certainement, s'écria Gouju, qui écoutait souvent assez mal, perdu dans des calculs où il s'exaltait; certainement! on lui défendra de parler catéchisme. Il est inutile de demander si ça est probe, fidèle, présenté par vous...

Henriette demeura confuse; elle dut avouer combien peu elle savait l'histoire de son protégé. Toutefois, Gouju considérant qu'un certificat de probité est chose facile à surprendre et n'offre qu'une garantie presque illusoire; que le sujet le mieux recommandé et celui qui l'est le moins nécessitent de tout maître prudent une surveillance à peu près égale; car le fripon, avant le premier acte découvert de ses friponneries, ressemble fort à un honnête homme; considérant d'ailleurs que ce manque de recommandation, à propos d'une qualité si difficile à constater et si fragile, ne pouvait être mis en balance avec la masse des solides qualités qu'il suffisait d'un coup d'œil pour reconnaître dans le sujet offert, et surtout avec la raison puissante: *sans un sou de gages*, Gouju se détermina à courir la chance de traiter avec Fortuné.

Sur un signe d'Henriette, celui-ci se présenta à la porte.

— Tu es sans place? dit l'homme bienfaisant; je consens à te prendre chez moi. Nous causerons des conditions à notre aise. Remercie la cousine Simonin; c'est sur ce qu'elle m'a dit de toi que je me suis décidé.

Mademoiselle Simonin, furieuse, se raidit dans une dignité maussade et retira sa main, sur laquelle s'inclinait Fortuné, humble et reconnaissant.

Henriette remercia le charitable marchand du plus doux regard de ses grands yeux bleus. Fortuné bénit en lui un second M. Birouste envoyé par le ciel.

LES VOLEURS PATENTÉS.

Une quinzaine de jours s'écoulèrent, et cependant le docile Fortuné s'épanouissait sous le souffle vivifiant des époux Gouju, croissait en gentillesse et en dextérité auprès de la pierre à laver, en connaissances hydrauliques à la cave, en grâces et en ruses commerciales vis-à-vis du public.

— Allons, allons, répétait à Henriette mademoiselle Simonin chaque fois qu'elle revenait de cette maison, je commence à croire que le sujet vaut mieux que nous n'avions présumé d'abord, puisque le cousin ne se plaint pas... Je connais le cousin; c'est, de sa part, le plus magnifique éloge.

Un jour, il échappa à Gouju de dire en pinçant gaiement l'oreille de son ilote:

— Hé! hé! mon tout laid, sans la cousine Simonin, tu ne serais peut-être jamais entré ici.

— Décidément, affirma-t-elle, ce doit être un sujet unique.

Elle en vint à prendre à son tour de l'intérêt pour Fortuné, en proportion du bien qu'elle avait, assurait-on, contribué à lui faire.

Par une belle journée du dimanche, mademoiselle Simonin proposa à Henriette d'aller dîner à la nouvelle guinguette.

— Je veux pouvoir dire que j'ai été une fois dans ma vie dîner chez le traiteur. A présent que le cousin Gouju est établi, c'est une occasion, et puis nous jugerons par nous-mêmes des progrès de son garçon, de notre protégé.

En entrant dans la première pièce, qui, dans ces sortes de lieux, est la cuisine:

— Nous venons dîner, cousin, dit-elle, non pas avec vous, mais dans votre établissement. Dieu nous préserve d'être à charge à personne! Mettez que vous ne nous avez jamais vues avant aujourd'hui: nous ne sommes pas de votre connaissance, nous sommes du public.

Elle s'était approchée de la longue table où les bruns rôtis et les jaunes salades se succédaient dans un ordre qui réjouissait l'œil.

— Combien, dit-elle, nous coûtera la moitié de ce morceau de veau?

Le cousin délicat commença par balbutier un refus de vendre son hospitalité à une parente: pour qui le prenait-on? Cependant, la vénérable parente insistant, il voulut bien reconnaître qu'il serait impoli à lui d'insister; mais il exigea en retour qu'on s'engageât à le dédommager un jour... Ces deux dames viendraient de bonne heure... elles accepteraient sans façon à déjeûner et à dîner.... Madame Gouju ferait la conduite le soir... L'amphitryon n'oublia rien que de fixer le jour.

Les soins de politesse accomplis, Gouju rentra avec vivacité dans l'exercice de sa profession.

— Ce joli morceau de veau!

Et il le piqua et le retourna savamment d'une longue fourchette de fer; il s'appliqua à le démontrer blanc et tendre sous une enveloppe rissolée à point et croustillante.

— Ce joli morceau de veau, conclut-il, en conscience, ce serait un meurtre de le couper; à vous deux, vous en viendrez facilement à bout... On est ici à la campagne; le grand air vous donnera de l'appétit.

— Nous avons déjeuné tard; la moitié sera encore de trop.

— La viande est aujourd'hui hors de prix. Le commerce est tellement mort, que les bouchers redoutent de tuer. La moitié de ce joli morceau de veau... et, d'honneur, je ne consentirais à le couper pour personne autre... Une belle moitié de ce morceau de veau, la main sur la conscience, je ne peux pas la donner à moins de trente sous, et j'y perds.

— J'en donne quinze, et c'est trop payé.

— Prenez-le de vingt-cinq, parce que c'est vous.

— Pas un liard avec.

— Vous mettrez vingt; je coupe.

— Eh bien! qu'est-ce que vous faites donc? Vous me donnez la moitié du côté des os! Gardez vos os pour quelque imbécile, oui-dà! Les bons comptes font les bons amis et les excellents parents; voilà quinze sous.

— J'ai dit vingt; j'ai coupé pour vingt.

— Plaisantez-vous? Pour le même argent, chez moi j'en aurais le double, et du Pontoise, tandis que votre veau, c'est du méchant veau de barrière.

— Avec cela il vous faut une jolie salade?

— Je ne mange pas d'huile hors de chez moi.

— Vous prendrez du fromage? gruyère ou jéromé?

— Nous en avons apporté dans ce cabas, ainsi que notre pain.

— Quel vin boivent ces dames? blanc ou rouge? à quinze, à douze?

— J'ai ma migraine, nous boirons de l'eau.

En s'éloignant de la cuisine pour passer dans le grand salon :

— Ces traiteurs sont d'insignes fripons ; on ne peut pas faire la plus petite partie chez eux sans être écorché vif.

— Satanée pratique ! Est-elle coriace et anachorète, la vieille cousine !... Où va-t-elle ? A la plus belle place, ma foi ! Est-ce que, par hasard, elle croit qu'avec son morceau de quinze sous bien sec, je souffrirai qu'elle m'embarrasse ma meilleure table de mon grand salon ! Le bel exemple à laisser sous les yeux de mes consommateurs que deux béguines se mirant dans une carafe ! Il y aurait de quoi vous faire redescendre la soif et l'appétit jusque dans les talons... Par ici, cousine, par ici ; je veux vous mettre dans un endroit tranquille : une jolie petite salle ..

— Mais je ne veux pas être enfermée ; je suis venue pour voir.

— C'est ce que je vous dis ; on ne viendra pas vous voir.

Dans la négociation du rôti, mademoiselle Simonin, pourvue d'une double dose d'énergie négative et de tenace économie, en sa double qualité de femme et de célibataire majeure, avait fini par l'emporter, même sur l'âpre cupidité de Gouju ; mais maintenant la circonstance permettait à celui-ci de recourir à la force physique, et il triompha. Poussant de table en table les deux frugales et malencontreuses convives, qui n'opposaient qu'une faible résistance, par crainte du scandale, et qu'étourdissait le tapage inaccoutumé d'une cohue de buveurs, il les refoula dans toute la longueur du grand salon jusqu'au pôle opposé à la porte d'entrée. Longtemps ballottées et éperdues, la petite salle leur devint un port où elles s'estimèrent heureuses d'aborder enfin.

— Oh ! quelle chaleur ! votre maison est une étuve ; j'y meurs.

— Patientez seulement jusqu'à l'année prochaine ; je vous promets un joli jardin, avec du sable jaune et des dalhias. Je guette six jolies toises de terrain où vous aurez frais comme dans un paradis... pour peu que le propriétaire entende raison sur le prix.

La petite salle présentait deux tables longues et étroites, disposées à droite et à gauche, chacune flanquée de deux bancs, dont l'un scellé à la muraille. En face de la porte était une sorte de champ poudreux, où verdoyaient quelques rares et tristes feuillages de pommes de terre.

L'une des tables était, à son bout, voisine de la fenêtre, occupée par un consommateur solitaire. Gravement accoudé, une main étendue près d'un verre, et l'autre sur le gouleau d'une bouteille, la tête penchée sur sa poitrine et le chapeau sur les yeux, rien ne s'opposait à ce qu'on dût le croire abîmé dans la méditation. Au bruit des deux femmes qui entraient, la tête se redressa un instant pour retomber plus bas, et le chapeau roula sur la table. Était-ce l'effet d'une distraction ? était-ce un salut ? Dans le doute et à tout hasard, la polie demoiselle Simonin répondit par une révérence ; après quoi elle s'assit à l'autre table.

Cependant, à la voix du patron, Fortuné, qui desservait quelques dîneurs dans le grand salon, accourut. En reconnaissant ses bienfaitrices, il éprouva de la joie, à laquelle se mêla une satisfaction d'amour-propre, car il se sentait surpris par elles dans la circonstance la plus propre à mettre en relief son adresse d'acquisition récente. — L'avant-bras gauche ramené sur le sein soutenait, non pas une pile, mais une colonne de plats, d'assiettes et de saladiers, en même temps que trois bouteilles étaient maintenues par la pression du coude, ce qui n'empêchait pas le poing fortement fermé de se terminer par cinq autres bouteilles, tandis que des verres innombrables semblaient agglutinés aux doigts de la main droite.

— Conçoit-on qu'une personne puisse porter tant de choses ! dit mademoiselle Simonin.

Cet éloge, qu'Henriette confirmait par un sourire, alla au cœur de Fortuné. Quel prix de son travail et de son application de la quinzaine !

Après qu'il eut reçu communication de ce qu'il y avait à servir à *ces dames*, il prit le chemin de la cuisine, marchant sous toute cette faïence et toute cette verrerie, léger et superbe, autant qu'un scarabée sous sa brillante carapace.

Quand Fortuné reparut, la petite salle comptait un consommateur de plus ; ce dernier s'était assis à un bout de la table, dont les deux femmes occupaient une partie.

Mademoiselle Simonin avait déjà reconnu le nouveau venu, car c'était le dandy rencontré quelques jours auparavant dans le cercle qui formait l'auditoire des saltimbanques.

Quoique le beau jeune homme montrât, ce jour-là, beaucoup plus de laisser-aller dans sa mise, sans doute parce que c'était dimanche et qu'il dînait à la guinguette, il conservait toujours les traces de son élégance habituelle.

Sa figure, quoique régulière, n'avait rien de très-remarquable ; l'expression seule en était frappante ; sous l'air aimable de la cordialité et du savoir-vivre, la hauteur ironique se laissait voir ; la violence intérieure, la volonté despotique transparaissaient par instants. Tout son aspect imposait aux êtres faibles, sans qu'ils se rendissent compte de cette impression, et répandait une sorte d'intimidation autour de lui ; ses yeux pleins de fluide magnétique, le gonflement mobile de ses narines, la largeur du bas de son visage dénotaient en lui la force des penchants sensuels, et cette empreinte dominait complétement sur ses traits ; si son front et son regard révélaient l'intelligence, le courage, la puissance de pensée, on pouvait juger que ces nobles facultés, déchues de leur grandeur, devaient être mises au service des appétits physiques et amener seulement avec plus de facilité l'assouvissement de leurs désirs.

Bien fait, bien découplé, large de carrure, le jeune Parisien avait dans tous ses mouvements le geste du commandement ; il tenait son jonc orné de pierres fines en manière de cravache, toujours prêt à frapper la monture rétive qui ne le conduirait pas au but de ses volontés.

Les personnes présentes ne faisaient point de telles observations, si ce n'était peut-être Henriette, qui ne les formulait pas, mais en recevait la vague impression en regardant tour à tour le beau monsieur et Fortuné... Fortuné, cette figure certainement assez laide, mais éclairée de tant de bonté ! ce pauvre diable, toujours prêt à tout donner, et demandant si peu pour être heureux !

Pour Fortuné, quel ne fut pas son dépit en retrouvant là son maudit spectateur de la représentation Birouste, celui dont la féroce munificence l'avait forcé à faire le *saut périlleux*, auquel il avait gagné une entorse encore assez mal guérie. C'était bien lui..! Il suffisait d'ailleurs, pour le faire reconnaître, du feu dont s'allumait sa prunelle quand il se tournait vers la belle Henriette.

Le premier moment fut terrible! Pour ne point laisser échapper le plat qu'il tenait à la main, Fortuné dut faire un violent effort sur lui-même. Peu à peu, cependant, se rappelant tout ce que l'acte qu'il allait accomplir avait de solennel, et que c'étaient ses bienfaitrices, que c'était mademoiselle Henriette qu'il était appelé à l'honneur de servir, le libre usage de ses facultés lui revint. S'inspirant de la situation, il sut, lorsqu'il déposa sur la table le morceau de veau et la carafe, orner la sévérité de la science de mille grâces que lui fournit son amabilité naturelle.

Au moyen âge, rôti de paon et flacon d'hippocras étaient présentés en plus grande pompe, mais non pas avec plus de repect et de modestie, à nobles châtelaines.

Suspendu aux lèvres de mademoiselle Simonin, qui commençait à se remettre en mouvement, il se recueillait pour savourer un second éloge peut-être... Tout à coup part à son oreille et comme l'explosion d'un pistolet, l'apostrophe : Garçon! Le damné occupant du bout de la table demandait à son tour à être servi.

Le disciple de Gouju chercha son refuge dans l'esprit du commerce, qui donne la force de dévorer les amertumes et d'étouffer les ressentiments. Il apporta le demi-poulet, la salade, le gruyère et le vin à quinze demandés, se montrant courtois autant que l'exigeait le devoir, tout en demeurant digne autant que le dictait la rancune.

Tant de facilité à varier le mode de service, selon qu'il s'adressait à des femmes ou à un homme, acheva de charmer mademoiselle Simonin, qui saisit le premier moment de calme pour rendre à ses lèvres leur activité.

— On est ici servi à merveille, dit-elle haut et de manière à se faire entendre de tous.

Henriette approuva par un léger mouvement de tête; le beau jeune homme lui-même daigna ajouter :

— C'est ma foi vrai; ce garçon entend son affaire.

Sur quoi la chaleureuse admiratrice, qui se sent renvoyer la balle, se tourne vers le voisin et donne un large développement au panégyrique du protégé.

Le voisin, pour mieux écouter, se rapproche, et le voilà presque touchant du coude sa voisine, en conversation, ou plus exactement, en audition réglée avec elle, et tout à fait en face du joli visage d'Henriette.

Fortuné ne se sentait pas d'aise; il voyait ses bienfaitrices satisfaites et recevait un témoignage d'estime de l'homme qu'il avait haï ou qu'il avait cru haïr. Il lui pardonna l'entorse et remarqua beaucoup moins l'importunité de sa présence : le bonheur et l'amour-propre caressés rendent si indulgent.

De la porte ouverte de la petite salle, il avait l'œil ouvert sur le grand salon, et, chaque fois qu'il était appelé, il courait vaquer à son service, puis revenait goûter les douceurs de la conversation. La louange lui portait à la tête et l'avait enhardi; pour mieux faire apprécier tout son mérite et l'étendue de ses progrès dans la profession, il se livra à de singulières confidences.

— Vous êtes parentes du patron; c'est comme si vous étiez de la maison, dit-il. Monsieur a l'air discret... Quant au particulier de l'autre table, qui n'a seulement pas ramassé son chapeau, il est hors d'état d'écouter... on peut causer... Voyez-moi servir à dîner... remarquez le soin que j'ai tout d'abord de mettre sur la table la bouteille ou les bouteilles demandées, tandis que je fais toujours attendre le manger... Le client, pour goûter le vin, se verse un verre, et il boit... la chaleur de la salle agit... il boit... pour tromper son appétit, il boit... pour passer le temps, il boit... puis il s'enroue à crier : Garçon! et il boit encore... Pour rafraîchir sa patience, de temps en temps, je lui jette un : Vous êtes à la broche! ou : L'on vous retourne sur le gril! ou : L'on vous met dans la poêle!... Ordinairement, l'allusion le fait rire, et, par gaieté, il boit... Le grand secret est là, dit M. Gouju; ça ne s'apprend pas... c'est un don de la nature, qui consiste à jauger juste chaque patience contre laquelle on a affaire... Il y a tel client qu'un seul : « Vous êtes à la broche » suffit pour mettre en fureur, et qui sortirait, donnant au diable tout l'établissement, tandis que, sur tel autre, j'en userai sans inconvénient jusqu'à cinq ou six fois... Quand enfin je me décide à arriver avec le plat, il est bien rare que le client ne soit pas obligé de demander une autre bouteille... Cette fois, c'est pour le vin qu'il lui faut languir!... Tout à l'heure, je visais à l'affamer; maintenant, je le condamne à se gorger sans boire, jusqu'à ce que son gosier brûle, que son estomac se gonfle, jusqu'à ce qu'il étouffe!... Au fort de la crise, je me présente avec son liquide... En un instant, le danger est passé... Mais l'estomac est resté lourd... on songe à activer la digestion... Alors, vient le fromage, qui excite à une nouvelle commande et, quelquefois, amène le café et le petit verre...

— Mais vous mettez votre monde à la torture! observa mademoiselle Simonin.

— Les gens, dit le charmant voisin, n'entrent-ils pas ici dans l'intention de bien boire et de bien manger?... Les forcer à une division du travail, à n'exercer qu'une de ces deux fonctions à la fois, n'est-ce pas leur fournir le moyen de boire et de manger davantage?... De quoi se plaindraient-ils?

Henriette garda le silence.

Dans ce moment, le particulier lointain, celui qui avait une attitude de méditateur, donna un signe d'existence. Il frappa une suite de coups irréguliers sur la table, d'abord de son poing et ensuite de son verre, si bien qu'il le brisa. Fortuné, qui, par malice, avait feint de ne pas entendre et s'était, au premier coup, retiré derrière la porte, jugea à propos, quand le verre fut brisé, de reparaître et de répondre : On y va!

— Je vous ai raconté, dit-il en baissant un peu la voix, comment j'expédie le client dans son état régulier... voici une occasion de vous montrer ce que j'en fais quand je le tiens sous main hors de sa ligne droite. J'ai été longtemps avant de comprendre l'homme ivre... J'avoue que la manière de traiter avec lui me répugnait... J'ai eu besoin de voir souvent agir le patron lui-même pour agir. Attention!

Il s'approcha du particulier.

— Vous demandez une bouteille?

Le particulier répondit par un grognement sourd.

— Il est clair que monsieur demande une bouteille, et il se retournait vers son auditoire comme pour le faire complice. Vite! une bouteille à monsieur.

Il apporta une bouteille qu'en passant devant l'auditoire il montra n'être qu'aux trois quarts pleine, avec un verre pour remplacer celui qui était brisé. Il affecta d'avoir beaucoup de peine à déboucher, comme si le liége, enfoncé d'ancienne date, eût vieilli vierge dans ce goulot.

— Je vais verser à monsieur, et il remplit à moitié le verre qu'il avait posé devant l'ivrogne. La vue d'un verre mal rempli faisant horreur à celui-ci, on l'entendit prononcer distinctement : Plein !

Il s'agissait de payer : c'était du vin à douze, plus six sous pour le bris du verre, qui en valait hardiment trois. Après des demandes répétées, l'ivrogne sortit de sa poche, avec un long travail, une poignée de monnaie. Fortuné se paya lui-même. Il emporta ensuite les éclats du verre et le cadavre de la bouteille remplacée avec tant de loyauté. Or, ce prétendu cadavre recélait encore du liquide en bonne quantité.

— Quand ils en sont à ne plus pouvoir lever le coude, dit à son auditoire le garçon radieux en se retirant, ils ne savent pas même pencher les bouteilles assez pour les vider. — Voyez dans quel état ils nous les rendent.

— Mais ce monsieur a payé pour une bouteille entière, dit à son voisin mademoiselle Simonin, qui goûta moins cet exploit de son protégé. Ce monsieur n'a pas son compte....

— Hé! grand Dieu ! répondit le voisin, quel marchand s'occupe de donner le compte ? ou plutôt, quel marchand ne s'occupe pas du moyen de ne pas le donner ?... Au cabaret, chez l'épicier, le brigandage s'exerce sur des misérables, il est ignoble ! Il nous le semble moins chez ce gros raffineur, qui ajoute au poids de ses produits le poids d'un lourd papier mélangé de sable et qu'il fait fabriquer exprès, ou chez tout autre riche commerçant. Je ne puis blâmer ce garçon, moi ; ce garçon m'amuse.

Fortuné rentrait. Comme on se tut à son approche, un léger bruissement put attirer son attention du côté de l'ivrogne. Le médiateur, en appuyant trop fortement sa main sur le goulot de la nouvelle bouteille, l'avait couchée sur la table, dans une position parfaitement horizontale ; le vin s'échappait en cascade de la table au banc et du banc sur le plancher. C'était le démenti le plus positif à cette assertion hasardée qu'un homme ivre est dans l'incapacité de pencher une bouteille de manière à la vider. Un poëte classique eût cru voir un dieu fleuve, la main posée sur son urne et suivant d'un calme regard son onde qui s'épanche. Fortuné n'eut point l'indiscrétion de troubler le dieu avant que l'urne fût à sec ; mais alors il se présenta zélé et officieux.

— Allons, allons ! qu'est-ce que nous faisons, nous autres ?... Y a-t-il du bon sens à salir ainsi les meubles et le plancher ?

Et il redressa la bouteille : celle-là était défunte.

Une partie du liquide avait coulé sur les vêtements du buveur ; une sensation désagréable de froid arriva à sa chair et le tira de sa torpeur un peu mieux que ne l'eût fait la voix seule. Sans toutefois soulever la tête (elle était trop pesante), il éleva les sourcils et s'appliqua à regarder le censeur ; en même temps ses lèvres retrouvèrent assez d'énergie pour articuler jusqu'à deux syllabes : Du vin !

— Toujours du même ?

— Hein ? fit l'ivrogne de plus en plus affecté de l'humidité de ses vêtements.

— Diable !

— Nous en avons du meilleur. Nous en avons à quinze, le plus joli vin !

— Du vin ! articula encore une fois le buveur faisant écho.

Puis, comme épuisé, il retomba dans sa taciturnité stupide. Son regard reprit sa direction paresseuse vers la terre : décidément, cet homme avait le vin mélancolique.

— Il est clair que monsieur veut du quinze. Une bouteille à quinze à monsieur ! Et le probe garçon d'apporter de rechef une bouteille aux trois quarts pleine, ayant soin d'avertir les trois dépositaires de ses confidences que ce vin à quinze était identique, on ne peut davantage, avec le vin à douze précédemment consommé.

— Maintenant, ajouta-t-il à voix tout à fait basse, remarquez cette pièce de vingt sous. Le cordon est absent ; pas le moindre son ; ça pourrait être de plomb aussi bien que de l'argent. La bonne madame Gouju l'a reçue un soir où elle n'avait pas ses lunettes près d'elle. Elle vient de me la confier, cette pièce, pour que je la passe à notre jobard.

— Ah ! monsieur Fortuné, ne put s'empêcher de dire Henriette avec un accent de tristesse.

Celui-ci ne l'entendit point, ardent qu'il était à courir à l'autre table pour remplir sa mission.

— Ceci est vraiment trop fort ! dit mademoiselle Simonin.

— Où voyez-vous du mal ? répliqua le voisin, il vole sur la qualité ; mais où cela n'est-il pas reçu ? Remontez du cabaret jusqu'aux bureaux de l'armateur. Que de bouteilles d'eau claire expédiées pour Rio-Janeiro et autres lieux, sous la dénomination de vin de Champagne ! Il passe une pièce de monnaie mauvaise ; peccadille ! Qu'est-ce à côté du capitaliste qui, sur la nouvelle à lui seul parvenue que telle rente étrangère cesse d'être acquittée, court à la bourse se défaire, en faveur de quelques dupes, de ses coupons de cette rente, désormais de vieux chiffons de papier ? Méfiez-vous de votre jugement précipité, ma bonne dame ; je vous le répète, le brigandage ne répugne au cabaret que parce qu'il s'exerce sur des sous et contre des haillons. Laissez agir ce garçon ; ce garçon fait ma joie.

Beaucoup de choses dans cette réplique échappaient à la compréhension de mademoiselle Simonin. Cependant, sans s'avouer vaincue :

— Mais, monsieur, le malheureux qu'on dépouille là, devant nous, dit-elle, est un agneau qu'on égorge ; il n'a pas même sa raison pour se défendre.

— Et a-t-il un grain de plus, le dissipateur imberbe, que des amis, des maîtresses, des marchands à la mode dépouillent de son héritage en excitant ses caprices jusqu'à la passion, jusqu'à l'ivresse ? Dans le sac à vin ici présent, l'absence de raison vous frappe davantage : voilà l'unique différence.

— Comment, dit Henriette, peut-on donner du vin à quelqu'un dans cet état, au risque de le rendre malade ?

— Ce sentiment vous fait honneur, mademoiselle ; et pourtant, voulez-vous que le garçon traiteur empiète sur la profession de médecin ? Le client a seul le droit d'administrer sa personne à ses risques et périls. Vends ce que dois, se dit le marchand, advienne ce que pourra. Le bottier vous vend la chaussure étroite qui vous estropiera ; la couturière...

— J'ai l'honneur d'être couturière, monsieur, dit mademoiselle Simonin.

— Le tailleur, dis-je, vous vend le corset qui vous donnera des obstructions ou vous rendra phthisique ;

le maquignon vous vend la bête vicieuse qui vous lancera sur le pavé ou vous brisera la tête contre un mur; encore une fois, ne troublez pas ce garçon; ce garçon fait mon bonheur. Eh ! mais, écoutez donc, écoutez donc; voici du nouveau!

La scène qui se passait à l'autre table s'était compliquée d'un incident imprévu. Au moment où Fortuné achevait de déboucher la bouteille et se préparait à la servir, une tête de femme se présenta en dehors de la fenêtre et s'avança pour regarder dans la salle, et une voix éclata qui s'adressait à l'ivrogne :

— Ah! te voilà, monstre! J'étais bien sûr de te trouver caché dans le plus fin fond d'un cabaret!

La voix fit sur le particulier l'effet de la trompette sur le cheval qui dort au bivouac. Son échine se redressa par soubresaut et comme obéissant à un ressort. Ses oreilles et ses yeux se portèrent à la rencontre de la voix.

— Envisage-moi bien avec tes yeux de chouette qui clignotent au grand jour. Est-ce que tu ne me reconnais pas?

— Hein?

— Tu ne me reconnais pas?

— Moi, bon enfant!

— Tu ne reconnais pas ta femme?

— Moi, pas de femme, jamais de femme. Zut.

— Ma bonne amie, dit Fortuné, qui se rappela la sévère consigne du patron pour tous les cas de cette nature, monsieur dit que vous le prenez pour quelque autre; passez votre chemin.

— Je prends mon homme pour un autre!... criait-elle toujours de dehors et accrochée à la fenêtre; quand je vous dis que c'est mon homme, que c'est Tronche, et que je suis sa femme, Madeleine Tronche, fille Rivet, mariée à la mairie du douzième et à l'église; et que j'en ai tous les papiers dans notre armoire. Je suis son unique légitime.

— Tout son visage dit qu'elle a souvent l'occasion de pleurer, observa le beau jeune homme à ses voisines; elle doit être la légitime. Bon! nous allons voir du curieux.

— Ce mangeur de tout bien, poursuivit Madeleine, a touché sa paie hier soir, samedi. Le fainéant fait quatre lundis par semaine; mais encore, toute mince qu'elle était, cette paie, ça venait à point; car il y a longtemps que le crédit est mort chez le boulanger. Eh bien! figurez-vous que je suis restée toute la nuit pour l'attendre : pas plus de Tronche...

— Tout cela, interrompit Fortuné, ne nous regarde pas; passez votre chemin.

— C'est donc à dire que ce scélérat aura employé sa nuit, Dieu sait où, et qu'il se sera gobergé la journée entière, tandis que moi, depuis ce matin, je rôde auprès de chaque fenêtre, tout autour des cabarets! Et à la maison, il y a trois pauvres petits innocents qui crient, et pas un morceau de pain!

— Nous ne pouvons pas entrer dans tout cela, répéta Fortuné; passez votre chemin.

— Moi, bon enfant! répéta l'ivrogne, jamais de femme! Zut! du vin!

Le complaisant garçon servit alors la bouteille, dont il demanda le prix.

Ce que voyant, Madeleine fondit en pleurs, et il devint impossible de recueillir ses plaintes, trop de sanglots les entrecoupaient.

— C'est affreux, dit la Simonin à son voisin, ce Fortuné n'a donc pas d'âme.

— Il prend les intérêts du patron. D'ailleurs, il ne fait que ce qui se fait partout. Le marchand vend des calèches et des diamants au mari infâme qu'il sait manger en compagnie de danseuses la dot d'une femme négligée. Le vrai marchand a une langue de velours avec des griffes d'acier, et pour cœur un coffre-fort.

— Il y a encore d'honnêtes gens dans le commerce.

— D'accord; mais ils sont rares, et il n'en peut être autrement. Le commerce déclare vouer son adoration au dieu *Argent*, et ce culte invite à dépouiller le prochain plutôt qu'il n'en détourne.

— N'y a-t-il donc que les marchands qui aiment l'argent?

— Dans les autres professions, on a du moins la bienséance de placer à côté quelque autre dieu. L'homme d'Etat, le militaire, l'artiste, se disent épris de la gloire; le médecin, l'avocat, proclament l'amour de la science et de l'humanité. Tous font parade d'un autre culte plus noble, qui sert de manteau à leur cupidité. Si le commerce tient à marcher de pair avec les professions libérales, qu'il ait la pudeur d'accommoder à sa taille quelque généreuse ferveur, quelque passion *humanitaire*, qu'il cesse de s'en tenir à l'ignoble intérêt privé, avec sa coquille de limaçon pour toute parure... Mais nous perdons le temps à discuter. Voyez donc, voyez ce qui se passe en face. L'époux bambocheur a étalé son trésor sur la table : une belle pièce de deux francs et trois gros sous. L'unique légitime les couve d'un œil triste.

— Ah! monsieur, dit Henriette, pouvez-vous regarder une telle chose?

— Vous avez raison, mademoiselle, c'est déchirant; mais, malgré moi, j'aime à voir.

— Comme moi, dit la Simonin; et pourtant Dieu sait quel mal ça me fait!

— Le garçon, poursuivit l'intrépide spectateur, prend la pièce de deux francs, il l'examine. Elle est bonne, il l'empoche. Il rend la monnaie : deux, quatre, cinq sous et un franc font le compte. C'est la pièce de plomb qu'il a donnée; il l'a posée tout doucement pour qu'on ne pût juger du mauvais son. Bravo! ce garçon a été bien stylé; il fait honneur à son patron... Hé! hé! il n'y a encore rien de terminé. Tronche est long à se décider à ramasser sa monnaie... On ne peut pas dire que la pièce de plomb soit passée.

— Je ne vois plus Madeleine, observa la Simonin; elle a quitté la fenêtre.

— Pauvre femme! dit Henriette.

— Ah! oui, reprit le spectateur; pauvre femme! cela fend l'âme... Remarquez bien que Tronche n'a pas encore ramassé la monnaie... Il essaie de se verser à boire; patience. La pièce passera-t-elle ou ne passera-t-elle pas? Les paris sont ouverts : Vingt contre un qu'elle passera.

Tout à coup une créature humaine se précipite dans la salle toute échevelée, furieuse. C'est Madeleine qui a fait en dehors le tour du cabaret et a traversé comme une flèche la cuisine et le grand salon. Forte de toute la violence du désespoir, ses bras raidis écartent Fortuné et parviennent à la table, où ses doigts crispés enserrent ce qui se trouve d'argent.

— Passée la pièce de plomb! s'écrie le parieur, elle est passée! Mais, ma foi, je ne l'entendais pas ainsi. Pauvre femme légitime, il est écrit qu'elle sera flouée de toutes les façons!

Cependant tombe en éclats et avec fracas un carreau de vitre. Tronche, que la revendication énergique de sa douce compagne avait surpris la bouteille à la main, lui avait conjugalement adressé ce projectile à la tête; mais, grâce au désaccord entre la main et l'œil, le coup avait porté dans une autre direction. A l'instant tout le monde est debout : Tronche lui-même se soulève un quart de seconde sur son banc.

— On a cassé un carreau! crie d'une voix tonnante Gouju, accouru sur la trace de la femme, ou plutôt de l'ombre de femme qu'il a vue glisser, rapide et furtive, dans toute l'étendue de sa maison. Qui a cassé le carreau?

Au milieu d'une confusion horrible, Fortuné explique l'affaire. Le patron tonne de plus belle.

— Et vous avez été assez stupide pour souffrir ce scandale! Vous ne savez pas faire respecter l'ordre de mon établissement! assurer au consommateur sa tranquillité. Jetez-moi cette femme à la porte.

Sur l'ordre du patron, l'obéissant Fortuné saisissait Madeleine... Un cri d'indignation perce et domine le tumulte : c'est la voix de mademoiselle Henriette... L'exécuteur des arrêts de Gouju lâche la victime.

— Ah! monsieur Fortuné, ajouta Henriette, qui vous aurait cru si peu de pitié!

Et elle sortit de la salle en détournant la tête avec horreur.

— Tirez-moi d'ici, ne me laissez pas assassiner ici! n'avait cessé de crier mademoiselle Simonin, terrifiée depuis la chute du carreau, et qui se suspendait au bras de son voisin.

En passant devant Fortuné, elle l'accabla de son regard le plus terrible et le plus dédaigneux, et lui jeta pour adieu :

— Je ne vous aurais jamais cru si peu de principes; toute votre conduite de ce soir est abominable.

Il demeura anéanti. Il avait suivi en tout point les leçons de son patron et s'était imaginé avoir fait merveille.

LE DÉPART.

Après qu'on eût fait une trentaine de pas hors de la taverne Gouju, la Simonin, qui se jugea en sûreté, annonça que son agitation commençait à se calmer. Alors Henriette, s'arrêtant :

— Nous ne pouvons retourner chez nous sans avoir vu ce qu'il arrivera de cette malheureuse femme.

— Je vous y prends, mademoiselle, observa l'officieux chevalier accaparé par la Simonin; avouez-le, ce spectacle vous est pénible, et pourtant vous n'avez pas moins de curiosité : voyons donc ce qu'il adviendra de la légitime.

Celle-ci parut franchissant le seuil de la porte. Derrière elle saillit un instant le bras du terrible cabaretier, indiquant le lieu de la grande route comme lieu de consolation pour les épouses délaissées, tandis que sa voix puissante fulminait une dernière imprécation. Le vent du soir en apporta les paroles les mieux accentuées et qui n'étaient pas des plus pudiques, si bien que la Simonin crut convenable de se signer; ensuite la porte se ferma.

Henriette fut prompte à s'avancer au-devant de la bannie. On put la voir lui adresser la parole et lui prendre les mains, qu'elle retint un temps assez long dans les siennes : cependant la distance et la nuit ne permettaient pas de distinguer parfaitement. Survinrent à leur tour la Simonin et son compagnon.

La célibataire majeure se mit en devoir de débiter à la victime de l'hymen une longue tirade contre le mariage et contre les maris. Cette tirade était son morceau de prédilection, son épée de combat, que, depuis trente ans et plus, elle se plaisait à tirer de son fourreau à la première occasion.

Le jeune homme subissait mal le morceau d'éloquence. Pour se distraire, il prit machinalement la main de Madeleine, qui écoutait, absorbée tout entière dans une attention respectueuse, et atta-haut sur Henriette un regard moins triste qu'on n'eût pu l'attendre. Il se sentait un bizarre caprice de revoir cette pièce de plomb que la sagesse de la Providence avait réservée comme récompense à la tentative désespérée de la vertueuse légitime... Il ouvrit la main qu'il tenait et regarda.

— Eh! mais, s'écria-t-il, que veut dire ceci? Le franc de plomb s'est changé en une superbe pièce de deux francs, et cette fois c'est du bel et bon argent.

Une vive rougeur colora les joues d'Henriette.

— Je devine pourquoi mademoiselle a fait à son tour de la curiosité et pourquoi elle a voulu être la première à aborder l'affligée. Honneur à la fée belle et bonne dont les doigts ont le pouvoir de transmuter les métaux! Mes mérites sont bien au-dessous des siens; essayons pourtant si mes doigts n'auraient pas aussi quelque vertu.

Et prenant la pièce de deux francs, il la remplaça par une de cinq.

Madeleine, toute honteuse, refusait d'accepter et retirait sa main.

— Songez à vos enfants, dit Henriette.

— Prenez, prenez, ma chère, ajouta le donataire; c'est une dette que j'acquitte; votre mari m'a fait rire ce soir pour mon argent. Maintenant, mesdames, j'ai été assez heureux pour vous tirer d'un danger; en reconnaissance de ce léger service, accordez-moi la faveur d'accepter mon bras jusque chez vous.

Le moyen d'éconduire poliment un cavalier dont, à l'heure critique, on s'était emparé avec si peu de façon et qu'on avait trouvé si serviable! Mademoiselle Simonin prit une seconde fois le bras du jeune homme. Henriette prit celui de mademoiselle Simonin.

Au cabaret, cependant, l'ordre s'était rétabli; mais que le reste de la journée parut long à Fortuné! Lorsqu'enfin le grand salon évacué et les volets fermés, le moment fut venu du bonsoir quotidien, grande fut la surprise des dignes époux Gouju de recevoir du pauvre garçon, bougeoir en main, la déclaration que, tout en reconnaissant les égards qu'on avait eus pour lui, il était décidé à quitter le service au bout de la huitaine, et qu'on eût à pourvoir à son remplacement.

— Si la barre de la porte n'était pas mise, mauvais drôle, dit le diplomate Gouju, déguisant de son mieux la contrariété que lui causait cette déclaration inattendue, je te prierais de nous débarrasser à l'instant même de ta chienne de face. Il faut toute mon humanité pour que je ne t'envoie pas coucher cette nuit à la belle étoile; mais, à la pointe du jour, qu'on soit prêt à plier bagage, canaille!

Bientôt les deux têtes du couple Gouju s'abattirent sur un oreiller que, cette fois, le remords rembourra d'épines, et qui leur refusa le sommeil. Alors sonna pour eux, comme en général pour bien des couples commerçants ou autres, l'heure des récriminations et des dures vérités.

Moi, bon enfant! répéta l'ivrogne. — Page 22, col. 1re.

— C'est ta faute, commença l'aigre fausset de la femme.

— C'est la tienne, répliqua la rude voix du mari.

— Ne pas donner un sou de gages, cela allait sans dire; se faire rendre compte des pourboires, c'était bien juste. En garder pour nous la moitié, c'était convenable; le tiers, à la rigueur, cela pouvait passer; mais tu ne veux lui laisser que le quart, voilà ce qui l'aura blessé.

— Et toi, tu lui reprends ce quart pour entretenir son linge et ses habits, voilà ce qu'il n'aura pu supporter.

— Les hommes n'ont de mesure en rien.

— Les femmes voudraient tondre sur un œuf.

— Perdre ce garçon serait cruel.

— Ce serait une calamité.

— Il faut nous décider à un sacrifice. Il entretiendra lui-même son linge et ses habits.

— De sorte que son quart dans les pourboires sera bien net : c'est juste.

A cinq heures du matin, Fortuné était sur pied, prêt à rendre compte, dès que paraîtrait M. Gouju, du tablier et des ustensiles à lui confiés pour l'exercice de ses fonctions. Par extraordinaire, ce furent les quarante-huit printemps de madame Gouju qui se dérobèrent les premiers aux chastes voluptés de la couche nuptiale.

La gracieuse nouvelle mariée, achevant d'ajuster le devant de sa camisole d'indienne, s'approcha du jouvenceau. Elle lui frappa doucement sur la joue :

— Mauvais sujet, dit-elle, vous avez donc envie de courir, d'aller faire le libertin. Eh bien! je ne veux pas, moi, que vous nous quittiez ; je vous défends de partir. Remettez votre tablier. Je me charge de faire votre paix avec le bourgeois.

Une petite moue folichonne venait en auxiliaire appuyer de son charme chacune de ces douces paroles. La décision votée dans la séance de nuit fut annoncée d'un ton grave, avec faste, et de manière à en bien faire comprendre toute l'importance.

Fortuné remercia de la faveur accordée et, pendant toute cette journée, toucha son quart dans les pourboires; mais, le soir, il déclara persister dans sa résolution.

Les époux se dirent :

— Il veut le tiers, c'est une indignité; mais qu'y faire?

Et le lendemain le tiers fut alloué.

Et pendant toute cette journée et les suivantes, l'opiniâtre garçon toucha son tiers. Les époux avaient calculé que dès qu'il viendrait à voir dans ses mains le noyau d'un petit pécule, son ambition tendrait à le grossir et le déciderait à rester. Il n'en fut rien.

Le matin du septième jour, le bourgeois lui-même s'approche, et lui secouant la main :

— Tu es un honnête homme que j'estime; d'aujourd'hui, la moitié des pourboires est à toi.

Fortuné fut attendri, et, pendant toute cette septième et dernière journée, il toucha sa moitié, ce qui ne l'empêcha pas, le lendemain, de faire ses dispositions pour le départ.

En vain Gouju, plus que jamais prodigue d'hyper-

Est-on heureux de tenir de la nature deux jambes comme celle-là! — Page 29, col. 1re.

boles, s'épuisa en promesses séduisantes. Il montra dans l'avenir, espacés à des intervalles raisonnables, la totalité des pourboires, puis de beaux gages... Et qui savait ce que les années pouvaient amener encore? Peut-être une association, peut-être un mariage avec la fille de la maison, sa propre fille, à lui Gouju, l'héritière de l'établissement, car madame Gouju ne pouvait manquer d'avoir bientôt un enfant, et cet enfant ne pouvait être qu'une fille.

— Ma femme et moi, ajouta-t-il, du moment que nous t'avons vu, nous nous sommes senti pour toi un faible incroyable. Il n'y a pas de soir où nous ne nous disions : Fortuné sera un jour notre bâton de vieillesse; c'est lui qui nous fermera les yeux.

Le garçon fut ému jusqu'aux larmes, mais il n'en persista pas moins dans ses adieux.

Passant alors, par une transition subite, de la sentimentalité exquise à la fureur brutale, le couple accabla d'invectives ce gendre réfractaire : c'était un fainéant qui n'avait pas seulement gagné la nourriture qu'on lui avait donnée par charité pendant trois semaines; c'était un ingrat à qui ils avaient appris les secrets du métier, et qui maintenant allait s'offrir dans d'autres maisons, d'où il ne manquerait pas de se faire chasser comme de la leur; c'était un brigand qui les avait ruinés et qu'ils allaient traîner sur le banc de la cour d'assises. Le malheureux ne s'échappa qu'après avoir reçu de sa belle-mère en herbe un bon coup de cuiller à pot, et du beau-père une volée de coups de manche à balai, le tout sans doute en avance sur la dot.

Demeurés seuls et en présence, les époux recommencèrent l'éternelle complainte : « C'est ta faute. » Par malheur, ce n'était plus à l'heure calme de la nuit, la tête sur l'oreiller. Les deux partis se trouvaient armés, et les mains, qui avaient pu se mettre en goût d'exercice sur le dos d'une victime fugitive, leur démangeaient également. A l'échange de reproches succéda une lutte plus active. La lune de miel était depuis longtemps passée; on entra franchement dans l'état normal du mariage.

La première démarche de Fortuné fut de courir chez Madeleine Tronche (la demeure du particulier Tronche, bien famée dans tous les cabarets de la barrière était connue). Il rappela à la malheureuse femme combien il s'était montré dur envers elle, combien il avait abusé de l'ivresse du mari au détriment du ménage. Il venait aujourd'hui apporter son repentir et quelques pièces de monnaie prélevées sur le gain de la semaine.

— Eh! mon pauvre garçon, dit Madeleine touchée, reprenez votre petit trésor. Ce n'est pas vous que j'ai jamais accusé; qui a maître doit le servir. Au surplus, que votre conscience soit en paix; ce mal a été pour un bien, puisque je lui ai dû de connaître mademoiselle Henriette Meneau... Voilà une fille charitable!... on peut dire que celle-là est descendue du ciel sur la terre.

Madeleine devait maintenant à la compassion que lui portait la bienfaisante fille d'être employée par quelques personnes à de menus travaux. Ses enfants, sinon elle, avaient, depuis ce moment, eu du pain tous les jours.

— Quand vous verrez mademoiselle Henriette, dit à son tour Fortuné, assurez-la bien que son dernier adieu m'est demeuré là, et qu'il me pèse comme une montagne. Assurez-la bien qu'il n'a pas tenu à moi de jeter le maudit tablier à la minute même. Mais enfin la chose est faite : d'aujourd'hui je ne suis plus garçon marchand de vin.

— Vous avez quitté votre place?

— Dieu merci! Cet adieu, voyez-vous, je n'ai pas cessé d'y songer, et il m'a rappelé que, pendant le dîner, elle a eu plusieurs fois l'air sérieux et triste. Elle si douce! Pour que sa voix soit devenue si sévère, il faut que tout ce que j'ai fait fût bien mal... Que voulez-vous? on m'avait enseigné à le faire, et c'était elle-même qui m'avait placé là; mais du moment qu'elle pense que c'est mal, c'est qu'en effet c'est mal. Dites-lui bien qu'avant tout je veux devenir probe et humain comme elle. Dites-lui bien que je ne serai plus jamais garçon marchand de vin.

LES DEUX AMOUREUX.

Le repentir de Fortuné et sa résolution, qui fut blâmée comme un acte contraire à la raison, mais où il fallait bien reconnaître quelque noblesse de cœur, lui valurent de nouveau la bienveillance d'Henriette, et, ce qui était moins facile, lui reconquirent celle de la Simonin. Il est vrai que, sur l'esprit de cette dernière, agissait en outre certaine rancune gardée contre le cousin Gouju, au sujet de certain morceau de veau.

Un riche locataire de la maison avait à sa disposition, comme dépendance de son appartement, un mauvais trou ménagé sous le faîte de la toiture et meublé d'un grabat. Ce riant asile était pour lors dépourvu d'habitant; Henriette, que l'esprit de charité rendait presque intrigante, en obtint la jouissance temporaire et gratuite pour son protégé, jusqu'à ce qu'on fût parvenu à lui trouver quelque condition.

Qu'on juge de la joie du coupable rentré en grâce, devenu le voisin de sa bienfaitrice et la voyant chaque jour, et même plusieurs fois par jour, autant de fois enfin qu'il avait le bonheur de faire agréer ses services à mademoiselle Simonin! Notez que la moraliste, redoutant pour un jeune cerveau les mauvaises pensées, filles de l'oisiveté, se faisait une loi d'agréer toujours et même de provoquer ses services, d'autant mieux qu'elle avait une tendance à les considérer comme dus : le logement fourni par le riche locataire n'était-il pas une assez belle indemnité? Or, à qui Fortuné avait-il obligation d'une telle faveur? A Henriette; mais Henriette n'était-elle pas dans sa dépendance à elle? Un acte de l'ouvrière pouvait-il régulièrement avoir son effet sans l'autorisation de la patronne? Mademoiselle Simonin, à le bien prendre, avait donc logé gratuitement le pauvre diable.

N'oublions pas qu'elle portait dans ses veines du sang des Gouju... Hélas! qui de nous, de près ou de loin, ne tient pas un peu à cette parenté?

Quel bonheur fut jamais sans mélange! celui de Fortuné était cruellement empoisonné.

Mademoiselle Simonin, dans sa laborieuse profession de couturière de l'ordre le plus humble, n'était pas appelée à une vie très-mondaine. Son cercle de visiteurs était assez borné; en revanche, l'un d'eux se distinguait par une assiduité à toute épreuve, et ce visiteur n'était autre que l'homme à qui elle avait dû son salut dans la terrible aventure du cabaret. Elle n'avait pu lui refuser la permission de cultiver la connaissance commencée. A une première visite, d'autres avaient succédé, qui s'étaient rapprochées de plus en plus. Il est difficile d'ailleurs de fermer sa porte à un importun ou à un indiscret dans un logement de deux chambres, ouvrant sur un corridor, et où l'on a affaire au public... Fortuné maudit son étoile, qui le condamnait à retrouver partout cette figure.

Le personnage qui en était porteur avait dit s'appeler Raymond; quant à sa profession, après s'être fait un peu presser, il avait déclaré être peintre. La Simonin, qui tirait volontiers parti des talents et des qualités de ses amis, ayant tout d'abord recommandé à sa complaisance la restauration d'une tablette de cheminée en pierre, qui devait, sous son pinceau, prendre l'apparence du marbre, il avait répondu en riant qu'il faisait mieux que dans le bâtiment. Sur cela, elle lui avait mis un crayon en main, pour qu'il jetât sur le papier sa ressemblance à elle, ou celle d'Henriette, ou tout au moins un bonhomme, un arbre, une maison, le moindre trait. Il s'en était toujours obstinément défendu. On ne vit jamais peintre plus modeste, moins pressé de se faire apprécier, parlant moins de ses travaux.

— Je voudrais savoir, disait parfois la Simonin, vivement intriguée par cet air de mystère, si ce monsieur le peintre est un habile homme.

— Ce n'est pas mon opinion, répondait en toute hâte Fortuné.

Et il ajoutait en branlant la tête :

— Si ce monsieur le peintre était un tant soit peu habile, il serait occupé chez lui du matin au soir. Il ne trouverait pas le temps de flâner chez vous la journée entière.

— Il y a beaucoup de commerces, ne manquait pas de répondre la sagace industrielle, où le travail ne donne qu'à certains jours de l'année. Nous sommes sans doute dans un mois où son état ne va pas. Au surplus, il n'a pas l'air malheureux... Il est poli et aimable malgré son air fier... Il a de l'esprit, quoique, dans ce qu'il dit, il y ait des choses qui ne soient pas toujours claires... Ajoutez que c'est un superbe homme, ce qui ne gâte rien.

Pour Henriette, on ne savait ce qu'elle en pensait. Mais cet homme à la langue dorée faisait de constants efforts pour les fasciner toutes deux. Sa conversation était une cascade persévérante de compliments épanchés sur la célibataire majeure pour retomber ensuite en plus larges nappes sur la jeune fille.

— Votre aversion pour le mariage, disait-il à la Simonin, doit avoir causé de nombreux désespoirs. Pour être demeurée ce que nous vous voyons à votre automne, à vos trente-deux ans (il aurait pu dire cinquante-deux), il faut que vous ayez été terriblement bien dans votre printemps. Je mettrais ma main au feu qu'à l'âge de mademoiselle Henriette vous étiez, comme elle, ce qu'on peut appeler une beauté parfaite... Ce n'est pas, ajoutait-il aussitôt, que ses traits aient la moindre ressemblance avec les vôtres; mais n'importe : c'est également la perfection dans deux types différents, je dirai même opposés. Votre nez est un majestueux nez romain (il eût mieux dit une trompette colossale et démesurément prolongée); celui de mademoiselle est un nez droit, fin et mignon.

Vos yeux noirs sont d'une coupe mystérieuse, la paupière les voile pudiquement, le tout encore à la romaine (il fallait dire : d'affreux petits yeux bridés, d'un fauve clair et tirant sur le citron); ceux de mademoiselle sont de grands yeux du bleu le plus pur et ont de la disposition à regarder le ciel comme ceux des saintes. Son front est gracieusement bombé, la tête a de l'élévation; votre front, à vous, présente une belle plaine unie, toujours à la romaine (en réalité un front plat et fuyant, un front de stupide bavarde). Le contour de votre menton, mademoiselle Simonin, est d'une noblesse de lignes dont je raffole (c'étaient les lignes et la sécheresse d'un talon de sabot). Votre teint s'anime de ces magnifiques tons chauds des tableaux d'Italie (substituez les tons de pain d'épice). Rien qu'à voir vos lèvres d'orateur, on devine que le miel en découle (elles en conservaient en effet la couleur). Le menton et les joues de mademoiselle Henriette offrent ces trois délicieuses fossettes où les poëtes à madrigaux, quand le madrigal florissait, se plaisaient à nicher les amours. Ces mêmes poëtes auraient fait de ses lèvres deux tiges arrondies de corail; ils auraient, pour décrire son tein, recouru au duvet velouté et à l'incarnat de la pêche... D'honneur, on ne peut sortir d'ici sans emporter, gravé là, le souvenir de vos deux figures!

La Simonin ne jugeait pas intolérable la totalité de ces coups d'encensoir appliqués sur sa face. Elle finissait par se rengorger; seulement, par pudeur, elle avait soin de rire aux éclats de ce qu'elle appelait de beaux discours amphigouriques. Henriette, la tête constamment baissée sur son ouvrage, mais enveloppée par le nuage d'encens, en aspirait bien quelques flots, mais sans jamais y répondre par un sourire encourageant.

L'amabilité du beau dandy ne trouvait pas grâce devant elle : elle voyait avec chagrin un homme de l'âge de M. Raymond tourner en ridicule une personne de l'âge de mademoiselle Simonin; la beauté, la fortune insulter aux torts qui ne viennent pas de nous, à la laideur, à la pauvreté.

— Je crains, se disait-elle, qu'il n'ait pas un bon cœur, et elle se rappelait que, dans le cabaret de Goujn, il s'était montré spectateur plus curieux que touché des infortunes de Madeleine. Il est vrai qu'en sortant il avait donné une belle aumône; oui, mais, dans sa manière de donner même, il y avait eu quelque chose qui devait déplaire, qui devait humilier.

— J'aime mieux, continuait-elle, toujours les yeux sur son ouvrage et pourtant observant alors du coin de l'œil Fortuné, qui ne s'en doutait pas (les femmes ont un incroyable talent pour voir ainsi), j'aime mieux la manière dont ce garçon a cherché à réparer ses torts.

Un autre grief contre Raymond était la liberté souvent choquente de ses manières. Elle devait sans cesse retirer sa main, que M. Raymond s'obstinait à presser sans façon à toute occasion favorable. Elle devait même défendre sa taille de furtives étreintes, et sa joue d'un rapide baiser, dès que mademoiselle Simonin venait à s'éloigner un instant, et que par hasard Fortuné ne se trouvait pas dans la chambre.

Lorsque celui-ci rentrait :

— Ah! se disait-elle, ce n'est pas ce garçon qui se conduirait ainsi. Ne l'ai-je pas vu pâlir et devenir tout tremblant, parce qu'un jour sa main avait effleuré les plis de ma robe? Et cependant lui aussi, il me trouve belle, j'en suis sûre, quoiqu'il ne m'ait jamais adressé de compliment... Certes, M. Raymond est bien beau, bien élégant, mais il n'a pas le cœur de Fortuné!...

Et sa pensée flottait ainsi de l'un à l'autre des deux hommes qu'elle avait l'occasion de voir habituellement dans sa vie retirée.

Un jour, après une visite du dangereux séducteur, visite où il s'était montré plus brillant que jamais, il arriva que Madeleine, qui y avait assisté, se prit à dire :

— Savez-vous la drôle d'idée qui m'est survenue en voyant ce bel homme assis à côté de mademoiselle Henriette : c'est que si on les mariait, ça ferait un fameux couple.

Les yeux d'Henriette se levèrent brillants et radieux... Mais elle les rebaissa aussitôt et secoua la tête tristement.

Le temps passait ainsi.

Un soir, la jeune ouvrière, après avoir quitté l'ouvrage, remontait dans sa chambre sans lumière : elle sentit une odeur inconnue dans l'air de ce petit réduit.

La chambre d'Henriette était toujours restée pure d'eau de Cologne et autres parfums de toilette; elle n'avait jamais reçu que cette douce senteur qu'exale une fraîche jeune fille en aspirant l'air le plus pur du dehors et le répandant ensuite autour d'elle; mais ce soir-là, il y avait une bonne odeur très-prononcée.

Henriette tira du feu de son briquet phosphorique, et regarda de tous côtés; elle vit un beau bouquet d'héliotrope tombé près de la fenêtre ouverte.

Elle avait à peine eu le temps d'admirer et de respirer ces fleurs, lorsqu'en tournant la tête, elle aperçut sur une chaise, près de la porte, un petit paquet plié dans du papier blanc et ficelé de rose. En le dépliant, cette enveloppe laissa voir un beau tablier de gros de naples noir, orné d'une cordelière en soie terminée par des glands.

Ce cadeau avait dû évidemment être glissé par la porte entr'ouverte, comme l'autre lancé par la fenêtre.

Henriette reconnut la main de ses deux adorateurs... mais auquel fallait-il attribuer l'attention gracieuse, auquel le présent de valeur?

En songeant à l'état respectif de leur bourse, la jeune fille devait juger que le bouquet venait de Fortuné et le tablier de Raymond... Cependant elle réfléchit que le monsieur étranger n'avait pu pénétrer que dans la cour de la maison et jeter de là son bouquet, tandis que Fortuné, en montant dans son cabinet aérien, avait passé devant la porte près de laquelle s'était trouvé le tablier. Cette induction lui fit changer dans son esprit les auteurs des présents, et bientôt un billet en prose poétique, et de l'écriture de Raymond, qu'elle découvrit au cœur du bouquet, la fixa tout à fait à ses dernières conjectures.

En effet, l'élégant jeune homme avait fait un cadeau qui ne lui coûtait rien, et le pauvre garçon avait mis au sien tout le petit pécule amassé dans la maison Goujn.

Henriette se plaça devant sa glace et eut envie de jouer *à la dame*. Elle défit le bouquet et en arrangea les fleurs en groupes dans ses cheveux pour voir comme elle serait belle si elle devenait la femme de monsieur Raymond.

La jeune ouvrière, toujours en bonnet, n'avait jamais joui de la parure de ses beaux cheveux blonds, encore moins les avait-elle vus ornés de fleurs... Elle était on ne peut plus jolie ainsi!... Cependant, sans qu'elle sût pourquoi, son cœur se serra, ses yeux se remplirent de larmes. En se regardant au miroir, elle fut si frappée du contraste que présentait la tristesse de son visage sous sa couronne de fleurs, qu'elle se hâta de défaire l'édifice de sa coiffure.

Ce fut au tour du tablier, de ce modeste vêtement attribut de l'ouvrière, qu'elle porterait toujours en devenant la femme d'un pauvre artisan comme elle. Elle le tourna en tout sens, puis l'essaya... Il allait parfaitement, était juste de largeur et de longueur... On voyait que celui qui l'avait choisi avait souvent mesuré du regard la charmante taille à laquelle il devait servir.

Henriette se trouvait fort à son aise et fort gentille avec ce joli accessoire de sa mise ordinaire, et elle eut beaucoup de peine à le quitter pour se mettre au lit.

La tête sur l'oreiller, elle réfléchit sagement que si le cadeau de quelque valeur fût venu de Raymond, elle aurait dû le rendre, mais qu'elle pouvait l'accepter de Fortuné, qui était son égal, et aurait l'occasion de recevoir d'elle quelque autre petite douceur en retour.

Elle ne s'étonna plus de la différence de prix que chacun de ses amoureux avait mis à leurs cadeaux; elle réfléchit que le riche et élégant, ayant tant besoin d'argent pour sa propre personne, doit souvent mettre de la mesquinerie dans ce qu'il donne, tandis que le pauvre n'a jamais besoin de rien, quand il peut donner quelque chose à ce qu'il aime.

Mais cette légère circonstance affermit ses sentiments au sujet de ses deux adorateurs : tandis que les apparences parlaient pour le riche prétendant, toujours de vagues pressentiments et les observations qu'elle avait lieu de faire parlaient en faveur du pauvre déshérité.

Fortuné, cependant, rêvait aussi dans son grenier; il s'arrêtait à cette pensée qu'un Raymond ou quelque autre pouvait prétendre à la main de mademoiselle Henriette, tandis qu'à lui, misérable, un tel espoir était interdit; et cette réflexion lui fit toute une nuit de tristesse, tandis qu'à son insu il se préparait une occasion qui devait lui apporter au moins quelques instants d'espérance.

UN BEL ÉTAT.

Le matin, Fortuné, en s'éveillant, vit entrer à la fois, dans son réduit, les rayons naissants du soleil par la vitre de sa lucarne et par la porte la rubiconde face de Tronche, lequel, par extraordinaire, semblait jouir de sa raison à peu près en toute plénitude; l'heure, il est vrai, n'était pas défavorable.

— Ma femme, dit le survenant, m'a fait part, dans le temps, de ton procédé envers elle : c'est superbe. Je ne suis point ingrat; je viens faire ta fortune. Tu as un peu d'argent amassé en faisant des commissions, je viens te remettre à même de le doubler, de le quintupler, d'en tirer des cent et des mille. J'ai un secret que je tiens de vrais bons enfants dont j'ai eu le bonheur de faire la connaissance. Tu travailleras avec moi; avant deux heures d'ici, nous serons rentrés dans ton *quibus* avec un gros bénéfice. Bon pied, bon œil, et surtout bouche close.

Le secret n'était pas de ceux qui valent les frais d'un brevet d'invention; il brillait par sa simplicité : il s'agissait d'entrer en fraude, dans Paris, de l'esprit de vin, vulgairement nommé dans le commerce, du *trois-six* (1).

Fortuné ouvrit de grands yeux et sourit à sa fortune future.

La raison sociale Tronche et compagnie, descendue dans la rue, se mit en mesure de procéder à ses opérations industrielles. On acheta d'abord bon nombre de vessies chez un charcutier tout dévoué à Tronche, qu'il fournissait d'ordinaire d'un merveilleux fromage d'Italie sans pareil pour ranimer la soif. On obtint la permission de les passer à l'eau bouillante, dans l'arrière-boutique, de manière à les dégraisser parfaitement. Le discret charcutier n'eut garde de demander à quel usage on les destinait; seulement, après que les associés eurent plié leur emplette et l'eurent placée dans leur poche, il se contenta de dire d'un air confidentiel et malin :

— Voilà de bonnes bouteilles de voyage : là-dedans le liquide va loin et passe partout.

De là on se rendit chez un épicier-liquoriste de Montrouge. Tronche fit, avant tout, servir sur le comptoir deux petits verres de liqueur, lesquels descendirent l'un après l'autre dans son gosier, car le sobre Fortuné, après une grimace, ne put se décider à boire le sien.

Cette politesse adroite faite à l'épicier, Tronche lui adressa deux ou trois paroles qui semblaient un argot de convention. L'épicier, petit vieillard au museau pointu de belette et coiffé d'une casquette de peau de loutre, jeta sur les deux consommateurs un regard sévère et scrutateur qui, peu à peu, s'adoucit, et, par un léger signe de tête, leur indiqua une porte au fond de l'arrière-boutique. Cette porte s'ouvrait sur un magasin très-sombre.

Là se tenait une femme dont la question fut :

— Ces messieurs n'ont pas de cruche?

A quoi Tronche ayant répondu : jamais! elle reprit :

— On en fournira à ces messieurs. Cruche d'une velte ou d'une demi-velte, demandent ces messieurs?

— Nos fonds sont bas, la cruche de demi-velte suffira.

— Ces messieurs savent que c'est douze sous pour la cruche; mais je vous donnerai l'adresse d'une fruitière, dans le haut Montrouge, chez qui on pourra la porter quand on s'en sera servi... Elle la rachètera pour six...

Le prix d'une demi-velte de trois-six, cruche comprise, fut alors débattu et soldé d'avance. La femme, à l'aide d'une sorte de maillet à long manche, fit sauter, en frappant sur la douve, la bonde d'une énorme pièce de quatre-vingts à cent veltes, introduisit dans la pièce un siphon en fer-blanc et mesura une demi-velte de liqueur. Le degré d'alcool fut constaté par un pèse-liqueur, et l'on versa dans la cruche. Tout cela s'accomplit en silence et dans une régulière précipitation, après quoi elle indiqua, pour sortir, un autre chemin que celui par où l'on était entré. Une longue allée conduisit dans une cour que l'on traversa. La femme ouvrit une petite porte qui donnait sur la campagne, et s'étant assurée qu'aucun être humain ne paraissait à l'horizon, permit aux deux associés de franchir le seuil.

Ils se trouvaient en plein champ. Tronche avisa, à peu de distance, l'entrée d'une de ces anciennes carrières abandonnées, vastes et sombres cavernes que

(1) Ce nom vient des deux chiffres du nombre trente-six, qui indique le degré d'intensité d'alcool auquel cette liqueur doit être élevée par la distillation avant de sortir des fabriques du Languedoc : en réalité, elle atteint rarement ce degré et se tient entre 32 et 34.

Paris tient ouvertes à ses portes pour l'usage des voleurs et bandits de tout genre.

— Ceci nous sera un excellent cabinet de toilette, dit le fraudeur,

Et ils s'y réfugièrent avec leur précieuse denrée.

La liqueur fut transvasée avec soin dans les vessies, que l'on ne remplit qu'à moitié, aux deux tiers au plus, de manière à ce qu'elles présentassent autant de longues et souples bourses prenant facilement toutes les formes et qui pussent se cacher sous les vêtements.

— Quel malheur, disait Tronche, d'être gros et gras! Si je mets cette vessie sous ma ceinture, avec la bedaine que je tiens de ma mère, j'aurai là une montagne : autant vaut nous dénoncer nous-mêmes. Essayons sur toi, Fortuné... A merveille! je défie le plus subtil commis de l'octroi de rien soupçonner. Ça ne fait tout au plus que te donner de la prestance.

Et le ventre et la poitrine de Fortuné se couvrirent de la plus forte des vessies comme d'une cuirasse.

— Le diable soit de mes mollets! continua Tronche; à eux seuls ils remplissent déjà mon pantalon : si j'ajoute la moindre chose en cet endroit, nous sommes perdus. Essayons sur toi : attachons ceci à tes jambes. Mais comme ça va, bon Dieu! comme ça va... ça ne te fait qu'un mollet d'homme. Que ce gaillard-là a un beau physique de fraudeur! Est-on heureux de tenir de la nature deux jambes comme celles-là! Nous ficellerons les deux dernières vessies le long de tes bras, et l'affaire est faite. Remets ta blouse... Maintenant je cours chez la fruitière du haut Montrouge revendre la cruche, qui ne peut plus que nous embarrasser. Il y a six sous à rattrapper; il ne faut pas que nous les perdions. Attends-moi à cette place.

Puis quand il reparut :

— Une honnête femme que cette fruitière! elle m'a vraiment compté les six sous. J'en ai profité pour boire, en revenant, quelques petits verres. L'idée que nous touchons au moment d'affronter les commis me donne de l'émotion; j'éprouvais comme une défaillance, j'ai été obligé de me remettre du cœur au ventre. Tu es heureux de n'avoir jamais le besoin de te restaurer!... Dirigeons-nous sur la barrière. Il serait bon de nous séparer. Tu prendras les devants, je me tiendrai à dix pas derrière.

Et lui serrant la main, il ajouta avec effusion :

— Fortuné, mon ami, je ne puis te l'exprimer : du courage! si, en passant devant le damné bureau, tu venais à te sentir un malaise, une envie de faiblir, pense alors que derrière toi est l'ancien, l'ancien qui te regarde! qui t'admire! et qui te veut du bien!

Le commis de faction à la barrière en cet instant, celui qui avait pris mission de regarder sous le nez de chaque personne arrivant à la grille, était un pauvre hère reçu depuis deux jours dans le respectable corps. Petit boutiquier ruiné de Montrouge, il avait achevé tout récemment de se purger d'une faillite en promettant à ses créanciers cinq pour cent de leur créance. Les moins endurants avaient juré, s'ils le rencontraient, de le faire périr sous le bâton. Appelé dans sa nouvelle profession à monter une garde de vingt-quatre heures pleines et entières au poste de cette barrière qui touchait à ce même Montrouge, patrie des terribles créanciers, et où son visage était généralement connu, il se consumait en des transes mortelles. L'officiel inquisiteur était plus occupé du soin de dérober ses traits aux arrivants que de celui d'interroger les leurs. Il avait imaginé à cet effet une petite manœuvre qui consistait à folâtrer d'un air charmant de négligence avec sa casquette posée au bout de sa sonde. Il abaissait cette casquette à hauteur du visage, et s'en servait en guise d'écran pour s'abriter derrière aussitôt que paraissait un passant.

Arrivé en face du redoutable commis, Fortuné, qui s'attendait à rencontrer une paire d'yeux de lynx braqués sur toute sa personne, fut étonné de ne voir à leur place, au sommet du frac vert, que le fond gras d'une casquette masquant un visage. Il soupçonna une ruse du genre agressif et non pas une ruse innocente et du genre défensif comme elle l'était en réalité. La peur le prit; instinctivement il fit un temps d'arrêt. Le commis, de son côté, voyant s'arrêter cet homme qu'il n'eût osé regarder au visage, se dit :

— Ce doit être un créancier!...

Et la terreur le porta à exécuter, par le flanc droit, une légère conversion qui, à tout événement, le mît du moins dans la direction du bureau, son refuge.

La situation se prolongea un certain temps : le novice surveillant, le haut du corps tendu vers le bureau et prêt à s'y précipiter au premier horion qui tomberait sur ses épaules; le novice fraudeur, au contraire, le corps rejeté en arrière et prêt à rebrousser chemin à pleine course au premier bond de l'ennemi. Tous les deux seraient restés immobiles dans cette situation, et l'on les y verrait encore à cette heure, si l'arrivée de Tronche n'eût amené un dénouement.

Imbu de cette maxime française que les batailles se perdent par manque de décision, jamais par excès d'audace, sans perdre de temps à étudier la situation et à en approfondir les causes, il n'hésite pas à brusquer l'affaire. Placé derrière Fortuné, d'un vigoureux coup de pied habilement appliqué, il envoie son ami, son ami auquel il veut du bien, rouler sur le pavé, à dix pas au-delà du seuil de la grille. Fortuné se relève quelque peu contusionné... et le trois-six est entré dans Paris!

Hors de la vue des familiers de l'octroi, les deux amis se réunirent de nouveau, tendres et le cœur palpitant, comme deux tourtereaux qui se retrouvent après un orage.

— Pauvre petit, dit Tronche, j'ai tremblé pour lui. Je voyais déjà la cargaison confisquée et ce chérubin condamné à la prison et à l'amende; et moi, je rentrais seul à la maison... En aurais-je eu du désespoir!

Le travail le plus difficile était terminé; il ne restait plus qu'à revendre le trois-six entré sans acquitter le droit et ayant par conséquent gagné en valeur. Tronche parla d'un M. Perrot, demeurant dans le quartier des Lombards; mais ce M. Perrot était un richard qui ne commerçait que tout à fait en gros, et qui croyait au-dessous de sa dignité d'acheter une demi-velte. On ne pouvait porter décemment chez lui qu'au moins trois veltes à la fois. On s'aboucha donc avec d'autres collègues fraudeurs qui, de leur côté aussi, n'avaient passé que des demi-veltes : c'étaient les bons enfants dont Tronche avait fait la connaissance. Les petites sources furent appelées à fournir leur contingent pour emplir les flancs d'un baril de trois veltes, d'une tournure présentable. Le baril agréé dans les magasins de l'aristocrate M. Perrot, le prix en fut partagé entre les propriétaires des petites sources, d'après la quantité de marchandise fournie par chacun.

M. Perrot, payant patente de négociant, tirait chaque année du Languedoc du trois-six et des eaux-de-vie de Cognac pour des sommes considérables. Il alimentait les caves des épiciers, limonadiers, liquoristes, parfumeurs, etc. A côté de cette industrie exercée à la face du gouvernement et dans les plaines tantôt brûlantes, tantôt glacées de l'entrepôt du quai Saint-Bernard, industrie qui lui donnait de fort beaux bénéfices, il en avait organisé une autre pour le moins aussi lucrative, mais qui marchait dans des voies moins droites et moins avouées : M. Perrot vendait en pièces du trois-six hors barrière à certains épiciers de la banlieue. Le trois-six amené de l'entrepôt était par eux vendu en détail à des malheureux qui l'introduisaient en fraude dans l'intérieur de Paris. La maison de M. Perrot leur était indiquée par l'épicier comme le lieu où ils trouveraient à s'en défaire.

Dans la vente à l'épicier de la banlieue, M. Perrot recueillait son bénéfice légal de négociant sur sa denrée tirée du Languedoc. Dans le rachat aux fraudeurs, qui devaient vendre vite et en cachette, il recueillait un second bénéfice équivalant pour l'ordinaire à la moitié de la valeur du droit d'entrée. En outre, il avait l'avantage de pouvoir, quand bon lui semblait, jeter dans le commerce parisien du trois-six au-dessous du prix courant, et, par conséquent, d'augmenter sa clientèle aux dépens des autres négociants ses rivaux. L'épicier de la banlieue faisait vis-à-vis les fraudeurs un joli bénéfice de détail.

L'unique soin pour lui et M. Perrot était de dérober à l'attention des observateurs de la régie l'affluence des fraudeurs, gens en général de très-piètre mine, qui fréquentaient leurs maisons. Pour diminuer cette affluence, M. Perrot avait décrété la présence du trois-six par baril d'au moins trois veltes, et apporté par un homme seul, lequel n'entrerait qu'à certaines heures et par certaine porte. L'épicier de Montrouge, moins grand seigneur, mais obligé à quelques égards envers des démocrates qui se réconfortaient de ses liqueurs et de de son raisiné et s'éclairaient de sa chandelle, s'était contenté de faire admettre le principe : que tout demandeur de trois-six, arrivant par la porte de la boutique ou par celle qui donnait sur la campagne, devait se présenter les mains libres et sans porter ni broc, ni cruche, ni vase d'aucune espèce : tout ce qui a figure de récipient d'un liquide est tellement espionné de l'octroi! Cette mesure sage avait aussi le mérite, comme nous venons de le voir, de vivifier dans sa boutique la branche du commerce qui se rattachait à la poterie.

Du reste, le seul malheur qui pût menacer l'épicier et M. Perrot, en supposant leurs maisons signalées à la régie, était de les voir entourées de surveillants et, par suite, les fraudeurs en désapprendre le chemin. Il pouvait arriver que tous deux vissent tarir la source ignoble d'un lucre ; mais, dans aucun cas, leur personne et leurs capitaux ne couraient aucun risque.

Tous les dangers demeuraient pour le malheureux pressuré entre leurs combinaisons, pour le fraudeur, qui, dans chaque expédition, résigné à laisser la plus belle partie de sa laine sur chacune de ces deux lames de ciseaux, jouait encore sur les chances les plus périlleuses tout son petit capital, fruit de longues économies, et un autre bien plus précieux encore, sa liberté.

Nos débutants fraudeurs, alléchés par leur premier succès, ne pouvaient en demeurer là. Comme le joueur à qui la fortune a jeté pour amorce un premier gain revient au tapis fatal avec une ardeur nouvelle, ils retournèrent à la charge avec une ardeur toujours croissante. Madeleine partagea les travaux ; ses vêtements de femme offraient d'admirables ressources. Le prudent Tronche continuait à gémir sur son embonpoint, qui le condamnait à l'inaction; mais il donnait des conseils sur l'emploi de la journée, l'itinéraire à suivre, etc., ne manquait pas de retenir un ample salaire pour ses conseils, et puis s'enfermait jusqu'à la nuit dans quelque cabaret où il puisait, au fond des bouteilles, des inspirations pour le lendemain.

L'industrie prenait de l'extension, le capital croissait, et l'on travaillait chaque jour sur une quantité plus forte de trois-six. On commençait à se dire que le procédé de la vessie était trop pénible et insuffisant; on parlait de s'associer à une opération en grand où l'on se proposait de passer des barils pardessus le mur d'enceinte. On entrevoyait en rêve l'heureux jour de cette entreprise chevaleresque.

Une pensée surtout aiguillonnait l'activité de Fortuné : plus il acquerrait d'argent et d'habileté, plus il diminuerait la distance qui le séparait de mademoiselle Henriette. Hélas! lui serait-il jamais donné de s'élever au même niveau qu'elle!... En attendant, il gardait vis-à-vis de sa bienfaitrice le silence sur la profession à laquelle il venait de se consacrer, croyant faire merveille.

— Je ne veux, pensait-il, lui en parler que lorsque je serai tout à fait en prospérité : j'aurai plus de plaisir à jouir de sa surprise.

LE FILS DU COMMERÇANT.

Un soir, Fortuné portait dans la maison Perrot un baril de trois veltes passées en fraude. Au moment où, plié sous son lourd fardeau, il touchait la petite porte réservée aux gens de son espèce, un tilbury, rasant de très-près la muraille, manqua le renverser et vint s'arrêter, quelques pas plus loin, à la porte principale ; un fashionable en descendit et entra dans la maison.

— Je ne me trompe pas, dit le piéton en se remettant du trouble que lui avait causé le danger, c'est encore ce M. Raymond. Mais comment se fait-il qu'un peintre aille en voiture bourgeoise et qu'il soit si bien mis, lui qui, chez mademoiselle Simonin, vient toujours dans la même redingote.

Les commis de la maison avaient pour le moment mieux à faire qu'à recevoir le trois-six de Fortuné. Attendant leur bonne volonté et redoutant de leur être importun, il revint s'asseoir sur son baril, au fond du magasin et dans le coin le plus obscur. A peine fut-il établi là, qu'il s'aperçut qu'une mince porte à vitrage le séparait seul d'une petite salle où se trouvait le bureau de la maison. On y causait très-haut ; le discret garçon eut d'abord l'honnête pensée de changer de place ; mais bientôt il se décida à rester, la curiosité l'emportant, lorsque, parmi les voix, il eut reconnu celle de Raymond.

— Bonjour, maman! bonjour, mon père! disait celui-ci en ôtant le cigare de sa bouche en guise de salut.

— Son père! dit tout bas Fortuné ; le voilà fils de M. Perrot, à présent. Ecoutons.

— Bonjour, monsieur, répondit le marchand du ton le plus sec.

— Tu as de l'humeur, reprit M. Raymond en remettant le cigare à ses lèvres.

— Certainement, monsieur; votre conduite est horrible, car on continue à savoir tout ce que vous faites, quoique vous ayez voulu loger hors de la maison paternelle.

— Tu vas prêcher?

— Vos folies...

— Tu m'as répété assez longtemps que j'étais un Jobard, que l'on ne me déniaiserait jamais.

— Vous devriez rougir.

— T'es-tu assez moqué de moi du temps où je rougissais!

— Vos désordres passent toute croyance.

— A mon âge, toi, tu n'allais pas mal. Tu nous as, Dieu merci! assez de fois conté ta jeunesse.

— Vous courez après toutes les grisettes.

— Et toi, as-tu oublié ta première, la grosse Flore? et ta seconde, Eucharis! et ta troisième, et ta quatrième, car on s'y perd, hein?

— Vos nuits se passent à la bouillotte.

— Et toi, ton ancienne passion pour l'impériale? Et cette nuit de guignon où tu cherchais ton chapeau pour t'aller jeter à la rivière?

— Pas un de vos jours sans orgie!

— Et toi, tes fameux paris de vider dix bouteilles, d'expédier un gigot de huit livres.

— Au train que vous menez, je ne vous donne pas deux ans de plus de votre existence. Vous avez déjà l'air vieux, usé... Je vivrai certainement plus longtemps que vous.

— Tu n'as que des choses désagréables à me dire.

— Raymond! Raymond! dit madame Perrot, on ne répond pas de la sorte à son père.

— Si du moins, reprit le marchand Perrot, monsieur voulait faire comme a fait et n'a pas cessé de faire son père; si monsieur voulait travailler. Mais non, monsieur est trop grand seigneur pour prendre un état : il faut que les parents de monsieur l'entretiennent à fainéantiser. Savez-vous, moi qui vous parle, combien j'ai travaillé dans ma jeunesse?

— Le beau mérite! Grand-papa était un imbécile qui ne t'avait pas laissé un sou de patrimoine... Aurais-tu voulu mourir de faim?

— Mais, monsieur, aujourd'hui que ma fortune est faite, je travaille encore.

— C'est qu'apparemment cela t'amuse.

— Je travaille et j'économise. On pourrait se prélasser dans un tilbury avec plus de raison que monsieur, et cependant on va à pied.

— Pour ton plaisir, sans doute.

— On pourrait, comme monsieur, fourrer ses pieds dans des bottes vernies... et cependant je n'ai de ma vie porté que des souliers en peau de veau, avec de grosses chaussettes de fil.

— Pour ta santé, probablement.

— Eh! non, monsieur! c'est qu'on économise... on augmente son avoir... J'aurais honte de vivre dans votre luxe et votre oisiveté... Et si je me prive de tout, si je me tue à force de fatigue, ingrat, ce n'est plus pour moi, c'est uniquement pour toi, c'est pour qu'après moi tu en trouves davantage.

— Vrai! eh bien, tu es un bonhomme de père!... Alors, une proposition; garde ce que tu as amassé jusqu'à ce jour : continue à toucher les revenus des capitaux placés, les rentes sur l'Etat, les loyers de la rue Vivienne et de la maison rue de la Ferme; je t'abandonne le tout, je te dispense même d'économiser là-dessus à mon intention. Mais, puisque *tu ne travailles plus que pour moi*, remets-moi fidèlement ce que ton commerce te rapporte par année. Diantre! dans ce cas-là, c'est devenu une dette d'honneur.

— Sacripant! on lui fabriquerait des monts d'or, qu'il trouverait le moyen de les engloutir. Je vois le but de votre visite. Vous êtes venu dans l'espérance de me soutirer quelque somme.

— Je suis trop franc pour dire le contraire; ma bourse est à sec.

— J'en suis fâché, monsieur mon fils; mais vous remonterez dans votre fringant équipage comme vous en êtes descendu, sans argent.

— Je suis désespéré de te contredire, monsieur mon père; mais je ne sortirai d'ici qu'avec de l'argent.

— Je ne vous en donnerai pas.

— Je t'en volerai.

— Ma caisse ferme bien.

— Je la crocheterai.

— Fils dénaturé!

— Vieux cancre!

— Savez-vous que j'ai assez de bras à mes ordres pour vous jeter dehors?

— Tu le prends sur ce ton? Eh bien! moi, je mets le feu au magasin.

— Misérable!

— Je brûle les livres de comptes.

— Et tu nous fais banqueroutiers.

— Ça m'est égal... une fois... deux fois... je mets le feu...

Un commencement d'exécution suivit la menace. Un broc se trouvait là, à demi plein de trois-six et touchant au fauteuil de cuir sur lequel M. Perrot était assis. Raymond y jette son cigare allumé que, durant tout le cours de cette insurrection filiale, il n'avait cessé d'ôter de sa bouche et d'y reporter; l'alcool prend feu; la salle entière resplendit subitement d'une effrayante lueur... Par bonheur, madame Perrot avait de la présence d'esprit et du sang-froid. Saisissant une masse énorme de chiffons de grosse toile qui avaient servi d'enveloppes, elle en coiffe la tête du broc : la flamme, comprimée et privée d'air, s'éteint en peu d'instants.

Fortuné, tremblant de cette scène, restait tapi dans son coin en répétant tout bas : Oh! le mauvais fils, le mauvais fils!

M. Perrot était un homme de taille longue et fluette, d'un blond fade, d'une figure molle et blafarde, à profil de mouton et qui s'ornait de lunettes bleues. Il avait une disposition à s'emporter contre sa femme et ses subordonnés, ou encore une énergie taquine vis-à-vis les tristes bizets de sa légion, lorsqu'il siégeait au conseil de discipline sous des épaulettes de capitaine de la garde nationale; mais c'était tout. A cette velléité d'incendie, à ce punch parricide flamboyant le long de sa jambe, peu s'en fallut qu'il ne se trouvât mal.

Le danger passé :

— Brigand! s'écria-t-il avec la véhémence d'un homme qui a eu peur, vous n'aurez pas un centime de ma fortune : je vous déshérite.

— Allons donc, le Code civil est là.

— Je la dénaturerai.

— Elle est placée à trop bon intérêt; tu n'auras garde.

— J'imaginerai des créanciers après ma mort.

— Et en attendant, tu leur mettras des titres en main, de ton vivant?... pas si bête!

— Pour vous faire pièce, je me jette dans la dépense; je mangerai tout.

Quand je demande de l'argent, ce n'est pas un sermon.—Page 34, col. 1re.

— Tope! je t'aiderai; commençons dès ce soir.

— Maudit soit le jour où vous êtes venu au monde!

— Jouis du fils que tu t'es fait. Oh! je ne tremble plus devant toi; je ne suis plus un enfant.

— Monsieur Perrot, mon chéri, dit madame Perrot, tu t'échauffes, tu te feras du mal. Tu sais qu'une fois que Raymond est entré dans un de ses mauvais quarts d'heure, il n'y a rien à gagner avec lui. Tu feras mieux de lui céder la place. Va faire ta petite promenade de tous les soirs... Va-t'en du côté de l'Hôtel de Ville; le journal dit qu'on y a commencé des travaux.

— Tu as raison, ma bonne, je sors, car, je me connais, si je restais une minute de plus en face de ce monstre, je finirais par l'exterminer... Surtout, madame Perrot, je vous le recommande, que dorénavant on ne lui donne plus rien, absolument rien. Il serait à la mort, que j'entends qu'on lui refuse jusqu'à un verre d'eau. Madame Perrot, je vous rends responsable de l'exécution de ma volonté.

— Sois tranquille, mon ami.

— C'est que vous n'avez pas toujours été raisonnable : vous ne faisiez que lui donner, lui donner... Vous me l'avez toujours gâté. C'est vous qui avez voulu qu'il reçût de l'éducation, qu'il allât au collége!... Si on m'avait laissé agir, moi, le jour où il a eu ses dix ans, je l'aurais mis au service du magasin. Je l'aurais élevé, non pour lui, mais pour nous; il n'en aurait pas su plus que son père; il y aurait moyen d'avoir raison contre lui, nous serions les maîtres, et ça vaudrait mieux pour son bien et pour le nôtre.

Monsieur et madame Perrot s'étaient occupés toute leur vie, comme on le voit, à amasser sou sur sou pour faire une fortune, une grosse fortune à leur fils unique; mais, pour apporter quelques bons germes dans sa jeune conscience, pour lui donner les plus simples notions du bien et du mal, ils n'y avaient jamais pensé, les bons parents!...

Le marchand sortit, l'anathème toujours grondant sur les lèvres, mais, à l'intérieur, joyeux autant qu'un homme qui s'échappe d'un piége. Cette retraite dérobait l'autorité paternelle à une humiliation trop flagrante. De plus, elle lui garantissait dans l'avenir la faculté de protester contre toute capitulation désastreuse qui pourrait suivre son absence, et d'en accuser uniquement la faiblesse de madame Perrot, constituée responsable. Si le fils échappait, la mère du moins restait sous le poids de la remontrance. Pour un chef de famille, pour un mari qui comprend sa dignité, c'est quelque chose.

— Or çà, maintenant, à nous deux, dit Raymond à sa mère. C'est de l'argent qu'il me faut.

— Il s'en prend à cette pauvre femme, à présent, disait tout bas Fortuné : oh! le mauvais cœur!

— Vous avez entendu ce qu'a dit votre père, répondit madame Perrot.

— Mais mon père ne sait ce qu'il dit.

— Il a défendu de vous rien donner.

— Tu es à la tête des affaires... car c'est toi qui travailles et non pas lui, quoiqu'il s'en vante si fort...

Le misérable plongea à la fois de l'œil et de la main dans le trésor. — Page 34, col. 2.

tu as la signature, tu tiens la caisse; donne-moi de l'argent!

— Vous avez pu l'entendre aussi bien que moi : formellement défendu.

— Tous les fonds de la maison te passent par les mains; de l'argent!

— Mais, Raymond, vous êtes déjà en avance de deux années sur la pension qu'a fixée votre père!

— De l'argent!

— Sans compter que je l'ai doublée en cachette.

— De l'argent!

— Et ce que je paie tous les jours : des mémoires de tailleur, bottier, sellier, que sais-je?...

— De l'argent!

— Ecoutez, Raymond, vous avez toujours été un mauvais fils. Dans votre enfance déjà je me consumais à dérober vos fautes aux yeux de votre père. En devenant homme, vos torts ont été plus grands, et mon indulgence a grandi avec eux; j'ai toujours été forcée de réparer vos folies; quelquefois... j'ai honte de le dire, vos bassesses... Quand je pouvais les cacher à tout le monde, j'étais heureuse; quand votre père les découvrait, je souffrais ses reproches, ses mauvais traitements sans me plaindre... Et maintenant votre conduite est pire que jamais... Voyez, Raymond, quelle existence vous me faites : je passe les journées à excuser vos extravagances du moins mal que je puis; la nuit, je ne dors plus, je pleure et je me fatigue à chercher sans cesse quelque nouveau moyen de regagner l'argent que vous êtes venu m'enlever.

— Eh! je sais bien tout cela!

— Quand vous avez obtenu de moi mille francs, j'avoue à Perrot cent francs, et encore il me faut m'attendre à une scène affreuse. Souvent il s'oublie au point de me frapper. Cela ne lui était jamais arrivé avant que vous eussiez pris votre train de vie; vous avez mis la discorde, l'enfer entre vos parents... Et puis je trompe sans cesse mon mari, je le trompe sur tout : dès que je trouve ma belle, je vends le trois-six à un prix plus cher que je ne lui dis; la dépense de la maison, ma toilette, je lui porte tout au double. Bon Perrot! j'agis avec lui comme en agirait une malhonnête femme, et pourtant Dieu m'est témoin que je n'aime rien au monde que mon mari et toi, méchant garçon!

— Ma mère, avez-vous tout dit?

— Je passe pour riche dans le quartier, et je suis plus pauvre que la bonne qui me sert. Tout ce dont j'ai pu me défaire sans que Perrot le remarquât, je l'ai vendu. Mes belles poires en diamants du jour de l'an de cette année, il ne se doute pas que c'est déjà du strass qui les remplace. Le cachemire qu'il m'a donné à ma fête, il croit bonnement qu'on me l'a volé. S'il lui arrive de dîner en ville, je profite de son absence pour supprimer ici le second plat et le dessert. Les commis et moi, nous ne mangeons que du bœuf, et le pauvre cher homme n'en sait rien. Eh bien! pour tout ce que j'ai souffert, pour tout ce que j'ai fait pour toi, m'as-tu jamais dit un seul mot de tendresse?... m'as-tu une fois seulement embrassée de bon cœur?... Ah! cela m'aurait consolée de tout!

Et des larmes venaient dans les yeux de la pauvre femme.

Raymond, avec son père, n'avait été qu'insolent, railleur; mais avec sa mère, si admirablement bonne, il se sentait méchant, mauvais cœur. Honteux de lui-même, son irritation tournait contre sa mère; il s'animait au mal par sa propre méchanceté; il sentait la colère lui monter au cerveau.

— A quoi servent toutes ces paroles? dit-il d'une voix sourde; quand je demande de l'argent, ce n'est pas un sermon.

— Eh bien! mon Dieu!... combien te faudrait-il donc?

— Deux mille francs.

— Mais tu es fou!... Si ma bourse pouvait te suffire... (Elle fouilla dans sa poche.) Tiens, voilà tout ce que j'ai à moi... tout ce qui m'appartient en propre dans la maison et que je gardais pour mes besoins particuliers... il y a trois belles pièces d'or, quelques écus.

Raymond, exaspéré par cette offre, arracha la bourse des mains de sa mère et la jeta violemment sur le carreau en s'écriant :

— J'ai dit deux mille francs!

— Mais, mon Dieu! si nous prenons cette somme dans la caisse, ton père ne peut manquer de s'en apercevoir... aujourd'hui même. Il faut au moins que je te les donne peu à peu... que je puisse à mesure amortir le déficit dans les comptes.

— Est-ce que j'ai le temps d'attendre!

— Mais tu veux donc m'exposer à toute la colère de ton père?... Après la défense qu'il m'a faite, il sera furieux contre moi!

— La clef de la caisse, allons.

— Il est emporté, violent... dans un premier mouvement de fureur, il peut me tuer.

— Ça ne me regarde pas... la clef!

— Ah! malheureux!

— La clef... la clef de la caisse!

— Eh bien! non! dit-elle enfin avec force, tu ne l'auras pas...

— Ah! je ne l'aurai pas... ça m'est égal...

— Seigneur! s'écria madame Perrot en voyant son fils tourner, dans une espèce d'égarement, autour du cabinet, Seigneur! qu'a-t-il donc à s'agiter comme un fou?... Qu'est-ce qu'il cherche?... Il a déterré la boite à outils de son père... Pourquoi prend-il ce marteau, ce ciseau!... Miséricorde! il va briser la serrure...

Elle se jeta devant la caisse.

— Ote-toi de là! cria Raymond.

— Mais ce serait un vol... un vol infâme!

— Ote-toi!

— Tu ne peux te faire voleur...

— Je te dis de t'ôter!

Une menace horrible éclatait dans ses yeux et vibrait dans sa voix.

— Oh! s'écria sa mère, ne me regarde pas ainsi, Raymond; tu me fais peur!

— Encore une fois... éloigne-toi.

— Non.

— Mais va donc! dit-il en grinçant des dents.

Il saisit sa mère par le bras et la repoussa avec tant de violence, que la malheureuse femme alla rouler sur le carreau : sa tête frappa contre le panneau de la porte, le mouilla de sang, et elle perdit connaissance.

Raymond, enfin en liberté, enfonça le ciseau dans le joint de la caisse, frappa à coups redoublés jusqu'à ce qu'il eût fait partir la serrure; alors le couvercle du coffre-fort sauta de lui-même. Le misérable plongea à la fois de l'œil et de la main dans le trésor; il saisit une poignée de billets, les serra convulsivement, brandissant le poing qui tenait tant d'argent à la fois, et, jetant le cri de joie de son affreuse victoire, il s'élança pour sortir.

Mais le corps de sa mère se trouvait étendu devant la porte, et cette figure pâle, ensanglantée, lui fermait encore le passage... Dans une cruauté intrépide, il avança toujours, foula aux pieds ce corps immobile sans le regarder, sortit du cabinet et s'élança dans la rue.

Fortuné, tout tremblant de l'effroi de cette scène, pâle, ému jusqu'aux larmes, entr'ouvrit alors la porte de derrière contre laquelle il était demeuré collé... Il tendit d'abord la tête, puis entra doucement dans le cabinet... Il prit la lampe du comptoir, l'approcha du visage de madame Perrot, vit de faibles tressaillements passer sur ses traits et le sang couler encore de sa plaie... Il chercha un linge, de l'eau, s'assit par terre, et, posant la tête de la pauvre femme sur ses genoux, lava délicatement la fente qui s'était faite au front, et pressa ensuite cette pauvre tête dans ses mains avec une tendre compassion.

La fraîcheur de l'eau avait un peu ranimé la malheureuse femme. Elle sentit ces mains affectueuses qui la soutenaient, ce cœur qui battait près d'elle, cette larme de pitié qui tombait sur son visage... La pauvre mère sentit un souffle de tendresse l'envelopper!... Elle soupira doucement, sa poitrine se dilata, les couleurs revinrent à son visage.

Quand Fortuné la vit près de rouvrir les yeux, il la souleva, la posa dans un fauteuil, appuya sa tête sur le dossier et s'esquiva à l'instant, retournant se cacher dans son trou obscur, pour que madame Perrot ne sût pas qu'elle devait ces soins à un étranger.

Un instant après, M. Perrot rentra. Tandis que le marchand tempêtait, fulminait devant sa caisse brisée, Fortuné terminait son marché avec les commis et reprenait le chemin de son logis.

UN CONGÉ.

Au sortir de la maison Perrot, Fortuné courut chez mademoiselle Simonin. Il brûlait de raconter ce que le hasard venait de lui révéler. Sans se rendre parfaitement compte de tout l'effet que cela devait produire, il entrevoyait que cet effet ne pouvait être que très-défavorable à M. Raymond.

Cependant il songea que la bonne madame Perrot mourrait plutôt que de laisser savoir aux étrangers le mauvais traitement qu'elle avait reçu de son fils et le vol qu'il avait commis; il se dit qu'il serait bien mal d'augmenter encore les chagrins de cette pauvre dame; qu'il ne parlerait donc ni de la brutalité de Raymond envers sa mère, ni de l'effraction de la caisse, mais seulement de la mauvaise conduite du fils Perrot, qui devait être connue de beaucoup de monde.

L'intelligence de Fortuné et, surtout, son expérience des hommes, n'étaient pas de force à apprécier chaque détail de la scène qu'il avait entendue, et, par conséquent, à les reproduire avec quelque fidélité, d'autant plus qu'en en dissimulant une partie il s'embarrassait encore dans son secret. Cependant, de sa narration informe et confuse, il résulta pour mademoiselle Simonin que sa sagacité de célibataire majeure avait été mise en défaut par un libertin, couvant des intentions mauvaises sans doute, puisqu'il s'était introduit sous le voile d'un perfide incognito. Henriette voyait avant tout un fils manquant de respect pour ses parents et leur causant du chagrin.

— C'est un homme dangereux, dit mademoiselle Simonin ; un homme qui m'a jouée ; un homme à qui je ne dois plus laisser mettre le pied chez moi.

— Voilà ce que j'ai pensé, ajouta Fortuné, qui avait peine à contenir sa joie.

— Pour qui ce petit monsieur nous prend-il donc ? Vous verrez qu'il faudra que j'élève tout exprès des jeunesses pour le plaisir de monsieur ! Parce qu'on n'a pas le bonheur d'être aussi riche qu'eux, ces gens-là s'imaginent qu'on doit manquer d'honnêteté. Fortuné, vous ne me refuserez pas un service, n'est-ce pas ? Vous demeurerez ici demain à l'heure où il a l'habitude de venir. Je ne veux pas que l'une de nous, Henriette ou moi, soit exposée à lui ouvrir la porte. Pour mon compte, s'il fallait le revoir, je suffoquerais de colère. Un homme vaut mieux pour lui répondre. Nous nous enfermerons dans la seconde chambre, tandis que vous lui direz qu'il n'y a personne... qu'il se dispense de revenir... que nous sommes déménagées, tout ce que vous voudrez.

— Ayez l'esprit en repos... Il faudra bien qu'il comprenne...

— Un homme qui a des idées semblables ! un homme qui nous a jugées comme des créatures ! un homme qui se déguise, qui fait de nous ses dupes !

— Oh ! si cela se pouvait, murmurait Fortuné, je dirais bien autre chose... Mais non... non... Pauvre madame Perrot, va !...

— Qu'est-ce qu'il a donc à marmotter, celui-ci ? reprit mademoiselle Simonin... Mais n n, non ! tout calculé, je veux que M. Raymond passe par mes mains... J'entrebâillerai la porte moi-même... Je lui jetterai son fait au visage ; après quoi, je me donnerai la satisfaction de la lui fermer sur le nez.

— Vous en tomberez malade, dit à son tour Henriette. Je pense que vous pourriez vous contenter de lui écrire deux mots : cela serait plus digne... M. Fortuné demandera son adresse à la maison de son père.

Le conseil fut suivi et la lettre remise à Fortuné, qui promit de la porter au domicile de M. Raymond. En recevant cette missive, sa figure s'épanouit radieuse.

— Vous nous rendez un vrai service d'ami ! reprit mademoiselle Simonin, un de ces services que l'on n'oublie pas... Ainsi donc, ajouta-t-elle après un moment de silence, dans la maison de son père, ça vous a paru cossu ?

— Ils ne parlent que par des mille francs, des dix mille francs ! des vingt mille francs !... J'en avais perdu la respiration !

— Et il a voiture ?

— Un tilbury ! comme ils disent... et pas numéroté.

— Dans certains moments, à certaines choses, j'ai deviné qu'il était un homme comme il faut. J'ai un coup d'œil infaillible ; je ne me suis jamais trompée sur l'air comme il faut.

— Avant une heure il aura votre lettre.

Et Fortuné se frottait les mains dans un accès de jubilation.

— Remarquez, Henriette, qu'à vrai dire il n'a pas osé précisément nous tromper : je l'en aurais défié. Il s'est annoncé comme peintre : était-ce à dire qu'il ne fût pas un homme comme il faut ?... Je connais certains peintres à qui on ne peut refuser un air bourgeois et tout à fait bourgeois !... Peut-être il s'amuse à manier le pinceau dans ses moments perdus... Il nous a tu son nom de famille, mais il nous a livré son nom de baptême... Est-ce notre faute si ce nom de baptême ressemble à un nom de famille ?... Les monsieur Raymond et les madame Raymond ne sont pas chose rare... Convenez qu'à notre place tout le monde aurait été pris. On ne peut pas nous reprocher d'avoir été vraiment dupes.

— Qu'importe ! dit Henriette, vous l'avez congédié ; tout est fini.

— C'est qu'alors il se trouve un peu moins coupable... On ne peut pas dire que ce soit réellement un homme qui se déguise... Peut-être c'est une timidité délicate qui l'a empêché de nous avouer tout ce qu'il est... peut-être ses intentions n'ont-elles pas été aussi mauvaises qu'on pourrait croire, car enfin, Henriette, ni vous ni moi ne ressemblons à ces vilaines coquettes qui flattent un homme et vont au-devant de ses espérances .. Il est impossible qu'il nous ait prises pour des femmes à allures... Le hasard lui a donné occasion de causer avec nous et de nous être utile chez le cousin Gouju... Il aura goûté ma conversation... Ce motif seul aura suffi pour l'attirer chez moi.

— Cesser de le voir, reprit Henriette, est le plus prudent.

— Qui dit le contraire ? Croyez-vous que je sois femme à revenir sur une résolution ?... Il est congédié, et bien congédié... C'est égal, il est flatteur d'avoir eu l'avantage de recevoir pendant un certain temps, dans son intimité, un homme comme il faut, un homme qui a voiture, et un homme aimable ! car, pour ma part, je ne rougis pas de l'avouer, je lui ai dû des heures délicieuses ! Il faut la découverte qu'a faite celui-ci pour... Quand je songe que ce garçon s'est trouvé justement collé là contre cette porte pour surprendre la conversation de M. Raymond et de ses parents... Mais, savez-vous, monsieur, que c'est très-mal ce que vous avez fait là ! mais très-mal !... Qu'est-ce qui s'avise d'écouter aux portes ?... Qui me répond que vous n'avez pas aussi l'habitude d'apporter votre oreille à ma porte ?

— Oh ! mademoiselle ! s'écria Fortuné, alarmé de la nouvelle direction que prenait le courroux de la maîtresse de la maison, comment pouvez-vous penser ?...

— Et puis, qu'allez-vous faire chez M. Perrot ? je vous le demande... Vendre de l'eau-de-vie que vous avez entrée en fraude ! Ne voilà-t-il pas un honorable métier !... Savez-vous, monsieur, que c'est aller contre la loi ? que c'est se mettre en rébellion contre la force armée ?... Quand je rentre par une barrière, moi, j'ai toujours soin de tenir mon cabas bien ouvert, pour que les commis puissent voir jusqu'au fond !... Sainte Vierge ! faire de la fraude ! je croirais fouiller dans la poche du gouvernement !

— Mademoiselle, se hasarda à répondre Fortuné d'une voix tremblante, tout le monde n'a pas vos scrupules !... L'eau-de-vie que j'entre, M. Perrot me l'achète... M. Perrot fait donc aussi de la fraude ?

— Voyez-vous, l'impertinent ! se comparer à M. Perrot ! un gros négociant richissime, et dont le fils a voiture !... M. Perrot ne fait pas la fraude, monsieur !... il en profite... Je vous le répète, vous avez là un fort vilain métier, un métier qui sent la prison ! qui est le premier pas vers le bagne !...

Fortuné, qui n'osait répliquer de nouveau, se contenta de lever les yeux vers mademoiselle Henriette, comme pour appeler à son équité de la sentence partiale de sa patronne.

— C'est un métier, dit-elle, où je suis fâchée d'apprendre que vous êtes engagé : il me semble qu'on ne peut y faire qu'une mauvaise fin.

Et Fortuné vit encore dans les yeux d'Henriette ce regard triste qui paraissait à chacune des innocentes sottises dont il se rendait coupable.

— Puisque je me décide à un acte de vigueur, reprit mademoiselle Simonin, pendant que je suis en train d'épurer ma société, il ne m'en coûtera pas davantage de pousser jusqu'au bout... Dorénavant, je ne veux plus qu'il entre ici l'ombre même d'un chapeau d'homme... Depuis que, sans nous avoir rien dit, sans nous avoir en rien consultées, monsieur a commencé en sournois son joli métier, monsieur ne paraît plus ici qu'à sa convenance, à ses heures, et non aux miennes... Il n'y a plus rien à espérer de sa complaisance... Monsieur peut se dispenser de nous apporter de nouveau son visage.

— Mademoiselle Simonin, comptez qu'à l'avenir je serai à vos ordres... toutes les fois que vous m'appellerez... à toute heure !...

— Non, non... allez à votre fraude !... Je vous défends de remettre les pieds chez moi. Estimez-vous heureux que je ne vous fasse pas chasser aussi de votre chambre, dont vous gagnez si mal le loyer... J'ai eu la prudence d'interdire ma porte à un homme aimable, dont le seul tort est d'avoir une voiture... j'aurai bien le courage de chasser un méchant fraudeur ! un écouteur aux portes !...

Et, dans l'excès de sa sagesse, elle poussa de ses mains le pauvre diable jusque sur le corridor.

Derrière la porte refermée, Fortuné considéra d'un œil morne la missive à Raymond, qu'il n'avait cessé de tenir à la main :

— Certainement, se dit-il, il aura la lettre; mais je ne m'attendais pas à payer son congé si cher !

LES FRAUDEURS.

Après la lettre portée, Fortuné s'était retiré dans son grenier, où il s'abreuvait de son chagrin. Madeleine vint lui rappeler que le jour baissait, et que cette nuit était la nuit fixée pour la grande opération projetée depuis longtemps avec de nouveaux associés, et qui consistait à introduire des barils par-dessus le mur d'enceinte de l'octroi. Grand fut l'étonnement de l'active fraudeuse de ne trouver que froideur et refus dans le collègue la veille si zélé. D'où venait ce caprice ?

— Elle l'a dit : « La fraude est un métier où l'on « ne peut faire qu'une mauvaise fin ! »

— Las ! mon garçon, qui vous a troublé ainsi le cerveau ?

— Elle !

— Qui, elle ?

— Elle ! mademoiselle Henriette.

— Je vénère mademoiselle Henriette... je lui ai dû souvent le pain de mes enfants... mais elle n'entend rien à la fraude... Il est facile d'en dire du mal, quand on a, comme elle, un meilleur état au bout de ses doigts.

— Arrive ce qui pourra : mon parti est pris... je renonce à un métier qu'elle blâme !

Les instances épuisées, Madeleine ne s'attacha plus qu'à piquer la générosité de Fortuné. Elle représenta la parole donnée aux nouveaux associés, qui, dès lors, avaient droit de compter sur le concours de son argent.

— Chose promise, chose due, répondit le loyal camarade. Emportez mon argent et employez-le dans l'affaire à votre guise... Si la chance tourne mal, je ne me prendrai de la perte à personne. Si elle tourne bien, vous me rendrez ma somme. Je ne prétends rien dans les bénéfices.

— Mais vous avez en outre promis votre personne... Faute de vos deux bras, l'affaire n'a qu'à manquer... ce ne sera pas votre argent seul qui sera perdu, ce sera celui de tout le monde.

— Allons donc ! vous m'aurez encore pour ce soir... mais, je vous le jure, cette fois est la dernière.

Vers l'heure de minuit, les fraudeurs, au nombre de cinq, se trouvaient réunis dans la carrière abandonnée, derrière la maison de l'épicier de Montrouge. Madeleine et Fortuné se présentaient avec candeur dans leur robe d'innocence et sous leur véritable nom (Tronche s'était mis au lit, où certainement l'inquiétude ne lui permettrait pas de dormir jusqu'à ce que sa femme revînt lui apprendre le succès de l'expédition, succès auquel il avait bu copieusement). Les trois autres, vieux routiers, dérobaient avec prudence leurs antécédents derrière des noms de guerre.

Le nom de *Bambocheur* s'adaptait, par une malicieuse antiphrase, à un visage d'un pied de long, blême et sinistre, à nez à bec de vautour, avec des yeux ronds et jaunes... Un colosse au poitrail de taureau, au col court, à la face ardente et colérique, avait pris nom *Hercule*. On désignait sous celui de *La Poigne* un petit monstre à face de hyène, à carrure épaisse, au torse long, aux jambes courtes et arquées, mais dont les bras musculeux descendaient jusqu'aux genoux et étaient armés de formidables poignets !

Les heures précédentes avaient été employées à remplir les barils de trois-six acheté cruche à cruche à l'épicier. On les plaça dans deux hottes, en prenant la précaution de les masquer d'une vieille toile. Ces précieux mais lourds fardeaux furent confiés aux puissantes échines d'Hercule et de La Poigne : tous les deux formèrent le corps d'armée. Madeleine, qui, grâce à son sexe, devait le moins éveiller les soupçons, eut l'honneur de marcher à l'avant-garde en éclaireur. Fortuné, chargé d'une sorte de grossière échelle de corde, et Bambocheur, muni de quelques objets qu'il qualifiait de menus accessoires, marchaient en queue et assuraient les derrières.

On avançait rapidement.

— La nuit est belle, dit Hercule ; il fait noir comme dans un four !

— Laissez donc, répondit Bambocheur ; j'aime mieux une nuit tranquille, avec sa bonne obscurité, que ces temps chargés de nuages, où il fait bien noir un moment, et où le tonnerre nous éclaire tout à coup la face comme la lanterne d'un gabelou.

— Le camarade a raison, dit La Poigne ; voilà le feu du ciel qui s'allume là-bas, et le tonnerre commence à gronder.

Madeleine fit le signe de la croix.

On suivait sans façon, à travers les champs, une diagonale hardie, foulant sans pitié trèfle et luzerne, feuillages de pommes de terre et de betteraves. Ce chemin peu légal, outre qu'il était le plus court, présentait le moins de chances de fâcheuse rencontre.

Tout à coup, cependant, comme on filait sans bruit le long d'une bicoque isolée, dont la sombre masse avait fourni un point de direction, Madeleine, qui achevait à peine de dépasser l'extrémité de la façade, s'arrête et lance à demi-voix, vers le corps d'armée, un signal d'alerte, un psitt! prolongé! Le corps d'armée fait halte et demeure immobile. L'éclaireur avait dépisté un homme rôdant le long du mur de côté.

— Psitt! répète Madeleine.

Ne voilà-t-il pas qu'à son psitt! cet homme est accouru à elle les bras étendus et semble vouloir l'y presser. Sans oser crier à cause du voisinage de la maison, elle recule de quelques pas. L'homme la suit empressé, et tous deux viennent heurter le gigantesque Hercule, dont la nuit double encore les imposantes proportions. Sur le sein de son robuste associé, la fugitive trouve un refuge, tandis que l'ennemi, qui, terrifié, a fait un saut de côté, tombe dans la serre droite du terrible La Poigne et subit l'étreinte de cinq doigts de fer appliqués à sa cravate. Fortuné et, peu après, Bambocheur, achèvent de s'assurer de sa personne.

— Père Conrad, disait d'un ton suppliant le captif en se tournant, autant que ses gardiens lui en laissaient la faculté, vers le groupe du redoutable Hercule et de sa compagne, demeurés à distance; père Conrad, assommez-moi sur place, tuez-moi; le Code civil dira : C'est bien fait; mais respectez votre épouse. Devant Dieu et devant les hommes, père Conrad, votre épouse est innocente.

Hercule avait la langue moins prompte à la riposte que le bras. D'ailleurs, tout autre à sa place eût été embarrassé de répondre à cette apostrophe, dont l'application n'était pas facile à saisir. Silencieux, il se contentait de soutenir du bras la belle éplorée, et de l'autre d'exécuter avec un pesant gourdin le plus effrayant moulinet, déterminé, de quelque sorte que fût le danger, à taper dur et à n'abandonner son trois-six qu'avec la vie.

La Poigne, sans daigner écouter, interrogeait vivement de sa main gauche, où reposait son gourdin, la poitrine de sa proie, avec la pensée arrêtée de donner suite au mouvement strangulatoire préparé par la main droite, pour peu qu'il reçonnût sur cette poitrine la ligne de boutons de métal et le frac des commis de l'octroi.

Le captif, toutefois, ne cessait toujours de répéter en s'adressant à Hercule :

— Tuez-moi, père Conrad, mais respectez votre épouse.

Le prudent Bambocheur, qui, à tout événement, aimait à se sentir léger et les mouvements libres, avait d'abord pris soin de se débarrasser des accessoires en les jetant sur le banc de pierre de la maison; Bambocheur, le fléau de la bande, rassuré enfin par la voix juvénile et l'accent suppliant de l'inconnu, fut le premier à soupçonner, dans sa sagesse, qu'il y avait quiproquo, mais non sujet de prendre l'alarme.

— Paix donc! braillard, dit-il à la victime, j'ai l'oreille délicate. Plus bas! plus bas!

— Mon cher monsieur, reprit le captif en baissant de plus en plus la voix, faites une bonne action, ôtez-la des mains du père Conrad; ce n'est pas elle qui est la coupable.

— Et qui, coupable?

— Moi, moi, mon cher monsieur, moi seul; je suis un scélérat... Hélas! depuis la Vierge d'août de l'an dernier que je demeure dans cette maison, dans le marais du père Conrad, et sous le même toit que madame Conrad... Qui aurait jamais dit que Jacquot, le petit Jacquot, l'apprenti maraîcher, pensât à de telles choses!... Ah! je suis un scélérat fini... mais, au nom du ciel, ôtez-la des mains du père Conrad.

— Plus bas, pleurard!

— Il m'a jeté à la porte en me donnant de sa bêche dans les reins, parce qu'un odieux cancan lui était revenu sur madame Conrad et sur moi. Vieux jaloux! j'ai passé la nuit d'hier et celle d'aujourd'hui chez mon père à Villejuif, où le temps m'a duré, où je n'ai pas mangé en tout une once de pain. Ce matin, en buvant, un ami m'a mis en tête cette crâne d'idée de revoir madame Conrad pour lui dire combien j'ai eu du chagrin. Il a écrit une lettre qu'il s'est chargé de lui donner, une lettre, ma foi, où je demandais qu'elle tînt sa porte ouverte entre minuit et une heure, après que le père Conrad serait parti pour aller à la halle vendre ses légumes. Pauvre chère madame Conrad! La lettre disait que j'avais un grand secret à lui apprendre. Elle l'aura cru; c'est ça qui l'aura décidée à sortir tout à l'heure pour me faire un psitt! pendant que je rôdais autour de la maison. Là-dessus, le brutal père Conrad s'est présenté avec vous tous. Il faut croire qu'il aura eu vent de la chose et qu'il n'aura feint d'aller à la halle que pour se cacher et nous surprendre; ça, vous le savez mieux que moi. Je vous ai tout avoué; sauvez madame Conrad! Je l'aime, c'est vrai; mais est-ce ma faute? Depuis le temps où je n'étais pas plus haut que ça, je suis habitué à entendre dire que c'est une belle femme... Et une femme qui a tant d'acquit!

— Voyez-vous ce dindonneau! s'attaquer à une vieille poule coriace!

— Je l'aime, oh! oui, monsieur, je l'aime; mais je la respecte... un mauvais conseil a causé le mal. J'avais passé toute une année près d'elle sans avoir osé lui demander un rendez-vous.

— Butor!

— Et c'est moi qui l'ai poussé à sa perte! Ayez pitié d'une femme que j'ai eu la scélératesse de tromper et qui n'en est pas moins innocente; ôtez-la des mains du père Conrad.

En ce moment, une fenêtre du premier étage s'ouvrit avec fracas; deux figures d'homme et de femme apparurent. L'homme cria un *qui vive?* d'une voix qu'il s'efforçait de rendre plus menaçante en la grossissant. Tous les regards se dirigèrent de ce côté; les mains qui retenaient Jacquot, le relâchèrent, chacun s'occupant de raffermir son fardeau sur ses épaules et s'apprêtant à lever le pied.

— Eh! mais, ai-je la berlue, dit Jacquot, bien que personne ne songeât plus à l'écouter. Le casaquin blanc à la fenêtre de la chambre à coucher, c'est madame Conrad; mais pourtant la femme qui se trouve dehors, à dix pas de moi, celle qui m'a fait psitt!... ne voilà-t-il pas à présent qu'il y a deux madames Conrad?

— Passez votre chemin, reprit la voix.

— Et de père Conrad, au contraire, il n'y en a pas même un! L'homme énorme qui m'a fait tant peur n'est pas le père Conrad; il porte une hotte; j'aurais dû réfléchir que le père Conrad n'est pas un homme à hotte; il a un bourriquet. Le gringalet qui est à la fenêtre est trop mince pour être le père Conrad. Je ne vois plus le père Conrad.

— Je tiens un fusil chargé, je vous en préviens ; passez votre chemin.

— Cette fois, je reconnais la voix, continua Jacquot ; c'est le petit Faucheux, l'apprenti qui est entré à ma place avant-hier. Que fait-il dans la chambre de madame Conrad, pendant que le père Conrad est à la halle ? Je connais la règle de la maison : l'apprenti va tous les soirs coucher dehors.

— Vous n'êtes pas décampés ? Je vous ai assez avertis. Feu !

Un coup de feu partit. Les cinq associés s'éloignèrent dans la direction de Paris avec des degrés inégaux de vitesse, selon qu'ils étaient plus ou moins pesamment chargés, comme une compagnie de perdreaux. Jacquot se précipita à toutes jambes vers la route de Villejuif, rassuré sur l'avenir de madame Conrad et guéri, sinon encore de son amour, du moins de ses remords de séducteur.

La bande effarouchée ne tarda pas à se rallier dans un champ. On s'assit à terre pour prendre un peu de repos. Cependant la pluie tombait à flots et l'orage éclatait.

— Tout calculé, dit La Poigne, résumant dans son esprit le passé, j'aurais mieux fait d'étrangler.

— En province, repartit Bambocheur, je ne dirais pas non ; mais à Paris, grâce à la damnée police, ces accidents ont des suites.

— Votre fraude parisienne, c'est misérable, ça fait pitié ; à chaque pas on se croit tenu de regarder à la vie d'un homme. Parlez-moi de la frontière. Mon gourdin en a-t-il endormi de ces gabelous dans les plaines qui sont en avant de Valenciennes ! en ai-je abattu dans les îles du Rhin, en face de Strasbourg et de Colmar !

— Les côtes de Bretagne et de Normandie ne leur sont pas non plus très-saines.

— On les pourchasse joliment au bord de la mer.

— L'air des Vosges et de la frontière savoyarde ne leur vaut rien.

— J'en parle moins. J'ai reçu, aux environs de Pontarlier, la balle d'un gabelou dans l'épaule, et j'ai eu du malheur à la cour d'assises de Grenoble. Mais les Pyrénées, les belles Pyrénées ! c'est là qu'il y a plaisir et honneur à travailler. Le contrebandier y va franchement en plein jour, le front levé, son fusil en bandoulière, et, dans la poche de côté du pantalon, son bon couteau à lame d'un pied. Le gabelou, lui, se fait petit, se cache sous une blouse, espionne et tend des piéges. C'est le monde renversé : le contrebandier attaque, le gabelou se défend ! Ah ! les Pyrénées ! la frontière !

Et, après un soupir accordé à tant de riants souvenirs, La Poigne, revenant à sa pensée première :

— Tu as beau dire, ajouta-t-il, j'ai du regret de ne lui avoir pas serré le cou plus fort.

— Je te répète qu'à Paris...

— N'importe. Bien lui a pris de n'être pas un rat de cave. Sans cela, coûte que coûte, je lui bâclais son affaire. Et chacun de nous y aurait mis la main, oui-da ! Vous, mon nouvel ami que l'on appelle Fortuné, et vous, ma charmante, vous auriez, mille tonnerres ! trempé le doigt dans le potage. Je vous aurais forcés de lui asséner un coup de gourdin sur la tempe, ou de lui fourrer votre couteau dans la gorge, à votre choix. De tout témoin faire un complice, c'est une manière de travailler.

Fortuné frissonna en reconnaissant dans quelles mains ses spéculations de fraudeur l'avaient conduit à se livrer.

Par instant il apercevait ces trois sinistres figures... C'était à la lueur d'un éclair... Les brigands, qui étaient en ce moment à la tâche, portaient sur leurs traits hideux toute l'expression de leur affreux courage, toute l'assurance du succès... du succès qui mène au bagne, à l'échafaud, à l'enfer !... Et le feu du ciel enflammait encore ces horribles faces d'un rouge sombre... Fortuné tremblait, et, quand la nuit revenait tout envelopper, il avait plus peur encore de ces terribles compagnons qu'il sentait près de lui sans les voir.

— Dans les affaires de tous les jours, reprit La Poigne, je suis naturellement doux, je m'en vante, incapable de donner une chiquenaude à un enfant. Mais, vive Dieu ! pour peu que je me sente de la marchandise sur le dos, voyez-vous, mon sang s'allume ; pour la débarquer à bon port, j'éventrerais mon père.

— Quand M. Perrot, dit Madeleine avec amertume, achète notre trois-six et qu'il nous chicane sur la bonne mesure, il ne se doute pas de ce que nous avons enduré de mal pour l'entrer.

— A cette heure, il fait son somme, lui ; il n'a pas besoin d'exposer sa peau.

— Pas même un liard de son avoir, le richard, reprit Madeleine. Et tandis qu'il se dorlotte, nous, avec nos petites épargnes et notre courage, nous lui bâtissons chaque nuit une fortune.

— Je suis bien pauvre, disait à son tour Fortuné ; mais maintenant que je connais mieux le métier, je ne sais pas vraiment si j'aurais la bassesse d'en recevoir une pareille. Je ne verrais que larmes et sang au fond de chaque baril.

— Vous n'y entendez rien, vous tous, dit Bambocheur ; vous raisonnez comme ma pantoufle. Une supposition : qu'il cesse d'y avoir de bonnes gens, des gens complaisants comme M. Perrot, des gens qui achètent à nous autres, est-ce qu'alors il peut exister des fraudeurs, des contrebandiers ? Tout cet argent qui se gagne, le voilà donc perdu ; vous jalousez la fortune de M. Perrot, vous êtes des ingrats et des imbéciles. M. Perrot rapine sur nous une belle part, soit ; une part qui ne lui a pas même coûté un souci, c'est vrai ; tout en ronflant sur son oreiller, il s'engraisse de nos sueurs et de notre sang, à merveille ; mais, au fond, savez-vous qu'il y va de notre intérêt de le faire riche et très-riche ? On m'a expliqué cela. Quand les messieurs Perrot sont devenus assez gros pour être électeurs, comme ils disent, ils travaillent à envoyer à la chambre, comme ils disent encore, à l'endroit où se fabriquent les lois, quelque M. Perrot, ou tout au moins de leurs bons amis. Alors des enragés, et il n'en manque malheureusement pas, se permettent-ils de crier à l'abaissement du droit sur une denrée, ce qui ruinerait à plat la contrebande, vite la masse des M. Perrot de se rebiffer et de montrer les dents. Par elle les droits sont maintenus à un taux honorable, un taux qui laisse de la marge au contrebandier pour gagner sa pauvre vie. La contrebande rend M. Perrot bon à faire la loi ; M. Perrot rend la loi bonne à faire la contrebande. Il n'y a que l'Etat qui perde ; or, comme dit M. Perrot, qu'est-ce que l'Etat ? Personne. Nous portons dans la bouche de M. Perrot des alouettes rôties, mais mon pain, à moi, celui de Bambocheur, celui de l'honnête La Poigne, notre pain à tous est assuré. Assez jasé et reposé, il se fait tard, relevons-nous.

Hercule était le seul qui n'eût point fourni son mot dans ce dialogue; c'est que son cerveau réfléchissait. Or, ce cerveau était sobre; une idée lui suffisait à longtemps ruminer. Il en était resté à méditer sur les circonstances de la rencontre.

— Avant de nous remettre en route, toi qui sais tout, dit-il en s'adressant au publiciste Bambocheur, explique-moi donc pourquoi ce petit drôle s'obstinait à m'appeler père Conrad?

On arrive enfin au pied du mur d'octroi, ce rideau magique derrière lequel on voit comme par enchantement le trois-six croître tout à coup en valeur.

Le moment décisif était venu. Un silence profond régnait de tous côtés et assurait que cet endroit était parfaitement désert. Cependant les larges rayons de lumière que répandait l'orage inquiétaient les malfaiteurs, et Bambocheur répétait sans cesse :

— Le ciel devrait bien garder ses éclairs... Est-ce qu'on lui demande des feux d'artifice à celui-là?

On choisit un endroit favorable où le mur, en se repliant, présentait un angle rentrant; Madeleine eut la mission de faire le guet et occupa sur la chaussée le point où l'œil, à travers la nuit sombre, pouvait deviner le plus d'horizon.

La Poigne demanda à Bambocheur la lanterne sourde et des allumettes (cela faisait partie des accessoires dont celui-ci aimait à se charger de préférence à tout autre fardeau. Ils n'étaient pas lourds, c'est vrai, mais ils exigeaient tant de soins!).

Bambocheur chercha autour de lui, tâta bien agréablement toute la boue du chemin...

— Diable soit de la lanterne et des allumettes! dit-il; je ne sais comment elles se sont perdues... mais je n'en trouve pas l'ombre.

— Heureusement nous avons moins besoin de lumière ici que dans le fond de la carrière, où on n'y voyait goutte... On s'en passera... Allons, à l'ouvrage!

Les fraudeurs et les amateurs de gymnastique, les amants favorisés et les voleurs, en un mot tous les animaux de nature grimpante, apprécient les facilités que laisse pour l'escalade un angle rentrant d'une muraille.

Bambocheur, le plus agile de la bande, appuyant son échine au joint du mur, pressa tour à tour chacun de ses côtés par un mouvement alternatif des épaules, des cuisses et des talons, à la manière des ramoneurs qui grimpent dans une cheminée. Quelques minutes lui suffirent pour s'élever ainsi jusqu'au sommet. Il portait en bandoulière l'échelle de cordes armée d'un crampon; il l'assujettit solidement à la crête du mur.

Par cette échelle, Hercule, le terrible et pesant Hercule, effectua son ascension et se laissa ensuite glisser de l'autre côté, le long d'une corde, jusque sur le sol parisien, dont il prit crânement possession, gourdin en main, répétant, par modo d'exercice, son plus savant moulinet. Les barils furent tour à tour attachés à une corde. Le vigoureux La Poigne les enlevait de terre et les conduisait le long de la muraille jusqu'à la hauteur où ses longs bras pouvaient atteindre; après quoi, ils étaient hissés par Bambocheur, demeuré à cheval sur la crête et qu'aidait de son mieux Fortuné, établi sur l'échelle dans une position intermédiaire.

Bambocheur, toujours fidèle à ses maximes de prudence, avait choisi pour poste cette ligne médiane entre les deux frontières de Paris et de la banlieue, se réservant ainsi la facilité de descendre chez l'une ou chez l'autre nation, selon que le danger menacerait à sa droite ou à sa gauche. De là, il permettait au baril suspendu à sa corde d'arriver doucement jusqu'à Hercule.

— Tout cela se passait dans un silence complet; on n'aurait pas dit qu'il y eût âme qui vive en cet endroit; par instant seulement, l'orage, qui rayait le ciel de ses bandes de feu, courant sur le fond d'un bleu sombre, montrait la silhouette noire du brigand à califourchon sur le mur comme le diable sur sa fourche.

Il n'y a plus enfin qu'un baril à faire passer; La Poigne, triomphant, frappe de joie dans ses mains avant de le saisir, quand tout à coup il se sent coudoyé... C'est Madeleine.

— Là-bas... sur la chaussée... dit-elle à voix basse, des chevaux de gendarmerie.

La Poigne lâche un jugement terrible et transmet la nouvelle à Bambocheur, qui la fait redescendre à Hercule.

— Mille tonnerres! disent-ils, pas d'issue pour échapper! Nous sommes perdus!

— Mais Madeleine, es-tu bien sûre?

— Non pas absolument... Dans un moment où le ciel éclairait, j'ai cru apercevoir au loin, sur la route, quelque chose comme des hommes à cheval... et je suis accourue.

— Attendez, reprit La Poigne, s'il y a en effet des cavaliers sur la chaussée, je suis bien sûr de les entendre... Il ne faut pas nous sauver comme des étourneaux avant de savoir.

Il colla son oreille sur la terre à la façon des sauvages.

— Oui, reprit-il, je crois entendre comme un piétinement sur la terre mouillée, qui n'est pas de bon augure.

— Ecoute encore.

Le tonnerre se mit alors à gronder si violent et si prolongé, qu'il semblait défier le bandit d'entendre aucun autre bruit que le sien, fût-ce le bourdon de Notre-Dame.

— Damné tonnerre! jura La Poigne en se relevant, il crie comme un sourd!... Mais regarde donc Bambocheur, toi qui es là-haut sur ton perchoir...

— Que veux-tu que je regarde avec la nuit qu'il fait?

— Des éclairs!... regarde vite... Vois-tu des chapeaux à cornes?

— Morbleu! oui, j'en vois!... ce n'est pas un gendarme, mais tout un piquet de gendarmerie sur la route... Et puis une patrouille à pied sur le bas côté... rien que cela!... Diantre! les amis, c'est plus que nous ne pouvions espérer!... Défilons...

— Un moment! s'écrie La Poigne, sont-ils loin?

— A cent pas.

— Alors, mille diables, le dernier baril passera ou j'y perdrai mon nom...

Il soulève alors la tonne d'eau-de-vie et continue :

— Attention, Bambocheur, empoigne-moi cela... ou si tu descends trop vite du poste, je monte le baril jusqu'en haut et, foi d'ami, je te le flanque sur la tête.

A cet ordre, les deux fraudeurs et Fortuné se mettent à manœuvrer, mais leurs bras tremblent; ils vocifèrent de sourds jurements... Le tonnerre a cessé, et les pas se font entendre distinctement... Quelque ardeur qu'on y mette, le baril monte lentement, et les pas approchent vite...

Je renonce à un métier qu'elle blâme. — Page 36, col. 1.

Enfin la tonne a touché terre, et elle est aussitôt placée dans la hotte d'Hercule...

Mais on commence à entendre le cliquetis des sabres des gendarmes.

— Maintenant, s'écrie-t-on, sauve qui peut!

La Poigne, saisissant Fortuné par la jambe, le décroche sans façon de sa position intermédiaire et l'étend à terre sur le nez. Madeleine s'était approchée de l'échelle; d'un revers, il renverse également ce nouvel et faible obstacle, et s'emparant à lui seul de l'unique voix de salut.

— L'ancien passe avant les conscrits, dit-il, c'est ma manière de travailler.

Puis il décampe.

Fortuné s'est relevé le premier; il pose à son tour les deux pieds sur l'échelle; mais Madeleine, la pauvre Madeleine, s'attache à ses vêtements et dit d'une voix suppliante :

— Ne m'abandonnez pas. Si je suis prise, si je vais en prison, demain qui nourrira mes enfants?... Mes enfants vont donc mourir!...

Et l'on distinguait, de plus en plus près, les chevaux sur la chaussée, la vague lueur des baïonnettes sur le bas côté.

— Une femme... des enfants... c'est juste, répond Fortuné; moi, je suis homme... Madeleine, à vous l'échelle.

Et il descendit pour lui faire place.

— Peut-être, dit-il, ai-je le temps de me cacher derrière un arbre... c'est une triste ressource; mais enfin...

Madeleine continuait à le retenir.

— Jamais je ne pourrai monter seule... ces cordes vacillent... aidez-moi... ne m'abandonnez pas... Fortuné, sauvez mes enfants!

Le bruit menaçant était alors tout près et se dirigeait droit sur eux.

— Oui, Madeleine, oui, je vous sauverai... du courage! je serai pris... qui sait ce qui m'attend... n'importe, vos enfants ne pâtiront pas.

Et il l'aidait avec patience et résignation à affermir ses pieds et ses mains sur l'échelle.

En ce moment, La Poigne, parvenu au haut du mur, s'occupa de retirer à lui l'échelle. Il n'était pas homme à abandonner un instrument de cette valeur, première considération; avant qu'Hercule et lui eussent en le temps de replacer sur leurs épaules les deux hottes chargées de barils, cet instrument pouvait livrer passage à l'ennemi, seconde considération; enfin, considération dernière, il applaudirait volontiers à l'arrestation des deux camarades sur lesquels il a conquis si héroïquement les devants. Dieu sait à quelle époque ils seraient en état de réclamer leur part dans les bénéfices de cette soirée! Dieu sait même si l'on entendrait jamais parler d'eux! Pour le vagabond Lapoigne et ses amis, sans nom stable, sans domicile fixe, il y avait cent moyens de se dérober aux recherches... Lors donc, La Poigne tira son échelle; il s'étonna quelque peu du poids.

— Ce criquet de Fortuné, pensa-t-il, aura eu le temps de se relever et de s'y suspendre. Qu'à cela ne tienne, je réglerai ici son compte.

D'honneur, mademoiselle Simonin, vous rajeunissez tous les jours. — Page 43, col. 1.

Et les incomparables poignets élevèrent l'échelle et le poids jusqu'au sommet de la muraille.

— Vrai Dieu! se dit-il alors en reconnaissant Madeleine, c'est ce cotillon qui m'arrête? Le godelureau n'avait qu'une femme à abatire, et son poing l'a si mal servi, qu'il n'a pu passer le premier!... Allons, la mère, lâchez mon échelle. C'est donc à dire que vous vous serez fait tirer par moi comme un seau du fond d'un puits... J'en suis harassé. Lâche-moi ça et retourne-t'en d'où tu es venue et par le plus court.

Ce disant, il s'efforçait de la détacher et de la précipiter de l'échelle; mais les doigts de la malheureuse serraient si convulsivement les cordes, ses membres étaient en outre tellement engagés dans les échelons, que le bandit dut renoncer à son sinistre projet de rejeter son associé du côté extérieur, de manière qu'elle retombât morte ou vive, peu importait, aux mains des gendarmes.

— Cette diablesse est donc ficelée à l'échelle? Il faudrait une heure pour démêler l'écheveau. Puisque Satan ne veut pas de toi, va donc, méchante grive, passe de ce côté.

Transportant cordes et femme du côté intérieur, il laissa le tout descendre de son propre poids, et sur-le-champ détacha le crampon qui retenait l'échelle. Il se mit lui-même en mesure d'arriver en bas au moyen de l'angle que présentait la muraille (de ce côté angle saillant) et en s'accrochant des pieds et des mains aux moindres aspérités des pierres.

Madeleine, empêtrée dans l'échelle, avait été retenue à quelque distance du sol pendant l'espace d'une seconde; la chute n'avait eu son entier accomplissement que lorsque le crampon s'était détaché du mur: mais ce temps d'arrêt l'avait sauvée d'une mort à peu près certaine; toutefois, en touchant le sol, la douleur lui arracha un cri perçant.

Quant à Bambocheur, il était, aussitôt après le transport du baril, descendu du côté de l'intérieur. Et annonçant à Hercule qu'il allait en avant pour éclairer la route que devait suivre le corps d'armée, il avait filé au large.

Tout cela s'était opéré à peu près simultanément.

Les événements avaient aussi progressé de l'autre côté de la muraille. Les patrouilles à pied et à cheval, qui marchaient évidemment de conserve, étaient arrivées à l'angle dans lequel peu auparavant voyageait la marchandise.

— Fouillez dans ce recoin, avait crié du haut de son chevalet le brigadier de gendarmerie au caporal de ligne, c'est là où j'ai cru entendre frôler quelque chose... Et puis ces recoins sont les endroits où se font tous les mauvais coups. Moi, avec mes hommes, je réponds de ce qui tentera de déboucher sur la chaussée.

— Il m'avait semblé, dit le caporal, voir deux ombres remuer au haut du mur.

— Tâtez partout. Sentez-vous une échelle, une corde?

— Rien... ah! qu'est-ce que je tiens?

Sa main s'était posée sur la tête de Fortuné, blotti

dans l'extrême coin, accroupi et les genoux au menton, tenant enfin le moins de place possible.

C'est en ce moment que fut entendu le cri perçant de Madeleine.

— Entendez-vous là, derrière l'autre côté du mur, reprit le gendarme, ils font leurs orgies, ils se moquent de nous. Nous sommes arrivés trop tard, la nichée a pris son vol, nous ne tenons que le culot.

La patrouille de ligne conduisit Fortuné au poste de la barrière la plus voisine. Là, à la lueur des quinquets, il fut confronté avec un homme que la patrouille à cheval avait capturé et promenait avec elle depuis quelques instants.

Or, cet homme était Jacquot, le séducteur repentant de madame Conrad.

On se rappelle le coup de fusil tiré d'une fenêtre de la bicoque isolée. Une patrouille de gendarmes à cheval avait quitté la grande route pour accourir au bruit. Le fugitif Jacquot, que la peur et le désespoir amoureux aveuglaient, s'était jeté sur le poitrail des chevaux et avait été arrêté.

La troupe étant arrivée devant la bicoque, madame Conrad, seule cette fois à la fenêtre (le petit Faucheux s'était éclipsé), avait répondu à la sommation d'ouvrir au nom de la loi.

Jacquot, pour éviter la prison, avait eu l'idée d'en appeler à madame Conrad, son ancienne bourgeoise, qui ne refuserait pas de répondre de ses bonnes mœurs. Elle l'avait reconnu pour un fort mauvais sujet que, sur sa demande à elle, son mari avait jeté à la porte deux jours auparavant. Elle ne pouvait s'expliquer sa présence devant la maison à une pareille heure, puisqu'il aurait dû se trouver chez son père, à Villejuif. Jacquot était demeuré étourdi de tant d'assurance, au point qu'il commençait à douter si madame Conrad n'était pas toujours vertueuse, si en effet c'était bien un homme qu'il avait vu précédemment à la fenêtre côte à côte avec elle, et si son oreille avait réellement reconnu la voix du petit Faucheux. Jacquot avait d'admirables dispositions à devenir un amoureux parfait.

Les explications, accompagnées de redites sans nombre, de paraphrases touchantes de la part de madame Conrad et de propos galants par lesquels les gendarmes y répondaient, avaient duré fort longtemps. Une patrouille de ligne, attirée aussi par le coup de fusil, était survenue à son tour; et les interrogatoires, les commentaires sagaces, les doléances, les galanteries avaient recommencé de plus belle. Une heure enfin s'était écoulée avant que les deux patrouilles, emmenant le suspect Jacquot, se fussent remises en marche vers le mur d'enceinte, le long duquel le brigadier se proposait d'atteindre les fraudeurs.

Étonnez-vous donc que les barils aient eu le temps de voyager par-dessus les murailles!

Enfin le brigadier, arrivé au poste de la barrière, commença, comme nous le disions, l'instruction de l'affaire. S'adressant à Jacquot et lui présentant Fortuné :

— Reconnaissez-vous celui-ci, demanda-t-il, pour avoir fait partie de la bande qui, à vous croire, vous aurait arrêté et molesté?

— Lui? c'est possible; mais il y en avait un surtout, un trapu, qui m'a serré le cou d'une force...

— Mais enfin, reconnaissez-vous celui-ci?

— Celui-ci? je ne dis pas non... Et puis il y en avait un grand... mais d'une taille... un géant.

— Et vous, continua le brigadier en s'adressant à Fortuné et lui présentant une lanterne sourde, une pince, un crampon, jetés par Bambocheur à la première alerte, devant la bicoque de madame Conrad et trouvés par les gendarmes, nous direz-vous à qui appartiennent ces outils d'honnêtes gens?

Fortuné garda le silence, bien qu'il reconnût tout d'abord la lanterne comme celle qui avait donné sa lumière dans la carrière de Montrouge.

D'après ce silence, il fut, comme on peut le croire, reconnu coupable sur son aveu.

— Quel malheur, disait le brigadier aux commis de l'octroi, que le hasard ne m'ait pas conduit d'abord à un poste de barrière; une patrouille de vous autres verdets aurait suivi à pas de loup la muraille à l'intérieur par le chemin de ronde, tandis que nous la suivions par le boulevard extérieur, et pour le coup les oiseaux étaient pris... C'est égal : un homme arrêté en pleine course de nuit, à travers les champs, un autre tapis au pied du mur... et, derrière le mur, un cri!... et, sous un banc, toute cette ferraille de mauvais augure!... voilà des événements! A M. le juge d'instruction à paperasser, maintenant.

L'honnête brigadier était content de lui-même. Il trouvait plus simple de s'en prendre au hasard que de s'avouer son manque d'activité et d'intelligence. Nous sommes ainsi faits.

Ainsi la troupe de ligne et la gendarmerie, dans leur terrible *razzia*, avaient pris l'innocent Jacquot et le pauvre Fortuné.

Tous deux virent s'ouvrir pour eux la prison du poste, en attendant qu'une occasion se présentât de les expédier à la préfecture de police.

SAINT-JEAN BOUCHE D'OR.

Dans la matinée qui suivit cette nuit fatale, Madeleine, le visage noir et enflé, le corps meurtri, un bras éclopé, vint chez mademoiselle Simonin raconter ses douleurs et dire en pleurant comment Fortuné s'était dévoué pour elle, et comment, sans nul doute, il devait avoir été arrêté, puisqu'il n'avait point reparu dans la maison.

— Je lui avais prédit, s'écria mademoiselle Simonin avec cette satisfaction charitable que donne aux petits esprits l'accomplissement d'une prophétie sinistre qu'ils auront longtemps balancée sur la tête du prochain, je le lui avais prédit; il n'a que ce qu'il a mérité.

Madeleine alors expliqua que le pauvre garçon avait coopéré à cette dernière expédition malgré lui, simplement pour tenir une parole donnée, et que sa résolution était arrêtée d'avance de renoncer à un métier que mademoiselle Henriette désapprouvait.

Henriette fut vivement émue du malheur survenu à son protégé. Elle prit sa défense avec chaleur, montra ce que sa faute même avait de noble, puisqu'un sentiment de loyauté l'avait seul porté à ne point compromettre par son défaut de présence les intérêts d'autrui; elle fit ressortir tout ce que son acte de dévoûment pour Madeleine avait de générosité et de grandeur, et la jeune fille parvint à arracher à l'âme sèche de sa patronne un mouvement qui, à la rigueur, pouvait passer pour de la commisération.

— C'est vrai, c'est vrai, ne put s'empêcher de dire la vieille à travers son orgueil de sybille triomphante, il est fâcheux qu'il soit en prison. Ce n'est point un méchant homme; il était même assez serviable. Il faisait mes petites commissions; il m'achetait mon lait, mon pain, ma braise, mon pot au feu. Ça évitait à Henriette la peine de descendre... et l'ouvrage y gagnait.

Après que Madeleine fut partie, on frappa de nouveau à la porte.

— Cette fois, dit Henriette, c'est M. Raymond. Je reconnais ses deux coups : toc, toc, bien fort; il frappe toujours en maître.

— C'est incroyable. Après ma lettre !... s'écria mademoiselle Simonin. Je vais moi-même ouvrir. Il faut ici de la tenue.

Elle entr'ouvrit la porte avec une gravité solennelle, se préparant par un hum! hum! à commencer une phrase propre à la circonstance, une phrase élaborée dans le silence de la nuit. Mais Raymond, sans lui laisser le temps d'ouvrir la bouche :

— D'honneur, mademoiselle Simonin, vous rajeunissez tous les jours! Dans le premier moment, j'ai cru que c'était mademoiselle Henriette qui ouvrait.

— Monsieur...

— Tenez, éclairée comme vous l'êtes... dans cette demi-teinte... votre taille et votre visage sont d'un effet prodigieux.

— Monsieur, c'est sur le seuil... c'est, dis-je, sur le seuil!...

— Je ne cesse de le répéter : rien ne sied comme une sorte de demi-teinte à certains visages, à certaines tailles!

Et la prenant par les deux mains, il lui fit quitter le pas de la porte et la reconduisit galamment jusqu'au milieu de la chambre, à la place qu'elle avait coutume d'occuper; après quoi, avançant une chaise, il s'assit comme il le faisait d'ordinaire entre elle et Henriette.

Mademoiselle Simonin était confondue de tant d'audace. La phrase préparée commençait par une allusion imposante à l'entrée de sa demeure : *Monsieur, c'est sur le seuil de cette porte que je dois vous, etc...* Allusion dont l'effet serait perdu si la phrase se débitait dans leur position actuelle, tous les trois établis autour de la table à ouvrage. Elle se trouvait dans l'embarras de ces spadassins qui n'ont qu'une botte, une belle botte, il est vrai, mais enfin une seule, et qui, cette botte parée, ne savent plus comment reprendre l'attaque.

Un temps assez long s'écoula pendant lequel Raymond ne cessa de plaisanter et de dire mille folies. Il n'avait jamais été plus gai, plus aimable. Sa verve ne tarissait pas, bien que la triste Henriette ne donnât nulle attention à ses propos charmants... Elle songeait à la captivité de Fortuné.

Mademoiselle Simonin se retrancha d'abord dans une taciturnité décourageante et qui sentait l'humeur; mais enfin n'y tenant plus et éclatant avec la brusquerie d'un poltron qui s'étourdit sur le danger au lieu de le braver :

— Il faut en finir, monsieur, dit-elle. Vous, Henriette, laissez-nous et passez dans l'autre chambre. Je veux m'expliquer avec monsieur.

La jeune fille s'éloigna.

— Vous nous privez de la société de mademoiselle? dit Raymond; mademoiselle est cependant bonne à voir.

— Mademoiselle est une honnête fille, monsieur, et moi aussi je suis une honnête fille. Maintenant que nous sommes seuls... vous avez reçu ma lettre, monsieur; j'en ai la certitude, et cependant...

— Elle est donc de vous, cette lettre? Vraiment, j'avais besoin, pour le croire, que vous me le disiez... pour votre honneur, je me faisais un devoir d'en douter.

— Tout le monde n'a pas eu le bonheur de recevoir une éducation comme celle de M. Raymond Perrot... Que voulez-vous? On écrit comme on peut.

— Qui parle du style? Le style est admirable, il ressemble à tout ce qui sort de vous... il est parfait, le style; mais la pensée qui a dicté la lettre, le sentiment qui domine dans ces pages, fi donc, mademoiselle!... Je l'ai dans ma poche, cette malheureuse lettre; examinons-la ensemble.

La vanité d'écrivain s'était alarmée à l'idée d'une critique du caractère de l'écriture et du style; cette vanité, calmée par la flagornerie, supporta avec bien plus de patience une agression dirigée seulement contre la pensée qui avait dicté l'œuvre.

« Monsieur, continua Raymond, qui donnait lecture de la lettre, vous êtes monsieur Raymond Perrot et non pas Raymond tout court, comme vous avez prétendu en avoir l'air; vous n'êtes pas un peintre, puisque votre père est un homme richissime et que vous avez voiture; vous voyez que je sais tout et qu'on ne m'en fait pas accroire. Je suis une honnête fille, monsieur, quoique je ne sois pas, comme vous, de la bourgeoisie, et Henriette aussi est une honnête fille. On sait ce qu'on vaut; on se croit l'égale de tout le monde; mais ça n'empêche pas qu'on se tienne à sa place, et on n'est pas pour frayer avec vous. Restez dans vos sociétés, et cessez de me connaître et de venir me voir. J'ai l'avantage de vous saluer sincèrement.

« Angélique Simonin.

— Eh bien! monsieur, que trouvez-vous là?...

— J'y trouve l'expression de la vanité la plus féroce. Vous vous reconnaissez l'égale de tout le monde, et vous avez raison; ce sont aussi mes principes. L'égalité! je donnerais mon sang pour l'égalité. La Charte dit : « Art. 1er. *Les Français sont égaux devant la loi.* » Mais en ne reconnaissant pas de supérieur, vous devez vous résoudre à n'avoir pas non plus d'inférieur. Ainsi, mademoiselle, dût votre vanité en souffrir, je dois donc me croire votre égal; vous n'êtes pas plus que moi. Et cependant vous vous arrogez le droit de me bannir de votre maison, vous me rejetez de votre société! pourquoi? pour l'unique raison que j'ai le malheur d'avoir un père riche, d'appartenir à ce que vous appelez *la classe des bourgeois*. Et moi, ai-je songé à cela?... Qu'ai-je recherché en vous?... un tour d'esprit qui me charme, une maturité de raison que je vénère. Me suis-je jamais informé si vous êtes riche ou pauvre, si vous vous appelez Simonin tout court ou Angélique Simonin? Je ne vous ai demandé que de me souffrir près de vous. En récompense, vous vous êtes tenue sur la réserve, tandis que j'épanchais mon âme tout entière; vous m'avez épié, avec une défiance injurieuse, jusqu'à ce que vous ayez surpris le secret de ma fortune .. misérable fortune qui devient un titre à votre haîne, qui pèse sur moi comme un sceau de réprobation à vos yeux! Entre nous deux, lequel, je vous le demande, prétend rompre l'égalité? C'est votre médiocrité qui est vaniteuse et qui réclame des priviléges, puisqu'elle refuse d'endurer à côté d'elle ma richesse qui se tenait modeste et bonne enfant. Vous devriez mourir de honte! Ah! mademoiselle Simonin, mademoiselle Simonin, vous m'avez fait bien du mal!

Repoussée sur ce terrain, s'étant vu une seconde fois enlever l'avantage de l'attaque, la bonne demoiselle, à qui d'ailleurs la louange portait à la tête, demeura étourdie de se sentir traitée d'égale par *un homme comme il faut*, ainsi qu'elle avait coutume de dire. Elle battit la campagne et se perdit en considérations vagues. Raymond profita de ce temps d'arrêt pour se faire expliquer par quel hasard mademoiselle Simonin avait eu connaissance du nom de Perrot.

En apprenant que ses violences chez son père avaient eu un témoin, il put à peine dissimuler son dépit. Du remords, les hommes de la trempe de Raymond n'en éprouvent pas; mais le vice a sa coquetterie; s'il lui plaît parfois de se montrer en déshabillé, il choisit ses heures et n'aime pas à être surpris; de plus il est des cas où il apprécie l'utilité d'une bonne réputation.

— Cette bête brute, dit-il, qui espionne aux portes! Il me le paiera, je lui frotterai les oreilles. Il vous aura rapporté mille mensonges, le stupide! Qu'aurait-il compris à ce qu'il écoutait? Il m'aura peint à vous comme un mauvais fils, peut-être, et cependant Dieu seul peut savoir à quel point j'idolâtre mes parents; car, voyez-vous, mademoiselle, les parents! les parents!

— A qui le dites-vous?

— Mes chagrins sont de ceux qu'on enferme au fond du cœur.

— Je vous comprends, s'empressa de dire mademoiselle Simonin, enorgueillie pour le moins autant que touchée de cette demi-confidence : pauvre jeune homme!

Comment bannir de sa présence un malheureux qui vient de vous avouer ses peines : mademoiselle Simonin fut d'une faiblesse extrême lorsque, pour ne point manquer à un devoir qu'elle s'était imposé, elle ne songea plus qu'à gagner du temps, et parla, non plus d'une rupture complète de toutes relations, mais d'un intervalle plus long à mettre désormais entre les visites.

— Vous devez comprendre, ajouta-t-elle, ce qu'exige ma position. Henriette est une orpheline à qui je sers de mère; je dois veiller à sa garde. C'est jeune, ça n'est pas mal de figure, et les visites d'un beau jeune homme...

— N'achevez pas, mademoiselle. C'est donc à dire que vous avez pu me confondre avec ces misérables pour qui rien n'est sacré, qui se font un jeu de séduire l'innocence!... Ah!... Mais de quoi me plaindrais-je? Vous vous êtes obstinée à fuir le mariage, votre sagesse vous a préservée des écueils; l'occasion vous a donc manqué d'apprendre à connaître les hommes... Votre paresseuse vertu trouve plus commode de les envelopper dans la même condamnation. Je paie ici pour les êtres vicieux.

Battue encore de ce côté, mais reconnaissante du bon certificat octroyé à sa moralité, mademoiselle Simonin s'empressa de favoriser d'un certificat semblable son interlocuteur. Cette petite comédie se joue partout, à tous les instants, et toujours avec un égal succès.

— Je vous crois, continua-t-elle, un jeune homme parfaitement rangé : cependant, comme on ne vit pas pour soi seul, je dois compter avec les mauvaises langues, je dois prévenir les propos...

— Je vous obéirai, mademoiselle, je m'éloignerai.

Ici Raymond évoqua du fond de sa poitrine le soupir qui lui servait dans les grandes occasions, soupir de l'effet le plus déchirant.

— On n'est jamais, reprit-il, si loin du bonheur qu'au moment où l'on s'était cru le plus près de l'atteindre. Depuis quelque temps, un rêve, un rêve bien doux occupait ma pensée. Il n'a pas manqué une seule fois de se présenter pendant le trajet de votre maison à la mienne. Dans ce rêve, je recherchais l'amour d'une jeune fille belle et sage, pauvre... mais la vertu ne vaut-elle pas mieux que la fortune?... Nous coulions tous les trois des jours tranquilles...

— Comment, *tous les trois?*

— Oui; elle avait une amie, moins jeune qu'elle, mais femme de cœur et forte de tête... J'attendais l'heureux jour... et ce jour n'était peut-être pas tellement éloigné, où, fort du consentement obtenu de mes parents, je pourrais enfin confier mes projets à la mère adoptive de celle que j'aime! Aujourd'hui mon rêve est dissipé, mon avenir est détruit. Vous serez obéi, mademoiselle, je partirai, j'irai loin, bien loin traîner une existence misérable!...

Et le même soupir déchirant fut poussé une seconde fois.

La Simonin était dans la déroute la plus complète. Un mariage, sinon pour elle, du moins pour une fille à laquelle elle portait intérêt, un mariage dans lequel elle aurait pu et pouvait vraisemblablement encore jouer un rôle! Quelle femme, fût-elle célibataire, ne goûte de la joie ou quelque satisfaction de vanité à tremper dans un mariage! En outre, un amant désespéré qui menaçait de se laisser mourir!... Quelle femme refuse jamais sympathie à celui qui meurt d'amour! La question du bannissement, celle même des visites plus éloignées, avaient désormais disparu.

— Si ce que je viens d'entendre, dit-elle, n'est point un jeu, si l'on pouvait se fier à vous, si l'on pouvait vous croire...

— Eh! mademoiselle, répondit-il avec une brusque indignation, qui songe à réclamer votre confiance! Croyez-moi ou ne me croyez pas, à votre choix. Je vous ai raconté un rêve, et c'est tout.

Il agissait comme on agit dans toute discussion d'un traité. Il se retirait savamment pour forcer la partie adverse à s'avancer à son tour.

— Pensez-vous qu'on ne comprenne pas à demi-mot! reprit la demoiselle; votre rêve est-il si difficile à expliquer? Mais j'ai besoin que vous m'assuriez que vos vues sont honnêtes.

— Je ne réponds plus à vos questions.

— Dites-moi que c'est pour le bon motif que vous recherchez Henriette.

— Je vous le jure... Mais proposer à une fille d'entrer de force dans une famille qui n'est pas *encore disposée à l'accepter*, ce serait lui faire une cruelle injure... Je n'ai garde de m'expliquer davantage... Demeurons dans la situation actuelle, et attendons ce que le temps amènera.

— Je saisis, je saisis parfaitement, généreux jeune homme. Demeurons dans la situation actuelle, et attendons ce que le temps amènera.

Et elle lui serra la main en signe de réconciliation.

— Comme on s'entend vite, reprit-il peu après, quand on agit aussi franchement que nous, quand de part et d'autre on apporte autant de loyauté!

Cinq minutes après le départ de Raymond, le rêve et les quasi-confidences étaient rapportées à Henriette de la manière la plus favorable. Les qualités physiques et morales du jeune homme eurent un panégyriste plus éloquent que jamais.

Cependant la jeune fille fut peu émue, encore moins éblouie de cette révélation. Elle avait déjà pensé, comme on sait, que M. Raymond la demandérait en mariage, et s'était souvent occupée de cette idée pour arriver toujours à la repousser dans le fond de son cœur.

En ce moment, on eût dit qu'Henriette, malgré son ignorance du monde, pressentait la trahison cachée sous la demande ambiguë qu'on lui communiquait. Elle ne répondit rien ; son visage si épanoui s'attrista tout à coup ; ses regards baissés devinrent fixes et mornes. Henriette sentait toujours quand le mal ou le vice approchait, et elle en souffrait : c'était comme un nuage qui lui voilait un instant le soleil et répandait une ombre triste sur elle.

A tout ce que mademoiselle Simonin lui disait d'un autre côté pour justifiee le caractère et la conduite du fils Perrot, elle répondait simplement :

— Ses parents ont peut-être des torts ; cependant je n'aime pas qu'un fils soit mal avec ses parents.

En se retrouvant seule, le soir, elle pensa beaucoup au pauvre Fortuné, qu'elle se représenta plongé dans un affreux cachot. Et si le souvenir du riche héritier revint à son esprit, ce fut seulement pour qu'elle se dît à elle-même :

— Je voudrais bien savoir si, à la place de Fortuné, M. Raymond eût été capable d'un si beau trait, s'il eût sauvé Madeleine aux dépens de sa liberté ?

RÉCEPTION DE FORTUNÉ.

En attendant ce que *le temps devait amener*, les journées se passaient d'une manière fort douce en apparence chez mademoiselle Simonin, où Raymond revenait maintenant tous les jours et redoublait d'amabilité et de soins galants.

Raymond, il est temps de le dire, était un de ces petits messieurs riches, égoïstes et lâches, qui dévorent sans gêne, pour leurs propres jouissances, ce qui sauverait tant de familles de la misère, et pensent que l'univers a été créé exprès pour eux. A l'effet de se procurer tout ce qui est plaisant en ce monde, ils consomment leur patrimoine comme un verre d'absinthe pour se mettre en appétit, et ensuite tout ce qu'ils peuvent voler à leurs amis et aux fournisseurs de toute espèce... Car c'est dûment voler que d'emprunter, d'acheter sans pouvoir rendre ni payer ; seulement, c'est un vol plus lâche que les autres, parce qu'il n'expose à rien.

Toujours paré, lustré, parfumé, Raymond courait les boulevards dans son tilbury. Parfois en même temps un piéton passait sur le trottoir, sombre et la tête basse. C'était un laborieux fabricant auquel on venait de rapporter force billets de M. Raymond, qui n'avaient point été acquittés au terme, et dont le paiement lui retombait sur les bras ; il était sorti de chez lui pour cacher ses affreux tourments à sa famille, et, poursuivi par ses pensées, voyait la ruine devant ses pas. Le brillant équipage rasait alors le pavé à côté de lui ; il reconnaissait M. Raymond plus merveilleux que jamais, et tandis que son cœur se gonflait de rage, le fringant cheval du dandy lui jetait l'écume de son frein doré au visage...

Je suis sûre qu'en lisant ceci, vous avez déjà songé à quelque M. Raymond de votre connaissance.

Celui qui se trouvait alors chez mademoiselle Simonin avait essayé de s'introduire dans une société plus élégante que celle où sa naissance l'appelait, et n'avait pas épargné les frais pour y paraître sous un beau jour. Mais là, il avait eu honte du mauvais effet que produisait dans un salon le nom de son père ; il avait fallu aussi baisser pavillon devant d'insolents fashionables qui, à vingt ans, avaient déjà hérité de père et de mère, tandis que lui voyait se reculer indéfiniment ce que la piété filiale appelle *des espérances*... Ainsi, au milieu de ces immorales et effroyables dépenses, Raymond était encore dévoré d'envie.

Le soir de la représentation Birouste, il avait rencontré Henriette et trouvé beaucoup d'attraits à ce minois frais et gracieux. Cependant, indolent pacha, il n'avait point songé à aller porter le mouchoir dans un quartier lointain et peut-être à quelque cinquième étage. Quinze jours plus tard, dans une mise négligée qu'il appelait son *incognito* (les Raymond Perrot se figurent qu'ils peuvent parfois prendre l'*incognito*), il visitait les joyeuses goguettes de la barrière de Fontainebleau ; sur la porte du cabaret Gonju, Henriette lui était apparue de nouveau.

Il avait grande foi au hasard, comme tous les hommes qui marchent légers de croyances religieuses et n'aiment pas à se surcharger de règles de morale.

— Puisque le hasard, dit-il, ramène cette jolie enfant devant mes pas, elle doit être à moi.

Au moment où nous le voyons, il croyait toucher au but de ses désirs, et l'argent qu'il avait pris dans la caisse de son père le mettant pour quelques mois dans l'opulence, rien ne manquait à sa belle humeur.

Pendant une de ces soirées que Raymond embellissait de sa présence, Madeleine arriva toute haletante dans le cercle de mademoiselle Simonin.

Elle annonce, en entrant, que le timide Fortuné, rendu à la liberté, sera bien touché si ses protectrices lui permettent de reparaître devant elles... que la prison l'a encore maigri, s'il est possible, mais lui a donné un air grave et posé qui flattera mademoiselle Simonin... qu'il attend la réponse au bas de l'escalier.

— Le brave garçon, s'écrie Henriette, je serais aise de le revoir !

— Allons, dit la Simonin, qu'il rentre au bercail, j'y consens ; mais, Madeleine, avertissez-le bien que, dorénavant, il ne s'avise plus de courir, surtout pour la fraude, et qu'il ne laisse plus passer des matinées entières sans entrer voir si je n'ai pas besoin de lui.

L'habile usurpatrice saisissait l'occasion de corroborer cette fois, par un acte formel de prise de possession, son droit, jusqu'alors douteux, de propriété sur le serf.

Madeleine redescendit en courant apprendre à Fortuné qu'il pouvait se présenter.

— Quant à moi, dit Raymond, je suis ravi de la circonstance ; j'ai avec ce drôle un compte à régler, et parbleu !...

— Ayez pitié du pauvre diable, reprit mademoiselle Simonin ; d'ailleurs, en conscience, au lieu de lui garder rancune au sujet de son rapport, vous devriez l'en remercier, puisque l'explication, loin de vous nuire, a tourné à votre profit.

— Comment peut-on vouloir du mal à M. Fortuné ? ajouta Henriette ; c'est l'âme la plus noble.

— Vous l'ordonnez, je serai magnanime ; mais c'est à vous, mesdames, qu'il doit son pardon. Qu'il entre.

La Simonin fit essuyer à l'amnistié une longue réprimande, suivie d'une exhortation sur ses devoirs à l'avenir, réprimande qui, par bonheur, eut pour dédommagement des douces paroles d'Henriette.

— Vous vous êtes dévoué pour sauver Madeleine; c'est bien beau, bien généreux de votre part.

Fortuné rougit et pâlit en retrouvant là Raymond, qu'il croyait si bien avoir expulsé... Mais, en ce moment, la joie l'emporta sur tout le reste.

On adressa aussitôt une foule de questions au prisonnier sur son arrestation et son séjour à la Force.

Le pauvre garçon n'avait pas prononcé quatre paroles suivies depuis les discours qu'il adressait au public sous la veste et le chapeau de paillasse, chapeau avec lequel il semblait avoir déposé toute son éloquence. Assis sur le bord de sa chaise et les mains sur ses genoux, il était appelé à poser comme narrateur; c'était à faire trembler et à remplir d'orgueil.

Il répondit du moins mal qu'il lui fut possible :

— Après que la patrouille m'eut déposé au poste de la barrière, je passai la fin de la nuit au violon. Outre le petit Jacquot, dont Madeleine vous aura sans doute parlé, il se trouvait un étudiant que le caporal d'une patrouille avait accusé de lui avoir mal répondu, et un homme ivre qu'on avait ramassé dans le ruisseau. Nous étions quatre entassés dans ce trou noir, où l'air n'entrait que par une sorte de fente ménagée dans la muraille : c'était de quoi périr étouffés; Jacquot et moi, nous nous sentîmes défaillir. L'étudiant jura, tempêta; l'ivrogne, à demi dégrisé, hurla, et tous deux travaillant des pieds et des poings ébranlèrent à qui mieux mieux la porte du violon. Mais la porte resta fermée, les soldats ne s'éveillèrent point, tout cela tint bon. Quand parut le jour, on secoua l'ivrogne, qui s'était étendu sur le carreau. Il avait achevé de cuver son vin : tout transi et honteux, il balbutia des excuses à chacun des soldats. L'étudiant, au contraire, plus furieux que jamais, se livra à des reproches et à des menaces.

— On a violé en ma personne la liberté individuelle. J'écrirai aux journaux : on ne se joue pas ainsi de la vie des citoyens.

Le chef du poste, un gros Limousin avec des galons de sergent, haussa les épaules et répondit :

— Ici ma personne représente la loi, je suis la loi vivante, et ce que j'ordonne est bien ordonné. Celui-ci, ajouta-t-il en désignant l'ivrogne, reconnaît ses torts : qu'on le mette en liberté. Quant à monsieur, qui fait le mutin, pour lui enseigner la politesse, qu'on le conduise à la préfecture de police avec les deux fraudeurs; il y pérorera tout à son aise. L'étudiant demanda la faveur de prendre un fiacre; on la lui refusa. Il lui fallut, ma foi, bien vêtu qu'il était, traverser Paris à pied, côte à côte avec nous, au milieu de six fusiliers. Arrivé à la préfecture, l'étudiant fut enfin délivré de notre société. Comme il avait le moyen de payer, on le conduisit dans une chambre particulière. Jacquot et moi, nous fûmes jetés dans la prison commune du dépôt. C'est plus grand, plus peuplé et encore plus infect que le violon. Nous y restâmes cinq jours et cinq nuits, ne respirant d'autre air que celui de ce lieu horrible, et couchant tout habillés sur les planches d'un lit de camp. C'était, nous dit le geôlier, une circonstance extraordinaire : on avait arrêté beaucoup de monde; M. le magistrat ne suffisait pas à expédier les détenus... J'ai appris depuis qu'il arrivait tous les jours des circonstances extraordinaires, et que la loi des vingt-quatre heures était une loi pour rire.

— C'est fâcheux, reprit Raymond, pour les personnes qui ont le malheur d'être arrêtées dans ces moments-là; mais, en conscience, elles doivent comprendre qu'il y a bien plus d'économie pour le gouvernement à les laisser attendre quelques jours au delà des vingt-quatre heures, dans la prison de dépôt, qu'à augmenter le nombre des magistrats.

— Nous eûmes enfin notre tour d'être interrogés, reprit Fortuné, et on ordonna notre transfert dans la prison de la Force. Nous arrivâmes à l'heure où les prisonniers se tenaient dans la cour. Quelle joie de commencer du moins cette nouvelle captivité par de la promenade en plein air! Nous n'avions point encore fait trois pas, que plusieurs hommes à figure horrible se ruèrent sur nous, et déjà commençait l'effroyable cri : *La bienvenue! la bienvenue!* Jacquot me dit qu'il se sentait saisi d'un tremblement affreux. Un sauveur se présenta. Sur un banc de pierre, au fond de la cour, un homme était assis et lisait. Au bruit que firent nos persécuteurs, il leva la tête, ferma son livre et s'avança entre eux et nous.

— Respect à ces enfants! dit-il. S'ils n'ont pas d'argent et ne peuvent pas répondre à la demande de bienvenue, laissez-les en repos... Malheur à qui portera la main sur eux!

Sa voix grave et ferme sonna doucement à nos oreilles. Nous nous empressâmes de montrer que nos poches étaient vides.

— C'est bien, reprit-il; maintenant promenons-nous tranquillement tous les trois ensemble. Je réponds de vous. Il n'y a personne ici qui ne soit raisonnable, personne qui ait la pensée lâche de molester un être plus faible que lui.

Et il laissait tomber sur le cercle entier un regard calme et imposant.

C'était un homme de vingt-cinq à trente ans, de taille moyenne, chez qui rien ne signalait une force redoutable de corps; mais il était parfaitement vêtu, d'un visage superbe avec des cheveux blonds séparés sur un large front et descendant jusque sur les épaules, et une belle barbe bien soignée. On sentait à la fois comme un velours et comme une flamme dans ses beaux yeux bleus; et malgré un grand air de bonté, on devinait tout d'abord qu'il devait être courageux à l'excès.

Personne ne fut tenté de lui répondre, et l'on se sépara sur-le-champ.

Dès le lendemain, Jacquot, qui ne manquait pas de babil et de gentillesse, s'était lié avec tous les prisonniers. Ce fut à qui lui apprendrait à parler l'argot, à soutirer un mouchoir d'une poche, à couper une chaîne de montre. On lui expliquait comment se crochète une serrure, sur quelle partie de la tête s'assène un coup de bâton, à quelle hauteur de la gorge se plonge un couteau. Jacquot riait, répétait la pantomime de chacun de ses actes, et demandait qu'on lui racontât les plus jolis vols et les plus beaux assassinats. Quant à moi, tout d'abord cela me déplut; j'eus peur. Je me tins constamment près de l'homme qui nous avait protégés à notre arrivée et qui continua à me donner des marques d'intérêt. Son nom était Marcel, mais on l'appelait ordinairement le *Détenu politique*.

Le cinquième jour, on changea un de nos guichetiers. Jugez de ma surprise lorsque je reconnus dans la nouvelle figure celle de l'ami Tronche, ce brave fraudeur qui se cachait toujours... Je pousse un cri et me lève pour aller à lui; mais lui de tourner le dos et de sortir sans avoir dérangé d'un pli sa figure rébarbative. Depuis une heure, je m'attristais sur mon banc de ce manque d'égards, dont je ne pouvais des-

-viner la cause, lorsque la porte de la cour se rouvrit, et un autre guichetier m'appela pour aller, disait-il, dans le cabinet du juge d'instruction.

Dans le corridor, voilà que je rencontre encore l'ami Tronche; cette fois, il me serra la main.

— Vis-à-vis les détenus, dit-il, je ne veux pas te connaître, et cela dans ton intérêt; car je pense toujours à lui, ce cher petit... Tu vois, je suis en train de faire fortune.

— Mais bon Dieu! monsieur Tronche, comment êtes-vous là?

— Il ne m'en a coûté que de dénoncer nos anciens amis les fraudeurs, La Poigne, Hercule et Bamboche, et vrai, les trois gredins ne l'avaient pas volé. J'ai joint par-dessus le marché l'épicier de Montrouge et M. Perrot. Les rats de cave connaissent maintenant les deux nids; c'est à eux à y surprendre la séquelle. En récompense, j'ai attrapé cette place de guichetier.

— Il y a de bons marchés! dit Raymond en riant, une belle place ne coûte parfois qu'une petite infamie.

Fortuné continua son récit:

— Tronche me dit alors: Je viens de causer à ton sujet avec quelqu'un de haut parage, tu peux aussi faire ton chemin, toi. Sais-tu que tu as eu un fameux instinct de te lier tout d'abord avec *le politique*.

— Monsieur Marcel! répondis-je, il n'y a pas au monde un homme meilleur.

— Tu veux dire un homme plus épouvantable.

— Il ne se passe pas de jour qu'il ne partage avec moi son plat chez le traiteur. Il est toujours à me parler raison comme si c'était un père... N'a-t-il pas commencé à me montrer à lire!... Il prétend que si nous restons un peu de temps ensemble, il parviendra à me donner de l'éducation.

— Tout cela n'empêche pas que ce ne soit un être affreux...

— Que fait-il donc?

— Des rêves atroces... il espère... il attend une république.

— Bah!.. je croyais que ça ne faisait rien du tout au caractère, qu'il en était de ces idées-là à peu près comme de la couleur de nos cheveux, et que s'il y a d'honnêtes gens parmi les bruns et parmi les blonds, il en était de même parmi ceux qui ont des opinions d'une couleur ou de l'autre.

— Tu te trompes fort; mieux vaudrait pour nous avoir vingt forçats de plus sur les bras qu'un homme comme M. Marcel. Tiens, vois-tu, il n'y a pas de scélérat plus haïssable.

— Vous faites bien de m'avertir. Si j'approche à présent de lui de vingt pas!...

— Au contraire, cela t'assure ton pain sur la planche, qu'il n'ait pas pris de méfiance de toi comme il a fait de tant d'autres. Tu vas l'amadouer, le pousser à la conversation, l'écouter jaser. On te tracera ta leçon. Tu es appelé à rendre un fier service au gouvernement, et le gouvernement n'est pas un ingrat. Motus! Tu rouleras sur l'or.

Tronche me conduisit dans une chambre où nous trouvâmes deux messieurs on ne peut mieux vêtus, habit noir, et tous deux le ruban rouge à la boutonnière. L'un était assis devant un bureau chargé de papiers, l'autre se promenait en long et en large.

— Voici le sujet en question, dit Tronche en me présentant.

Le monsieur assis au bureau fit signe à Tronche de sortir et à moi d'approcher. Il commença à me regarder d'une certaine manière qui me fascina. Ensuite il me questionna, tandis que ses deux yeux, comme deux vrilles, me perçaient jusqu'au fond de l'âme. Je dus lui répéter mot pour mot tout ce que j'avais entendu dire à M. Marcel pendant cinq jours. Aussitôt que mon récit paraissait l'intéresser, il saisissait sa plume et elle courait aussi vite que ma parole.

De temps en temps l'autre monsieur interrompait sa promenade pour m'écouter. Vers la fin, il leva les épaules comme par impatience, et s'adressant à l'écrivain avec un ton d'autorité:

— Ceci n'est que de la besogne mal faite. Cette prison est la prison de France où l'on s'entend le moins en affaires. Il n'y a pas là la matière de deux paragraphes de réquisitoire.

L'écrivain répondit d'un ton humble qu'il était malheureusement trop connu que les détenus politiques étaient, de toutes les sortes de criminels, celle qui donnait le plus de mal. Le promeneur en convint, et tous les deux se répandirent, contre les républicains en général et contre cet odieux Marcel en particulier, en propos qui me firent bien voir que Tronche ne m'avait rien dit que de vrai. Puis le promeneur sortit donnant au diable la république.

Resté seul avec moi, l'écrivain prit un ton de voix mielleux et caressant:

— Il ne tient qu'à vous, mon ami, me dit-il, de vous créer dans ce petit intérieur de prison une jolie situation, en même temps que vous rendrez des services signalés à votre pays et à l'humanité. Votre figure a conservé une certaine candeur presque enfantine qui vous sera d'un excellent produit. Avez-vous une bonne mémoire? Votre intérêt m'est garant que vous saurez y joindre de la discrétion.

Alors il m'indiqua une suite de questions et la manière dont je devais m'y prendre pour soutenir les réponses de l'hypocrite Marcel. Et je l'écoutai avec toute l'attention possible, afin de justifier sa confiance et ses bonnes intentions à mon égard.

(Le pauvre Fortuné ne s'apercevait nullement de l'impression que produisaient ses paroles sur son auditoire, tout occupé qu'il était de se tirer à son honneur d'une si longue narration.)

— J'ai rendu depuis, continua-t-il, bon nombre de visites au monsieur décoré qui, chaque fois, a bien voulu me répéter qu'il était fort content de moi. Je lui donne des détails sur tous les détenus, les voleurs et autres, aussi bien que sur le politique, et aussi quelquefois sur les guichetiers. La poursuite dirigée contre moi et Jacquot comme fraudeurs est tombée faute de preuves. Jacquot est sorti de sa prison, et moi je suis en droit de jouir de ma liberté depuis ce matin. Cependant le monsieur décoré m'a montré de si beaux avantages à continuer mon service dans la prison, où je passerai toujours pour détenu, que je n'ai pas hésité à m'y engager pour quelque temps du moins, jusqu'à ce que j'ai amassé un certain capital. J'ai obtenu aujourd'hui une sortie de deux heures pour m'égayer un peu. Je me proposais surtout de venir apprendre à ces dames comment je possède désormais un état où je suis grassement payé et qui me rattache en quelque sorte au gouvernement.

Fortuné s'était tu et baissait les yeux avec un air assez satisfait de lui-même, s'apprêtant à recueillir les marques d'approbation que son zèle et son adresse à seconder les intentions du monsieur décoré ne pouvaient manquer de lui valoir.

La figure de mademoiselle Henriette exprimait le

Hélas, monsieur... j'ai été un monstre envers vous. — Page 50, col. 2.

chagrin ; elle tenait ses regards attachés à terre et rougissait comme si elle eût ressenti de la honte pour elle-même. Les petits yeux de mademoiselle Simonin pétillaient d'une expression qui n'était pas celle de la bienveillance. Son index grattait son front sans doute pour y réveiller sa verve, et ses lèvres s'entre-choquaient comme deux terribles nues dont le combat finira par enfanter les roulements de la foudre. Le beau visage de M. Raymond Perrot mettait en dehors plus d'impertinence hautaine et méprisante que jamais.

Il fut le premier à parler.

— Vous avez choisi là, dit-il, une très-honorable profession.

— Vous n'êtes qu'un mouchard, ajouta mademoiselle Simonin, un Judas Iscariote, vous vivez sur le prix du sang.

A son tour, Henriette, levant sur lui ses yeux si pleins de douceur :

— Comment, vous, monsieur Fortuné, dit-elle avec tristesse, vous qui avez un cœur excellent, pouvez-vous vous décider à vivre en bonne amitié avec quelqu'un pour aller ensuite le trahir?

Les bonnes âmes ne comprenaient pas cette *homéopathie* d'un gouvernement qui cherche à guérir le vice par ses semblables.

— Savez-vous, monsieur, reprit Raymond, la réception qui attend le fonctionnaire de votre espèce, lorsqu'il a le front de se présenter dans une maison? On le prend poliment ainsi.

Là-dessus, quittant sa chaise, il fut droit au chétif, qu'il saisit par les épaules et contraignit à se lever.

— On ouvre la porte bien grande.

Il l'ouvrit.

— Et on l'envoie rouler dans l'escalier.

Il lança Fortuné sur les degrés d'un bras vigoureux.

Le malheureux franchit d'un seul trait une vingtaine de marches, pour ne s'arrêter que sur le palier de l'étage inférieur. Le trajet s'était fait en majeure partie sur les reins. Lorsque Fortuné se releva, il éprouva un vif serrement de cœur à entendre le bruit de cette porte qui se refermait derrière lui pour jamais. Sa première pensée fut de se blottir dans le coin le plus sombre de l'escalier, d'y attendre la sortie de M. Raymond et de l'assassiner. Mais bientôt, la chaleur de ce premier mouvement éteinte, la douleur de quelques meurtrissures se révéla et devint cuisante. Il se dit qu'il n'avait point d'arme et que M. Raymond était de taille à en terrasser dix comme lui. La réflexion lui vint même que demeurer plus longtemps dans l'escalier serait une grave imprudence. L'ancien élève de Birousle reprit donc en clopinant le chemin de la Force, maudissant son étoile, qui le jetait constamment dans des professions coupables, où l'on ne pouvait jamais que mal faire, et se demandant de quel droit un monsieur décoré avait abusé de sa supériorité d'intelligence sur lui, pauvre esprit, ignorant des choses de ce monde, pour l'encourager à des actes que les gens honnêtes, comme

La dentelle et les fleurs de printemps encadrent la figure de mademoiselle Simonin. — Page 53, col. 1re.

mademoiselle Henriette, flétrissaient d'un blâme si sévère.

L'ARTICLE DU JOURNAL.

Madeleine avait assisté avec une poignante douleur à l'expulsion de Fortuné. Elle prit chaleureusement sa défense. Le sens moral de Madeleine consistait à aimer et nourrir ses enfants et à obéir au mari qui la battait; à ses yeux, toute industrie qui procurait du pain était suffisamment honorable.

— Vous autres riches, dit-elle à Raymond, vous êtes injustes aux pauvres. Comment osez-vous faire un crime à un malheureux d'une action qui lui donne de quoi vivre, et que Tronche lui-même lui a conseillée? D'ailleurs, à supposer qu'il eût refusé la place, on en eût trouvé cent autres pour la prendre, oui-dà!... Il n'y a de honte qu'à mourir de faim et à voler. Ceux qui ont le courage de blâmer le prochain, je voudrais bien les voir seulement une bonne fois aux prises avec la misère.

— Le pauvre garçon! ajouta vivement Henriette, il était né avec autant de pureté et de noblesse d'âme que personne; nous en avons eu plus d'une preuve. Le brutal qui a tiré parti de son enfance a faussé et rapetissé son instinct sous les coups et les mauvais exemples. Mais n'importe, voyez-vous, l'instinct a conservé du bon, seulement il est incapable de discerner le mal si quelqu'un n'est pas là pour le lui signaler. C'est une riche création qui a avorté. Quel dommage! on ne peut y songer sans que les larmes vous viennent aux yeux. J'espère que le ciel le remettra enfin en bonne voie, et que nous pourrons le voir de nouveau.

Ici mademoiselle Simonin, dont l'éloquence se sentait enfin prête, plaça le discours obligé, qui brilla, comme à l'ordinaire, par la sévérité de morale plus que par l'esprit de charité.

Pendant ce temps, Raymond réfléchit sur le singulier intérêt qu'Henriette prenait à un tel malotru. Sa susceptibilité vaniteuse s'alarma. Le César, qui, pour échapper à la seconde place dans les salons et dans les coulisses, était venu bravement réclamer la première dans la mansarde, serait-il donc menacé là aussi de se la voir disputer? Et par quel rival!

Il eut bien autrement sujet de s'alarmer trois jours après, lorsqu'il vit entrer chez mademoiselle Simonin Madeleine un papier à la main, agitée, presque folle, souriant et pleurant à la fois.

— Qu'on vienne encore me dire du mal de cet innocent! s'écria-t-elle. Voilà cette fois un homme! Il est couché tout du long sur le journal... Oui, tout du long sur le journal, et pour un superbe trait encore! Je l'ai entendu lire tout à l'heure chez l'épicier. J'ai prié qu'on me prêtât la feuille pour vous l'apporter. Lisez, lisez-nous ça tout haut, mademoiselle Henriette, avec votre voix de séraphin.

Et elle présentait le journal à Henriette, qui le prit et lut ce que voici :

« Quelques journaux d'hier ont annoncé que des désordres avaient eu lieu à la prison de la Force, mais sans donner de détails. Nous sommes heureux de pouvoir communiquer à nos lecteurs la lettre suivante que nous adresse de ce lieu un de nos amis, M. Marcel, pour le moment détenu sous la prévention de délit politique.

« Vers midi, nous écrit M. Marcel, tous les détenus étaient réunis dans la grande cour; la plupart se tenaient assis par terre, faisant cercle autour d'un camarade revenu à la prison du matin même, et qui, en ce moment, payait le vin, l'eau-de-vie, et racontait ses exploits de la veille.

« Celui-ci était un jeune journalier de dix-huit ans, nommé Jacquot, qui, grâce à la méprise d'un brigadier de gendarmerie, a été amené à la Force quelque temps auparavant et était demeuré plusieurs semaines en prévention.

« Pendant son séjour dans cette prison, il avait eu le temps de profiter de l'éducation et des lumières qui s'y répandent. Une fois libre, son premier soin avait été d'aller retrouver des voleurs avec qui ses nouveaux amis de la Force lui avaient donné moyen de se mettre en rapport, et, peu d'heures après, il jouait un rôle dans une tentative de vol avec effraction. La bande surprise en flagrant délit, le débutant peu alerte était tombé aux mains des agens de la police.

« Il était donc depuis peu revenu sous les verrous, et en ce moment amusait les vieux routiers de la peinture de ses fraîches et naïves impressions, rendues dans le langage cynique du métier qu'il balbutiait à peine encore.

« Le vin, le rire, le soleil qui donnait en plein sur leurs têtes, embrasaient le cerveau des voleurs et précipitaient l'ivresse.

« J'étais depuis un moment descendu dans cette cour, et de l'ombre d'un mur contre lequel je me tenais appuyé, j'examinais ce groupe de réprouvés et les diverses nuances de l'empreinte infernale répandue sur leurs figures.

« Un gardien, du nom de Tronche, entra alors dans la cour. Il apportait un ordre qu'il lui fut impossible d'articuler, étant pris lui-même d'une ivresse plus lourde et plus lente que celle des voleurs. Sa pose chancelante, ses vains efforts pour parler en maître, excitèrent chez les bandits des éclats de rire auxquels il répondit par de grossières injures, et tira son sabre plutôt pour se décorer de cette arme que pour s'en servir. Mais un forçat en récidive, qui prend ici le titre de *président*, renversa Tronche d'un coup de poing et lui arracha son sabre. En même temps, Jacquot enleva aussi au vaincu gisant sur la terre le trousseau de clefs qui pendait à sa ceinture, dans la seule intention, je pense, de s'en faire une arme défensive lorsque le gardien viendrait à se relever.

« Cependant, en se voyant maîtres de ces clefs, qui représentent pour eux la liberté, les bandits, la tête à la fois échauffée et troublée par le vin, jetèrent au vent un cri d'espérance, concevant la pensée de s'évader, puisqu'ils étaient maîtres des portes de la prison, et ne songeant pas aux obstacles qu'il leur restait à surmonter.

« La porte de la cour ayant été laissée ouverte par Tronche, ils s'élancèrent dans les longs corridors; à l'aide de leurs clefs, ils ouvrirent quelques passages et gagnèrent le vestibule. Mais là, un signal d'alerte se répandit, un roulement de tambour mit le poste de la prison sous les armes, et vingt baïonnettes barrèrent le passage aux fugitifs.

« Les bandits rugissants refluèrent jusque dans la cour, où une ligne de soldats, fusils en joue, les retinrent immobiles.

« Le directeur, arrivant bientôt sur le lieu de la scène, somma les forçats de rentrer dans leurs cabanons. Mais le terrible *président*, qui tenait encore le sabre conquis sur le gardien, se plaçant en face des siens, menaça de tuer de sa main le premier qui se rendrait. Le directeur réitéra son ordre d'un ton plus élevé. Puis, exaspéré de la résistance des bandits, et après avoir répété une dernière sommation, qui fut également inutile, il allait commander le feu...

« Voulant prévenir une catastrophe qui aurait atteint innocents et coupables, je m'approchai du forçat sur lequel j'avais habituellement quelque empire, et lui enjoignit de jeter son sabre à terre... Pour toute réponse, il brandit son arme et m'en asséna un coup violent dans la poitrine.

« Au même instant, un jeune homme... un enfant... tombait blessé dans mes bras.

« Aussi prompt que l'éclair, ce sauveur s'était jeté entre moi et le coup qui m'était porté.

« En même temps, la troupe fondit sur les prisonniers la baïonnette au poing. Le chef des bandits et l'affreux petit Jacquot tombèrent morts dans la lutte; les autres forçats furent, pieds et poings liés, emmenés dans des cachots.

« Je restai alors seul dans la cour avec les corps des deux malfaiteurs et le jeune homme qui m'avait sauvé la vie, le soutenant toujours dans mes bras.

« Ce brave jeune homme se nomme Fortuné; il a vingt et un ans, mais à sa figure on lui en donnerait seize. Le voyant depuis quelque temps dans la prison, je l'avais pris en amitié; mais, pour qu'on puisse comprendre son dévouement pour moi, je dois rappeler les paroles que nous avons échangées en ce moment.

« — Ah! monsieur, me dit d'une voix tremblante Fortuné, pourquoi cet homme ne m'a-t-il pas tué sur la place, pourquoi n'a-t-il pas fait justice de moi?

« — De vous, mon bon Fortuné!

« — Bon! hélas! monsieur... j'ai été un monstre envers vous.

« — Enfant!

« — Non... je rapportais tout ce que je vous entendais dire au monsieur décoré du bureau qui me donnait de l'argent pour cela.

« — Vous, espion!

« — Oh! sans m'en douter, je vous jure! Je ne savais pourquoi ce monsieur m'interrogeait et à quoi lui servait de connaître nos conversations; je ne savais rien du mal que je faisais ainsi, quand tout à coup elle m'a ouvert les yeux...

« — Qui elle?

« — Mademoiselle Henriette... Au regard de reproche qu'elle m'a jeté, à la rougeur dont son front s'est couvert pour moi quand j'ai rapporté devant elle le service que je remplissais à la prison, j'ai soudain tout compris, et aujourd'hui j'aurais été bien heureux de mourir pour expier ma faute envers vous et pour que mademoiselle Henriette me pardonnât.

« — Bon jeune homme! quel vertu vaudrait ce repentir!...

« On vint chercher Fortuné pour panser sa blessure.

« Je me trouvai entre le cadavre de Jacquot et

Fortuné, qu'on plaçait sur une civière pour le porter à l'Hôtel-Dieu.

« Pauvres enfants, me dis-je, tous deux innocents, il n'a fallu qu'un moment de hasard qui les amenât dans ce repaire, pour que l'un tombât subitement dans la corruption la plus infâme, pour que l'autre fût atteint d'une dégradation morale déversée en lui par une source supérieure, d'où ne devraient découler sur les classes infimes que saintes consolations et nobles enseignements. »

La lecture était achevée.

— Quant à moi, s'écria Madeleine, je ne vais faire qu'un saut d'ici à l'Hôtel-Dieu... Je demanderai à le voir, ce brave garçon..... et j'y retournerai demain, après-demain, tous les jours, jusqu'à ce qu'il soit guéri...

Henriette s'était levée de sa place après avoir achevé l'article du journal ; une légère pâleur couvrait son visage, qui conservait toujours le même calme modeste; elle croisait une pointe de linon dans la ceinture de sa robe et mettait à la hâte ses gants de tricot blanc.

— Mademoiselle, dit-elle à sa maîtresse, je vous demande la permission de sortir un moment... je travaillerai une heure de plus ce soir.

— Et où allez-vous, s'il vous plaît ?

— Voir M. Fortuné.

— Voilà une jolie visite pour une demoiselle.

— Oh! reprit Madeleine, laissez-la venir seulement une fois, une petite fois, cela lui fera tant de bien à ce bon jeune homme!

— Vous devriez au moins attendre d'être mariée pour faire une démarche aussi hardie que celle d'aller voir un garçon chez lui, objecta mademoiselle Simonin.

— Ainsi, dit Raymond avec une expression étrange, vous pensez que cela sera beaucoup mieux quand mademoiselle se nommera madame Raymond Perrot?

Sa vanité blessée se cacha sous un air de hautaine ironie. Henriette tint fixé sur lui un regard plein de froideur et de mélancolie, se disant à elle-même :

— Comment ce beau visage peut-il en un instant devenir si laid?... Oh! c'est l'âme qui s'y reflète...

Cependant Madeleine criait du pas de la porte :

— Venez! venez!... nous lui porterons un litre de vin, avec une miche de pain blanc et une bonne tranche de jambon, ça le soutiendra... car les médecins vous les affament, ces pauvres malades, que c'est un meurtre... Mon Dieu! pourvu qu'il se guérisse!

Henriette, qui n'avait demandé permission que pour la forme, suivait déjà Madeleine sur l'escalier.

Les deux femmes, arrivées à l'Hôtel-Dieu, furent obligées d'attendre que la visite des médecins se terminât pour pénétrer dans l'intérieur.

En ce moment, Fortuné, sur la sommation d'un infirmier, venait de présenter son épaule nue au scientifique conciliabule des professeurs de clinique, chirurgiens de service, étudiants de toute classe; il sentait les doigts du professeur, qui donnait une explication, se promener méthodiquement sur les différents points de sa plaie comme sur un clavier; il entendait derrière lui une voix grave énoncer en termes d'autant plus effrayants qu'ils étaient plus techniques, les progrès que pouvait faire ou ne pas faire le mal; sur quoi, les uns concluaient que la plaie était superbe; les autres, qu'elle n'annonçait rien de bon, et qu'avec de tels symptômes, le onzième ou treizième jour était mortel.

Puis le professeur termina sa ronde, et tous les habits noirs disparurent par la porte de sortie.

D'abord Fortuné s'était dit avec une résignation profonde que, puisqu'on le soignait gratis, il ne pouvait apporter trop d'empressement à montrer à tout venant son épaule et sa reconnaissance. Mais, depuis quelques jours, il avait réfléchi tout doucement que, puisque ces messieurs venaient là autant pour recueillir sur son corps endolori la science qui leur serait largement payée dans de grandes maisons, que pour se livrer à l'acte philanthropique de guérir les pauvres, ils étaient donc ses obligés autant qu'il se reconnaissait le leur, et, partant, il avait supposé qu'on ne devait pas l'affliger par toutes ces vilaines promesses de souffrance et de mort, mais observer au pied de son lit, théâtre précieux pour l'étude, le même respect pour la douleur qu'au chevet des riches.

— Oh! la Madone ne vient pas! dit un malade italien, qui tenait ordinairement le dé de la conversation dans le cercle des pots de tisane et des bonnets de coton rangés autour du poêle.

— Que dit le pulmonique?

— Je dis qu'on ne guérit pas les malades avec des habits noirs et du latin, mais que si la Madone venait seulement à passer dans cette salle, nous serions bientôt tous aussi frais et dispos que jamais... c'est connu en Italie.

— En Italie, la Sainte Vierge fait sa visite à l'hôpital ?

— Eh! certainement. Elle apparaît sous les traits d'une simple femme comme elle était autrefois... et on voit bientôt après tous les pauvres souffreteux se redresser et reverdir comme des buissons après l'hiver. Ce miracle est arrivé vingt fois.

— L'Italien qui croit encore aux miracles!

— Tenez... tenez... c'est comme si j'en avais eu un pressentiment... la Madona! la Madona!

Tous les regards se tournèrent vers le point qu'indiquait le doigt du malade.

Une femme vêtue de blanc venait lentement du fond de la salle; avec sa carnation de rose blanche, ses grands yeux bleus baissés, dont on voyait pourtant la céleste douceur, et sa figure toute empreinte d'une expression de pitié sainte et universelle, elle avançait entre les files des lits d'une marche légère et contenue par le respect.

Partout, sur son passage, les rideaux se relevaient, des têtes pâles s'avançaient, la regardaient avec admiration, et le nom par lequel elle avait été signalée, sans qu'on sût pourquoi, passait par la bouche de tous les malades, qui répétaient à sa vue :

— La Madona! la Madona!

Henriette, qui, dans sa précipitation, était sortie tête nue, les cheveux en bandeaux, un simple fichu croisé sur sa poitrine, n'avait rien en ce moment qui désignât sa condition, et, par sa pure et sereine beauté, ressemblait assez aux images de la Vierge pour faire illusion au crédule Italien.

Elle approchait du poêle autour duquel celui-ci s'entretenait avec les autres malades.

Dans ses démonstrations toujours vives, l'Italien s'inclina devant elle et voulut baiser le bas de sa robe. Elle se retira avec surprise.

— O divina Madona! disait-il, nous vous attendions pour sortir de maladie et de souffrance.

Tous ces moribonds, aux visages hâves et dé-

défaits, se reprenaient à rire, tant les amusait la méprise du pulmonique.

— Revenez souvent ici, disait-il toujours, revenez belle dame du ciel, pour sauver les pauvres malades !

Henriette, ne comprenant qu'à demi ses paroles, crut qu'il l'engageait à se réunir aux saintes femmes qui desservent l'hospice. Elle regarda les sœurs de l'Hôtel-Dieu sous le grand cerceau de toile blanche qui encadre leurs figures placides et onctueuses.

— Pourquoi non ? dit-elle en se parlant à elle-même. Après la mission de se vouer au bonheur d'un seul, ce qu'il y a de mieux sur la terre est de se vouer au bonheur de tous.

Puis elle continua à s'avancer dans la salle.

Fortuné la regardait venir, les mains jointes, en extase.

Elle arriva devant le lit du blessé. Madeleine se glissa de l'autre côté.

— Vous avez bien souffert, monsieur Fortuné ! dit Henriette.

— Je ne sais pas, mademoiselle.

— C'est la fièvre qui vous a fait perdre le souvenir.

— Non... c'est qu'il me semble qu'il n'y a rien eu pour moi dans les jours passés... que je commence seulement à vivre dans ce moment où vous venez me voir, où vous me regardez avec tant de bonté.

— Pauvre jeune homme !

— Je ne suis plus à plaindre; vous m'avez pardonné !

— Vous n'avez été coupable que par ignorance... l'aveugle ne peut être blâmé de se tromper de chemin... Et par quel beau dévouement vous avez racheté votre faute involontaire !

— Il me vient une idée, mademoiselle Henriette : si je guéris, si je vis encore, je ne ferai plus rien que ce que vous m'ordonnerez; je ne m'aviserai plus de prendre un état de mon propre chef; cela m'a trop mal réussi ; ce sera vous qui m'indiquerez un travail honnête.

— Et nous en trouverons certainement.

— Vous me prêterez votre esprit pour me guider... je serai bien sûr de ne rien faire que de bien.

— Et le bien vous sera facile.

— Dans ce travail que vous m'aurez donné, il y aura quelque chose de vous... Oh ! comme je l'aimerai !

— C'est convenu.

— Quel bonheur de manger le pain du travail de la vertu !...

— C'est bon, c'est bon, dit Madeleine ; mais, en attendant, mangez-moi cette miche et ce jambon ; vous m'en direz des nouvelles.

— Elle glissa les provisions de bouche sous la couverture, le litre de vin sous l'oreiller.

— Merci, ma bonne Madeleine, dit Fortuné.

Et trouvant quelqu'un à qui s'en prendre dans son bonheur, il lui sauta au cou et l'embrassa vingt fois.

— Bien, bien, dit la bonne femme, mais ne vous agitez pas ainsi... tenez, ses yeux brillent comme des escarboucles...

— Soignez-vous bien, reprit Henriette.

— Pour sortir promptement d'ici, ajouta Madeleine, car il y a une tristesse qui vous prend au cœur.

— Vous serez bientôt guéri, n'est-ce pas ?

— Quand vous voudrez, mademoiselle.

La jeune fille et Madeleine s'en retournèrent; la même admiration suivit sur son passage la belle Madona. Lorsque Henriette se trouva devant le crucifix de chêne qui surmonte la porte de sortie, elle suspendit sa marche, et, comme si elle eût voulu appuyer en quelque sorte la croyance de l'Italien à son égard, elle leva les yeux sur le Christ avec une indicible expression d'amour et de tristesse. Elle lui disait dans le fond de son âme :

— Mon Dieu ! sauvez le pauvre Fortuné !

Après cette journée, Raymond, qui était loin de s'avouer la jalousie qu'un homme comme lui pouvait éprouver à l'endroit du misérable Fortuné, vit cependant qu'il était temps de hâter la séduction trop longtemps ébauchée.

Satan vulgaire, il s'appliquait à démêler et développer dans la jeune fille ce qui, selon lui, devait se trouver de penchants moins purs sous ses belles qualités et pouvait la conduire à sa perte : comme le chasseur qui, en tendant un piége, ne manque pas de faire un perfide appel à chacun des appétits présumés de sa proie.

Malgré la parcimonie inséparable de l'égoïsme, il arriva d'abord chez la couturière, les poches pleines de gâteaux et de friandises. Mademoiselle Simonin faisait main basse sur tout ce qui s'appelle baba, biscuit, praline, angélique, et s'en donnait à cœur joie. Si Henriette consentait à en accepter quelques parcelles, elle les serrait dans sa boîte à ouvrage pour les enfants de Madeleine.

Raymond pensa tout simplement qu'elle n'aimait pas le sucre. Il se munit de pâté de foie et de vin de Champagne. La jeune fille n'y toucha point. Mademoiselle Simonin, après avoir dit qu'elle ne voulait point accepter de telles galanteries et finirait par se fâcher (propos de conscience), consommait, par amabilité pure, la part d'Henriette et la sienne.

Fatigué de saturer ainsi en pure perte cet estomac de sorcière, le chasseur mit sous son filet un autre appât. Un livre choisi parmi les plus dangereux arriva entre ses mains, et il demanda la permission d'en lire quelques chapitres à ces dames pour les distraire de leur ouvrage. Aux approches d'un passage assez dévoilé, mademoiselle Simonin se redressait, et d'une voix flûtée :

— Monsieur Raymond, me répondez-vous de ce qui va arriver ? Il est de ces choses que des oreilles de femme ne doivent pas entendre.

Raymond répondait :

— Ce n'est pas moi qui ai écrit le livre ; au surplus, dès que la scène vous semblera trop hasardée, vous n'avez qu'à dire : assez, je sauterai un ou deux feuillets.

Là-dessus, il continuait intrépidement. Or, quand le mot *assez* tombait des lèvres de mademoiselle Simonin (Dieu sait à quelle distraction en attribuer la cause), il se trouvait toujours que le passage était parfaitement terminé. Un jour, qu'en refermant un livre de cette espèce, Raymond demandait à Henriette ce qu'elle en pensait :

— Si toutes ces tristes histoires sont véritables, dit-elle, et que l'auteur, après qu'on les lui a confiées, ou qu'il les a surprises, les raconte ainsi à tout le monde, c'est un très-méchant homme. Si ce sont de pures inventions, il emploie mal l'esprit que Dieu lui a donné, et il n'est pas meilleur.

Raymond referma le livre à tout jamais.

— Elle est orgueilleuse, pensa-t-il : c'est le luxe, la parure qu'il lui faut... cela coûtera cher, et mes fonds baissent... mais n'importe, ce n'est pas pour longtemps.

Là-dessus, il envoya un matin chez la couturière un commissionnaire chargé d'un carton où se trouvait un délicieux bonnet de dentelle et une écharpe de cachemire. Ce présent était couronné d'une loge d'Ambigu pour le soir même.

Le soir, Raymond, le beau Raymond, va s'engouffrer tout vivant dans la salle de l'Ambigu. Il franchit l'escalier qui conduit à la loge. O bonheur! à travers le carreau de la porte de cette loge, il a entrevu par derrière le petit bonnet de sa connaissance.

— C'est elle, et elle s'est parée de mon présent! elle est à moi.

Un ami de Raymond flânait dans le corridor. Il le prend par le bras et l'entraîne à l'orchestre.

— Je te rencontre à propos, dit-il; tu es connaisseur, je veux ton opinion sur certain visage... Braque ta lorgnette en face, au second rang, la cinquième loge, ce bonnet garni de roses.

L'ami regarde et part d'un grand éclat de rire.

Raymond ne comprend rien et regarde à son tour. Stupéfaction! la dentelle et les fleurs de printemps encadrent la figure de mademoiselle Simonin, laquelle a de plus drapé sa lourde taille de l'écharpe de cachemire. La fantastique Simonin, ainsi couronnée de roses, semble jouer le rôle de la mort convoquée à toutes les bonnes fêtes chez les anciens. Une sibille, non moins effroyable qu'elle, grimace à son côté : c'est une voisine qui a été appelée à partager la bonne aubaine des billets, au défaut d'Henriette, qui s'est obstinée à n'en vouloir pas profiter. La Simonin a reconnu Raymond à l'orchestre; elle lui adresse un salut prolongé et un signe d'appel empreint de familière reconnaissance. Satan, éperdu, n'a d'autre ressource que de prendre la fuite. Tout d'une haleine, il traverse la ville et les faubourgs, et va cacher son humiliation sous le bosquet le plus sombre du jardin de la Chartreuse.

Aussi, il était par trop affreux pour le consommé séducteur d'avoir prodigué ses lectures brûlantes, ses gâteaux, ses parures, pour n'arriver qu'à faire la cour à mademoiselle Simonin.

Un jour, Raymond jura d'en finir à l'instant avec cette jeune fille. Il ne s'agissait pas d'espérer et d'attendre, il fallait se payer de ses peines, triompher, posséder pour n'y plus revenir. Une circonstance particulière venait donner un singulier coup d'éperon à la marche de cette affaire.

Arrivé au dernier des billets qu'il avait volés chez son père, Raymond avait vu la détresse à deux pas de lui. Il voulut jouer ce dernier billet. C'était un moyen par lequel sa fortune pouvait, comme le phénix, renaître de sa cendre. Il alla se jeter dans un tripot où il ne gagna qu'une querelle avec l'un des joueurs. On assigne le lieu et l'heure d'une rencontre.

En voyant la mort peut-être si près de lui, Raymond ne songea ni à sa mère, ni à Dieu, ni à l'usage funeste qu'il avait fait de ses jours, ni à cette vie ni à l'autre; il songea à se saturer encore des jouissances que le vice pouvait lui donner, dans ces courts instants, à ne pas laisser inachevée une de ses œuvres maudites, à ne pas perdre un de ses vols infâmes.

Le soir même, il tâcha de voir seule mademoiselle Simonin.

Il annonça, en confidence, qu'une excellente tante à lui, madame Delacour... la femme la plus respectable du monde... avait pris en pitié son amour malheureux et promis de le servir auprès de ses père et mère pour obtenir leur consentement au mariage. Seulement, elle voulait auparavant voir Henriette, juger de son esprit, de ses manières, sans que surtout Henriette se doutât de subir un examen; l'appréciation serait plus facile et plus juste. L'esprit inventif du fils de l'épicier et la haute sagesse de la célibataire majeure décidèrent que, le lendemain jeudi, Henriette se rendrait dans la matinée chez madame Delacour, qui aurait un travail à lui donner, une robe à ajuster et la retiendrait à dîner.

— Qu'elle parte de chez vous, dit Raymond, à midi, et n'attendez pas son retour avant neuf ou dix heures du soir. Ma bonne tante en aura le plus grand soin et l'étudiera ainsi tout à son aise.

— C'est convenu. Cette chère petite! la voilà donc enfin sur le grand chemin de devenir madame Perrot. Hé! hé! votre bonheur m'aura coûté quelque mal.

— Je ne vous oublierai pas le jour de la noce.

— Me supposez-vous donc intéressée? fi!

— Je veux dire qu'au repas, je prétends raconter en pleine table ce que vous avez fait pour ce mariage! Mais, au nom du ciel, ne manquez pas demain de l'envoyer chez madame Delacour.

— Voilà un pas de fait, dit Raymond en sortant de chez mademoiselle Simonin. Affreux singe! je ne verrai plus ta face de parchemin... et demain, que je puisse tenir seulement une heure Henriette en ma puissance... Ensuite, s'il faut succomber dans ce duel, je pourrai mourir content.

LE DUEL.

Un vendredi matin qu'il faisait un temps délicieux, l'administration de l'Hôtel-Dieu redemanda à Fortuné, à peu près guéri, la souquenille grise et le bonnet de coton qui représentent ses soins bienfaisants et lui intima poliment l'ordre de céder la place à un autre.

Fortuné remercia de tout son cœur les excellentes sœurs de charité, dont les paroles douces et consolantes sont un baume pour les souffrances; il remercia les infirmiers qu'il avait toujours trouvés polis et humains, et, dépouillant toute rancune, il alla tirer un salut aux chirurgiens et aux élèves de service, qui l'avaient guéri un peu rudement, mais auxquels il devait, en fin de compte, la restauration de son épaule. Fortuné ne se refusait jamais à la reconnaissance.

Heureux jour! Fortuné avait repris la clef des champs, tout l'espace était à lui. Ses jambes, quoique faibles, pouvaient le porter au bout de ses désirs; il s'achemina vers le boulevard de l'Hôpital. Il voulait revoir la place où il avait accompli la dernière évolution parmi les artistes de Birouste : c'était là qu'il avait rencontré Henriette et reçu d'elle le premier bienfait. Il revit aussi l'endroit où elle l'avait sauvé des sergents de ville lorsqu'il mendiait.

Franchissant la barrière, il se dirigea vers le village de Gentilly par un petit sentier à travers les champs. Depuis si longtemps il n'avait vu un large espace de ciel et quelques brins de verdure!... Il en jouit longtemps. La nature, pour Fortuné, n'avait pas ces beautés sublimes que l'intelligence y découvre; mais le soleil est beau, les plantes bienfaisantes : c'était pour Fortuné quelque chose à aimer.

Quand la marche commença à fatiguer le convalescent, une haute et forte haie se présenta devant lui. Il s'étendit au pied, sur les maigres touffes d'herbe qu'elle ombrageait, et s'abandonna au sommeil, rêvant, selon son usage, beaucoup de mademoiselle Henriette, un peu du terrible Raymond ; ces deux êtres étaient, pour le simple garçon, le bon et le mauvais génie qui, à eux deux, remplissent l'univers.

Un certain temps s'était écoulé, lorsque, de l'autre côté de la haie, retentit un bruit de voix encore lointaines. Le dormeur cependant tressaillit et s'éveilla en sursaut, car une de ces voix sonnait bien douloureusement à son oreille.

Il se leva, et à travers les branchages il vit venir dans le champ labouré deux hommes suivis de loin par deux autres. L'un de ceux qui marchaient les premiers était M. Raymond en personne.

C'était le jour fixé pour le duel. Raymond avait juré que, quand ce jour où il fallait s'exposer à la mort serait venu, sa longue passion pour Henriette aurait enfin obtenu un dénouement favorable. Il comptait rencontrer la jeune ouvrière la veille chez madame Delacour. Mais le séducteur n'avait pas songé que ce jeudi-là était la fête de l'Assomption ; et lorsqu'il attendait avec une impatience insupportable la belle jeune fille, elle était à vêpres ; il n'avait donc vu venir qu'un billet de mademoiselle Simonin, lui disant qu'un jour de grande fête il était impossible d'envoyer Henriette chez madame Delacour, sous prétexte de chercher de l'ouvrage, et que ce serait pour le lendemain. La vieille couturière ne pensait pas que ce fût chose si pressée, et que, dans dans ce jour de retard, un coup d'épée pût renvoyer à une autre vie les projets de Raymond.

Celui-ci n'avait donc plus l'espoir de posséder Henriette que s'il était encore de ce monde après midi.

Fortuné, blotti derrière son buisson, regarda et écouta attentivement ce qui allait se passer de l'autre côté de la haie.

— Voici une excellente place pour s'entrecouper la gorge, dit Raymond.

—Oui, répondit son témoin. Ce champ est encaissé, et la haie servira de barrière du seul côté d'où l'on pourrait nous découvrir.

— Fais signe à ces messieurs d'avancer... Ils regardent ailleurs. Appelle ! appelle le beau jeune comte par son titre... Appelle *Monsieur le comte !* puisque monsieur le comte il y a. Je n'ai jamais pu supporter les titres... Dans un instant, avec un *parez tierce* et *dégagez quarte*, j'aurai réglé votre compte, monsieur le comte. Tant pis pour votre dynastie, mais ce ne sera pas vous qui nous infesterez de nouveaux petits comtes.

En parlant ainsi, il déposait les épées à terre dans leur fourreau et s'asseyait à côté.

— As-tu observé, recommença Raymond, que le jeune comte a pris soin d'amener pour témoin un vieux marquis ? C'est dans l'intention de nous humilier, nous autres roturiers ; les as-tu écoutés se parlant entre eux : *J'ai peine à croire, comte... Je puis vous affirmer, marquis.* Cela est révoltant, cela m'agace à un point que je ne puis dire.

— Allons ! allons ! ne t'anime pas. Tu vas te battre ; tu as besoin de tout ton sang-froid. Sais-tu que tu m'imposes là un triste quart d'heure à passer ? Regarder une pointe d'épée menacer la poitrine d'un ami. Je préférerais que cette pointe fût sur la mienne. Maudite querelle... Tu es trop mauvaise tête.

— Ce n'est pas ma faute... faut-il le répéter encore ?... Je venais de perdre avec ce petit monsieur-là... oh ! bien peu de chose... un billet de mille francs... mais ce billet était le dernier que je possédais !... le dernier de ceux !... Enfin, je traversais le jardin du Palais-Royal par une pluie battante pour ne rencontrer personne, quand mon adversaire vint se pavaner à côté de moi... Pourquoi passait-il là ? pourquoi ne pas suivre les galeries comme tout le monde ? de plus, il eut l'insolence de me saluer... Moi, j'ôtai poliment... mon cigare, et lui envoyai au visage une bouffée de fumée.

— Il riposta par le revers de sa canne.

— Heureusement, parbleu ! bien heureusement ; car je prétends que ce coup serve à me constituer l'offensé et me livre le choix des armes. Je veux l'épée. Tu vas régler cela avec son témoin, le vieux marquis. Pas de concession : l'épée !

— J'agirai de mon mieux ; cependant...

— Tu sais que je ne crains aucune arme ; quand on est sorti de deux affaires en tuant son homme, on est au-dessus du soupçon. Ma balle ne manque pas la pièce en l'air, c'est connu ; mais enfin, au pistolet, j'aurais contre moi plus de hasard qu'à l'épée. J'ai six ans de salle, et je n'ai rencontré à Paris que deux prévôts en état de me toucher. A l'épée, je ne cours donc aucun danger ; je veux l'épée.

Cependant le comte et le marquis étaient arrivés près de la haie. Le comte s'assit non loin de Raymond, et déposa à terre une longue boîte qui, ouverte, laissa voir deux pistolets et les instruments accessoires.

Les deux témoins se retirèrent un peu à l'écart pour régler la marche du duel.

Fortuné avait cru comprendre qu'il s'agissait d'un combat, et que les combattants seraient le jeune comte et Raymond. Cependant, à les voir assis à cinq pas l'un de l'autre, le comte caresser avec nonchalance une motte de terre du bout de sa canne, le fougueux Raymond suivre de l'œil et faire le geste de coucher en joue chaque oiseau qui venait à voler devant lui, et entre ces deux hommes deux épées oisives et deux pistolets dormant dans le velours rouge de la boîte, la pensée du spectateur que voilait le feuillage, se refusait à reconnaître deux ennemis accourus pour s'arracher la vie. Bientôt il entendit la conversation s'établir entre eux dans les termes d'une bienveillante politesse. Aimable France, pays de la sociabilité, deux de tes fils auraient-ils pu avoir dix minutes à perdre ensemble sans aussitôt deviser !

— Vous paraissez aimer la chasse, monsieur ? commença le comte.

Le visage de Raymond se colora vivement, et il répondit avec quelque effort :

— C'est chez moi une passion.

— C'est aussi la mienne.

Un court silence succéda, après quoi ce fut Raymond qui reprit à son tour :

— Une mauvaise journée pour les chasseurs !

Et cette fois ses traits offraient la même placidité légèrement enjouée qui, sur ceux du comte, n'avait pas cessé un instant de se mêler à un air de haute distinction.

— Dans deux heures, la chaleur ne sera pas supportable, reprit celui-ci... Votre cheval m'a paru un joli trotteur.

— Je ferai aussi l'éloge du vôtre. Votre tilbury doit être anglais, vos ressorts sont mieux entendus que les miens.

— Les vôtres m'ont paru très-bien, je vous assure. Quant aux miens, je les ai ramenés de Londres, c'est tout dire.

Et il entama l'histoire du remarquable véhicule, en échange de laquelle Raymond narra la biographie de son recommandable trotteur. Un commerce quasi fraternel s'établit de renseignements précieux, de notions confidentielles sur d'admirables selliers, de bottiers incomparables, de divins tailleurs, etc., etc.

— Je n'en reviens pas, pensa Fortuné; j'ai mal entendu, je me suis grossièrement trompé. Les deux qui doivent se battre sont certainement les deux là-bas qui sont restés debout et qui gesticulent si fort. Mais alors pourquoi n'ont-ils pas emporté les armes? Peut-être ils veulent commencer par s'essayer aux coups de poing? Quant aux deux qui sont ici, je suis rassuré sur leurs intentions. Le comte a dit que demain son valet de chambre tiendrait à la disposition du groom de M. Raymond une certaine adresse; M. Raymond a promis que d'ici à trois jours il se serait procuré tel renseignement que le groom tiendrait à la disposition du valet de chambre. Il est clair qu'aucun des deux ne se propose d'égorger l'autre; j'aurais pourtant vu sans chagrin ce monsieur si gentil tuer M. Raymond.

Le barbare de la rue ignorait que dans une affaire d'honneur, après l'insulte constatée et le rendez-vous pris, tout homme qui a reçu une teinte de civilisation craint de n'apporter jamais assez de courtoisie et de formes exquises dans les préliminaires qui doivent le conduire à la noble action de tuer son semblable.

A la grande surprise de Fortuné, les deux gesticulateurs revinrent sans s'être porté la moindre gourmade, et il entendit l'ami de Raymond lui annoncer :

— J'ai obtenu l'épée. Vous vous battrez à l'épée.

A ces paroles belliqueuses, sans prendre le temps d'achever une phrase polie qu'il avait commencée, Raymond sembla bondir et fut à l'instant sur pied. Il secoua la main de son témoin avec une effusion bizarre; ses traits exprimèrent une exaltation étrange de reconnaissance, à laquelle succéda l'emportement d'une fureur brutale; ses yeux roulaient dans leur orbite et tous les muscles du visage entraient dans une agitation effroyable.

— Ces messieurs, demanda-t-il à son ami d'une voix bruyante et saccadée, et entrecoupant sa phrase par un ricanement moqueur, ont-ils amené avec eux un chirurgien?

— Oui, répondit l'ami, à voix basse, il est resté dans le fiacre qui a conduit le marquis. Sois tranquille, tout est prévu.

— Pour peu qu'il ait de dévotion, reprit Raymond en élevant la voix davantage, M. le comte aurait mieux fait d'amener un prêtre... un prêtre lui serait plus utile.

Puis il saisit une épée, en fit ployer plusieurs fois la lame avec de grands gestes, décrivit en l'air nombre de cercles rapides, et courut se placer en garde.

— A moi, monsieur le comte, cria-t-il alors de toute la vigueur de ses poumons, à moi, mon petit comte. Voici une excellente lame qui va travailler au profit de vos héritiers.

Le témoin du comte haussa les épaules comme par un sentiment de dégoût.

— Cet homme, dit-il à son jeune ami, éprouve-t-il donc le besoin du bruit pour se donner du cœur?

A quoi il ajouta bientôt :

— Cependant il manie son arme avec une aisance et une dextérité incroyables. Ses mouvements annoncent un poignet et un jarret herculéens; c'est un spadassin consommé. Je reviens sur la concession que l'on m'a arrachée : c'est lui qui vous a adressé la première insulte. C'est vous, comte, et non lui qui êtes l'offensé. Je reprends le choix des armes; certainement je ne souffrirai pas que vous vous battiez à l'épée contre un pareil drôle.

Et il marchait vers Raymond.

— Y pensez-vous? répondit le trop généreux adversaire en le retenant, remettre en question une chose arrêtée; une esclandre... ce que vous avez réglé est au mieux... Comme je vous l'ai dit avant de venir, le choix de l'arme m'est parfaitement indifférent. Pour un paresseux, le pistolet est commode, mais l'épée est la véritable arme des gens de cœur. Le sang-froid et le courage luttent contre la vigueur et la science avec moins de désavantage qu'on ne l'imagine. Me voici prêt. Mon bon, mon vieil ami, songez à ce que vous m'avez promis... Songez à ma mère.

Lorsqu'il prononça ce dernier mot, le timbre de sa voix fut plus grave, et bien que ses traits n'eussent rien perdu de leur calme, ses joues pâlirent légèrement. Il reçut l'épée que lui présenta le marquis, et échangea avec lui un rapide serrement de main. Ensuite, s'avançant sur Raymond :

— Monsieur, je suis à vos ordres.

Tous deux sourirent avec amertume tandis que leurs yeux se remplirent d'un feu sombre.

Mais voyez donc, pensa Fortuné, comme ces messieurs bien élevés déposent et reprennent leur colère à volonté, absolument comme leur habit, qu'ils viennent de dépouiller, je ne devine pas pourquoi, à moins que ce ne soit pour aller plus vite.

Le combat s'engagea. Raymond poussait de vigoureuses bottes dont chacune était précédée de cet ignoble cri, prolongé sur une gamme aiguë et sauvage, si familier aux batteurs des salles d'armes : Ha! ha! ah! ah! C'est le cri de guerre de ces modernes preux, c'est leur : Montjoie et Saint-Denis! à la recousse! Devant cette attaque furieuse, le comte n'avait pas trop de sa présence d'esprit et de son calme courage pour parer. Il commençait même à perdre du terrain. Tout à coup, à la suite d'une botte terrible, l'épée de Raymond se brisa, et pour détourner la riposte imminente, sa main demeura mal armée d'un inoffensif tronçon : la pointe avait rencontré une boucle de bretelle. Cette fois le cri de guerre du vaillant s'éteignit dans une brusque dissonance; tout son corps, replié en arrière, présenta non plus le flanc, mais presque le dos à l'épée adverse, que ses deux mains étendues firent le geste de repousser. Sa tête s'était penchée et tournait vers le sol une face blême, des yeux hagards, des lèvres frémissantes.

— Je crois avoir senti votre épée se briser, s'était hâté de demander le loyal adversaire avec une sollicitude chevaleresque; en même temps, il avait dirigé la pointe de la sienne vers la terre, et il attendait une réponse.

— Oui, oh! oui, certainement, répondit enfin Raymond livide et tremblant, comme s'il eût été soudain saisi d'un froid intense, tandis qu'on pouvait voir la sueur couler à grosses gouttes de son front.

Les témoins avancèrent entre les combattants.

Il osa prendre une blanche main dans les siennes.—Page 61, col. 1re.

— Allons, dit le marquis, en voilà assez. L'affaire est terminée.

— Ces messieurs, ajouta l'autre témoin, se sont conduits en hommes d'honneur; ils doivent être satisfaits.

— Maudite lame! reprit Raymond s'adressant au marquis avec un sourire qui ne brillait pas par le naturel, après qu'elle s'est brisée, j'ai voulu rompre, mon pied gauche a tourné, j'ai pensé me laisser choir... Je suis sûr que j'aurai fait une singulière figure.

Sa parole était presque bégayante, sa respiration haute et embarrassée.

— Qui peut répondre de chacun de ses mouvements? dit son ami. Tout s'est fort bien passé.

— Vous comprenez : mon pied se pose ainsi à faux, alors le poids de mon corps venant à se porter brusquement sur cette jambe, plus d'équilibre... Je pouvais tomber de mon long... vous, monsieur, qui nous regardiez à distance, vous n'auriez su qu'imaginer.

— Mon Dieu, monsieur, dit le marquis d'un ton de légère impatience, vous avez rompu un peu précipitamment, et puis c'est tout.

— C'est que, voyez-vous, je serais désespéré que l'on pût concevoir la moindre pensée d'attribuer à quelque autre cause un mouvement assez extraordinaire, mais qui s'explique si bien.

— Eh! mon ami, lui dit son témoin, nous sommes tous parfaitement convaincus de ta vaillante attitude... Viens vite t'habiller.

— Partons, dit le marquis.

Le comte n'avait point cessé de garder le silence.

Raymond, résistant à son ami, parut un certain temps pensif. Enfin, jetant violemment à terre le débris d'arme, et de l'autre main rejetant en arrière les touffes de ses cheveux en désordre :

— Non! s'écria-t-il d'une voix tonnante, et ce non fut escorté d'un juron épouvantable, cela ne peut pas finir ainsi. Cours aux voitures, nous avons là du monde; envoie chercher une autre épée. Nous allons recommencer, monsieur le comte.

— Autant qu'il vous plaira, monsieur, s'empressa de répondre celui-ci.

— Une épée! une épée! continuait à vociférer Raymond, et la couleur pourpre remontait par degrés à ses joues, et le globe plus saillant de ses yeux s'injectait de sang.

Alors le vieillard, qui contenait mal son indignation, prenant la parole :

— Si le combat recommence, ce ne sera pas à l'épée.

— C'est l'arme que j'ai choisie et qui a été acceptée. Je ne me bats qu'à l'épée.

— Et moi j'affirme que si ce gentilhomme qui vient de vous faire grâce de la vie est assez fou pour compromettre de nouveau son nom et sa personne, ce ne sera qu'avec des chances moins inégales. Il ne se livrera pas, moi présent, au fer d'un spadassin.

— La loi du combat le veut, monsieur.

— Prenez garde, cette persistance à prétendre

Au même instant, Fortuné plongea sa lame d'épée dans la gorge de Raymond. —Page 67, col. 2.

abuser de votre infernale supériorité pourrait donner à penser sur votre courage.

— Sur mon courage!... Vous me croiriez donc!... Eh bien!... monsieur, soit! va pour le pistolet. Cela m'est égal. Je vous jure que cela m'est égal. Mon ami est là qui peut vous l'affirmer.

Pendant le temps que les témoins employèrent à charger les armes, Raymond manifesta un invincible besoin d'exercice. Il se promena à grands pas, revint plusieurs fois à l'épée remise en place par le comte, et, en jouant à plusieurs reprises, il la tira à moitié du fourreau et l'y renfonça. Son front était sombre, sourcilleux, et il fredonnait un air de vaudeville; au milieu de la pâleur de ses traits, sa bouche riait ironiquement.

Son témoin mesura trente pas sur le terrain; ensuite revenant au marquis :

— Peste soit des importuns! Voyez-vous là-bas, au bout de la pièce de luzerne, poindre ces trois ou quatre chapeaux... Nous risquons d'avoir des spectateurs.

— Allons, dépêchons, répondit le comte.

— Nous plaçons ces messieurs à la distance.

— Bien.

— Vous donnez le signal par le mot : *Marche.*

— Très-bien.

— Ils avanceront l'un sur l'autre et tireront à volonté.

— C'est pour le mieux... Je vous laisse faire, car je n'entends rien à vos combats au pistolet...

Et l'on put reconnaître, à la voix émue du vieillard et au tremblement nerveux qui agitait toute sa personne, un trouble extrême où il entrait de la colère et de l'angoisse.

Au signal convenu, les adversaires se mirent en mouvement. Raymond marchait ou plutôt glissait à petits pas, très-lentement et très-cauteleusement, tout le corps effacé avec soin, exposant le moins possible de surface et abritant en partie sa tête derrière son pistolet tenu dans une position verticale. Le comte fit quelques pas, de sa marche accoutumée, abaissa son arme, ajusta un instant, et le coup partit.

Raymond ne fut pas atteint. Dès lors, son allure prenant de la franchise, il cessa de s'effacer. Il se porta en avant, d'un pas souple et régulièrement cadencé, maintenant le haut du corps sans oscillation, afin que son bras demi ployé et son pistolet abaissé se préparassent bien à saisir la ligne droite, et que sa main et son œil ne perdissent rien de leur fermeté et de leur aptitude. Une grande partie était déjà franchie qu'il ne s'était pas encore décidé à tirer.

Les témoins s'alarmèrent. Le vieillard, les bras raidis sur sa canne, le cou tendu, les joues creuses, les lèvres entr'ouvertes, l'œil fixé sur Raymond, portant sur ses traits la blancheur et l'immobilité du marbre, semblait avoir perdu le sentiment de sa propre existence. Cependant l'excès de l'anxiété croissante réveilla un reste de facultés :

— Tirez donc, monsieur, tirez! cria-t-il d'une voix forte et du ton du commandement.

— Et la limite! s'écria tout à coup l'autre témoin en

se frappant le front de la main avec violence... Nous n'avons pas marqué de limite entre eux... L'apparition des chapeaux m'a fait perdre l'esprit. Nous avons oublié de régler à quelle distance chacun sera tenu de s'arrêter.

Et il se précipita vers Raymond.

— Malheureux ! veux-tu donc te déshonorer ?

Celui-ci était arrivé à deux pas du comte. Son œil s'était enfin incliné sur l'arme et couvait à la fois le point de mire et la victime.

En face de la mort, qui gagnait à chaque seconde du terrain, le brave jeune homme était là immobile, sans avoir un moment sourcillé, ses bras croisés sur sa poitrine, son œil lançant l'éclair et sa lèvre le mépris.

— Grâce !... ne tirez pas !... Il a une mère !

C'était la voix du vieillard, dont l'accent déchirant eût amolli le cœur d'un tigre.

— C'est vous qui avez exigé le pistolet, lui jeta froidement pour réponse le monstre sans détourner la tête.

Et son doigt pressa la détente.

Les bras de la victime s'ouvrirent, la tête se pencha, puis le corps, et il tomba la face contre terre. Le meurtrier fut forcé de reculer pour que ce corps ne vînt pas heurter contre lui dans sa chute.

Quand le témoin de Raymond arriva à portée de lui saisir le bras, l'acte infâme était consommé.

— Qu'as-tu fait ? Il avait une fois épargné ta vie.

— Va-t'en au diable ! Qu'avait-il besoin d'être comte et de me faire grâce, encore ?

A peine il achevait le dernier mot que sur sa tête s'appesantit la lourde canne du marquis. Etourdi par la violence du coup, et déjà épuisé par les émotions de deux combats, ses jambes fléchirent, il tomba à genoux, tout à côté de ce corps gisant, sur lequel ses mains implorant un appui se posèrent, et d'où elles se retirèrent tachées de sang.

— C'est un guet-apens, balbutia-t-il d'une voix presque éteinte... un assassinat.

— Misérable ! s'écria le spontané justicier, c'est toi qui es l'assassin ; moi, je suis le bourreau.

— Vous me rendrez raison... tout votre sang...

— Avec toi un duel ! poursuivit le vieillard, que l'ami de Raymond contenait et empêchait de redoubler son attaque. Va demander aux bagnes un adversaire digne de toi. Prie l'enfer de ne jamais t'envoyer devant moi quand j'aurai entre les mains une arme plus sûre ; car, je te le jure, je te tuerai sans te laisser le temps de te mettre en défense ; je te tuerai par derrière, comme on écrase un serpent.

Et, se penchant sur le corps de la victime, il souleva cette gracieuse tête, maintenant souillée de terre et de sang, et sa main cherchait à surprendre un dernier battement du noble cœur qui avait animé cette triste dépouille.

— Raymond, disait l'ami, laisse là ce vieillard, sa douleur extravague.

— Plus tard...

— Eh bien ! oui, plus tard ; mais maintenant, viens... Les coups de feu ont attiré du monde... Songe à ta sûreté, à la mienne. Diantre ! la cour d'assises ne plaisante pas en matière de duels... Monsieur, je vous envoie vite le chirurgien.

Et tous les deux disparurent.

Le chirurgien constata que la balle avait perforé le crâne, à un doigt au-dessus de l'arcade sourcilière gauche et s'était logée dans le cerveau.

— Cet homme est mort, dit-il.

— Mais, docteur, placez votre main sur le cœur ; il me semble qu'il bat, la poitrine se soulève.

— La vie de sensation et de volonté est éteinte, ajouta le docteur en secouant la tête.

— N'est-il donc plus aucune ressource ? Ne voyez-vous rien à tenter ?

— Je puis pratiquer une saignée.

— Ma fortune, si vous le sauvez.

Un sourire presque imperceptible erra sur les lèvres du docteur, sans toutefois que la bienveillante gravité de sa figure en fût compromise. Non plus animé par la foi en la science, mais soutenu uniquement par cet esprit de charité patiente qui place quelquefois les hommes de son art si haut dans l'échelle de l'humanité, il prodigua ses soins à cet objet où il ne voyait plus qu'un cadavre, mais en qui la douleur d'un autre homme ne pouvait se résigner à ne plus retrouver un ami.

Le domestique du comte et trois ou quatre curieux survenus successivement l'entouraient, regardaient et aidaient du moins mal possible. Tout en remplissant son pieux office, qui nécessita plus d'une pause, le chirurgien hasardait une question sur les circonstances du combat. Le vieillard commençait une phrase de récit qu'il interrompait par des cris déchirants, suivis de lamentations touchantes et d'anathèmes contre l'assassin ; et puis il revenait au récit pour l'interrompre de nouveau par une soudaine et folle exclamation de joie échappée à son ardente et naïve espérance.

— Mais, docteur, je vous assure que la poitrine vient de se soulever très-fort. Sentez donc, sentez donc comme le cœur bat bien mieux.

Comme il disait cela, le cœur, après avoir fait, il est vrai, encore un mouvement, s'arrêta pour jamais.

— Transportez le mort dans la voiture, dit tristement le docteur.

Le vieillard perdit connaissance. Les deux amis furent emportés l'un près de l'autre.

Lorsque tous deux eurent été placés dans le fiacre et que les curieux furent restés seuls sur le terrain :

— Un beau jeune homme ! dit l'un d'eux. Qu'est-ce que ça pouvait avoir d'âge ? vingt ans.

— Tout au plus.

— Savez-vous son nom ?

— Je l'ai entendu dire au domestique : le comte de Lavernay.

— Je croyais qu'entre bourgeois ils ne se battaient qu'au bois de Boulogne.

— J'en ai vu aussi à Vincennes, à Meudon.

— Depuis que pour un duel on va en justice, ajouta un troisième mieux informé, ils préfèrent un champ écarté. Les bois sont trop surveillés.

— C'est égal, ils ont là de singulières manières de se battre. La vie d'un homme peut dépendre d'un témoin bien ou mal choisi. C'est un grand malheur quand on a pour témoin un étourdi ou un imbécile.

— Quant aux duellistes, comme ce monsieur qui vient d'assassiner l'autre, lorsqu'il en passe un dans la rue, on devrait crier au loup enragé et faire contre lui une battue. Pour les exterminer, on devrait se lever en masse.

En attendant, c'est à qui ne s'y frottera pas le premier, et ils tuent tout le monde en détail.

LE TRONÇON D'ÉPÉE.

La scène qui venait de se passer n'était pas de nature à calmer les sentiments de haine que Fortuné entretenait contre Raymond. Lors du châtiment infligé par la main, hélas! impuissante du vieillard, il avait applaudi par un cri d'encouragement. Demeuré le dernier sur le terrain du combat :

— Il n'y a, se dit-il, qu'une voix sur son compte. Quelqu'un a dit le vrai mot : un loup enragé; celui qui en délivrera la société fera une action superbe. Ainsi donc, qui a été insulté tue, c'est l'usage. Et cependant, moi, je me suis laissé traiter de la manière la plus outrageante, et devant elle! et sans avoir même essayé d'en tirer la moindre vengeance. Il vit! elle doit me croire le plus lâche des hommes!

Son pied heurta quelque chose à terre, l'un des tronçons de l'épée brisée, celui de la pointe. Il le ramassa et l'examina avec soin : le tronçon était d'une bonne longueur, la pointe aiguë et forte; en tout, un poignard très-convenable. Sans se rendre compte de l'enchaînement de ses idées, peut-être uniquement par cette disposition, naturelle aux gens du peuple, à découvrir dans le plus insignifiant débris une valeur et un profit à recueillir, il plaça sa trouvaille sous son vêtement. Depuis qu'il avait reconnu que le terrible M. Raymond lui-même pouvait avoir ses moments de peur, le timide élève de Birouste avait appris à prendre quelque confiance dans son propre courage.

Il se rendit ensuite chez Madeleine, dont les visites régulières à l'Hôtel-Dieu lui avaient été si douces et les furtifs cadeaux de comestibles si agréables. Il lui exprima longuement sa reconnaissance. L'excellente Madeleine était la seule créature avec qui il eût pu prendre l'habitude de causer à l'aise.

La conversation amicale suivait donc son cours à côté d'une soupe aux choux, d'un suave parfum, qui murmurait sur un réchaud, et à travers la criaillerie de quatre marmots qui s'agitaient par la chambre, lorsque la clef, qui, dans ces humbles logements, quitte rarement le dehors de la porte, vint à tourner dans la serrure, et les vieux gonds à gémir, et les sabots des petits enfants à courir.

— Voulez-vous bien vous taire, démons! cria Madeleine.

— J'ai frappé deux fois, dit une voix, sans que l'on m'ait répondu.

Fortuné tournait le dos à la porte... cependant il avait pâli : c'était la voix d'Henriette.

C'était, comme on le sait, le vendredi, vers midi, que la jeune ouvrière devait être envoyée par mademoiselle Simonin chez la soi-disant tante de Raymond Perrot. Henriette entrait chez Madeleine en se rendant chez madame Delacour.

— Arrivez! arrivez! dit Madeleine. Vous voyez notre malade guéri. L'administration l'a mis enfin à la porte. Je n'en savais rien moi-même; le chirurgien en chef ne nous avait promis sa sortie que dans deux jours... Vous veniez me demander de ses nouvelles? c'est lui qui vous en donnera... Mais entrez donc. On dirait vraiment qu'elle en a peur. Est-ce parce que c'est un revenant?

Fortuné ne trouvait pas la force de se lever. Henriette avait beaucoup rougi et cachait de son mieux son joli visage en embrassant les marmots qui se suspendaient à sa robe.

— C'est que, voyez-vous, Fortuné, continua l'indiscrète amie, quand, par hasard, le temps m'avait manqué de porter de vos nouvelles à mademoiselle Henriette, j'étais bien sûre de la voir accourir ici. Vous n'imaginez pas quelle part elle a prise à votre accident!

Henriette rougit davantage et se pencha de plus belle vers les enfants.

— Voulez-vous laisser mademoiselle en paix, méchants sujets?

— Point! point! ils ne m'incommodent nullement, ils sont si gentils!

Et après un moment de silence :

— Il est bien naturel, ajouta-t-elle, de concevoir de l'inquiétude pour quelqu'un qu'on sait malade... en danger... surtout quand il souffre pour une si noble cause, quand il a exposé sa vie pour sauver celle d'un autre... C'est une action admirable.

Cependant Fortuné s'était enfin soulevé à demi. Sa bouche s'entr'ouvrit.

— Oh! dit-il avec la bêtise admirable de la passion, c'était pour vous, mademoiselle Henriette!

Et ses forces parurent l'abandonner.

— Eh! mon doux Jésus! dit Madeleine, est-ce qu'il va se trouver mal?

— Non, non. Je me sens bien, très-bien.

— Ne voilà-t-il pas qu'il pleure! Et de grosses larmes, encore! Mon pauvre ami, ni mademoiselle ni moi n'avons envie de vous causer du chagrin. Rassurez-le donc, mademoiselle.

Henriette oubliait de répondre. Elle contemplait, pensive, ce visage pâle, inondé de larmes. Elle n'avait pas vu Fortuné depuis sa visite à l'Hôtel-Dieu.

— Quelle expression! se dit-elle, quand il a prononcé le mot Henriette, son visage s'est transformé : il y avait de la force et de la candeur à la fois, un regard illuminé, une certaine beauté nouvelle en lui que le cœur admire et qu'on ne saurait définir... Il pleure... personne plus que moi ne s'afflige de voir souffrir, eh bien! ce que j'éprouve à le regarder n'est pas de la compassion... C'est bien mal, j'ai honte à me l'avouer, mais c'est plutôt une certaine joie.

A la justification d'Henriette, hâtons-nous de dire que l'émotion à laquelle avait cédé Fortuné n'avait rien d'alarmant. Bientôt il fut le premier à plaisanter sur cet instant de faiblesse.

— Croyez bien que c'est la première fois, dit-il, que pareille chose m'arrive.

Henriette accepta de se reposer chez Madeleine. Celle-ci, qui voulait conserver beaucoup d'espace libre, afin de pouvoir vaquer aux travaux du ménage et aussi dans l'intérêt de ses moutards vagabonds, plaça ses deux hôtes dans l'embrasure d'une fenêtre, leurs deux chaises en regard, et très-rapprochées par les exigences du lieu. Madeleine venait fournir son contingent dans le dialogue et puis courait à son réchaud ou vers un marmot en détresse. C'était presque un tête-à-tête; Fortuné ne s'était pas encore senti aussi heureux.

— Voulez-vous savoir, mademoiselle, dit Madeleine, le souci qui n'a pas cessé de trotter dans cette bonne tête pendant toute sa maladie? Est-ce que mademoiselle Henriette va se marier? demandait-il.

Henriette répondit d'un ton très-grave :

— Je ne pense pas avoir confié à personne que je sois dans une telle intention.

— J'avoue, poursuivit Madeleine, que, dans les commencements, j'ai été pour le beau monsieur qui a voiture ; mais depuis... un établissement magnifique, c'est vrai... cependant...

— Madeleine! Madeleine! reprit Henriette.

Et sa voix suppliait.

— Suffit; on se tait : ce qui n'empêche pas d'avoir deviné ce qu'on a deviné.

Après un court silence, Henriette eut l'air de regarder dans la rue. Son attention parut tout entière absorbée à suivre de l'œil le chapeau des passants, ce qui ne l'empêcha pas de jeter, avec une négligence rapide et sans détourner la tête, ces quelques mots à Fortuné :

— Cela vous causerait donc bien du plaisir de me voir mariée?

— Si c'était pour votre bonheur!... répondit Fortuné, qui sympathisait à ce bonheur-là avec une tristesse à fendre l'âme.

— Le bonheur! reprit la coquette d'un ton léger, et reportant son regard dans la chambre : qui peut se flatter de rencontrer le bonheur en ménage?

— En ménage, dit Madeleine, qui s'était rapprochée, on rencontre les maux de toutes sortes et la misère.

La douce Henriette répondit par une ondulation du col et un port de tête gracieux et fier. Elle semblait dire qu'il était telles femmes au-dessus de ces craintes vulgaires et qui n'auraient que des peines morales à redouter.

On discuta sur le séduisant, mais périlleux sacrement du mariage, vénérable hochet de tant d'interminables discussions, qui a traversé les siècles toujours nou veau et propre à faire jouer les esprits. On fit dans la mansarde de la métaphysique amoureuse sans s'en douter, sinon dans les mêmes termes, du moins avec autant de plaisir que dans les salons.

Lors d'une fluctuation assez prolongée de Madeleine autour de son réchaud :

— Quant à moi, dit Henriette, résumant ses opinions, je suis très-exigeante, je prétends me savoir vraiment aimée. Si un jour je me marie, c'est que j'aurai rencontré quelqu'un qui m'aimera bien!... Je ne trouverai jamais que l'on m'aime assez... C'est si beau, mais si difficile de bien aimer!

Le ton de fol enjouement sur lequel la phrase avait été commencée se fondit graduellement dans une émotion presque solennelle.

— Qui pourra vous aimer autant que vous le méritez? dit tout bas Fortuné.

Et il s'aventura à lever sur la jeune fille un timide et brûlant regard.

Madeleine revenait.

— De mon côté, s'empressa de poursuivre Henriette, oh! j'apporterai à mon mari une belle dot en amour.

— Vous pensez donc toujours au beau monsieur? dit Madeleine... Enfin, il vous fera riche, et c'est là le grand point.

— En vérité, Madeleine, vous êtes insupportable, dit Henriette, piquée sérieusement. Je vous le répète, épargnez-moi vos insoutenables suppositions. Je n'ai pour le moment l'intention d'épouser personne, et, grâce à Dieu, je n'ai pas le cœur vil. Je n'aimerai jamais un homme parce qu'il sera riche... Je la déteste, votre richesse, retenez-le bien. Je me sens au contraire un faible pour les gens pauvres... Je veux un mari pauvre... je veux pouvoir me dire que je suis sûre de l'aimer pour lui-même, et non pour son argent.

— Mon Dieu, mademoiselle, ne vous fâchez pas; ce que j'en ai dit...

— Et vous, monsieur Fortuné, dit Henriette en reprenant son sourire, qu'est-ce que vous chercherez en ménage? l'argent?

Fortuné ne pouvait répondre, abîmé dans une indicible joie d'avoir appris de la bouche d'Henriette que, pour le moment, elle ne songeait nullement au mariage.

— Si une belle madame venait tout d'un coup à se prendre d'amour pour vous... hein! et qu'elle vous demandât de l'épouser, qu'est-ce que vous répondriez? ajouta Henriette.

— Il dirait oui, cent fois oui, assura Madeleine.

— Laissez-le donc répondre lui-même.

— Je vous garantis qu'il dirait oui... Pourrait-on, sans être fou, manquer l'occasion de faire fortune?

La question avait atteint l'oreille de Fortuné, mais était demeurée insaisissable à son intelligence. Une belle dame riche et de l'amour pour lui! c'étaient deux points perdus dans des espaces imaginaires et à un tel écartement, que sa chétive raison avait trébuché tout d'abord à construire et prolonger l'angle qui pût les rassembler. Il avait ouvert de grands yeux inquiets et les tenait attachés sur les yeux d'Henriette.

Un nouvel incident éloigna Madeleine. Henriette, baissant un peu la voix et regardant de nouveau dans la rue :

— Vous avez esquivé de nous dire si vous recherchiez la fortune dans un établissement, oui ou non. C'est égal, nous saurons votre opinion le jour où vous vous marierez.

Comme il crut remarquer dans sa voix un accent étrange et un certain trouble, Fortuné, qui craignit de l'avoir offensée, se décida à répondre :

— Je dois l'avouer, je n'avais pas bien entendu votre question.

— N'importe. Nous verrons plus tard. Je vous attends au jour où nous apprendrons la nouvelle de votre mariage.

— De mon mariage! répéta avec stupeur le pauvre garçon, qui ne croyait pas compter parmi les humains pour quelque chose d'aussi grave.

— Est-ce que vivre ainsi, toujours seul, ne vous semble pas bien triste?

— Je vous ai toujours connue bonne; c'est la première fois que vous raillez.

— Je ne raille pas, reprit-elle de sa voix la plus angélique : Le moment viendra où vous songerez à cela.

— Jamais.

— Oh! on répond ainsi jusqu'au jour où on se marie.

— Moi, mademoiselle! moi, sans parents, sans amis, dans la misère la plus profonde.

— Raison de plus; trouvez-vous donc la pauvreté un fardeau si léger qu'on soit assez d'un pour le porter?

— Souhaiter une femme pour m'y aider serait une lâcheté.

— Mais si elle s'en trouvait heureuse?

— Impossible.

— Vous vous trompez. Moi, par exemple, je pense que, dans ce monde, il faut payer son tribut au malheur... Et si j'étais dans la gêne, dans le besoin près d'un homme que j'aimerais, je me prendrais, je crois, à bénir cette douleur, pensant qu'elle m'en épargne d'autres plus amères.

— Mon Dieu! mademoiselle, dit Fortuné, tremblant de tout son corps, pourquoi me dites-vous des choses semblables?...

— D'ailleurs, reprit Henriette d'un air capable, on peut trouver une jeune ouvrière qui ait été laborieuse et possède quelques épargnes. Hélas! très-peu de chose, mais enfin de quoi parer à un accident, de quoi subvenir aux frais d'une maladie, si, par malheur, l'un des deux tombait malade... Pour peu que le mari soit actif, intelligent (et vous êtes tout cela, je n'en doute pas), quelque pauvre qu'on se trouve en entrant en ménage, le moment ne peut manquer de venir où le diable se lasse d'habiter la maison... En attendant, on met l'un et l'autre sa confiance en Dieu!... Un homme de votre âge a devant soi tant de belles années! Lorsque vous rentrez le soir, épuisé de fatigue, vous trouvez un repas préparé, un feu qui vous rit, une compagne qui vous fait accueil. Avez-vous un chagrin? vous le lui confiez. Une bonne cau erie avec elle vous remet du baume dans l'esprit et de la joie au cœur. Le lendemain, vous repartez pour votre tâche avec une ardeur nouvelle.

En parlant ainsi, elle avait tenu son visage dirigé vers la rue, de manière à ne livrer aux regards de Fortuné que les lignes de son gracieux profil.

Celui-ci écoutait comme plongé entre la veille et le sommeil. Cette sorte d'ivresse lui donna une audace inouïe : il osa prendre une blanche main dans les siennes et l'y presser doucement, en même temps que de sa bouche s'échappa ce nom qui lui était si cher, ce nom, qu'il avait si souvent répété dans ses songes :

— Henriette!

La jeune fille ne parut point blessée de cette familiarité. Sa tête se retourna lentement, par un mouvement souple et lent. Sous les longs cils de ses beaux yeux, que les paupières voilaient à demi, son regard glissa furtif et tendre et vint confondre sa flamme humide dans la flamme qui débordait à longs traits des yeux de Fortuné.

Madeleine se rapprochait; la jeune fille reporta vivement ses regards vers la fenêtre.

— Qu'avez-vous donc, dit la bonne femme, à tenir toujours vos beaux yeux de Sainte Vierge fixés là-haut?... On dirait que vous regardez les étoiles.

— Les étoiles à midi! balbutia Fortuné, pour se donner une contenance.

Henriette sourit avec une douceur ineffable.

— Pourquoi non? dit-elle en appuyant son regard sur Fortuné; on aperçoit souvent avec les yeux de l'âme de beaux et purs rayons du ciel, quoiqu'ils restent cachés sous le plus épais voile.

Fortuné fut près de tomber à genoux.

— A la bonne heure, dit Madeleine, qui ne comprenait rien du tout; où en sommes-nous de la discussion?... il me semble qu'elle vous a animés tous deux.

— Moi... non... je suis calme... très-calme, dit Fortuné, qui tremblait comme une feuille.

Henriette se hâta de chercher son mouchoir par terre, où il n'était pas, pour cacher son visage à Madeleine.

— On m'attend pour me donner de l'ouvrage, dit-elle : je devrais déjà être loin d'ici.

Puis, quand elle eut senti la rougeur brûlante de ses joues se dissiper, elle reprit avec plus d'assurance :

— Voilà, Madeleine, un incrédule que je vous recommande... Il faut le convertir au mariage.

— Quant à ça, répondit Madeleine, c'est vrai. Le mariage n'est pas une si mauvaise chose qu'on pourrait croire. Je vous assure, Fortuné, que le mariage a du bon. Tenez, moi-même, par exemple, quand il arrive, par hasard, que Tronche n'a pas trop bu, quand les coups ne pleuvent pas et que je me sais dans l'armoire tout un pain de huit livres pour les mioches, il me prend comme une envie d'être gaie, et je m'avoue que j'aurais eu du chagrin de mourir fille... Et puis, regardez-moi ça... Et elle embrassait les enfants. — Quand ça veut bien n'être pas méchant, quand ça aime sa pauvre mère, est-ce qu'il n'y a pas là une assez bonne raison pour pardonner au mariage!... Vous partez seule, mademoiselle; ce garçon se fera un plaisir de vous accompagner.

— Non, non, vraiment. Ses jambes de convalescent ont besoin de repos... Et puis, ajouta-t-elle en riant avec malice, je redoute la société des égoïstes qui détestent le mariage. Et elle s'enfuit.

— Fortuné, dit Madeleine en pesant d'un ton important ses paroles, voulez-vous savoir une idée qui me vient? C'est qu'elle n'a pas du tout l'intention d'épouser le beau monsieur.

— Mais cela est positif. Elle a dit qu'elle détestait la richesse! qu'elle ne prendrait jamais un mari riche!... Il me semble bien qu'elle l'a dit. N'est-il pas vrai que vous avez entendu qu'elle l'a dit?...

— Voulez-vous savoir aussi une autre idée? Mais pour celle-ci, n'en abusez pas... Gardez-moi le secret... C'est qu'elle est loin d'avoir pour vous de l'aversion.

— Vous aussi, vous me témoignez de l'amitié. Vous non plus, ne me haïssez pas, dit Fortuné en soupirant. Qu'est-ce que cela prouve?

— Vous faites semblant de ne pas m'entendre. Elle prend à vous de l'intérêt.

— Vous voulez me forcer à compter votre or avec vous, ou bien vous jouez l'innocent. Allons donc! soyez content. Je dis qu'elle vous aime, qu'elle vous accepterait pour mari... là donc!

— Aimé! aimé d'elle! Vous pensez qu'elle puisse jamais m'aimer! Je ne sors donc point d'un rêve? c'est une réalité: aimé d'elle! Ah! d'aujourd'hui je respire... je vis! j'aurai de la force, du courage. J'aurai de l'intelligence; tout me réussira. Le hasard, les bonnes chances maintenant, tout est pour moi... Madeleine! aimé d'elle!... aimé d'elle!...

En disant cela, il sortit comme un insensé et se mit à courir dans la rue.

Sa tête était en feu; il n'avait aucune idée distincte, mais la passion l'entraînait sur les pas d'Henriette; il voulait, autant que sa raison troublée pouvait vouloir quelque chose, rejoindre Henriette et lui demander s'il était bien vrai qu'elle l'aimât!

D'abord son instinct le servit parfaitement : en allant au hasard, il prit justement la rue que suivait la jeune fille; et, après avoir longé quelques maisons, il l'aperçut à peu de distance devant lui... Mais le génie de Fortuné n'alla pas plus loin : s'approcher d'Henriette, trouver des paroles qui pussent rendre ce qui se passait en lui, était bien au-dessus de ses forces... A cette seule pensée, le pauvre garçon se sentait mourir de timidité... Il sentait d'ailleurs que ce jour était déjà trop beau, qu'il ne fallait rien demander de plus à Dieu pour ce jour...

En effet, Fortuné, lui aussi, malgré l'influence de sa triste étoile, avait un moment de bonheur dans son existence... un moment! juste ce qu'il faut pour regretter la vie!

Nous savons que Henriette, confiante en la parole de mademoiselle Simonin, se rendait en ce moment chez madame Delacour, de la meilleure foi du monde, pour y prendre de l'ouvrage.

Fortuné la suivait de loin, pressant son pas quand quelque obstacle le séparait d'elle, ralentissant sa marche quand la distance ne lui paraissait plus convenable.

Ils s'enfoncèrent ainsi dans le quartier qui avoisine le Palais-Royal, là où l'industrie mercantile et le vice, les fleurs et la vermine d'une capitale brillent et pullulent pêle-mêle avec le plus d'éclat et d'effronterie.

Au coin d'une rue, Fortuné remarqua un tilbury vide sous la garde d'un groom. Il reconnut le cheval et le domestique de Raymond; sans doute le maître n'était pas loin. Cette pensée lui fut amère. Elle fut, dans le ciel radieux de son imagination, ce qu'est, par un beau jour d'été, sous l'immense coupole d'azur, le point noir qui va s'étendre et devenir bientôt la nuit et l'orage.

UNE MAISON BIEN TRANQUILLE.

Dans la rue la plus sombre du quartier des halles, était un petit hôtel garni nommé, d'après son enseigne, *le Soleil de Provence*, et que, dans le voisinage, on appelait par abréviation *le Soleil*.

Cette maison était tenue par madame Delacour.

Par vertu ou par spéculation, cette dame avait apporté les plus grands soins à ce que son hôtel conservât une réputation intègre. Bien qu'on y reçût grand nombre de commis et de jeunes ouvrières trop novices pour être encore dans leurs meubles, la surveillance était si grande et le choix des locataires si parfait que nul scandale ne s'y était jamais montré.

Si l'hôtel était pauvre, lézardé, meublé de vieilleries, du moins l'ordre et la sécurité y régnaient. On ne pouvait louer à moins d'un mois; on ne fumait ni dans la cour ni sur l'escalier; on ne devait plus jouer de la flûte ou du violon passé dix heures du soir; il était absolument défendu aux messieurs locataires de recevoir dans leur chambre autre personne que leurs amis. La porte était fermée à minuit.

Ce fut dans cette maison que Henriette pénétra. Une longue allée noire s'offrit à elle; après l'avoir traversée, elle se trouva devant la loge du concierge.

Le couple de portiers était composé d'un gros chien et d'une vieille femme, tous deux blottis dans un bouge sombre, tout tapissé de clefs et de flambeaux. Le chien, revenu de ses commissions, dormait dans les cendres; la vieille ayant terminé ses ménages, promenait ses doigts sur un jeu de cartes étalées en poursuivant les chances d'une *réussite*.

Dès que madame Camarde, la portière, eut aperçu Henriette à la gracieuse et digne prestance, elle sortit de sa loge de l'air le plus engageant.

— Mademoiselle veut une chambre, dit-elle, on va lui montrer cela... la maison la plus tranquille!.. une demoiselle rangée ne saurait mieux se loger!... Précisément la chambre verte est à louer. . C'est heureux, vraiment! car on n'a pas toujours de place *au Soleil*! mais, quand on y est, on n'en veut plus quitter; c'est propre, décent, bien tenu, allez! on ne jure que par notre hôtel dans tout le quartier; c'est *le Soleil* qui fait le jour et la nuit.

Henriette l'interrompit pour lui dire qu'elle désirait seulement parler à madame Delacour, la maîtresse de la maison, laquelle l'avait fait demander pour lui donner de l'ouvrage.

La portière, d'un air un peu moins aimable, conduisit Henriette au salon où se tenait la dame du lieu.

Madame Delacour avait une figure toute bénévole et patriarcale. L'embonpoint et la fraîcheur rubiconde de ses cinquante ans étaient simplement ornés d'une robe de satin vert, d'une écharpe coquelicot et d'un bonnet à fanfreluches orange. Elle reçut la jeune ouvrière avec beaucoup d'urbanité et lui dit qu'elle allait la conduire chez la dame qui désirait lui donner des robes à faire.

Il est difficile de comprendre comment madame Delacour avait pu entrer dans les projets de Raymond, elle qui avait des principes si austères, elle qui, malgré sa rotondité et son teint fleuri, disait chaque jour qu'elle se tuait le corps et l'âme à maintenir les bonnes mœurs dans sa maison.

Le fils de l'épicier, amoureux d'une certaine demoiselle Mélanie, qui logeait au *Soleil de Provence*, avait autrefois loué une chambre dans ce même hôtel pour la voir avec plus de facilité; il était donc ancien et généreux locataire de la maison et fort bien venu de la maîtresse et de la portière. Comme son intrigue avec Mélanie n'avait été connue que de cinq ou six amies intimes de la demoiselle, et sans jamais se manifester d'une manière patente, madame Delacour avait pu fermer les yeux là-dessus, et Raymond demeurait pour elle un homme comme il faut, très-riche, très prodigue, et qui d'ailleurs lui imposait par son expression hautaine, par ce regard magnétique et puissant, pourvu d'une force d'intimidation extrême sur les êtres vulgaires.

Peu de jours auparavant, il était venu dire à madame Delacour qu'éperdûment épris d'une jeune fille de vertu irréprochable, et, sur le point de l'épouser, il avait besoin de lui parler un instant en particulier pour la décision d'affaires importantes; mais que la sagesse de la belle Henriette se refusant à toute espèce de rendez-vous, il avait pensé à la voir dans cet hôtel, et pour l'y attirer s'était permis de mettre en avant une dame de la maison qui aurait demandé la jeune couturière pour lui donner de l'ouvrage.

Il avait mis dans cette explication la simplicité et l'aisance qui ne semblent pouvoir cacher aucune mauvaise intention, le regard ouvert qui éloigne toute idée de mensonge, et le ton seigneurial qui ne suppose pas de refus.

La digne madame Delacour ne se défia point de ses paroles. Cependant, ne trouvant pas convenable qu'une jeune personne entrât dans la chambre de M. Raymond, quelque fût le respect dont celui-ci devait user envers elle, elle avait seulement exigé que l'entrevue eût lieu dans la chambre verte, vacante en ce moment, et s'était engagée à y conduire la demoiselle, que son futur époux viendrait ensuite entretenir de ces graves affaires qui l'occupaient.

Cette chambre verte était située au troisième étage, au fond d'un long couloir percé de plusieurs portes numérotées. Madame Delacour, après y avoir introduit Henriette, la fit asseoir sur un canapé et se retira en disant, avec un sourire, qu'elle ne pouvait tenir compagnie à Henriette, mais que la personne qui désirait la voir se trouverait bientôt là...

Henriette, bien éloignée de concevoir aucun soupçon, avait d'ailleurs accompli cette démarche relative à son état de couturière avec une complète distraction.

Assise sur ce canapé, sans regarder autour d'elle, elle tenait la main appuyée sur son cœur. Il y avait sur ses traits une empreinte de tendresse indicible et de noble courage. Encore sous l'impression de la scène d'amour qui venait de se passer chez Madeleine, elle sentait avec cette conviction si pleine d'enivrant bonheur qu'elle aimait de toute son âme. Mais surtout elle était fière d'avoir dédaigné, dans son choix, les avantages extérieurs, les superficiels attraits de la figure, d'avoir été chercher, sous une enveloppe dépouillée de charme, cette âme admirable pour s'unir à elle; elle était fière de déployer dans son amour une généreuse puissance, de rendre tout le bonheur qu'il méritait à ce pauvre être condamné par la nature et le monde à une éternelle misère.

Le bruit de la porte qui s'ouvrait tira Henriette de sa rêverie.

Elle vit entrer madame Camarde, tenant sous le bras des serviettes, des assiettes, de l'argenterie, et qui se mit à arranger le tout sur une table dressée au milieu de la chambre.

Sur les pas de la portière arriva le gros chien, tenant, lui, un panier où se trouvaient des petits pains et des bouteilles cachetées.

Puis tous deux redescendirent.

A un second voyage, madame Camarde apporta un pâté, des perdrix rouges, du saumon; et le chien, dans son panier tenu en équilibre, un fromage glacé et deux vases de fleurs.

Ils placèrent le tout sur la table dans la plus parfaite symétrie, et après avoir accompli leur service en silence, les deux portiers sortirent définitivement.

Henriette pensa que c'était l'heure du dîner pour la dame qui allait rentrer, et cet incident ramena ses idées vers le lieu où elle se trouvait.

Elle remarqua alors que rien dans cette pièce n'annonçait la présence habituelle d'une femme; aucun objet de toilette, aucun ouvrage d'aiguille. La jeune fille commença à s'étonner; elle voulut regarder l'heure, la pendule était arrêtée. Promenant ses regards autour d'elle, elle vit que le lit n'était point garni, qu'une armoire entr'ouverte était entièrement vide.

Cette chambre, certainement inhabitée, avec ce galant dîner tout servi, avait un air de mystère et d'intrigue que l'innocente Henriette ne s'expliquait pas, mais dont elle éprouvait la plus pénible impression. Son cœur se serra, et elle se sentit près de pleurer comme un enfant qui a peur d'être seul.

En ce moment elle entendit des accents plaintifs, puis des cris étouffés et déchirants partir de la chambre voisine, séparée de celle-là par une mince cloison.

Elle palpita de terreur... Quel que fût le sujet de ces cris, elle ne voulait plus que s'éloigner bien vite de cette suspecte maison. Elle s'élançait déjà pour sortir, lorsque Raymond entra et referma la porte à clef derrière lui.

Sans que Henriette sût pourquoi, la vue de Raymond en ce moment, l'expression impérieuse de son visage, son regard plus hardi qu'elle ne l'avait jamais vu, la glacèrent de crainte; elle retomba pâle et sans force sur le canapé.

Nous devons laisser un moment Henriette au milieu de son effroi instinctif, mais encore inexplicable, et rapporter ce qui se passait en même temps dans une autre partie de la maison.

Fortuné, en voyant Henriette entrer dans un hôtel garni qu'évidemment elle ne connaissait point, puisqu'elle en avait longtemps cherché le numéro, en voyant le tilbury de Raymond collé à la muraille à l'entrée de cette même rue, éprouva des soupçons vagues, quoique déjà cruellement pénibles... Il s'était retiré sous une porte-cochère en face de l'hôtel garni, lorsqu'au bout de quelque temps, il vit Raymond lui-même faire quelques allées et venues dans la rue, puis entrer par cette même allée par laquelle Henriette avait disparu.

— O démon! s'écria Fortuné, j'étais sûr de te revoir bientôt, dusses-tu sortir de dessous le pavé pour te trouver sur mon chemin.

Tout le bonheur de quelques instants bénis était déjà évanoui. Il était visible qu'un rendez-vous existait entre Henriette et le démon... Et Henriette s'y rendait au moment même où elle enchantait l'âme candide de Fortuné par la perspective d'un amour auquel il n'aurait jamais songé à atteindre! Ces douces paroles d'espérance, c'était donc une cruelle ironie! C'était un passe-temps pour attendre l'heure où elle devait rejoindre son amant!...

Cependant Fortuné dit seulement, dans son humilité naïve, dans son abnégation profonde, sans bornes :

— Elle ne pouvait pas m'aimer, moi, chétif; que suis-je auprès de ce beau Raymond?... J'ai eu tort d'espérer... Ce que je souffre est de ma faute...

En ce moment, pressant ses mains sur sa poitrine qui se brisait de sanglots, il sentit le fragment de lame d'épée ramassé sur le théâtre du duel.

— Quel avertissement! dit-il en frissonnant... Oui, c'est moi qui dois mourir; moi, né dans le malheur et pour le malheur; moi, qui n'ai jamais reçu sur cette terre un signe d'affection, un mot de tendresse; qui ne laisserai pas derrière mon cercueil un seul être qui le suive, un seul regard qui l'accompagne dans le sentier voilé du cimetière... Oui, j'irai devant mademoiselle Henriette, je saurai être calme... lui sourire... je lui dirai : Vous êtes heureuse, il suffit; je vous ai adorée sans rien demander, et je meurs sans me plaindre... Et puis j'enfoncerai cette lame dans mon cœur.

Fortuné, pâle comme la mort, mais fort de sa résolution, traversa la sombre allée de l'hôtel. Il ne savait dans quel endroit de la maison retrouver Henriette. Ne rencontrant personne, il traversa au hasard une cour intérieure et se trouva au pied d'un étroit escalier de desserte.

Dans cet endroit profondément sombre, Fortuné fut arrêté par un bruit et une apparition bizarres. Deux formes vagues, deux espèces de fantômes s'agitaient en jetant des exclamations d'impatience et de colère, mêlées de gémissements. Peu à peu Fortuné distingua ces paroles :

— Je te dis que Raymond me trompe!...

— Viens, Mélanie, viens, il faut que tu sortes un moment.

— J'ai vu une femme dans la chambre verte... à côté de la mienne.

— Eh bien!

— Un instant après, Raymond est venu du fond de la rue... j'étais à ma fenêtre... je l'ai vu.

— Après.

— Oh! je me suis mise à pleurer.

— Et à crier et jurer, c'est bien sûr.

Qu'il est laid! dit-elle. — Page 69, col. 2.

— Il va rejoindre cette femme !...

— Tu nous fais là une scène ridicule...

— Laisse-moi, Flore.

— Madame s'apercevra de tes folies... tu te feras chasser de la maison.

— Je veux remonter... le voir, le confondre...

— Certainement... un pareil scandale... ici !

— Oh ! je souffre... c'est comme un serpent qui vous ronge le cœur !

— Mélanie, tu me fais perdre la tête avec tes stupides jalousies.

Les yeux de Fortuné s'étaient faits à l'obscurité; il distinguait alors les deux personnes qui parlaient ainsi : deux grandes jeunes filles, grisettes de bas étage, aux cheveux rudes, aux mains noires, à la taille épaisse, libre de tout corset, et flottant dans des robes de tissu clair et de couleurs voyantes; bonnes grosses filles du peuple, déguisées en demoiselles, avec des oripeaux de rubans et de dentelles.

Mélanie se tut une minute... Le visage empourpré et le souffle haletant, elle étouffait de jalousie.

Son amie profita de ce moment pour lui adresser les plus frappantes remontrances sur la vanité des amours humaines, et fit force de bras et d'éloquence pour l'entraîner au dehors en répétant toujours que le grand air lui ferait du bien.

La pauvre insensée sortit de son silence par une explosion violente :

— Dire qu'il est là... près de sa maîtresse, et que je ne puis me venger !

A cette pensée, elle se frappa la tête contre la muraille. Une large blessure s'ouvrit à son front, et elle tomba sur les premières marches de l'escalier.

— Là ! s'écria Flore, voilà ce que j'aime ! se martyriser ainsi pour un ingrat.

Puis, apercevant alors Fortuné, qui s'était élancé pour soutenir la pauvre fille :

— Tiens ! un monsieur que je n'avais pas vu... c'est égal... Vous allez m'aider à la relever... Voyons, mets-toi debout, Mélanie... Elle ne répond rien... ça l'a abasourdie.

— Laissez-la un moment reprendre ses sens, dit Fortuné... Vous tâcherez ensuite de l'éloigner d'ici.

— Ah ! monsieur, ne prenez pas mauvaise opinion de Mélanie à cause de ce que vous venez d'entendre... Mélanie est une honnête fille... on pourrait dire la vertu même, si elle ne prenait comme cela des passions terribles pour l'un ou pour l'autre... Maintenant elle est coiffée de ce Raymond... Moi, j'ai bien vu qu'il ne s'en souciait plus guère de cette passion-là, et j'ai tout fait pour distraire cette pauvre amie... Je lui ai fait prendre orgeat, limonade, glace, enfin tout ce qu'elle aime... Je lui ai fait des contes à mourir de rire... Rien... Toujours ce Raymond en tête... Laisse-le donc là, ton damné Raymond, puisqu'il veut changer d'amour... Que t'en reviendra-t-il, quand tu te seras fait mourir pour lui ? Pauvre mignonne... Ah ! voyez, monsieur, je l'aime, moi, cette chère Mélanie... Cela me perce le cœur de la voir se mettre dans des états semblables pour un homme... Je ne comprends pas qu'on ait un amou-

L'active langue du lecteur bredouillait, bredouillait. — Page 77, col. 1re.

reux, moi, et je crois que pour un peu je tuerais le mien.

— Le sang coule encore un peu de sa blessure; mais elle est plus tranquille.

— Je vais la remettre sur ses jambes et lui refaire un peu de morale.

— Je crois qu'il vaudrait mieux transporter mademoiselle sur sur son lit.

— C'est encore vrai... la voilà à demi endormie... elle ne criera plus... Je vais appeler la mère Camarde pour nous aider à la porter... Holà! holà! mère Camarde!

Fortuné se trouvait par ces paroles enrôlé dans les services qu'il fallait rendre à mademoiselle Mélanie. Il avait bien assez cependant de ses peines à porter, et, dans ce moment, accablé d'un désespoir silencieux, résigné, mais dont il sentait instinctivement qu'il faudrait mourir, c'était un sublime effort pour lui de s'occuper de cette amoureuse désolée de Raymond; mais il n'était pas d'effort auquel la bonté de son cœur ne pût atteindre.

La portière arriva en clopinant et en disant du plus loin que l'on put l'entendre :

— Vous faites bien du bruit au pied de cet escalier, mesdemoiselles.., madame est au salon, et gare qu'elle ne descende!

— Hélas! ma bonne la Camarde, reprit Flore, c'est Mélanie qui est dans ses maux de nerfs... Cette pauvre colombe, ça la fait courir comme une furie... Aide-moi à la remettre sur son lit sans que madame se doute de rien... tu n'en seras pas fâchée, vrai!

— Vous avez la langue plus dorée que la main; vous me devez encore une pièce de dix sous de la dernière fois que je vous ai tiré le cordon après minuit.

— Mélanie est en argent, elle paiera pour nous deux.

— Allons, dit la portière en soulevant la pauvre blessée, qu'est-ce donc que nous avons? Toujours ce grand Raymond qui nous fait du chagrin!... C'est rien du tout, pourvu que madame ne s'en aperçoive pas.

Ce ne fut pas trop de trois personnes pour porter la grande et forte Mélanie sur un escalier grimpant et obscur jusqu'au troisième étage, tandis que la pauvre fille murmurait encore :

— Je vous dis qu'il est avec cette femme!... dans la chambre verte... tout à côté de la mienne!

Ce fut ainsi que Fortuné apprit l'endroit de la maison où Raymond et Henriette étaient réunis dans un clandestin tête-à-tête.

Lorsque Mélanie fut arrangée du mieux possible sur son lit, Flore et la portière, la voyant assoupie, sortirent de sa chambre.

— Monsieur demande sûrement madame Delacour? dit la portière.... Il ne faut pas que monsieur se donne la peine de repasser de ce côté; il va suivre le corridor tout du long et descendre le grand escalier; le salon est au premier.

— Là, dit Flore; à présent, je vais prendre quelque chose pour me remettre.

— Moi, dit la portière, je retourne à mes cartes...

Montmartre. — Imp. Pilloy.

J'avais commencé la plus belle *patience*. Voyons si je pourrai bien la finir cette fois.

Là-dessus, la Camarde et mademoiselle Flore reprirent le casse-cou, laissant Fortuné dans le sombre couloir du troisième, qui, outre la chambre verte et celle de Mélanie, ne desservait guère que des pièces de débarras.

Le malheureux était là, devant la porte de cette chambre où Henriette était venue volontairement rejoindre Raymond. Là, si près d'eux! C'étaient les derniers instants de sa vie... Et il devait les passer dans de telles angoisses!

Ce qu'il souffrit dans cette situation est impossible à rendre. Fortuné, en toute circonstance, sentait d'autant plus vivement que, la pensée étant faible et inculte chez lui, toute sa vie s'épuisait à sentir. Avec l'âme si aimante que la nature lui avait donnée, avec la foi pieuse qu'il avait toujours eue en la pureté d'Henriette et la révélation affreuse qui venait de lui montrer sa folle erreur, il n'était pas de tourment qui ne passât en lui, pas de pleurs de rage ou de détresse qui ne fussent arrachés de ses yeux.

Il écouta d'abord à cette porte close et n'entendit qu'un murmure inintelligible. Il marcha à grands pas dans le corridor en refoulant ses larmes dans ses yeux brûlants en pressant de ses mains son cœur lacéré. Cent fois il eut la pensée d'enfoncer cette porte, de se montrer au moins devant eux pour troubler leur odieux bonheur... Mais le respect pour Henriette était trop enraciné dans son âme, il devait y rester jusqu'à la mort.. Une seule idée soutenait encore son courage : il touchait le fragment d'épée qui reposait sous son habit et se disait :

— Ce sera bientôt fini.

Puis, n'ayant plus la force de se soutenir, il revint s'appuyer sur le mur du corridor, en face de la chambre verte. C'était trop de souffrance!... Le vertige s'empara de son cerveau, ses pensées se succédèrent comme des vagues qui roulent en désordre et dont l'une efface l'autre.

Son œil, pour se reposer du poids des ténèbres qui régnaient dans le corridor, alla s'attacher à un lointain reflet rougeâtre qu'un rayon de soleil renvoyait sur la muraille à l'endroit où le corridor s'ouvrait sur le grand escalier. Cette clarté variait selon la mobilité des nuages qui troublaient ou échancraient la place lumineuse. Dans la fièvre qui agrandit et idéalise tout objet, ces dessins d'ombre et de lumière prenaient aux yeux de Fortuné des formes fantastiques; il lui semblait revoir la figure effrayante de tous les êtres affreux qui avaient torturé et souillé sa vie : le terrible Birousto brandissant son bâton meurtrier, le sergent de ville, le mouchard tapi sous sa longue capote à perfide ruban rouge, le sombre La Poigne aux instincts féroces, le fougeux forçat de la prison... Chacun de ces fantômes grandissait, se détachait de la muraille, s'approchait de lui... Il fermait les yeux, se sentant défaillir; puis son regard retrouvait dans le lointain une autre affreuse vision.

Ce temps, si long pour Fortuné, qui le mesurait par ses douleurs, avait été cependant de courte durée. Une heure ne s'était pas écoulée depuis que Raymond était entré dans la chambre verte.

Henriette, après un premier moment de surprise et de crainte inexplicable, s'était dit rapidement que, puisque la dame chez laquelle mademoiselle Simonin l'envoyait était de la connaissance de M. Perrot, il était tout simple de le voir venir chez elle, et qu'en l'absence de cette dame, il voulait sans doute l'attendre comme elle le faisait elle-même.

Elle s'était donc rassurée et demeurait assez calme, tandis que Raymond lui tenait des discours tendres et animés; elle ne conçut même aucun ombrage lorsqu'il passa des allusions galantes à l'expression positive de son ardent amour. Raymond ramena souvent alors la perspective tutélaire du mariage; mais observant la froideur d'Henriette à ses protestations, il lui demanda si elle avait jamais douté de sa foi.

— Je n'ai point cherché, dit-elle, à éclaircir la vérité de vos intentions à mon égard; j'aimais mieux, pour votre honneur et pour le mien, les croire sincères, et, du reste, ce point m'était peu important, car je sentais au fond de l'âme, qu'il n'était pas dans ma destinée de devenir la femme de M. Raymond et grande dame.

Le séducteur, déconcerté, regarda avec surprise Henriette, qui continuait :

— Je suis même satisfaite, monsieur Raymond, que l'occasion se présente de vous parler ouvertement à ce sujet. La cour assidue qu'il vous a plu de m'adresser depuis quelque temps et vos visites mêmes doivent cesser. Vrais ou non, les propos d'amour ne sont plus de saison entre nous, car aujourd'hui j'ai pris un grand engagement envers moi-même et choisi l'homme avec lequel il me convient de partager ma vie.

La jeune ouvrière n'avait aucune connaissance des choses ni des hommes; nature exceptionnelle dans sa sphère, elle avait passé toute son existence, qui était bien nouvelle encore, enfermée avec le travail qui la faisait vivre, penchée sur son ouvrage, n'en détournant les yeux que pour les porter un instant sur une misère à soulager ou une fleur à admirer; tout le reste du monde était pour elle pays inconnu. Elle n'avait aucune idée du prix qu'on y attache aux divers degrés de fortune, de l'avidité violente que soulèvent les biens matériels; elle n'avait jamais observé non plus les susceptibilités de l'amour-propre et ne savait guère à quel point était inconvenante la déclaration qu'elle venait de faire. En relevant son regard sur Raymond, elle fut profondément étonnée de la décomposition de ses traits et de la colère qui s'y peignait.

— Ainsi, mademoiselle, dit-il en éclatant de rire, vous venez me déclarer que vous ne voulez pas de moi, et comptez épouser un manant.

— Un *manant*, si vous voulez... l'orgueil insolent a seul pu faire que le nom d'une classe entière devînt une injure.

— Et il vous plaît, à ce qu'il semble, d'aller croupir dans les derniers rangs du peuple?

— Plus la condition sera basse, plus le bonheur sera à ma portée.

— Votre projet est bien sincère?

— Sans doute, puisque je le dis.

Raymond se versa un verre de vin de Champagne qu'il but d'un air dégagé.

— Alors, il n'est plus temps de feindre, et je peux rire de bon cœur de vous voir refuser ma main.

— Pourquoi?

— Parce que je n'ai jamais pensé à vous l'offrir... Vraiment, les contes de fée que je débitais à propos de ce mariage ne pouvaient tromper qu'une vieille folle comme votre maîtresse et une innocente comme vous... J'avais honte moi-même du peu d'esprit de ce manége.

— Alors, monsieur, que faisons-nous ici? Etant si bien d'accord, nous n'avons plus rien à nous dire.

Elle se leva et fit quelques pas pour sortir, heureuse et légère, en s'éloignant de cet homme qui, depuis un instant, la faisait trembler.

La première partie de l'entretien avait eu lieu sur le canapé, au fond de la chambre; ce qui suit fut dit à voix plus élevée et devant la porte :

— Un moment! s'écria Raymond en saisissant violemment la jeune fille par le bras... Quand depuis deux mois je passe mon temps dans votre mansarde et que je me soumets au rôle de votre chevalier errant, vous devez bien penser que ce n'était pas en pure perte, et que si je ne songeais pas à vous épouser, j'avais au moins d'autres espérances.

Henriette, pâle et frémissante, se rejeta en arrière; Raymond retint avec plus de force son bras, qu'il meurtrissait par une étreinte de fer.

Dans la rage, l'humiliation qui le dévoraient, Raymond avait jeté le masque de séducteur; il n'en avait plus besoin; Henriette était en sa puissance... De la main qu'il avait de libre, il se versait encore des verres de vin qu'il buvait coup sur coup.

— Sans doute, continua-t-il, je voulais que votre jeune beauté fût pour moi l'aliment de quelques jours de plaisir... je le veux encore... je dépensais du temps et de l'argent pour vous avoir, comme je l'aurais fait pour acheter les diamants qui flattaient ma vue ou les vins exquis qui devaient m'enivrer.

— Vous croyez m'abaisser, dit Henriette en le regardant avec une fierté amère... Oh! c'est vous qui vous faites bien misérable!

— Oui, poursuivit Raymond sans l'entendre, j'ai commencé ainsi; mais en considérant trop souvent cet objet qui devait m'appartenir, j'ai senti d'avance les délices de sa possession; le feu de l'impatience a pénétré en moi, et maintenant, Henriette, je te désire avec fureur.

— Eh! que m'importe! s'écria la jeune fille; je vous déteste, laissez-moi.

— Ah! dit Raymond, ardent de colère autant que de passion, je ne suis pas accoutumé aux refus... Il faut que j'aie le prix de mes peines... Après avoir été ma maîtresse, tu auras bien encore assez de prix pour être la femme de l'homme du peuple qui t'attend.

— Mon Dieu! s'écria Henriette, éperdue de terreur, en a-t-il donc le droit, le pouvoir?

— Dieu merci, j'en ai le pouvoir; cette chambre est à moi; je t'ai fait venir ici par un mensonge. Aucune femme ne t'a demandée pour te donner de l'ouvrage... J'ai trompé la Simonin, j'ai trompé la maîtresse de cette maison, tout cet étage est désert... Henriette, tu es là pour moi seul, là pour assouvir mon amour.

Le mot d'amour prononcé ainsi est horrible; le regard était plus affreux encore... Henriette, faible jeune tige, toujours tenue à l'abri du vent, en était à ce moment à la première terreur, au premier désespoir de sa vie... Echevelée, baignée de larmes, palpitante, elle se tordait comme un serpent entre les bras de Raymond, qui enlaçait sa taille; elle appelait Dieu à son secours.

Raymond, qui l'avait entraînée jusqu'au canapé, appuya ses lèvres sur la bouche décolorée de la pauvre enfant.

Cet odieux baiser était pire que le poison, le poignard; Henriette jeta un cri déchirant et tomba évanouie sur le canapé.

Au même instant, Fortuné, qui avait forcé la porte, plongea sa lame d'épée dans la gorge de Raymond.

Le misérable chancela, alla frapper contre la fenêtre, que le poids de son corps brisa, puis rebondit en arrière et roula sur le carreau.

Fortuné, résigné dans son malheur quand il croyait souffrir seul, avait connu tout à coup, par les mots prononcés vers la porte et parvenant à son oreille, qu'Henriette, toujours innocente, avait été trompée et allait devenir la victime de Raymond.

Alors cet être si doux, si essentiellement bon, n'avait plus été qu'un tigre avide de sang. Silencieux, sûr de sa force, pressant la porte sans bruit, la brisant sous ses poings, il était venu frapper Raymond, lui enfoncer sa lame dans la chair au gré de son désir.

Mais au premier jet de sang qui sortit de la blessure, il jeta un cri sourd, frissonna de tout son corps et s'élança au dehors.

Henriette s'était évanouie avant ce moment.

Elle était étendue sur le canapé, blanche, froide, sans mouvement, et Raymond, sur le carreau, se tordant dans les convulsions de l'agonie.

Il porta la main au fer qui était encore enfoncé dans sa gorge, sans avoir la force de l'arracher.

Dans ce moment lucide qui précède la mort, sa main toucha le tronçon d'épée avec attention... Le regard effaré, il cherchait à rassembler ses pensées :

— Oui, dit-il d'une voix haletante... C'est là mon épée rompue... Je me souviens... l'argent volé à mon père... Oh! cet argent était maudit, je l'ai joué... il a amené le duel où j'ai tué ce jeune homme... où j'ai laissé cette lame qui m'arrache la vie...

Raymond tourna encore son œil vitreux vers Henriette.

Son visage, déjà décomposé par la mort, devint hideux de regret et de fureur... Le chien, en mourant, a un regard plein de douceur pour contempler encore le maître et la chaumière qu'il aime : Raymond n'eut que la rage dans les yeux et sur le front en rendant le dernier soupir.

Déjà un bruit sourd et tumultueux s'élevait dans la rue au-dessous de la fenêtre dont les carreaux avaient été brisés. On entendait un mouvement agité aux étages inférieurs de la maison et au pied de l'escalier.

Mais, venant de plus près, une femme s'avançait pas à pas dans le corridor de la chambre verte. C'était Mélanie, qui s'était éveillée en sursaut au bris de la fenêtre et qui venait, avec curiosité et jalousie, vers cette chambre où elle savait Raymond enfermé avec une autre femme : marchant pourtant à petit bruit, la tête tendue en avant, car elle connaissait de science certaine la correction brutale dont Raymond ne manquerait pas de payer son indiscrétion, quand elle viendrait ainsi le troubler dans ses amours.

Mais à la vue du corps gisant et ensanglanté de son amant, cette fille de passion impétueuse, sauvage, se précipite sur lui en s'arrachant les cheveux et en jetant des cris perçants.

En même temps, le bruit, le mouvement augmentaient sous la fenêtre, dans la maison. On crie au commissaire! à la garde!... Et tous les voisins de mettre le nez à la fenêtre, tous les passants de s'assembler, tous les chiens d'aboyer.

La chambre se remplit de monde; les soldats du poste montent l'escalier; le commissaire de police arrive un peu en arrière.

Toute la foule parle, s'écrie à la fois; des récits, des propos circulent avec la rapidité de l'éclair du bas en haut, et du troisième étage reviennent dans la rue.

— Mais, seigneur Dieu, que se passe-t-il donc là-haut? dit-on dans le groupe pressé sous la fenêtre. Que se passe-t-il? répète-t-on avec plus d'ardeur en happant un individu qui descend à l'instant même de la chambre verte.

En pénétrant dans cette chambre, d'où Fortuné avait disparu, on n'avait trouvé qu'Henriette évanouie et Mélanie penchée sur Raymond. L'accusation d'assassinat devait donc tomber sur cette dernière.

Aussi, aux questions qu'on lui adresse, le survenant répond en toute assurance :

— Une fille qui a assassiné un homme!

— Oh! et pourquoi?

— Parce qu'il voulait aller avec une autre.

— Oh! oh!

— Elle vous lui a plongé un couteau, un carrelet, je ne sais quoi, dans la gorge. Zig! L'homme, en se débattant, est tombé dans une fenêtre, juste au-dessus de votre tête. Patatras! toutes les vitres de dégringoler. Pif! paf! On est accouru, on est entré dans la maison. — Quoi? qu'est-ce? A la garde! Bernique! Le pauvre diable était déjà fricassé, ni, ni, fini.

— Diantre, quelle luronne! Je voudrais bien la voir.

— Ça doit être dur de mourir quand on n'avait, comme ce monsieur, rien à faire qu'à s'amuser. Un homme superbe : cinq pieds huit pouces. Du linge comme de là dentelle, des diamants à la chemise, tout ce qu'il y a de comme il faut!... Le tilbury qui est là, au coin de la rue, est à lui. On dit que le père est foncé dans les richards, le plus gros banquier de la capitale.

— Oh! mon Dieu! quel malheur!... Est-ce que le corps est toujours là?... le voit-on?

— Est-il bien mort?

— Tout ce qu'il y a de plus mort! ça fait peur!

Et la foule de se presser vers la porte et de refluer dans la rue.

Cependant M. le commissaire de police, décoré de son écharpe, assisté de son secrétaire, d'un inspecteur de police et de quelques agents, verbalise dans la chambre verte sur le plus épouvantable des assassinats (chaque assassinat est le plus épouvantable), qui vient de se commettre à l'hôtel du *Soleil*.

Henriette a repris ses sens; ses joues pâles se raniment d'une légère nuance de vie; mais elle ne comprend rien au spectacle affreux qui se présente. De temps en temps, les représentants du pouvoir protecteur de la Cité s'approchent d'elle et lui adressent quelques questions d'un ton paternel; elle ouvre de grands yeux, dont l'éclat ne s'est point encore rallumé; elle presse son front de ses mains et cherche à rappeler ses souvenirs... Mais ensuite elle ne répond que par un signe négatif à tout ce qu'on lui demande, à tout ce qu'elle se demande à elle-même.

Mélanie est assise par terre, les épaules appuyées contre le bas d'une commode, peu occupée de savoir si le négligé avec lequel elle est sortie du lit suffit à la draper; sa tête reste baissée sur sa poitrine; elle se tait, mais ses traits sont agités d'un tressaillement convulsif par ses sanglots qui ne peuvent éclater; elle tient encore à la main l'arme qu'elle a retirée de la gorge de Raymond. Flore, penchée près d'elle et tâchant de la tirer de cet état de stupeur, lui fait de la morale à voix basse.

Madame Delacour fait de grands gestes de désespoir, assistée en cela par la mère Camarde.

Le domestique de Raymond, appelé en témoignage, reconnaît parfaitement son maître.

Le cadavre est au milieu du cercle.

Attentivement penché sur le corps, un chirurgien constate que la blessure, qui traverse de part en part, a été la cause certaine et incontestable de la mort. L'autopsie démontrera à quel point le larynx est affecté, et si la mort a été soudaine et silencieuse, ou si la victime a pu pousser un cri. La blessure provient évidemment d'un instrument aigu à arêtes tranchantes, qui doit être le tronçon d'épée dont suit la description, le susdit tronçon s'adaptant parfaitement à la susdite blessure.

Cependant, le commissaire se promène avec tous les symptômes d'une attention profonde, de ce corps sans vie au guéridon où s'inscrit le plumitif; il balance sa tête imposante en articulant des hum! hum! plus ou moins riches en inflexions.

Après les premières instructions recueillies de la bouche des divers assistants, il fut consigné sur le plumitif que Mélanie Paquis, locataire à l'hôtel du *Soleil de Provence*, était inculpée de l'assassinat commis en cette maison sur la personne de Raymond Perrot. Toutes les compagnes de la demoiselle Mélanie avaient avoué sa violente jalousie, et même les menaces sorties de sa bouche contre Raymond; on l'avait trouvée penchée sur le corps de la victime au moment où elle expirait; on lui avait entendu prononcer en ce moment : *Raymond... la mort...* Le tronçon d'épée qui avait causé la blessure était encore dans ses mains; son vêtement plein de saug; on avait trouvé sur elle, enfin, la clef de la chambre verte, où s'était commis le meurtre.

L'accusée ne répond pas un mot et ne semble pas même entendre.

La pauvre Flore jure ses grands dieux que Mélanie est innocente; elle en mettrait sa main au feu. On impose silence *à la* panégyriste.

Les clameurs de madame Delacour parviennent seules à dominer les voix des agents de police.

— C'est un malheur affreux! s'écrie-t-elle, un malheur affreux pour moi! Je donnerais une année d'impositions, avec une année de patente, pour que cela ne fût pas arrivé... ou fût arrivé ailleurs... Ah! *le Soleil* est perdu de réputation!... Une maison si tranquille! La garde vient ici pour la première fois; tout le monde peut le certifier, on ne voit jamais les mouchards au *So.eil*... Cela me sera compté, n'est-ce pas, monsieur le commissaire? cela me vaudra des égards... On ne peut pas me ruiner pour cela, on ne peut pas supprimer *le Soleil!*

Le commissaire n'entendait rien de ce pathétique discours.

— Puisque le mort, dit-il, est reconnu pour être Raymond Perrot, possédant un domicile, le mort n'ira point à la Morgue, on le fera enlever avec les formalités voulues... Je vais diriger la prévenue Mélanie Paquis vers la préfecture de police, ainsi que la demoiselle Henriette Meneau, complice ou témoin du crime, et les personnes desquelles il y a des dépositions à recueillir.... Faites venir un fiacre.

Pendant ce temps, Flore, la bonne fille, à la chevelure noire et abondante, au nez large, à la bouche bien fendue, s'est approchée du secrétaire du commissaire et lui parle à demi-voix :

— Dites-moi donc, mon beau monsieur, car vous êtes le seul qui n'ayez pas une figure d'ours parmi toute cette police, vous me répondez que dans la paperasse vous n'avez rien oublié de ma déclaration ni de celle de la Camarde, n'est-ce pas ?... Nous avons rencontré un homme, au pied du petit escalier, et qui avait l'air tout chose... ne manquez pas de mettre ça : *l'air tout chose...* il est monté avec nous jusqu'à l'entrée du corridor. Et quand est venu le tintamarre des vitres brisées, la Camarde a vu quelqu'un qui sortait du corridor et qui a passé vite devant sa loge, et elle a entendu les pas d'un homme qui descendait en courant.

M. le commissaire a reboutonné son habit de manière à couvrir son écharpe ; grâce à ce simple procédé, redescendu dans la vie privée, il se prépare à descendre dans la rue.

On fait monter en voiture l'inconsolable Henriette et l'impassible Mélanie ; l'inspecteur et un agent se placent à côté d'elles ; les autres gens de police font écarter les flots épais des badauds, et le fiacre commence sa marche au pas.

La bonne Flore ne peut se décider à se séparer de l'accusée ; et tant que les chevaux marchent lentement, elle s'attache à la portière, en prodiguant ses consolations à sa chère bichette de Mélanie, qui n'en entend pas un mot.

Le fiacre a tourné la rue et va plus vite ; Flore ne le suit plus que des yeux et bientôt a perdu de vue la voiture qui emmène son amie.

— Pauvre diablesse !... dit-elle en essuyant une grosse larme. Il y a encore sur sa commode une bouteille de bière et des échaudés que je vas prendre pour me remettre.

A l'instant, son regard tombe par hasard dans l'enfoncement obscur d'une porte d'allée ; elle voit là un homme dont l'aspect la frappe singulièrement quoiqu'elle voie à peine son visage... Il a l'air profondément accablé, et ses yeux sombres sont encore dirigés vers le point où le fiacre a disparu.

L'homme, cependant, tourne la tête... juste du côté de Flore... leurs regards se rencontrent... Il pâlit et elle frissonne. Mais en même temps la brave fille se cramponne à la cravatte de l'homme en criant de toute sa force : A l'assassin !... à l'assassin ! c'est lui, je le reconnais ; c'est lui qui est monté avec nous, lui qui est resté à la porte de la chambre verte, lui qui a commis le meurtre, lui qui s'est sauvé !...

— A l'assassin ! crie-t-on de tous côtés.

— Je le tiens, reprend Flore. Chez le commissaire ! chez le commissaire !

La foule répète à l'unisson : Chez le commissaire ! (car elle ne hait pas les arrestations, la foule !) Et vraiment, dans le cas présent, les traits bouleversés de l'inculpé, le tremblement de ses nerfs, l'étrangeté de sa parole brisée par le claquement de ses dents, plaident mal en sa faveur.

On aide Flore à livrer sa proie aux agents de police, qui n'ont pas eu le temps de s'éloigner beaucoup.

Le commissaire, du haut de son prétoire, ou du moins de son fauteuil de cuir, écoute et interroge. Le plumitif, portant pour titre *Mélanie Paquis et Henriette Meneau*, s'enrichit de dix à douze pages d'informations, intitulées du nom de *Fortuné Guérin.*

Bientôt l'inculpé est dirigé à son tour vers la préfecture, les menottes aux mains et entre deux agents chargés de lui donner le bras.

Flore triomphante rentre à la maison, répétant à qui veut l'entendre que c'est elle qui a trouvé le véritable assassin, et que la cour d'assises lui donnera raison sur tous ces beaux messieurs.

En ce moment, la chambre verte était profondément solitaire.

Le cadavre demeurait à la même place, dans la même attitude où il avait expiré ; la fenêtre brisée répandait sur lui un jour vif et nu ; dans cette enceinte vide, au milieu de ce silence, il ressortait dans toute son horreur.

Une seule personne était demeurée près du grand Raymond : c'était la portière.

Madame Camarde se hasarda à regarder de près cette figure marbrée de noir, à la bouche ouverte, aux grands yeux blancs et éteints.

— Qu'il est laid ! dit-elle. J'en ai bien peur.

Cependant, comme la vénérable personne n'était pas sans connaître le respect qu'on doit aux morts, elle pensa qu'on ne pouvait pas abandonner un chrétien à lui-même, que tout au moins il fallait lui couvrir le visage... Employer à cet usage un drap ou une serviette de la maison, elle n'osait ; madame se fâcherait, criant qu'on perdait ses effets. Il lui vint en mémoire que le jupon qu'elle portait, son unique jupon, pouvait se dire à peu près blanc. Elle le détacha pieusement, s'inclina, prit soin de tenir les yeux fermés, se recommanda à son bon ange, puis étendit le chaud linceul sur la tête et la poitrine du mort. Un cierge était de rigueur : elle choisit parmi les bouts de chandelle qui se trouvaient là le plus recommandable et l'alluma.

Elle soupira en songeant que, pour le moment, pas une personne de la maison n'avait l'ombre de religion, et qu'il n'était nul espoir de trouver une croix et de l'eau bénite chez l'une d'elles.

— Si ces demoiselles, en jouant, n'avaient pas cassé mon beau petit bon Dieu, dit-elle, et perdu mon rameau béni, pauvre âme, je te les apporterais !

Elle chercha dans tous les coins de sa mémoire une bribe de prière ; elle en avait su jadis, mais il y avait si longtemps !... le signe de croix seul lui était resté d'un usage tant soit peu familier. Elle dut donc s'en tenir aux inspirations de sa douleur et parla ainsi :

— Brave homme, tu m'as valu de ton vivant passablement de monnaie et quelquefois même des pièces blanches. Je t'ai dû longtemps mon tabac et mes petites lampées. Dieu te le rende !...

Mais elle changea tout à coup d'expression et de visage ; au lieu de rester à genoux, les mains jointes, elle s'assit sur ses talons et croisa les bras.

— Pourtant, ajouta-t-elle d'un autre ton, tu seras peut-être cause qu'on fermera la maison, et que je retomberai à mon âge sur le pavé... Tu conviendras qu'alors ça se gâte... et que Madame a bien raison... tu en as mal agi. Que le diable te torde le cou !

Cela dit, elle tira son jeu de cartes de son tablier et reprit le chemin de sa loge, méditant certaine réussite qui lui apprendrait infailliblement si la maison serait fermée ou non, si le grand Raymond irait en paradis ou en enfer.

LA COUR ET LES ACCUSÉS.

Six mois se sont écoulés depuis le meurtre commis à l'hôtel du *Soleil* et les arrestations qui en furent la suite.

C'est le jour de l'ouverture des assises.

La cour n'est pas encore entrée en séance; le président procède, dans la chambre, au tirage du jury, et aux récusations que les deux accusés peuvent avoir à exercer.

En attendant, les jeunes avocats stagiaires se pavanent sous des robes de louage dans l'enceinte du tribunal; les témoins et les personnes munies de billets prennent place sur les bancs qui leur sont réservés.

Au premier rang des témoins, voici Henriette Meneau. La jeune fille a été reconnue innocente et mise hors de cause dès le premier interrogatoire, mais elle est appelée aujourd'hui à renouveler ses dépositions.

Le visage pâli et altéré par la douleur, par les privations et les souffrances de la pauvreté, Henriette est presque méconnaissable. A sa sortie de la conciergerie, mademoiselle Simonin n'a point voulu la recevoir, frémissant de laisser passer le seuil de sa demeure à une fille qui avait manqué d'être accusée de complicité dans un meurtre. Henriette est maintenant logée dans un coin de grenier, travaillant à son compte et trouvant peu d'ouvrage. Mais les poignantes inquiétudes que lui inspire le sort de Fortuné l'accablent bien plus que la misère du sien.

Cependant elle est calme comme celle qui, ayant toujours compté sur les rigueurs de la vie, ne s'étonne pas de les supporter. Sa souffrance d'ailleurs n'a rien d'amer; les circonstances fatales ne sont pas venues, du moins, lui défendre d'aimer Fortuné. Ou ce jeune homme est innocent du crime, ou il l'a commis pour la défendre, pour la sauver du déshonneur : ainsi, il n'est maintenant que plus digne d'elle, soit par un malheur injustement souffert, soit par un glorieux courage.

Sur ce banc des témoins trône la maîtresse de l'hôtel où la scène du meurtre s'est passée. Madame Delacour, qui représente *le Soleil*, a couvert sa coiffure de brimborions d'or; mais si elle prétend annoncer le luxe de sa maison par sa belle tenue, elle offre aussi, par sa physionomie raide et sévère, l'austérité de mœurs qu'elle a toujours prétendu y conserver.

Mademoiselle Simonin figure aussi parmi les personnes appelées à déposer.

Les avocats des deux accusés pénètrent dans l'enceinte.

M. Destournelles, avocat d'ancienne roche, et l'une des colonnes du Palais, sur la demande des camarades de Mélanie, qui ont payé deux cents francs l'éloquence à livrer ce jour-là, s'est chargé de la défense de la fille de Paquis.

Il a l'air imposant, affairé; il s'arrête majestueusement à la porte, et se retournant vers la salle des Pas-Perdus à la manière d'un acteur qui parle à la cantonnade :

— Mon cher, à demain, chez moi... mais de grand matin, car je suis accablé de monde... surchargé d'affaires... je n'ai pas une minute à perdre.

Chacun ouvre de grands yeux pour voir cet avocat qui a trop de causes, et se promet bien de lui porter la sienne, si jamais il en a une à faire défendre.

A côté de l'homme de robe recommandable, arrive M. Napoléon Bouleau, fils de quincaillier, entré au barreau de par la fortune et la vanité de son père; il n'a point encore plaidé et vient d'être nommé d'office pour défendre Fortuné.

L'avocat de fraîche date entre dans cette allure brusque et précipitée qui sert souvent de contenance à la timidité. Il brille de tout le lustre d'une robe neuve, d'un bonnet neuf, d'un rabat blanc et neuf. L'un de ses bras soutient un portefeuille de maroquin vert, tout neuf aussi; son autre main balance un rouleau de beau papier noué d'une faveur rose, et qui sent le plaidoyer élaboré à la lampe du novice. Il se dirige vers le banc des avocats en relevant la tête pour braver les rires sournois de ses rivaux les jeunes stagnaires.

Parmi les spectateurs les mieux placés, on peut remarquer M. et madame Bouleau, qui sont venus voir débuter leur fils, et ont amené des parents, des amis, des connaissances, entre autres une riche héritière qui sera sûrement séduite par le talent que va déployer le défenseur de la veuve et de l'orphelin.

Madame Bouleau voudrait bien, malgré la distance, établir une sorte de conversation avec son fils; mais la dignité de M. Napoléon l'empêche de remarquer ses signes, et l'huissier seulement, en voyant la dame se démener ainsi, lui demande si elle a quelque chose à communiquer à *maître* Bouleau.

— Oh! rien... C'est que c'est mon fils, dit-elle en rougissant d'orgueil et de bonheur, et je lui faisais un simple *pst!* d'amitié pour lui bien marquer que nous le voyons.

L'huissier salue et vire vers le fils.

— Qu'est-ce que je dis donc? rien, reprend la mère. Monsieur l'huissier! Monsieur l'huissier! auriez-vous l'extrême complaisance de lui porter cette boîte de jujubes.... J'ai songé que sa poitrine risquait beaucoup de s'échauffer en plaidant... Ce cher enfant, c'est sa première cause.

Nouveau salut de l'huissier, qui recommence à virer vers le fils.

— Monsieur l'huissier, Monsieur l'huissier! je suis désolée de vous donner cette peine... recommandez-lui encore de prendre bien attention à ne pas se trouver mal : je connais Napoléon, la moindre émotion lui frappe les nerfs. Dès qu'il se sentira la tête un peu faible, qu'il respire vite de mon vinaigre des Quatre-Voleurs. C'est souverain. Je lui ai donné mon flacon en partant. Il l'a dans la poche de son gilet, à droite... Ayez l'extrême obligeance de le lui rappeler.

Et l'huissier de retourner à M. Napoléon.

M. le substitut, drapant sa riche taille dans dix-neuf aunes de soie noire, monte au parquet d'un pas ferme et léger. Il a salué gracieusement de la main trois ou quatre personnages importants pour qui des tabourets ont été disposés derrière les siéges encore vides de la cour. Tous les yeux de femme se portent à l'instant sur lui.

— Mais voyez donc la belle figure sous ce bonnet à galon d'argent!

— Avec quelle aisance il porte cette robe! quelle belle tournure! et combien de dignité!

Les jurés montent à leurs bancs, l'un pincé dans un frac, l'autre enveloppé dans un paletot. Leurs douze figures alignées sont les plus sérieuses de l'assemblée. Est-ce profondeur de réflexion? Leur esprit se recueille-t-il pour bien se pénétrer de l'importance de leurs fonctions? Est-ce simplement contrariété boudeuse? Leur esprit repasse-t-il une affaire qu'ils ont dû laisser en suspens à leur domicile, et donnent-ils intérieurement au diable accusés et tribunal?

Un huissier annonce l'arrivée de la cour. Les têtes se découvrent et le silence tend à s'établir. M. le président et MM. les conseillers entrent d'un pas nonchalant. Leur parole achève de s'épancher dans un entretien qui semble aimable. Ils s'asseyent, et dès lors leur maintien tourne à une complète gravité, à une gravité cependant molle, assouplie par la longue habitude, et que l'observateur superficiel confondrait avec la somnolence.

Les accusés sont introduits.

Le cri monotone des huissiers : *Silence, messieurs !* demeure pour quelque temps impuissant à maintenir l'ordre. On chuchote, on parle à pleine voix, on se lève, on se dresse sur la pointe des pieds ; les plus hardis se grandissent de toute la hauteur d'un banc pour mieux voir. Chacun s'efforce de découvrir sur la figure hâve et chafouine de Fortuné et sur la plate et large face de Mélanie quelque trace du sceau de réprobation qui, depuis Caïn, hélas ! n'a pas été très-régulièrement marqué sur le front des assassins. Leur paupière, qui s'est engourdie sous le jour sombre de la prison, est douloureusement blessée par la vive lumière ; le brouhaha de l'assemblée les assourdit ; cette curiosité, hostile dans tous ces regards auxquels ils se sentent livrés, leur pèse, les atterre. Ils portent la tête basse, sont gênés dans leur pose, et plus d'une voix dans le public de dire :

— Cela semble une figure ordinaire ! Comme les grands scélérats savent se donner un air humain ! Mais on reconnaît toujours au fond de leurs traits quelque chose de farouche et d'atroce.

Nous savons que Fortuné, à l'excellente nature, aux admirables instincts, était en même temps en proie à une faiblesse, à une timidité extrême qui le livraient pieds et poings liés à tous ceux qui l'approchaient. Le sentiment de sa petitesse grandissait tous les hommes à ses yeux ; la conscience de son infériorité lui faisait considérer tout ce qu'il voyait comme modèle à suivre ; il était toujours prêt, comme un miroir, à réfléchir la figure qui se trouvait devant lui, mettant son mérite dans l'exactitude de ce reflet.

Son moral ne s'était donc point amélioré pendant une captivité de six mois. Il avait recueilli en prison de singulières théories sur le repentir et sur l'aveu du crime ; il s'était instruit auprès des criminels de profession, dans l'art de se retrancher avec aplomb et sang-froid derrière les mensongers alibis et les dénégations impudentes. En ce moment, il s'applaudissait naïvement du concours de circonstances qui balançait l'accusation entre deux têtes et lui donnait une chance sur deux pour que sa vie fût épargnée.

L'amour, si beau et si pur dans Fortuné, aidait pourtant aussi à ces mauvaises dispositions. Aimé d'Henriette, Fortuné s'attachait avec passion, avec ivresse, à l'existence ; il voulait vivre à tout prix et aurait laissé couper la tête à tout l'univers pour garder la sienne et avoir le temps de jouir de son bonheur.

Il y a donc en ce moment sur la figure du pauvre diable une teinte de fausseté, d'hypocrisie, d'assurance cruelle, bien étrangère à sa douce physionomie, et qui le rend plus laid que jamais.

L'accusée Mélanie offre peu d'aliment à la curiosité. Elle est plongée dans un accablement apathique. Dans le commencement de son arrestation, cette ardente et étrange créature a été plus occupée à gémir sur la mort de son grand Raymond que sur sa propre situation ; maintenant, les souffrances du cachot, en tuant sa passion, l'ont tuée elle-même, et ce n'est plus qu'une masse froide et inerte.

La curiosité du public apaisée, l'ordre renaît, le silence règne ; le greffier fait lecture de l'acte d'accusation, et chacun prête une oreille attentive.

Ensuite le président demande à Fortuné ce qu'il prétend opposer à la déposition de tel ou tel témoin ; à quoi le pauvre garçon, tremblant sous son assurance factice, répond toujours :

— Je n'ai rien à dire.

— Prenez garde, votre silence vous accuse... Dans votre intérêt, je vous engage à répondre.

— Vous voulez que je parle pour que je m'embarrasse, pour que je me coupe, pauvre ignorant que je suis, et que je vous fournisse des preuves contre moi... Faut-il donc que je prenne votre place et que je me condamne moi même?

— Accusé, dit le substitut, vous manquez à la cour.

— Messieurs du ministère public, j'ai l'échafaud devant moi, vous avez une existence douce et longue, ne me chicanez pas pour quelques paroles qui vous déplaisent ; ce n'est qu'un grain de sable de plus dans la balance.

— Vous vous faites tort avec ce langage, reprend le président, et vous vous nuisez dans l'esprit de MM. les jurés.

— Je ne puis me les rendre plus défavorables qu'ils ne le sont d'avance.

— Auriez-vous quelques-uns d'eux à récuser?

— Je les récuse tous. Ils sont douze rangés sur ce banc ; y en a-t-il un seul qui soit de ma classe, qui ait vécu de ma vie? Tous bourgeois et payant en une année d'impositions ce que je n'amasserai pas en cent ans d'épargnes, y en a-t-il un qui connaisse la vie du prolétaire ; et comment juger ce qu'on ne connaît pas?

Le président, ne pouvant rien obtenir, passe à l'interrogatoire des témoins.

Henriette Meneau est appelée à déposer.

A la question qu'on lui adresse : « Connaissez-vous l'accusé ? » elle répond *Oui* d'une voix forte, et, tournant la tête vers Fortuné, elle lui jette un regard de tendresse et de pitié profondes.

— Est-il votre parent, votre allié?

— C'est un honnête et digne jeune homme ; quelles que soient les apparences contraires, et même les faits accomplis, il ne peut être coupable d'un crime, j'en prends Dieu à témoin.

Fortuné tient son regard baissé vers la terre, mais une larme se forme dans ses yeux.

Henriette, sur la réquisition du président, raconte tous les faits qui ont rapport à elle avec une scrupuleuse exactitude et une fermeté modeste.

— Ainsi, à vous entendre, dit le président résumant la déposition, il n'y aurait pas eu de rendez-vous donné entre Raymond et vous. Cet homme aurait abusé de votre innocence pour vous attirer dans un guet-apens. Cela est difficile à croire de la part d'un fils de famille, jeune, beau, riche et séduisant.

— J'ai dit la vérité.

M. le substitut, dans le langage peu poli du palais, prie MM. les jurés de remarquer qu'en ce point la déposition de la *fille* Henriette Meneau se trouve formellement contredite par celle de la *femme* Delacour, à qui Raymond avait annoncé attendre quelqu'un dans sa maison ; plus formellement contredite

Il mit son nom au bas du pourvoi.—Page 82, col. 1re.

encore par la déposition de la *fille* Simonin, qui affirmait avoir ignoré l'événement, jusqu'au nom de la *femme* Delacour, et, par conséquent, n'avoir pu songer à envoyer dans l'hôtel garni sa jeune ouvrière.

Mademoiselle Simonin est appelée à son tour.

Dès les premiers interrogatoires, un courage puisé dans l'orgueil et l'effroi lui a fait dénier toute participation à la démarche d'Henriette chez madame delacour.

Depuis six mois que sa conscience ne la laisse pas toujours sommeiller tranquille, elle a travaillé, pour se mettre l'esprit en repos, à justifier à ses propres yeux sa conduite envers sa victime. Elle a pressuré chacune des circonstances du passé pour en extraire de quoi autoriser un soupçon rétroactif, et de ces soupçons, elle a vite conclu à autant de fautes commises. A force d'éprouver le besoin de croire que la vertu d'Henriette doit être une vertu jouée, elle en est arrivée à se le persuader à peu près à elle-même.

A la demande qui lui est aussi adressée : « Connaissez-vous Henriette Meneau ? » elle répond précipitamment *Non*, par une faiblesse semblable à celle qui porta saint Pierre à renier le dieu accusé.

— Comment?...

— Quand je dis non... c'est-à-dire oui... c'est selon...

— Elle a été arrêtée le jour du meurtre, dans la chambre où le crime a été commis.

— Je ne la connais pas.

— Elle prétend que c'est vous qui l'avez envoyée chez madame Delacour.

— Mais c'est infâme... Non, trois fois non, je ne la connais pas... Combien elle m'a trompée !...

Cependant la malheureuse Henriette écoutait mademoiselle Simonin et la contemplait avec stupeur. A tant de lâcheté elle se sentait rougir, non pour elle-même, la noble fille ! mais pour son ancienne maitresse qu'elle avait été si longtemps accoutumée à chérir et à vénérer.

— Mademoiselle Simonin, mademoiselle Simonin, lui dit-elle en pleurant, je ne l'aurais jamais cru de vous. Que Dieu vous pardonne ce que vous venez de dire, car cela vous sera d'un grand poids à votre lit de mort !

— La sagacité de MM. les jurés, conclut M. le substitut d'une voix ronflante et avec un accent qui eût fait honneur à l'austère Caton, saura choisir, pour former les éléments d'une saine conviction, entre la déposition d'une femme respectable que recommandent sa position sociale et une moralité constatée, et la déposition d'une fille sans aveu, ramassée par la police sur le théâtre du crime. Elle veut sans doute aujourd'hui dérober aux investigations de la justice, par quelques tortueux sentiers perfidement semés de fleurs, son adroit manége, qui conduisait au désordre, entraînait vers le vice l'infortuné Raymond Perrot, jeune homme sans expérience, doué, pour son malheur, d'une complexion ardente, d'un cœur aimant et généreux ; elle tente de se retrancher ha-

C'est de vous que parlait la Gazette des Tribunaux. —Page 83, col. 1re.

bilement derrière une candeur factice et de surprendre votre sensibilité, messieurs les jurés, par le récit invraisemblable, la fable absurde du piége tendu à son innocence, ne rougissant pas de charger d'une accusation aussi odieuse la mémoire d'une intéressante victime qui, glacée par le froid de la mort, ne peut, hélas! secouer son linceul pour venir se défendre, ne frémissant pas (et c'est une circonstance qui n'échappera pas à l'observation impartiale de messieurs les jurés) de violer ainsi le respect qu'on doit à la tombe.

A cette homélie, M. le président, prompt à saisir la balle au bond, ajoute d'une voix non moins imposante :

— Fille Henriette Meneau, le déplorable silence de nos lois, dénoncé dans cettte enceinte, avec autant de talent que de courage, par le nouvel organe du ministère public, dans l'intérêt de la morale, ne nous permet malheureusement pas de nous appesantir sur le degré d'influence que votre séduction coupable a pu exercer parmi les motifs qui ont déterminé la perpétration du crime affreux dont nous recherchons aujourd'hui les auteurs. Un intéressant jeune homme est enlevé à la famille la plus honorable, une famille dont il promettait de devenir l'orgueil, une famille dont il emporte avec lui dans la tombe toute la joie et toute l'espérance. Son unique tort paraît avoir été de s'être épris follement. Il a payé de la vie un instant de faiblesse. Combien de ce sang doit-il retomber sur votre tête, fille Henriette Meneau? C'est un secret qui restera entre Dieu et vous. La cour avoue son impuissance à le pénétrer; mais son œil demeure ouvert sur votre conduite future dans l'intérêt de la vérité. Elle vous livre à vos remords. Retournez à votre place.

Henriette se sent comme frappée de la foudre; ses bras se détachent languissants, ses genoux fléchissent, un nuage s'étend sur ses yeux; pâle, mourante, elle cherche en vain à trouver place sur le banc des témoins.

La grosse et bonne Flore a écouté, les yeux grands ouverts, les magnifiques paroles du président et s'est écriée en forme de péroraison :

— Satané farceur, va!

Mais en voyant tous les assistants s'activer à occuper sur les bancs le plus d'espace possible, pour refuser accueil à la pécheresse dont le saint courroux des magistrats vient de flétrir les iniquités, elle s'indigne de ce manque de charité chrétienne. De ses coudes et de ses agiles hanches, elle ébranle rudement tout son voisinage, ouvre à côté d'elle une longue brèche, et prenant Henriette par la main :

— Tiens, pauvre chère poule, mets-toi là, dit-elle; je ne suis pas bégueule, moi; nous ferons bon ménage ensemble.

Henriette se laisse tomber sur le banc à demi mourante et cache en frémissant son visage inondé de larmes dans le sein de sa protectrice.

Stimulé par le succès dont les splendides orateurs, si généreux vengeurs de la morale, ont vu couronner leur éloquence, M. Napoléon Bouleau prétend aussi cueillir sa petite palme derrière eux.

— Puisque l'accusé m'a confié... non, non, je me trompe, je fais excuse à la cour... Puisque, dis-je, je suis appelé à défendre la cour... Ce n'est point cela encore... Enfin, puisque la cour m'a aujourd'hui désigné comme défenseur... Or, le ministère et la cour ont blâmé à bon droit la déposition de la fille Henriette Meneau... Je suis du même avis, comme aussi sur le précédent témoin en particulier... Messieurs les jurés, soyons de bonne foi, je le dépose dans vos consciences... On nous accuse d'avoir assassiné par jalousie... parce que nous aurions été épris et le rival de l'intéressante victime... Je considère qu'il est absurde de supposer qu'un homme puisse être jaloux d'une femme assez légère, assez impudente, lâchons le mot, assez!...

Le mot interrompu se termina par une sorte de gémissement, comme si le malencontreux orateur eût été empoigné au gosier!... Et tout à coup l'ample robe noire disparut derrière le bureau, de la façon brusque dont chez Séraphin une ombre gesticulante plonge sous le lumineux horizon.

C'était la main de Fortuné qui, saisissant par derrière le collet de monsieur son avocat, l'avait attiré avec violence et avait fait perdre l'équilibre à la marionnette.

— Holà! monsieur, dit tout bas Fortuné, palpitant et courroucé, je n'entends pas, s'il vous plaît, qu'on me défende ainsi!... Henriette, la vertu même!... l'insulter! douter de son innocence, après qu'elle a parlé de sa voix si noble et si pure... mais quel cœur avez-vous donc?

Ces paroles arrivent jusqu'à la jeune fille et pénètrent dans son âme comme un baume bienfaisant... Elle se lève doucement pour mieux voir Fortuné, pour mieux l'entendre.

— Oh! dit-elle, il n'a jamais douté de moi, lui... il m'aime bien!

Cependant les débats se poursuivent malgré l'éclipse de Me Napoléon, et leur direction devient décidément favorable à Fortuné. Au mépris de l'acte d'accusation ressort de plus en plus de certitude qu'aucune connivence n'a existé entre les deux accusés, qu'ils ne se connaissaient point au jour du crime, et ne peuvent plus avoir été complices. C'est sur la seule Mélanie que décidément les charges demeurent accumulées. Les habitués de la cour d'assises, ceux qui ont à se créer ou à conserver une réputation de sagacité, jaloux de s'assurer la gloire d'avoir deviné à l'avance le verdict que rendra le jury, se mettent déjà en règle et chuchotent d'un ton important à leurs voisins :

— La femme sera déclarée coupable, mais l'homme sera acquitté. C'est évident.

Henriette a repris des forces nouvelles; déjà elle oublie ses propres souffrances, et l'injuste semonce des magistrats, et les regards outrageants du public... Elle s'abandonne tout entière à une pensée unique, à l'innocence de Fortuné, à son acquittement assuré!... Elle est joyeuse et fière; elle se prend à pardonner à tous ceux qui l'ont si cruellement maltraitée; elle se prend à bénir tout ce monde, de ce qu'il veut bien partager son espoir. Elle contemple avec un bonheur ineffable Fortuné, qui lui sera rendu.

Mais en ce moment, le visage de Fortuné, loin de revêtir l'espérance et la joie, est plus sombre qu'à l'ouverture de la séance. Le malheureux Fortuné a dépouillé cette assurance cynique empruntée aux mœurs de la prison... c'est que la voix d'Henriette, de la magicienne Henriette, s'est fait entendre et a ramené dans le sein du jeune homme la douce charité, les sentiments d'honneur, de loyauté.

Cette pauvre Mélanie, impuissante à se défendre, cette femme que l'accusation enveloppe, presse, torture sur le banc d'ignominie, qu'un arrêt va jeter aux mains du bourreau, Fortuné sait qu'elle n'est point coupable... Maintenant il se déteste, il se fait horreur à lui-même d'avoir supporté si longtemps qu'une créature humaine agonisât sous ses yeux dans de telles angoisses, d'avoir spéculé pour son propre salut sur la chute de cette tête... Et cependant qu'elle tombe cette tête sur laquelle nulle affection ne repose, et ses jours à lui sont réservés; il est rendu à l'amour d'Henriette; une vie de bonheur les attend!...

La seule demoiselle Flore continue à charger Fortuné avec une constance héroïque. Elle a persisté à le reconnaître pour l'homme rencontré au pied du petit escalier, l'homme qui lui a prêté secours pour porter la Mélanie dans sa chambre, l'homme qu'elle a laissé à l'entrée du corridor qui conduit à la fatale chambre verte.

Mais sa déposition est affaiblie et à peu près annulée par celle de madame Camarde, qui n'a garde de reconnaître un homme reçu à l'hôtel du *Soleil* dans un malotru de l'espèce de Fortuné. Ce serait confesser une négligence impardonnable, avouer qu'elle a manqué à tous ses devoirs de gardienne, qu'elle a compromis l'honneur de la maison en y laissant pénétrer un individu mal couvert et dont elle ignorait le nom. Ce serait se livrer à la juste indignation de madame et se faire jeter dans la rue.

Toutes les deux, rappelées une dernière fois par le président, échangent des injures et de mutuels démentis sans que du choc jaillisse une étincelle resplendissante de vérité. Enfin, mademoiselle Flore perd patience et prend un parti extrême.

Elle se précipite vers le banc des accusés, et, croisant ses bras, se pose droite et ferme devant Fortuné.

— A nous deux, mon petit, dit-elle. Regardez-moi une fois en face, là, bien en face, si cela vous est possible, avec vos yeux de chat-huant. Oserez-vous répéter que ce n'est pas vous?

L'accusé, qui semble sortir d'une méditation douloureuse, d'un pénible accablement, balbutie d'une voix mal articulée :

— Cette femme est folle.

— Il ne s'agit pas de cela, mon mignon. On vous demande *oui* ou *non*. Osez donc répéter *non*?... Vous voyez, monsieur le président, il n'a pas le front de répéter *non*.

Sur l'interpellation du président, l'accusé se décide pourtant à prononcer le monosyllabe exigé; mais cette fois sa voix a tremblé.

— Ah! poltron! poltron! reprend la véhémente Flore, toujours à travers les représentations de monsieur le président qui la rappelle à la modération, il faut que vous soyez un fameux sauvage, un mangeur de chair humaine! Vous, qui savez ce qui en est, laisser tranquillement charger la Mélanie, une innocente, une si bonne créature, à qui tout un chacun s'intéresse! Il n'y a personne qui puisse s'empêcher de l'adorer. Pour lui acheter un avocat, nous nous sommes toutes cotisées, quoi! en une matinée j'ai ramassé plus de deux cents francs, oui, vraiment, plus de deux cents francs. S'il faut qu'ils me la fassent mourir, ma bichette, voyez-vous, c'est à vous que je m'en prends; de mes deux mains je vous arrache le cœur du ventre. Mais non, non, vous ne serez pas sans pitié, vous allez parler, n'est-ce pas? Je ne suis qu'une pauvre fille, mais si j'avais eu le malheur (qui peut répondre qu'il n'aura pas une fois de sa vie la main un peu prompte)? de donner de mon couteau dans la gorge d'un homme ou d'une femme, et qu'à côté de moi la justice en accusât quelque autre, jour de Dieu! la parole me partirait malgré moi; je dirais: Vous n'êtes qu'un tas d'imbéciles. C'est moi qui ai fait le coup. Et voilà!

Fortuné, toujours debout, garde encore un triste silence. Le sang afflue à son visage, la sueur coule de son front. Son regard s'est porté sur Mélanie; mais cette fois son regard a une expression étrange d'humilité et de noble orgueil: il demande grâce et resplendit en même temps d'une exaltation surhumaine.

De son côté, Mélanie, dont l'esprit accablé a succombé jusque-là à l'horreur de sa position, et qui, dans tout le cours des débats, a trouvé à peine la force de bégayer quelques courtes réponses dépourvues de sens, vient de sortir de sa torpeur à la voix de son amie. Elle soulève sa paupière, son regard déchirant monte au-devant de celui de Fortuné.

— Que vous ai-je fait, dit-elle avec l'accent du désespoir, pourquoi voulez-vous m'envoyer à la guillotine à votre place?

La figure de Fortuné s'illumina d'un éclat surnaturel, il répondit d'une voix ferme:

— Vous vivrez.

Puis, fixant son regard sur Henriette:

— J'aurais pu, dit-il, me revoir libre et aimé d'elle; mais vivre bourlé de remords qu'il m'eût fallu cacher à ses yeux, vivre lâche et assassin, mieux vaut mourir généreux, mieux vaut mourir sans être devenu indigne d'elle... Messieurs les jurés, Mélanie est innocente; c'est moi qui ai commis le crime.

Un gémissement douloureux lui répond au loin, parti du banc des témoins: c'est Henriette qui s'est évanouie. Une impression profonde se manifeste dans l'assemblée; il circule de toute part des murmures élevés, des exclamations de surprise, des mouvements tumultueux que la voix des huissiers ne peut réprimer.

L'audience est un moment suspendue.

Le public se livre sans contrainte à l'émotion produite par le noble mouvement de Fortuné. Des conversations bruyantes et animées s'entament où cette action est appréciée et commentée de différentes manières.

— C'est beau, c'est superbe, dit une belle dame; mais qui aurait attendu cela d'un homme de cette classe?

— C'est beau, dit un gros et flegmatique bourgeois; mais remarquez que c'est un célibataire. Ça coûte beaucoup moins quand on ne laisse derrière soi qu'une maîtresse.

— C'est beau, dit un titi, mais c'est bête. Quoi qu'il en dise, à la longue il se serait accoutumé à vivre sans la tête de l'autre.

Quelques jurés au cœur chaleureux admirent franchement, tandis que d'autres au paresseux intellect conservent rancune à l'accusé d'avoir tardé si longtemps à parler. Il leur aurait épargné tant de travail d'attention, tant de labeur de conscience dépensé pour se former une opinion contre la fille Mélanie. MM. les conseillers et M. le président, vieux routiers toujours en garde contre une sensibilité dangereuse, ne sont point sortis de leur prudente réserve; cet aveu a peut-être un bit perfide qu'ils n'entrevoient pas encore. M. le substitut se gratte le front de sa plume et rêve, car voilà une circonstance qui nécessite un bouleversement dans le système de l'accusation.

Mais, dans toute l'assemblée, le personnage le plus ému, c'est sans contredit M. Napoléon Bouleau. D'abord il frémit en vertu de l'intérêt que sa profession veut qu'il porte à son client, surtout à son premier client, le plus difficile à tous de rencontrer. Ensuite ce plaidoyer, élaboré avec tant de soin et appris par cœur avec tant de fatigue; ce plaidoyer qui a tiré des larmes à père, mère, oncles, tantes, cousins, cousines, le voilà donc maintenant perdu! Il n'arrivera point jusqu'aux oreilles du public; il a été écrit dans l'hypothèse de l'innocence du client, et le stupide client s'avise de s'avouer coupable! Il va falloir improviser un autre système de défense, et M. Napoléon n'a pas l'improvisation à ses ordres. Avec du temps et un travail de plume, il parviendrait à extraire de l'oraison écrite et à classer et recoudre dans un nouvel ordre certains morceaux de prix qui composeraient déjà un joli fonds pour l'oraison improvisée; il y joindrait quelques notes rédigées ici sur le bureau même, et cette plaidoirie mi-partie lue, mi-partie récitée, aurait encore une certaine valeur; mais dans quelques instants l'audience sera reprise. Que faire? Il confie son embarras à son collègue, M. Destournelles.

— Vous aurez, répond celui-ci, quelques instants à vous pendant que le ministère public parlera.

— Trop peu, trop peu... Que faire?

— Si vous aviez une heure?

— Je me croirais sauvé.

— Je vous en fais gagner deux et peut-être davantage. J'en connais le moyen... Me consultez-vous?

— Voyons ce moyen.

— C'est vingt francs pour la consultation verbale.

— Votre moyen? Oh! mon Dieu! le président a repris son fauteuil. Votre moyen?

— Consultez-vous?

— Eh! sans doute, je consulte.

— Alors vous savez l'usage?

— Quel usage?

— C'est singulier... Il veut exercer la profession, et il ne sait pas l'usage... Vous êtes vraiment étonnant.

M. Napoléon comprend enfin, à l'air et au geste, qu'une consultation de M. Destourne les se paie d'avance. Les vingt francs empochés, M. Destournelles reprend gravement:

— Réclamez du président qu'en vertu de son pouvoir discrétionnaire, il fasse appeler tels ou tels témoins qui sont prêts à déposer de la moralité de votre client. Priez Dieu pour que vos nouveaux témoins demeurent loin, bien loin du Palais, ou soient absents de leur domicile, car alors il est à espérer que leur audition sera renvoyée à demain. Dans la chance la plus défavorable, celle où l'huissier expédié à leur recherche les ramènerait, vous comprenez que vos deux heures et au-delà vous sont assurées.

M. Bouleau s'empressa d'user de cette ressource.

Fortuné n'eut à indiquer à son avocat, pour répondants de sa moralité, que deux personnes: Madeleine et le jeune républicain Marcel, qu'il avait connu à la Force.

Or, le républicain devait lui-même être jugé le lendemain et se trouvait habiter pour l'heure la prison de la Conciergerie, dépendante du Palais; il suffisait de dix minutes pour qu'il pût comparaître. En attendant, on put procéder sur-le-champ à l'interrogatoire de Madeleine; car Madeleine assistait à l'audience, non pas au banc des témoins, où son secours aurait été si utile à Henriette, mais perdue dans la foule des simples spectateurs, d'où elle s'empressa de signaler sa présence à l'huissier qui se mettait en route pour la chercher à son domicile.

M. Napoléon, en échange de ses vingt francs, gagna en tout vingt minutes; mais ce retard dans les plaidoiries fut on ne peut plus fatal à Fortuné. L'heureuse impression produite par son aveu sur la masse du public, et sur certains jurés, eut le temps de s'effacer; d'autres impressions succédèrent dont le ministère public sut tirer un grand parti au profit de l'accusation.

Quand monsieur le substitut entendit Madeleine raconter comment, au péril de la prison, Fortuné l'avait, dans une expédition de contrebande, préservée de la patrouille, monsieur le substitut sourit; mais quand il eut ouï le républicain raconter comment, au milieu d'une révolte de prisonniers, le même Fortuné lui avait fait si courageusement un rempart de son corps, oh! alors, la figure de monsieur le substitut rayonna.

L'accusé lié avec une contrebandière, avec un républicain barbu, quel heureux appendice pour son réquisitoire! Pendant la suspension de l'audience, il songeait aux moyens de rattacher proprement à l'affaire une profession de foi en faveur du gouvernement, et aussi la tirade obligée contre l'anarchie. La Providence, sous les traits du cupide M. Destournelles, en suscitant les deux témoins supplémentaires, l'avait servi à souhait. Après avoir affermi avec grâce sur sa tête son bonnet à galons d'argent, il débita un pompeux réquisitoire qui se termina à peu près ainsi:

— Votre sagacité, messieurs les jurés, a saisi, je ne vous ferai pas l'injure d'en douter, quels terribles enseignements découlent de l'affaire dont la décision vous est soumise aujourd'hui. Que la jeunesse contemple ces choses en frémissant et puise ici l'horreur du vice! Elle apprendra comment il suffit d'un pas, d'un seul pas de déviation hors de l'étroit sentier de la morale, d'une première infraction à l'ordre, pour se trouver lancé sur la pente irrésistible qui aboutit fatalement à l'abîme de la perversité. Un homme dans la fleur de la jeunesse, devant qui le monde s'ouvrait riant et fleuri, un jeune homme qui, avec de l'ordre et de l'économie, pouvait devenir bon époux, bon père, citoyen honorable, à l'ombre de nos institutions tutélaires, de nos institutions sages, grâce auxquelles tous sont désormais également appelés à tout, s'ennuie de demander au travail une existence régulière et doucement progressive. La soif de jouissances immorales et d'une fortune prématurée allume son sang. L'or, qui devient nécessaire au dissipateur pour le prodiguer aux fantaisies de la courtisane, ce n'est plus le travail honnête que pourra le lui procurer; sa cupidité aura recours aux spéculations illicites de la contrebande. Et maintenant, messieurs les jurés, veuillez me prêter toute votre impartiale attention. Considérez avec quelle rapidité effrayante il va franchir les derniers degrés de la corruption. Il est jeté en prison, et voilà qu'aussitôt, dans cette même prison, s'introduisent avec lui l'insubordination et la révolte; car il y a apporté tous ses vices, sa turbulence farouche et son indomptable énergie. Dans ce triste séjour, avec qui le trouverons-nous en liaison? Avec ces hommes imbus des plus abominables doctrines, ces incorrigibles fauteurs de l'anarchie, qui d'une main brandissent la torche et de l'autre le poignard, qui invoquent sans pudeur l'indigne loi agraire et l'abolition du saint droit de l'hérédité, qui voudraient jeter chaque propriété privée, chaque fortune individuelle, dans une immense fournaise d'où sortirait le colossal Baal, l'absurde veau d'or de ces zélateurs insensés, la fantastique communauté des biens, à l'aide de laquelle, selon eux, tous ceux qui possèdent seraient ruinés, tous ceux qui n'ont rien, enrichis. La fatale progression n'est-elle pas évidente, manifeste, lucide, au-dessus de toute dénégation, messieurs les jurés? Le libertin se fait contrebandier, bientôt après républicain, et, au sortir de cette effroyable école, il court mettre à l'essai ses théories et pratiquer l'assassinat. Votre courageuse mais juste sévérité saura l'arrêter dans le cours de ses forfaits. Votre voix sera la voix omnipotente qui dit à l'Océan destructeur: « Tu n'iras pas plus loin. » En frappant l'assassin anarchiste, messieurs les jurés, vous vengerez la morale et les lois outragées, vous rendrez la sécurité aux familles alarmées, vous affermirez pour jamais notre nouvel état social sur la base de granit indestructible, que les factieux tentent en vain de ruiner. Vous servirez votre pays en vous souvenant de cette sainte devise de nos bannières: *Ordre public et liberté!*

M. Napoléon prend à son tour la parole d'une voix qui rappelle les notes d'une clarinette rustique.

Comme Petit-Jean, ce qu'il sait le mieux, c'est son commencement, car son exorde fait partie des morceaux à conserver de l'oraison écrite.

Le débutant y déclare, selon l'usage, qu'il ne se présente qu'en tremblant dans l'auguste enceinte, mais la sainteté de la mission qu'il est appelé à remplir soutiendra son courage. Il réclame la bienveillante indulgence de la cour pour son humble talent, etc., etc.

La science du geste, surtout sous le grotesque harnais d'avocat, n'est pas de celles qui s'acquièrent en un jour. M. Napoléon est fort embarrassé de toute sa personne, et notamment de ses deux bras. Pour se donner du maintien, il a d'abord recours à une boule de papier qu'il chiffonne; puis il prend négligemment ses gants de tricot déposés sur le bureau et y fourre ses gros doigts par distraction.

Il avait cheminé de la sorte sans accident dans toute l'étendue de son exorde et atteignait certaine phrase à effet qui couronnerait son premier paragraphe.

— Assuré donc de votre bienveillance, j'oserai...

— Maître Napoléon, dit tout à coup M. le président, la cour voit avec une pénible surprise que vous vous permettez de parler ganté devant elle. Elle veut bien reconnaître dans cet oubli des convenances une simple inattention qui s'explique par votre inexpérience, et non par une prétention que l'ordre auquel vous avez l'honneur d'appartenir essaierait à tort d'élever. C'est dans votre intérêt et pour éclairer votre jeunesse que je vous ai interrompu. Vous pouvez continuer.

M. Napoléon rougit jusqu'aux oreilles, et il se démène pour dépouiller le gant qui adhère à la peau.

Lorsque son émotion fut un peu apaisée, il tenta de redemander à sa mémoire la fameuse phrase à effet; la mémoire, effarouchée par ce premier contretemps, se tint coi et ne renvoya rien. La situation était critique, M. Napoléon n'entrevit que deux moyens d'en sortir. L'un consistait à faire le sacrifice complet des morceaux de prix de l'oraison écrite, à s'en tenir aux notes prises dans le courant de l'audience, se contentant de développer ces notes de la façon la plus simple et la plus naturelle, sans prétention aux considérations générales ni à l'éclat du style, et en marchant terre à terre dans les humbles limites de cette cause plébéienne. C'était ce que réclamait surtout l'intérêt de l'accusé : un loyal défenseur ne pouvait agir autrement. Un instinct de probité juvénile, que le frottement des affaires n'avait point encore usé, le disait tout bas à M. Napoléon. L'autre moyen était de débiter le beau plaidoyer quand même, sacrifiant tout net le client et conservant toute sa gloire à l'avocat. La vanité d'écrivain penchait pour ce parti : elle disait que l'accusé n'était pas tellement digne d'intérêt qu'on dût lui immoler ce morceau d'éloquence; que d'ailleurs cet accusé s'étant perdu par son aveu, tout ce qu'on essaierait de présenter maintenant pour sa défense serait en pure perte.

— Je ne sauverai pas cet imbécile, s'écrie Me Napoléon en lui-même, sauvons du moins mon plaidoyer! Agissons rondement : lisons, et puisque le sort en est jeté, lisons, ma foi, sans rien omettre.

Alors Me Napoléon chevauche effrontément sur le manuscrit. Il lit d'abord une tirade contre les déplorables effets de ces préventions dont les bribes d'actes d'accusation (que publient les journaux empressés de courir au-devant de la curiosité de leurs abonnés) déposent le germe fatal dans l'opinion publique. Le vertueux Fortuné était représenté comme atterré sous le poids de ces préventions injustes. L'opinion de la France entière, faussée par les organes de la presse, s'était déjà accoutumée à ne voir en lui qu'un exécrable assassin, bien avant qu'ait pu luire le jour de la justice. Mais ce jour se levait enfin. M. Napoléon, qui était descendu dans la prison pour y consoler l'innocence, remontait dans le sanctuaire des lois pour lui prêter l'appui de son saint ministère. Il se faisait fort de démontrer victorieusement, et sans laisser matière à la moindre réplique, que le susdit Fortuné était complétement étranger à la perpétration, comme aussi à toute complicité dans la perpétration du susdit crime, et que le susdit acte d'accusation péchait par la base et était de tous points inadmissible...

— Maître Napoléon, dit le président, dans l'intérêt de votre client, je crois utile de vous interrompre. Vous semblez avoir oublié que la culpabilité de l'accusé a été établie par son aveu.

L'admonition contrarie le lecteur. Il barbote dans une longue discussion des faits, où, par malheur, tous sont expliqués dans le sens propre à démontrer l'innocence.

— Dans l'intérêt de votre client... etc., répétait l'implacable président à chaque commentaire entamé d'un nouveau fait.

— Je serai bref, répondait le lecteur d'un ton suppliant.

Et il redoublait de vitesse, et il sautait douloureusement des paragraphes entiers...

— Dans l'intérêt de votre client, je dois...

— Cinq secondes au plus, monsieur le président.

L'active langue du lecteur bredouillait, bredouillait, et Me Napoléon sautait encore des pages.

Il parvint, suant à grosses gouttes, à certain passage riche en certaines considérations de haute morale, sur lequel il comptait particulièrement. Aussi, reprenant haleine, enfonça-t-il avec véhémence son bonnet carré jusqu'à ses arcades sourcilières et rejeta-t-il en arrière, par une forte secousse de ses deux poignets, les larges manches de sa robe, qui les avaient disgracieusement enveloppés.

— Et maintenant, Accusation, je te saisis corps à corps! réponds-moi, Accusation! Je veux bien consentir, pour un instant, à admettre avec toi, Accusation, que mon client aurait pu participer au crime...

— Il entre enfin dans la cause, dit le président à demi-voix; ce n'est pas malheureux, dans l'intérêt de l'auditoire.

— Mais alors, Accusation, oublies-tu donc que ce malheureux siècle, où la Providence nous a appelés à vivre, n'est qu'une funeste époque de transition? Ne tiendrais-tu nul compte, Accusation, des défectuosités que tous nos grands penseurs s'accordent à signaler dans notre état social. Le prolétaire est méprisé, repoussé... Oui, messieurs les jurés, j'en appelle à vos consciences, le prolétaire est considéré comme zéro. Le fardeau des contributions, le lourd milliard du budget, par une combinaison machiavélique, retombe tout entier sur mon malheureux client; le nieras-tu, Accusation? Quoi de surprenant, alors, si de temps en temps les masses ressentent la velléité de se relever, de secouer le joug! Et l'on oserait plaindre les Raymond Perrot, gorgés de la sueur du pauvre, et l'on oserait plaindre les riches!... Accusation, je te...

— Dans l'intérêt de la propriété, s'écrie le président, je ne souffrirai pas l'émission d'une telle doctrine.

Cette fois, Me Napoléon grommelle, et il poursuit sans sauter de paragraphe; le passage est vraiment si beau!...

— Oui, messieurs les jurés, je m'adresse à vous en pleine confiance, parce que vous êtes des hommes, et des hommes doués d'un esprit impartial, de véritables citoyens, et que les Français qui sont bien Français sont nés pour se comprendre. Il n'y a que les révolutions pour donner du mouvement, de la vie à une nation. Et, pour le prouver, je vous citerai ce mot si profond de l'illustre Marat : « Voulez-vous faire une vraie révolution, prenez-moi trois cents gaillards, armez-les d'un bâton... »

— Dans l'intérêt de la société, interrompt encore le magistrat, je ne souffrirai pas dans cette enceinte un appel aux passions anarchiques. Me Napoléon, je suis forcé...

— Mais je suis ici pour parler, Dieu me damne!

— Dans l'intérêt de la religion, je vous ordonne le silence.

— Ah! c'est comme ça; eh bien! vous n'aurez pas une syllabe de plus de mon ploidoyer.

Et il retrousse à pleine main sa robe jusqu'à la ceinture, afin d'enfourner l'immense manuscrit dans l'une des poches de derrière de son habit.

— Condamnez ou ne condamnez pas, dit-il entre ses dents, je m'en moque... J'aime mieux jeter ma langue aux chiens... Je vais rejoindre maman. Bonsoir.

— Dans l'intérêt de cette noble robe que vous portez, je vous somme de ne pas quitter votre place, lui dit le président, qui le voit plier bagage. Abandonner à ses propres moyens de défense un accusé dont la tutelle vous a été confiée par la cour, lui refuser l'appui de votre saint ministère! vous n'y songez pas, maître Napoléon ; dans l'intérêt de votre honneur, rentrez en vous-même.

A son tour, M. le substitut, dans l'intérêt de la dignité de la cour, s'empare de l'incident et requiert la punition du scandale donné par Me Napoléon Bouleau. M. le président et MM. les conseillers se lèvent et viennent se pelotonner derrière le fauteuil présidentiel. Ils délibèrent ; leurs cinq vénérables têtes hochent à plusieurs reprises, après quoi ils reprennent leurs siéges, et M. le président prononce :

— Maître Napoléon, dans l'intérêt de votre avenir, la cour veut bien n'attribuer le scandale dont vous vous êtes rendu coupable qu'à la fougue irréfléchie de votre inexpérimentée jeunesse. Elle se borne à vous infliger une paternelle réprimande, dans l'intérêt des jeunes stagiaires présents à l'audience ; nous souhaitons que la leçon leur profite aussi. La parole est à maître Destournelles.

Me Destournelles, avocat de la fille Mélanie, se lève avec lenteur, et après avoir expectoré assez longuement pour bien dérouiller sa voix :

— Messieurs les jurés, dit-il, l'innocence de ma cliente s'est manifestée devant vous avec trop d'éclat pour que je me permette d'abuser de vos précieux instants ; nous attendons l'heure où votre déclaration nous rendra à la liberté.

Et il se rassied en ôtant son bonnet, dont il avait pris soin de se coiffer pour débiter ce mince plaidoyer.

— Tout ça pour nos deux cents francs ! dit Flore assez haut pour être entendue d'une bonne partie du public. Excusez ! et c'est moi qui, en réalité, ai fait toute la besogne de cet animal-là, en forçant le vrai criminel à avouer... comme j'avais déjà fait, il y a six mois, l'ouvrage des agents de police, en arrêtant l'assassin dans la rue... Ah ! jobards ! je m'y entends mieux que vous.

Le jury se composait tout entier de fougueux ennemis des doctrines anarchiques et ne comptait pas un seul partisan des circonstances atténuantes et de l'abolition de la peine de mort. De plus, la nuit commençait à tomber, et l'heure du dîner était perdue. Ces différentes raisons se trouvaient on ne peut plus défavorables à l'accusé.

Le chef du jury déclara d'une voix émue, comme c'est l'ordinaire, que Fortuné Guérin était coupable d'assassinat avec préméditation.

La condamnation à mort fut prononcée.

L'arrêt pouvait être certain d'avance ; l'auditoire était fatigué, et d'ailleurs avait senti peu d'intérêt pour l'accusé, qui *était très-laid*. Les paroles solennelles qui tombèrent de la bouche du président répandirent donc peu d'impression : chacun, en les entendant, tournait déjà la tête vers la porte, où l'encombrement de la foule menaçait de faire rencontrer beaucoup de difficultés pour sortir.

Henriette, depuis l'aveu que Fortuné avait fait de son crime, était tombée sans connaissance.

Pour Fortuné, il entendit son arrêt de mort sans changer de visage, sans faire un mouvement. Depuis quelques instants, en proie à des émotions si violentes, ses sens brisés avaient perdu la force nécessaire pour embrasser l'horreur d'une telle situation ; l'annonce de la mort était comme un nuage froid qui lui dérobait la lumière... Quelques minutes se passèrent ainsi... Et, en ce moment, sans qu'il y eût aucune cause pour cela, Fortuné se mit à penser à sa mère. Il revit Jeanne à ses derniers instants ; ce tableau de son enfance reparut avec une lucidité extraordinaire.

— Elle m'avait recommandé, dit-il, de demander l'aumône à la porte de son cimetière... et de porter à la fin de la journée une fleur des champs sur sa place... Elle n'a jamais eu cette fleur ni dans sa vie ni après sa mort... Pauvre mère ! je serai comme elle !...

Cependant M. le président, MM. les conseillers, ainsi que les spectateurs de distinction, s'approchèrent de M. le substitut et le complimentèrent sur son immense succès.

Me Napoléon, confus et humilié, se réfugia sous l'aile de sa mère. Il eut même la douleur d'observer que les yeux de l'héritière regardaient avec une extrême complaisance M. le substitut. Avant de sortir de la salle, elle répéta plus de dix fois :

— Ce monsieur a parlé deux grandes heures durant sans lire aucun papier, et avec cela c'est un bien bel homme !

Napoléon, dont le cœur s'ulcérait de plus en plus, dit bas à sa mère :

— Maman, je t'assure que ce n'est pas ma faute. Vrai !

A quoi celle-ci répondit tout haut et avec amertume :

— Ce président, que j'aurais juré un monsieur si poli, couper ainsi la parole à quelqu'un qui est reçu avocat, c'est criant. On ne m'ôtera pas de l'idée qu'il cherchait à te démoraliser pour mieux faire valoir ce monsieur substitut (qui n'est rien moins que beau, quoi qu'on dise). C'est égal, tu seras plus heureux un autre jour, et, en définitive, ils ne pourront jamais t'ôter d'avoir été reçu avocat, comme M. Destournelles.

La salle se vide. Le gardien agite son trousseau de clefs et se prépare à fermer la porte, après qu'un sien ami, garde municipal, qui veut bien l'aider dans ses soins de ménage, aura éteint le dernier quinquet. Un léger frémissement, dans un coin obscur, signale la présence de quelque retardataire : c'est Henriette qui a continué d'assister à la dernière partie de l'audience, mais sans avoir la force de rien entendre, anéantie et pétrifiée.

Le municipal s'approche d'elle, et la secouant cavalièrement :

— Allons, allons, qu'on s'éveille. Vous dormirez mieux dans votre lit.

La pauvre fille semble sortir d'un rêve.

— Il est perdu ! murmura-t-elle, il est perdu !

— Qui ! votre Azor ? il vous aura attendu dans la rue ; nous allons le siffler.

— Les jurés le tueront ! ils le tueront !

— Ah ! le criminel ? Il y a beau temps que c'est fini : condamné !

— Oh ! mon Dieu ! mon Dieu !

— A mort... Maintenant, allons à la soupe.

Henriette, à ces mots, retomba dans une défaillance dont les soins un peu brusques mais compatissants des deux hommes la firent enfin sortir.

Quand elle fut en état de quitter ce lieu fatal, le municipal dit à son ami :

— Ces enragés de criminels, j'ai toujours vu que quelqu'un s'intéressait à eux, tandis qu'à nous, au contraire... Ce n'est pourtant pas juste. Je voudrais bien qu'un savant m'expliquât pourquoi.

M. BOULEAU.

Henriette, en rentrant dans sa mansarde, ne trouva ni pain, ni argent, ni ouvrage pour en gagner. Elle sourit à sa misère. Tandis que Fortuné passait ses derniers jours dans un affreux cachot, elle se serait reproché un peu d'air pur et de liberté dont elle aurait pu jouir; quand le supplice attendait Fortuné dans si peu de jours, elle pouvait compter aussi ce que la faim lui laissait d'heures à vivre... C'était encore une sorte d'union avec l'homme qu'elle aimait... Elle avait rêvé de partager l'existence avec lui : c'était ainsi que le sort interprétait son rêve !...

On était alors au cœur de l'hiver; il descendait du ciel plombé un jour funèbre, une brume du nord qui ensevelissait la jeune fille sous une couche de glace. Elle s'étendit sur son lit sans quitter ses vêtements...

Henriette avait cependant un luxe inaccoutumé dans ces jours de détresse : le tablier de soie noire que Fortuné, si pauvre, avait trouvé moyen de lui donner, et qu'au commencement elle ne portait que le dimanche, quand il faisait beau, était toujours maintenant à sa ceinture. Elle enveloppa ses pieds engourdis dans le bas de sa robe, pressa son tablier dans ses mains croisées sur sa poitrine et demeura ainsi immobile et résignée jusqu'à la mort.

A chaque frisson douloureux qui traversait son sein, elle répétait doucement :

— Ils n'auront pas le temps de le faire mourir avant moi... Je serai sauvée du malheur de lui survivre.

Le soir du second jour la retrouva dans la même attitude, minée par la fièvre, mais calme, pieuse, mettant son sort aux mains de Dieu, dans l'abandon où la laissait le monde, le priant de l'appeler à lui en même temps que Fortuné et de prendre pitié de leurs âmes.

A cette heure-là, des coups de canne frappés contre la porte, et qui bientôt redoublèrent d'intensité, la tirèrent de son assoupissement léthargique : elle écouta :

— Mais ouvrez donc, mademoiselle Henriette ! disait une voix qui ne lui était pas entièrement étrangère. Il n'y a que deux cas reconnus dans lesquels on soit dispensé d'ouvrir sa porte, continuait la voix, à savoir : quand on n'y est pas, et quand on est en compagnie; or, vous y êtes, car je vous vois à travers la fente, et vous êtes seule. Je conclus à ce que vous ayez à m'ouvrir.

Henriette parvint avec effort à se lever et à atteindre la porte de la mansarde.

M. Napoléon Bouleau entra et se jeta sans façon sur l'unique chaise du logis.

— Bon ! dit-il en regardant insolemment la jeune fille, voici maintenant qu'elle a l'air de ne pas me reconnaître... C'est moi, ma charmante... une vieille connaissance... d'avant-hier...

Il fut frappé alors de la pâleur et de l'altération de cet angélique visage.

— Vous avez été malade, à ce qu'il paraît, reprit-il; mais, sur l'honneur, je vous trouve encore plus adorable ainsi, quoiqu'à l'audience vous m'ayez déjà paru bien séduisante... Mes yeux ont dû vous le dire...

En ce moment, l'air digne et modeste d'Henriette lui donna un léger frisson.

— Certainement mes yeux ont dû vous dire... comme ils sont encore prêts à vous jurer... à vous jurer que sur mon âme... je suis enchaîné à vos pieds...

La physionomie de la jeune fille prenait une expression plus glacée, et M. Napoléon s'embrouillait presque autant qu'à l'audience.

Voulant à tout prix surmonter sa faiblesse, il hasarda quelques-unes des galanteries les moins voilées de son répertoire.

Une larme d'indignation se forma dans les yeux d'Henriette; elle regarda autour d'elle avec une tristesse déchirante.

Napoléon, suivant ce regard, promena ses yeux dans le grenier, dont il vit la profonde misère, et les ramena sur Henriette. L'intimidation qui, au maintien réservé de la jeune fille, lui avait si fort embarrassé la langue, fit place à la pitié, au respect, si bien que son discours, commencé si cavalièrement, se termina par ces mots prononcés avec une bonté franche :

— Au nom du ciel, mademoiselle Henriette, dites-moi si je puis vous être utile à quelque chose ?

— Qu'est-ce qui vous amène ici, monsieur; que voulez-vous ?

Le jeune homme, en descendant dans sa conscience, ne pouvait guère répondre d'une manière vraie à cette question; il chercha donc partout un prétexte à donner à sa brutale invasion.

— Ce qui m'amène ? dit-il. Mais c'est très-simple... Eh bien ! donc, quelle chose m'amène ?... Vous allez voir que je l'aurai oubliée.

Mais soudain la figure de Napoléon exprima la satisfaction la plus vive.

— M'y voici, reprit-il en ramassant par la chambre un papier sur lequel ses yeux venaient de s'arrêter, et qui n'était autre que l'assignation envoyée à Henriette pour qu'elle eût à paraître comme témoin dans l'affaire de Fortuné. Je me présente en ma qualité d'avocat; j'accomplis un acte de mon saint ministère. Vous avez déposé favorablement pour mon client; j'ai cru de mon devoir de veiller à vos propres intérêts, et me suis dit : Il faut que je m'assure par moi-même si elle a touché exactement son indemnité de témoin. Quelquefois ces choses-là s'oublient.

Henriette ne paraissait pas comprendre.

— Oui, reprit-il, il vous revient quelque chose au palais. Vous avez déposé deux fois chez le juge d'instruction, ci, deux journées. Ajoutons l'audience, ci, une autre journée; en tout, trois journées, à quarante sous, au moins, ça fait six francs net. Avez-vous touché ?

— Ah ! oui, dit-elle d'un air égaré, c'est cela... J'ai aidé dans ce procès où on l'a condamné à mort... Il me faut le prix de ma peine, le prix de son sang...

— Allez toucher, mon enfant, balbutia encore l'avocat.

Henriette, qui tenait la fatale assignation, la déchira lentement.

Napoléon courba la tête et gagna la porte en marchant sur la pointe du pied et en répétant :

— Pardon, mademoiselle, je vous fais mille excuses... On peut se tromper.

Il atteignait le seuil, lorsque Henriette se précipita devant lui, les yeux étincelants, le souffle brisé par une terreur affreuse.

— Monsieur, s'écria-t-elle, une question, une seule question : Vit-il encore ?

Laissez approcher cette jeune fille. — Impossible! retirez-vous. — Page 87, col. 2.

Napoléon recule d'un pas : c'est à son tour à ne pas comprendre.

— Ils l'ont déjà tué, reprend-elle ; avouez-le, ne me ménagez pas.

Napoléon se frappe le front de l'index, car il a saisi. Il explique longuement en termes du palais, à la jeune fille ignorante, comment la loi accorde au condamné un délai de trois jours pour se pourvoir contre l'arrêt de la cour d'assises; ce que c'est que la cour de cassation; comment une condamation n'est exécutoire qu'après que ce tribunal suprême a confirmé l'arrêt rendu par les premiers juges.

— Un pourvoi, ajoute-t-il, aurait encore assuré six semaines d'existence à mon malheureux client; c'est pourtant encore assez beau, six semaines... mais je défie de trouver un plus grand entêté; il a refusé absolument de se pourvoir.

— Est-il possible?

— Nous marchons en plein vers le troisième jour du délai, et demain, bonsoir, plus de cassation.

— Béni soit le ciel qui vous a envoyé ici, mon cher monsieur. Un avocat peut tout. Vous allez me conduire dans la prison; il faut que je lui parle. Nous le forcerons bien à se pourvoir.

Elle s'enveloppa d'un châle et entraina Napoléon sur l'escalier.

Subjugué par l'ascendant de la jeune fille qu'animait une passion vraie, Napoléon ne se contenta plus d'être compatissant, vertueux, il devint héroïque. Il offrit son bras à Henriette et la guida dans toutes les démarches nécessaires pour lui obtenir l'entrée de la prison. Les bureaucrates et les guichetiers souriaient malicieusement au galant avocat. Napoléon, sublime de générosité, tout entier à sa belle œuvre, n'en tint nul compte et négligea ces séduisantes occasions d'établir sa réputation de conquérant de sa jolie compagne. Celle-ci marchait, alerte comme l'oiseau, répétant sans cesse :

— Le pourvoi peut le sauver, n'est-ce pas? vous avez bon espoir dans ce pourvoi.

Là-dessus, Napoléon mettait en dehors, non sans complaisance, tout son savoir de légiste, entassait des articles du Code, les corroborait des opinions de tel et tel jurisconsulte, et cimentait le tout de la sienne propre. A chaque fois qu'il reprenait haleine, Henriette s'efforçait de puiser dans cet obscur fatras ce qui lui donnait le plus d'espoir et disait en tournant sa charmante tête avec un air d'admiration naïve :

— Oh! le pourvoi, monsieur, c'est une chose divine!

Ils pénétrèrent jusque dans l'horrible cellule servant de tombeau anticipé au coupable que la justice a marqué pour le glaive. Le génie des geôliers s'est épuisé en combinaisons pour enlever à l'habitant de ce funeste lieu toute facilité d'un suicide qui ne frustrerait que le bourreau. Un inamovible gardien, posté à une grille pratiquée dans la cloison, couve de l'œil le sombre cachot; une sentinelle armée, marchant le long du corridor, surveille à la fois prisonnier et gardien.

Elle demeura là, tout entière à ses espérances. — Page 91, col. 1re.

Le condamné, revêtu de la camisole de force, qui comprime chacun de ses membres, et maintenu sur son grabat dans l'impossibilité d'accomplir le moindre mouvement, ne laisse pas de tenir en émoi M. le directeur et tout le personnel de la prison.

Fortuné n'avait pas prononcé une parole depuis sa condamnation et s'était refusé à prendre la moindre nourriture.

On se disait que, s'il parvenait à mourir de faim, ce serait une grande honte pour l'établissement. De temps en temps le gardien, le nez collé à sa grille de cloison, entonnait le thème conservateur :

— Vous serez raisonnable, mon cher, n'est-ce pas ? Vous vous pourvoirez, tout le monde se pourvoit, quoique ça ne serve pas à grand'chose. Vous n'avez plus que la fin de la journée.

Et puis il ajoutait :

— Croyez-moi, mon cher, mangez, mangez ferme, dans votre position, ça soutient. Ce n'est plus ici le cas de l'ancien ordinaire, voyez-vous, le pain noir et la soupe de gélatine ; non, on a des égards pour votre position. Voulez-vous un bon beefteack, une bonne soupe aux choux, un bon verre de bordeaux du café, de la liqueur ? Mais, saperlotte ! mangez, mangez donc, ne vous laissez pas ainsi aller à la débine.

De son côté, la sentinelle aux pas comptés appuyait de son mieux ces excitantes paroles :

— Nom d'une pipe ! à sa place je ne me ferais pas tant prier ! Parbleu ! je me confectionnerais une fière bosse aux dépens de l'Etat. En Alger, j'ai chargé, moi cinquième, plus de cinquante Arabes, et cela, pas une fois, mais cent fois, tous les jours ; ça valait bien une condamnation à mort, il me semble ; eh bien, le gouvernement n'a jamais eu la politesse de m'offrir seulement le petit verre de dur auparavant.

Quand la porte s'ouvrit pour les deux visiteurs, Fortuné tenait son visage caché contre la muraille et ne donnait aucun signe d'existence. Napoléon courut droit à lui, et secouant brusquement la couverture :

— Allons, allons, récalcitrant, j'amène du renfort pour vous faire violence... Ah ! vous me résistez toujours.

Henriette s'avança.

— Et à moi, dit-elle, me résisterez-vous ?

Le moribond se retourna, son visage était effrayant d'épuisement et de pâleur ; en même temps, à la vue d'Henriette, une joie immense, radieuse, telle que n'en pourraient montrer les heureux du monde, resplendit sur ses traits.

La jeune fille n'avait plus la force de proférer une seule parole.

M. Napoléon dit à sa place :

— Vous nous mettrez au désespoir, mon cher, en refsant avec tant d'obstination d'avoir recours au pourvoi.

— On ne m'avait pas dit que mademoiselle Henriette le voulût, répondit Fortuné.

— Et quand cela ne serait pas, reprit l'avocat, mes conseils ne devaient-ils donc pas suffire ?

— Pourquoi m'ont-ils condamné à mort ?

— Pourquoi ?... Diable !... Vous enfilez un homme

comme une mouche et venez vous en vanter en plein tribunal.

— Raymond Perrot avait bien tué le comte de Lavernay... personne ne songeait à lui en faire un reproche... On emmenait le mort d'un côté, le meurtrier revenait de l'autre, en tilbury, au milieu du monde, par un beau chemin plein de soleil.

— Il l'a tué en duel.

— Il l'avait tué innocent... moi j'ai tué Raymond quand il allait commettre le plus lache des crimes... Je devais bien croire que c'était justice.

— Ce n'est pas de cela qu'il s'agit, mais de préparer le pourvoi...

— Oui, dit enfin Henriette, oui, mon ami... je me laissais aller au découragement; comme vous, je vous lais mourir, quand tout à l'heure votre généreux défenseur est accouru près de moi; il m'a appris que tout n'était pas perdu... que vous n'aviez qu'à signer un écrit pour qu'on revît la cause, pour qu'on vous acquittât... peut-être.

— Oh! pourquoi? dit Fortuné en la regardant avec extase. J'ai été si heureux aujourd'hui... laissez-moi mourir demain.

— Vos jours ne vous appartiennent plus... Songez à la chambre de Madeleine.

— Ne me parlez pas ainsi... je regretterais trop la vie...

— Il consent, interrompit vivement Henriette... Vite, vite, monsieur l'avocat, préparez le papier... Monsieur le geôlier, venez, je vous en supplie, détacher ses mains... il faut bien qu'il puisse signer.

Henriette aida à défaire les chaînes qui meurtrissaient les bras du prisonnier; puis elle mit le pourvoi sous sa main, la plume entre ses doigts; et approchant ses lèvres tout près du front de Fortuné, lui fit comprendre, s'il voulait signer, qu'elle serait la récompense.

Fortuné, à ce prix, eût signé un pacte avec l'enfer.

Il mit son nom au bas du pourvoi.

Henriette lui donna un long et chaste baiser. Les yeux du prisonnier se voilèrent d'un nuage; tout son être frémit d'une volupté indicible; un pouvoir surhumain avait tout à coup effacé le cachot autour de lui et le berçait dans une sphère d'ineffables délices.

Il était encore plongé dans cette ivresse sans nom, quand depuis longtemps la porte de la prison s'était refermée sur Henriette et son conducteur.

Henriette voulait vivre maintenant et veiller au salut de Fortuné. Elle se dirigea vers la demeure de Madeleine pour la faire jouir de ses espérances, et partager avec la bonne femme le repas du soir.

Il faut dire, en l'honneur de Mᵉ Napoléon, qu'il emporta en s'éloignant une satisfaction extrême.

— Voilà une soirée bien remplie, dit-il à part lui; en fin de compte, j'aurai peut-être sauvé mon client... mon premier client... et j'ai assurément fait une bonne œuvre... Je ne dirai pas cependant que je sois tout à fait sorti dans cette intention...

LA PAUVRE FEMME COUSUE D'OR.

Le lendemain matin, Henriette avait repris une petite toilette fraîche et soignée, et, après avoir vaqué à ce premier besoin de l'existence pour une nature délicate, elle songeait aux moyens de travailler et de vivre pendant six semaines. En ce moment, un bruit insolite se fit entendre sur l'escalier de la maison, avec le nom d'Henriette Meneau, prononcé par une voix inconnue et répété à toutes les portes ouvrant sur les degrés.

La jeune fille se présenta sur le palier, et vit venir à elle un superbe chasseur : un frac vert richement galonné, un chapeau surchargé de plumes, et, comme mérite intrinsèque de l'individu, de magnifiques moustaches. Le chasseur avait demandé à toutes les portes mademoiselle Henriette Meneau, ouvrière en couture, pour l'avertir qu'elle eût à venir à l'instant travailler chez madame Müffling, la femme du riche banquier de ce nom. Le serviteur de grande maison avança la tête dans le triste logis de l'ouvrière, et se hâta de la retirer avec une grimace de majestueux dédain.

— Vous êtes bien, dit-il, mademoiselle Henriette Meneau? Veuillez venir tout de suite près de madame, car elle n'aime pas attendre. Faubourg Saint-Honoré, 121. Vous demanderez la femme de charge, madame Philippine.

Henriette se rendit aussitôt à cet ordre. Elle fut très-sèchement reçue par la femme de charge.

— Est-ce bien vous, dit celle-ci, qui vous nommez Henriette Meneau?

— Oui, madame.

— Vous avez quelqu'un qui vous protége ici?

— Non. Il y a une heure, je ne connaissais pas le nom de votre maîtresse.

— C'est étrange! madame elle-même a envoyé le chasseur vous demander; elle a écrit votre adresse de sa main et a déjà sonné deux fois pour savoir si vous étiez arrivée.

Ici, un nouveau coup de sonnette interrompit madame Philippine. La femme de charge, après avoir été prendre l'ordre de sa maîtresse, introduisit Henriette au salon.

Madame était une femme de vingt-quatre ans à peu près, aux poses pleines de langueur, aux mouvements empreints de nonchalance et de mollesse, telles qu'on voit souvent les jeunes femmes de la riche bourgeoisie, où s'est réfugiée avec l'oisiveté d'esprit la tradition des maux de nerfs. Sur son visage dénué de fraîcheur, l'ennui, ce mal des heureux de la terre, et peut-être la fatigue des corvées que le monde appelle plaisirs, avaient imprimé une légère altération; mais on voyait en même temps que l'orage des passions n'avait point passé par là.

Dans un salon ombreux, sous ses triples rideaux de mousseline et de soie, la jeune femme, enveloppée d'une nuée de voiles et d'écharpes, reposait au fond d'une causeuse, dans un affaissement empreint de souffrance; car l'ennui chez elle avait les symptômes d'une maladie mortelle.

A la vue d'Henriette, elle laissa lentement tomber ces mots :

— Philippine, établissez mademoiselle ici, à côté, dans le boudoir. Elle y sera bien pour travailler... Donnez-lui ma robe de velours bleu... Pourquoi baissez-vous cette portière?... relevez-la davantage au contraire. Bon. Mademoiselle, veuillez commencer par découdre la taille : vous, Philippine, laissez-nous; vous avez à faire; ne revenez pas que je ne sonne.

La femme de charge était à peine sortie que madame, secouant vivement son entourage de dentelles et de coussins, s'élança dans le petit salon où travaillait déjà l'ouvrière. Elle s'avança ensuite pas à pas et vint se placer en face d'Henriette. Celle-ci, la tête inclinée sur son ouvrage, décousait point à point la couture condamnée de la robe qu'elle avait posée sur un fauteuil devant elle.

Madame s'était accoudée avec une grâce câline et engageante sur le dos de ce même fauteuil.

— Vous paraissez habile, dit-elle, mademoiselle Meneau, car vous êtes bien mademoiselle Henriette Meneau, n'est-il pas vrai?

— Oui, madame, répondit Henriette. Elle ajouta en elle-même : cependant, à les entendre tous, je suis prête à en douter moi-même.

— C'est de vous que parlait la *Gazette des Tribunaux* d'avant-hier, à propos d'une affaire à la cour d'assises?

Henriette trembla... On allait sans doute la congédier encore.

— Madame, s'écria-t-elle, par pitié, gardez-moi... Oh! j'en ai tant besoin... pour lui, autant que pour moi... ne me renvoyez pas... si vous saviez!

Et des larmes troublèrent sa vue.

— Vous renvoyer!... Au contraire... au contraire.

Madame baissa la voix.

— Ah! ça, dites-moi, il vous aimait donc bien, puisqu'il a été jusqu'à tuer un homme à cause de vous!

Les larmes d'Henriette continuaient à couler et elle ne songeait point à répondre. La jeune femme repoussant la robe de côté, s'assit sur le fauteuil, prit avec chaleur les deux mains de l'ouvrière, et d'une voix mielleuse et insinuante :

— Calmez-vous, mon enfant... J'ai rappelé un douloureux souvenir... Croyez-le bien, ma curiosité n'a rien d'offensant pour vous... Mais voyons... il faut qu'il ait ressenti une passion bien violente... Devenir jaloux jusqu'à perdre la raison, jusqu'à commettre un meurtre! Quand j'ai lu toute cette affaire, je brûlais de le voir... J'ai regretté vivement de ne pas avoir assisté à l'audience...;
mais je vous tiens enfin, vous m'allez tout compter.

Séduite par des manières affables et qui simulaient presque l'affection, Henriette raconta son histoire à madame Müffling, et tout naturellement saisit cette occasion de replacer sa conduite dans son vrai jour, de prouver combien la remontrance de monsieur le président avait été cruellement injuste. Cependant, à mesure qu'elle parlait d'elle, madame devenait froide et distraite, tandis qu'on la voyait animée et palpitante quand le cours du récit rappelait les soins galants de Raymond et surtout les assiduités mélancoliques et tendres de Fortuné, de ce fanatique amoureux (comme disait madame), à l'âme aimante et timide, qui rappelait le fidèle ramier, aux farouches instincts appartenant au tigre amoureux. Elle faisait mille questions, recueillait les détails, provoquait les confidences.

— Est-il beau? Est-ce-ce qu'il est brun ou blond? Dépeignez-le-moi bien... Se peut-il que j'ai manqué cette belle audience, la seule occasion pour le voir!... Il est assez heureux encore que le journal mentionne quelquefois l'adresse des témoins... Quelle bonne idée j'ai eue d'envoyer chez vous... C'est qu'en vérité elle raconte tout cela à merveille!

Il s'écoula ainsi plus de deux grandes heures, et le visage de madame ne présentait plus aucune trace d'ennui ni de fatigue. L'animation avait succédé à la langueur. De temps en temps, elle se levait avec une certaine brusquerie, courait légère par la chambre, tout en poursuivant l'intéressante conversation, s'arrêtait pour se regarder dans une glace, souriait d'orgueil à son image... Et pourtant, lorsque ensuite elle reprenait sa marche, elle laissait échapper un soupir; ses yeux, dont tout l'éclat s'était rallumé, erraient vaguement des fleurs qui couronnaient une jardinière aux mille futilités qui encombraient une riche étagère; le mouvement précipité de son sein trahissait une vive agitation intérieure, et ses lèvres contractées un secret dépit.

Tout à coup on entendit le bruit d'une porte qui s'ouvrait dans le salon, et ces mots prononcés par une voix rude, à l'accent germanique, ou flamand, ou hollandais :

— Où tongue êtes-fous... matame.

Et vite madame de s'enfuir du boudoir en disant : — C'est mon mari! et elle baissa prestement la portière.

Henriette, sans voir le personnage, put ouïr une de ces aimables scènes comme en sait faire un mari, et un mari l'un des plus épais héros de la finance. Monsieur Müffling tempêtait à propos d'un arriéré de dot qu'il ne pouvait parvenir à arracher des mains du beau-père.

— On croit mettre une fortune dans la maison à soi... pas di tout... on met seulement une femme qui mange la fôtre... qui mange tout.

Il partit de là pour maudire tous les beaux-pères, tous les mariages et toutes les femmes.

Le grain passé et le loyal épouseur retourné vers sa caisse, l'ouvrière vit rentrer au petit salon madame, qui avait le cœur gros, la respiration pénible, les yeux rouges, et l'ouvrière se sentit prise de compassion pour madame. Celle-ci, attachant sur Henriette un étrange regard où se confondaient la soif ardente de sympathie, l'humiliation et la colère :

— Plaignez-vous, dit-elle, vous autres jeunes filles pauvres, plaignez-vous, cela vous sied bien. En voici une, par exemple, qui a fait tourner des têtes... Il s'est rencontré un homme qui savait aimer d'un amour pur, d'un amour vrai, et c'est elle qu'il a aimée... aimée pour elle, et non pas pour sa position dans le monde, et non pas pour son argent!... Que ne puis-je changer mon sort pour le sien!... Mon mariage, à moi, a été un marché; mon mari m'a épousée pour ma fortune... Et quelque beau, bien fat, bien égoïste, daignera me courtiser un jour par la raison que je suis une femme mariée, que j'ai une bonne maison, que j'ai de l'argent. Mais de l'amour! de l'amour! je n'en rencontrerai jamais!

Peu à peu le mouvement fébrile s'apaisa : madame fut à son secrétaire, en tira une pièce d'or, l'enveloppa dans un morceau de papier et la remit aux mains de l'ouvrière en disant :

— Vous emporterez de moi une singulière opinion, mademoiselle; mais il y a des moments où le chagrin déborde. Vous avez travaillé, vous pouvez retourner chez vous.

Henriette sortit de l'hôtel. En déroulant la papillote, elle y trouva une pièce de quarante francs; elle éprouva à la vue de cet or un sentiment qui tenait de la joie et de la honte. Jamais il ne lui était arrivé d'accepter plus que son salaire; mais cet or venait à propos pour lui assurer quelques jours d'existence; il lui permettrait de visiter souvent Fortuné, de lui porter ce dont il devait manquer dans son horrible prison; aussi, malgré l'inspiration de sa délicate fierté, elle ne put se décider à le reporter.

— Cette madame banquière, pensa-t-elle, me tire d'une grande peine. Cependant, je trouve difficilement un sentiment de reconnaissance envers elle, tant elle a mis de sécheresse à ce don.

L'excellente fille ignorait combien le besoin d'amour non assouvi rend de jeunes femmes froides, égoïstes et insensibles à tout ce qui ne tient pas à ce malheur.

Grâce à la papillote de madame Muffling et au peu d'ouvrage qu'elle trouva à faire, Henriette pouvait vivre pendant les six semaines où le sort de Fortuné était encore indécis. Après ce temps-là, ou elle retrouverait Fortuné, et la misère à eux deux serait bien douce, ou ni l'un ni l'autre n'auraient plus besoin de rien.

Chaque jour, Henriette allait prendre Madeleine pour se rendre avec elle à la prison et passait le reste de la soirée auprès de la bonne femme, dans cette demeure obscure et dépouillée, mais où les rires et le frais éclat de beaux enfants se répandaient au moins comme des rayons de printemps sur la terre attristée.

La jeune fille trouva aussi un secours inespéré dans cette maison.

Une dame de charité venait souvent apporter à Madeleine, non de l'argent, que son mari aurait trouvé moyen de lui prendre, mais des bons pour du pain, de la viande, des cotrets; elle amenait aussi dans son bel équipage des petites robes de laine, des chaussons, des sabots pour les bambins, et raccommodait elle-même avec du vulnéraire les têtes et les bras si souvent endommagés aux premiers pas des enfants.

C'était la comtesse de Lavernay, dont le fils unique avait péri si malheureusement six mois auparavant dans son duel avec Raymond Perrot. Cette dame, alors âgée de cinquante ans, avait toute sa vie cherché à satisfaire les besoins de sensations, d'activité, de puissance dans l'exercice des œuvres de bienfaisance, seul plaisir des grands, qui ne les trompe jamais. Depuis le coup qui était venu la frapper, elle redoublait de zèle pour les pauvres, ne trouvant de consolation que dans cette fusion intime de prière et d'action dont est faite la charité.

Elle avait appris avec un intérêt extrême la triste histoire d'Henriette, et il s'était établi un lien étroit, une entente parfaite de sentiments entre la grande dame et l'ouvrière : elles se rencontraient dans leur ardente sollicitude pour Fortuné; amant passionné d'Henriette, il était aussi pour madame de Lavernay un malheureux à sauver, et en même temps le vengeur d'un fils tant regretté.

Le dernier de ces jours comptés avec de si vives angoisses arriva. Henriette ne savait rien sur le sort du condamné; elle avait les mêmes craintes, les mêmes espérances qu'au commencement du pourvoi, et n'éprouvait d'émotions plus poignantes que parce que le moment décisif approchait.

Elle se rendit, ce jour-là, de meilleure heure chez Madeleine et la trouva sur l'escalier avec madame de Lavernay. Toutes deux étaient tristement agitées, et, s'éloignant un peu d'Henriette, terminèrent leur entretien par ces mots échangés à voix basse :

— Hélas! madame la comtesse, il n'y a donc plus d'espérance?

— Une seule encore... mais bien fragile.

Henriette et Madeleine se rendirent pour la dernière fois à la prison.

AU CACHOT.

Chaque jour, Fortuné attendait avec une délicieuse impatience les visites d'Henriette. Il en connaissait l'heure à la direction de l'ombre projetée par les barreaux de la lucarne, à la sentinelle qu'on relevait dans le couloir, et cependant il demandait vingt fois au gardien qui baillait derrière la cloison grillée, si la matinée avançait. Et quand retentissait sur les dalles du corridor le pas lourd du geôlier, et derrière ce pas, qui formait la basse, une marche légère, aux sons harmonieux, un frisson de plaisir, un battement de cœur précipité s'emparaient délicieusement de Fortuné et le rendaient heureux avant l'instant marqué pour le bonheur. Enfin, les trois verrous glissaient, la porte ferrée tournait sur ses gonds, les sombres murs de la cellule s'illuminaient et s'égayaient à l'apparition de la jeune fille.

Le prisonnier était alors assis sur son lit de paille comme un prince sur son trône, dominant de tout l'intérêt répandu sur lui les personnages qui formaient sa cour.

Henriette, placée sur un petit escabeau, se penchait vers la couche du prisonnier; Madeleine était blottie par terre à deux pas; le gardien appuyé contre le chambranle de la porte qui venait de s'ouvrir; le soldat de garde passant à temps égaux devant l'entrée de la cellule. La lueur d'une lampe régnait dans cette étroite retraite, cachée, silencieuse, enfoncée dans les entrailles de la terre.

Jamais l'amour ne se montra ici-bas plus puissant, plus admirable que dans cette sphère de malheur où il savait embellir un cachot, où il répandait le même rayon d'ineffable joie sur la pâle et chétive tête de Fortuné et sur le beau front d'Henriette.

Ayant passé de l'excès du découragement à l'espérance folle, le condamné rapportait chaque jour à ses amis un nouveau projet d'avenir qu'il avait élaboré pendant la nuit et se créait les plus belles années en perspective. Cette confiance faisait frémir Henriette, qui savait combien un arrêt favorable de la cour de cassation était douteux. Elle s'efforçait cependant de sourire et laissait Fortuné plongé dans ses illusions, dans cette ivresse de l'espérance qui lui épargnait au moins des appréhensions horribles, et grâce à laquelle il arriverait au jour fatal sans subir les tortures de la veille.

— Je vais bientôt sortir du cachot, disait ce jour-là Fortuné. Je serai transféré dans une chambre haute, tandis qu'on reprendra l'instruction de mon procès... Et ensuite cet affreux jugement sera cassé... Vous me l'avez dit, mademoiselle Henriette.

— Certainement, et je vous le dis encore.

— Vous ne pouvez vous tromper. On a toujours vu la sagesse et la vérité parler par votre bouche... N'est-ce pas, Madeleine?

— Oh! mademoiselle Henriette est un ange, certifiait la bonne femme.

— Oui, reprit Fortuné, j'ai souvent pensé... C'est peut-être une superstition, mais n'importe, il faut que je le dise... J'ai souvent pensé que le bon Dieu avait été une fois fâché d'avoir fait le monde si méchant et si laid, et qu'il avait envoyé mademoiselle Henriette pour réparer un peu le mal par la présence d'une bonne et belle créture toute faite à son image.

Fortuné renfermait tout l'univers dans le cercle étroit qu'il avait embrassé. Là, en effet, il n'avait trouvé que d'ignobles et cruels ennemis... puis Henriette seule, à la parole suave, au regard angélique : il était devenu *idolâtre*.

— Vous êtes fou, dit la jeune fille; au lieu de toutes ces perfections, je ne prétends avoir tout juste que ce qu'il faut de mérite pour faire le bonheur d'un mari.

— Oh! cela vous sera bien facile, dit Fortuné en s'enorgueillissant. Avec vous, mademoiselle Henriette, avec vous et un travail honnête pour gagner sa vie, mon Dieu, que l'on serait heureux!... Mais, hélas! vous le savez, quand j'ai suivi mon sentiment, je n'ai rien fait que des sottises; je n'ai jamais su me repentir qu'en rencontrant votre regard, qui devenait si triste à chacune de mes fautes, et s'il m'est arrivé parfois de bien agir, ce n'était qu'en tâchant de regagner votre estime.

— Mon avis est qu'il y a du bon dans la femme, disait dans son coin le gardien.

— Aussi, continua le prisonnier, c'est vous qui devez désormais régler ma conduite et me choisir un état.

— C'est entendu.

— Seulement, reprit Fortuné en soulevant ses bras meurtris d'un cercle noir, seulement je ne veux pas forger des chaînes pour les prisonniers : c'est trop cruel... Je ne veux pas non plus être juge pour condamner les hommes à...

Un frisson parcourut son corps et décolora son visage.

— Oh! non, continua-t-il; il me semble que si j'étais maître du monde, je ne voudrais pas seulement couper la tête à un arbre.

— Paix!

— Mais tout le reste me sera bon... surtout si mon travail était utile aux hommes et me faisait bien venir d'eux... Par exemple, j'aimerais à être maraîcher et apporter au marché commun les biens de la terre... J'aimerais à être un de ces braves pompiers qui courent à toutes jambes où il arrive malheur, et se jettent dans le feu pour sauver la fortune et la vie du monde... j'aimerais à faire le bien pour ressembler à mademoiselle Henriette... pour être digne d'elle.

— Mon Dieu! murmurait Henriette, ce cœur est un trésor de bonté.

Madeleine détournait la tête ou la cachait dans son tablier.

— Travailler et vivre près de vous! poursuivait le pauvre rêveur... rien que d'y penser, j'en pleure de joie; que sera-ce donc, bon Dieu! quand ce bonheur m'appartiendra!... Oh! souvent alors, quand nous serons bien tranquilles, bien heureux dans notre ménage, nous nous rappellerons la prison de la Roquette, le cachot noir, et nous dirons : C'était bien affreux, mais il y avait encore des moments de bon...

Fortuné s'arrêta tout à coup et reprit avec une naïveté déchirante :

— Mais est-il bien sûr que je serai sauvé?... Tenez, si on voulait seulement me donner une année d'existence... une année, c'est tout ce que je demanderais... Oh! bonté du ciel!... voir une fois les champs reverdir en allant m'y promener avec elle!... passer avec elle ces longues journées d'été si belles, si généreuses, où on a tant d'heures à jouir... habiter une demeure où l'hiver m'enfermerait bien près d'elle... Et puis, voir une fois sur la terre la fête d'Henriette!

Le malheureux joignait les mains en extase devant sa chimère à mesure qu'il la déroulait.

Henriette, l'âme élevée vers le ciel, se laissait aller à espérer aussi.

— Mon Dieu, répéta Fortuné en regardant de toute part autour de lui, ne peut-on donc m'assurer une année à vivre!... ce serait si peu de chose pour eux et pour leurs lois!...

En ce moment, on entendit frapper sur la dalle la crosse du fusil de la sentinelle. Les deux femmes, sans savoir pourquoi, frémirent à ce bruit.

Ce n'était rien cependant : on vit seulement le soldat de la garde (celui qui, *en Alger*, avait chargé tant d'Arabes) passer le revers de sa main sur ses yeux.

L'heure s'écoulait, et, pour la première fois, le gardien, se relâchant un peu de sa consigne, n'avait pas encore eu le courage de séparer ces pauvres enfants.

Fortuné poursuivait en baissant sa tête assombrie :

— Je n'ai pourtant que vingt et un ans!... Quand je n'ai vécu que si peu de temps, et en traînant des jours de misère... on dirait que le sort ne m'a accordé des années que pour que je fusse bon à jeter au supplice!

— Allons! dit Henriette, ne vous laissez pas aller à ces idées noires, mon ami... Vous savez bien que c'est me désobéir.

— Oh! pardon, je ne me plains pas... vous avez eu pitié de moi!... D'ailleurs, j'ai déjà été dans ma vie plus malheureux que je ne suis en ce moment, et j'ai bien su me résigner, j'ai bien su me taire devant le monde et ne pleurer que dans la nuit... Et maintenant que vous venez me voir, mademoiselle Henriette, que vous me plaignez, que vous désirez mon salut... ah! je me trouve encore bien heureux, allez!

— Hélas! dit Henriette, cela du moins ne vous manquera jamais...

— Aussi, quoi qu'il arrive, je vous rendrai grâce... car mourir même ne serait pas trop affreux, en pensant que vous m'aimez et que vous pleurez sur moi...

— Assez causé pour cette fois... interrompit le gardien... Le père Rabat-Joie vient dans le corridor... Il faut déguerpir, mes petites dames.

A cet instant, Henriette entendit sonner quatre heures à l'horloge de la prison : c'était l'heure à laquelle elle devait se rendre chez madame de Lavernay pour apprendre si le pourvoi était rejeté.

La jeune fille sentit qu'elle avait besoin de tout son courage pour quitter en ce moment Fortuné, avec la pensée de ne le revoir peut-être qu'au jour du supplice. Elle se leva dans un vif mouvement, serra avec une émotion passionnée la main du prisonnier, et sortit précipitamment.

Mais elle laissa derrière elle, dans la cellule, la confiance, l'espoir, le bien-être et la liberté de l'âme : doux parfums que la jeune fille semait sur sa trace et qu'aspirait longtemps le condamné.

. . . .

Le soir de ce même jour, madame de Lavernay, dans son antique et modeste salon rehaussé seulement de quelque belle peinture de piété, causait au coin du feu avec le vieux général Lagardière.

— Quel temps affreux! disait le général en secouant vers le foyer des flocons de neige amassés sur les degrés du perron... Et vous êtes sortie toute la journée?...

— Que voulez-vous? le pourvoi de mon pauvre condamné a été rejeté... Je l'ai appris ce matin... plus tôt que je ne pensais... Il ne restait plus que la demande en grâce. J'ai imaginé de la rédiger moi-même tant bien que mal pour que ce fût plus tôt fait. Mais ensuite, il a fallu courir chez le président, chez les conseillers, chez le procureur du roi, chez chacun des jurés...

— Mon Dieu!

— J'ai prié, conjuré, flatté tant qu'on a voulu; je leur ai arraché à tous leur signature, avec une apostille plus ou moins explicite... Maintenant, ajouta-t-elle en appuyant son menton sur sa main, il faut trouver le moyen de présenter la supplique au roi.

— Vous vous tuez avec votre fureur de faire le bien, et cela du matin jusqu'au soir... N'avez-vous pas été tous les jours de la semaine passée courir à la prison de la Roquette avec cette jeune fille que vous avez déterrée je ne sais où, pour la plaindre et la consoler?

— Pauvre enfant!

— Et là, au lieu de vous plaindre du froid, de l'humidité, de l'infection de la prison, vous étiez capable d'offrir tout cela très-gaiement à Dieu, et de vous occuper encore de la petite fille plus que de vous-même... Je parie que vous lui avez donné votre manteau.

— Elle grelottait si fort.

— Nous y voilà... je le savais bien... vous êtes capable de tout... Mais si cette rage de charité qui vous possède va jusqu'à vous faire tomber malade par votre faute, je finirai par vous prendre en haine.

— Je ne m'effraie pas de votre menace. Elle date de trente ans, mon ami. Mais parlons un peu de la demande en grâce...

— Si vous ne donniez que votre temps, vos peines encore... mais toute votre fortune y passe... Oh! je vous connais : je vous ai vue tout enfant donner vos souliers et vos jouets aux petits Savoyards... Et ensuite, ces folles dispositions n'ont fait que croître et embellir... Votre mari les réprimait tant soit peu; mais depuis que vous êtes veuve, et surtout depuis qu'un malheur affreux vous a enlevé votre fils, il n'y a plus de frein... Vous vous ruinerez... je vous le dis tous les jours... vous donnerez tant que faire se pourra... Le dernier pauvre qui viendra à votre porte vous laissera sur la paille.

— Mais la grâce! la grâce! répondez-moi donc, comment la présenter au roi?

— Voyons : votre protégé a-t-il une mère, une sœur?

— Pourquoi?

— Pour qu'elle pût arriver jusqu'au roi, se jeter à ses pieds... cela fait toujours bien, un appel immédiat à la sensibilité, au bon cœur du roi... Ça lui force la main... le roi signe la grâce.

— Alors, on pourrait demander audience?

— Oui, mais elle serait accordée dans un certain nombre de jours, et votre condamné n'a pas deux fois vingt-quatre heures à vivre.

— C'est affreux; cette jeune Henriette, qui n'est ni sa parente ni sa femme, mais qui l'aime de toute son âme, est venue aujourd'hui à quatre heures apprendre la décision de la cour, et elle est sortie dans un désespoir qui fendait le cœur... Ce serait tuer ces deux pauvres enfants à la fois.

— Que voulez-vous que je vous dise?

— Mais j'y songe... c'est demain l'ouverture des chambres?

— A quoi rêvez-vous?... encore quelque extravagance!

— Le roi sortira vers midi, n'est-ce pas?

— Vous me faites trembler avec vos questions.

— Il traverse le Carrousel?

— Sans doute, mais la force armée et la police encombrent les avenues...

— On peut aller là de bonne heure... se tenir au premier rang.

— Ne voudriez-vous pas?... Allons donc, c'est impossible!

— Puisqu'il n'y a pas d'autre espoir.

— Je vous jure qu'on ne peut approcher.

— La Providence m'inspirera un moyen.

— Je vous dénonce au préfet de police... je vous fais garder à vue demain toute la journée... et cela dans votre intérêt.

— Je pense... oui... peut-être bien.

— Sa tête travaille... elle ne m'écoute seulement pas... Pour le dernier des pauvres elle remuerait ciel et terre, sans savoir ce qu'il en coûterait.

— Mon cher général, dit la comtesse en riant, faisons le bien sans trop regarder autour de nous; car c'est Dieu qui nous envoie les bonnes pensées, et il en sait plus que nous sur son œuvre.

— Encore...

— Je suis bien fatiguée... Adieu.

— Vous me laissez?

— Maintenant, je tiens mon idée et n'ai plus besoin de vous. Adieu.

Madame de Lavernay serra la main de son vieil ami et se retira dans sa chambre à coucher.

— Allons, dit le général, elle va faire sa prière et s'endormir là-dessus... ou plutôt songer à son beau projet de demain... Et elle arrivera à ses fins, j'en suis sûr... Si l'ambition donne l'esprit d'intrigue, la charité en donne le génie.

Le vieux militaire regarda un portrait de la comtesse de Lavernay, suspendu aux antiques lambris du salon.

— C'est encore, dit-il, une de ces femmes de l'ancienne noblesse française : le plus pur, le meilleur parfum et le dernier à s'exhaler de ce vieil arbre moussu qui se dessèche et meurt. Une telle exagération de l'esprit de charité ne se rencontre que là ou à l'autre extrémité de l'échelle, parmi les femmes du peuple. Elle accuse une culture trop raffinée du cœur ou un manque de développement de l'intelligence. Nous autres de la bourgeoisie, nous sommes élevés dans la modération convenable des sentiments, et en même temps initiés aux calculs de la prudence humaine, et c'est fort heureux.

Il regarda encore le portrait.

— Cent intrigantes de cette force, dit-il, suffiraient à bouleverser l'ordre du monde... La lune s'est levée, j'aurai beau temps pour m'en aller.

LA PLACE DU CARROUSEL.

La cour du Carrousel s'emplit de troupes, de voitures et de brillants cavaliers; le cortége se réunit pour accompagner le roi à la séance de l'ouverture des chambres.

Dans la foule, nous revoyons le général Lagardière, ce héros en retraite qui trouve grande joie à revêtir encore trois ou quatre fois son uniforme solennel et à recevoir au château un dîner assaisonné d'un mot agréable du roi ou de la reine.

Un homme revêtu d'une redingote de livrée très-simple suit M. Lagardière et semble son domestique. Au bas du grand escalier, le général descend de cheval, tire à lui la bride et cherche de l'œil quelqu'un à qui confier sa monture. A-t-il donc oublié l'homme en livrée dont il est suivi? Mais celui-ci accourt et saisit avec empressement la bride. Le général lui adresse un petit mouvement de tête, comme ferait un gentleman pour remercier un homme du peuple qui l'aurait tiré d'un léger embarras; et bientôt il disparaît dans l'escalier qui conduit à la salle des maréchaux.

C'est que le porteur de livrée n'est point le domestique du général, mais bien le républicain Marcel, le commençal, l'instituteur, l'ami de Fortuné à la prison de la Force. Depuis plusieurs années, quantité de capricieuses arrestations, de captivités injustes et froidement prolongées sont tombées sur lui. Maintenant, il a été rejeté des prisons dans la ville, l'existence perdue, la santé détruite, l'âme brisée. Dans ce jour qui est une solennité politique, il veut voir de près ce pouvoir qui l'a persécuté : car la haine a ses attractions comme l'amour.

Logé dans la même maison qu'un loueur de chevaux, souvent il a vu le vieux et assez pauvre général Lagardière venir chercher là une monture, quand la fantaisie lui prenait de se mêler à quelque cortége. Le général n'était jamais accompagné; Marcel a imaginé d'endosser une redingote de livrée et de chevaucher tranquillement à dix pas derrière l'illustre vétéran. Les sentinelles l'ont laissé pénétrer ainsi dans la cour du Carrousel. L'intelligence des sergents de ville et autres agents est également demeurée en défaut. Assez occupés à flairer les piétons de mise suspecte et d'allure équivoque, ils n'ont point songé à dépister un républicain sous la forme d'un domestique à cheval derrière son maître. Ajoutons que Marcel a coupé sa redoutable barbe et une partie de sa longue chevelure blonde : l'ennemi s'est donc introduit jusqu'au cœur de la place. Posté tout près de l'endroit où le roi doit monter en voiture, l'œil fixé sur l'escalier par où il doit arriver, Marcel sent ses artères battre avec violence, son âme s'exalter, sa pensée devenir plus forte : comme dans ces moments de transformation morale où tout notre être semble se développer pour recevoir une initiation nouvelle.

Cependant, dans cet escalier où Marcel darde son ardent et sombre regard, apparaît un groupe de femmes. La reine s'avance avec la jeune princesse sa fille. Notre régime de charte, en interdisant à l'influence de l'amour et de la beauté tout accès dans les affaires d'État, a du moins placé les femmes dans un sanctuaire à l'abri des haines politiques et de la fureur des partis. Les femmes y ont gagné encore que leurs grâces natives ne risquent plus de se laisser et de se perdre à l'ignoble labeur de voiler d'un vernis de coquetterie des passions cupides et des projets sanguinaires.

A travers ces deux visages de Majesté et d'Altesse, accoutumé à ne refléter que les émotions affectueuses de la vie de famille et d'une piété douce et charitable, on pourrait lire aussi facilement qu'à travers le cristal d'une source, et on distinguerait deux âmes pures et belles, mais livrées à une tristesse amère. Leur sourire récompensait avec une égalité charmante l'hommage offert sous le frac brodé, les honneurs rendus par une sentinelle et le salut recueilli du vieux domestique dévoué. Mais ce sourire ressemblait à la lueur qui parfois glisse, phosphorescente et fugitive, au-dessus d'un abîme sans parvenir à l'illuminer.

A ces deux femmes, sans doute la solennité de ce jour est pénible, et il leur tarde qu'elle soit accomplie; tant de pénibles souvenirs doivent se dresser dans leur esprit, tant de dangers courus en des circonstances semblables ont dû si bien leur apprendre à trembler pour la vie de celui qui leur est cher! Du marche-pied de la voiture, la mère adresse un regard à toute la foule bruissante au dehors du château. Ce regard, bien qu'il brille sous des sourcils de reine, tient de celui que l'humble femme de matelot adresse au capricieux Océan sur lequel va se hasarder son mari..

Les Marcels sont de la nature du lion, prompts à la pitié non moins qu'à la colère. A vrai dire même, la colère, chez eux, n'est que de la pitié détournée de son principe et viciée dans sa route. Instruments qu'ils se croient de la justice divine, et purs de tout sentiment bas, ils n'étaient point nés pour haïr; ce qu'ils savent surtout, c'est plaindre l'infortune, s'indigner et punir. Aux gémissements de la misère, aux cris de détresse du peuple qui demande du pain à des chartes stériles, leur âme sympathique s'attendrit et s'échauffe. Dans leur généreuse impatience de tarir la source du mal, leur zèle fervent, mais trop peu réfléchi, rattache et matérialise des causes innombrables et funestes sous une enveloppe de chair et d'os, et, comme aux temps bibliques, va désigner pour mission le salut de toute une nation dans un seul être à faire disparaître. Marcel n'avait jamais songé qu'au roi; il voyait maintenant l'homme devant la noble et candide souffrance de deux femmes qui l'aimaient. Le jeune homme céda involontairement, et sans songer à se défendre, à une émotion respectueuse. Peu à peu sa fureur sauvage se détendit comme la corde d'un arc sous une invisible brume.

En ce moment, l'état-major et les premiers membres du cortége, débouchant par le grand escalier, firent refluer la foule des officiers inférieurs et des hommes de service au milieu de la cour du château. Marcel, arrivé là, se trouvait pourtant toujours au premier rang de la ligne devant laquelle devait passer le roi.

Une minute à peine s'était écoulée, lorsqu'un mouvement tumultueux s'éleva sur la place.

— On n'entre pas ici! criaient plusieurs voix. Comment ces deux femmes sont-elles dans la cour du château?

— Place! place! messieurs, je vous en supplie, disait en même temps une dame de haute apparence, dont la figure noble et touchante était profondément pâlie par l'émotion et la crainte du moment.

Une jeune fille humblement vêtue la suivait.

Marcel s'avança de ce côté.

— En arrière, madame, disait à celle qui tâchait toujours d'avancer un des personnages à grosses épaulettes.

— Au nom du ciel! reprend-elle, laissez approcher cette jeune fille!

— Impossible! retirez-vous...

— C'est pour une grâce, monsieur; pour une grâce, entendez-vous; c'est sacré!

— Ce n'est ni le lieu ni le temps de la demander.

— Mais, mon Dieu, les instants sont comptés...

Les officiers municipaux, les agents de police, les hommes de cour s'amassent.

— Ces femmes sont suspectes, disent-ils en chœur; mais nous veillons à la sûreté du roi! nous en répondons sur nos têtes!...

Et puis à part :

Alors, pourquoi donc est-ce qu'on va me tuer, moi? — page 92, col. 2.

— Il me semble que je connais cette grande dame-là!

— Voyons, répètent plus haut les personnages à dévouement. Il faut arrêter ces deux femmes... Qu'on les arrête.

La noble dame pâlit davantage, mais elle avance toujours.

— Venez! venez! mon enfant, nous passerons, dit-elle avec le courage du cœur qui ne recule pas devant l'humiliation,

Le cri : *Arrêtez-les!* se répète de tous côtés; la vaillante femme presse toujours et fend la foule.

Un agent de police la saisit par sa pelisse.

Autrefois l'hermine qui borde ce vêtement l'eût protégée; maintenant les nobles attributs sont effacés, et la tradition en est perdue.

Mais, à défaut du respect, c'est une main vigoureuse qui retient le sergent de ville. Marcel l'a saisi au collet et lui a fait lâcher le tissu serré entre ses doigts.

— Madame la comtesse de Lavernay! prononce Marcel à très-haute voix!

Il a vu souvent madame de Lavernay dans la maison de la Force, où elle venait apporter des secours aux prisonniers, et devant lui, dût-il y perdre la vie, nul n'insultera la noble dame!

En même temps, Marcel, qui a senti trop souvent sur lui la main des agents de police, n'est pas fâché de prendre sa revanche : il se prévaut de l'occasion pour serrer la gorge à celui-ci et le secouer un peu plus fort que de raison.

Le sergent fait déjà une horrible grimace, lorsqu'il est rudement rejeté dans la foule par le bras de Marcel.

Mais le nom de Lavernay, connu de tous les familiers du château, et le vêtement de domestique de Marcel, qui fait supposer un maître important à quelques pas de lui, imposent plus de réserve; les clameurs se taisent peu à peu, le rassemblement se dissipe et laisse un espace vide autour des deux femmes et de leur libérateur.

Marcel voit alors un papier sur le sable : c'est la pétition tombée à l'instant des mains d'Henriette; il la relève pour la rendre à la jeune fille, et la feuille étant ouverte, il lit à la première ligne le nom de Fortuné Guérin.

— Ah! c'est pour lui que vous venez demander grâce! s'écria l'ancien compagnon de captivité de Fortuné; pour lui, brave jeune homme, enfant par l'esprit et grand par le cœur, pauvre diable qui vaut mieux que tant de demi-dieux, noble espion qui ne sait ce qu'il fait et se jette au-devant de la mort pour sauver celui qu'il a dénoncé...

Henriette frémit de bonheur à entendre parler ainsi de Fortuné.

— Il est digne de vous, madame, ajouta Marcel en s'adressant à la comtesse, de prendre la défense de ce malheureux. Je connais les détails de cet événement tragique; le meurtrier n'a frappé que par un élan de justice et de généreux courage.. Vous pouvez obtenir grâce pour lui... Suivez-moi, madame... et vous, pauvre Henriette... Je vais vous frayer le

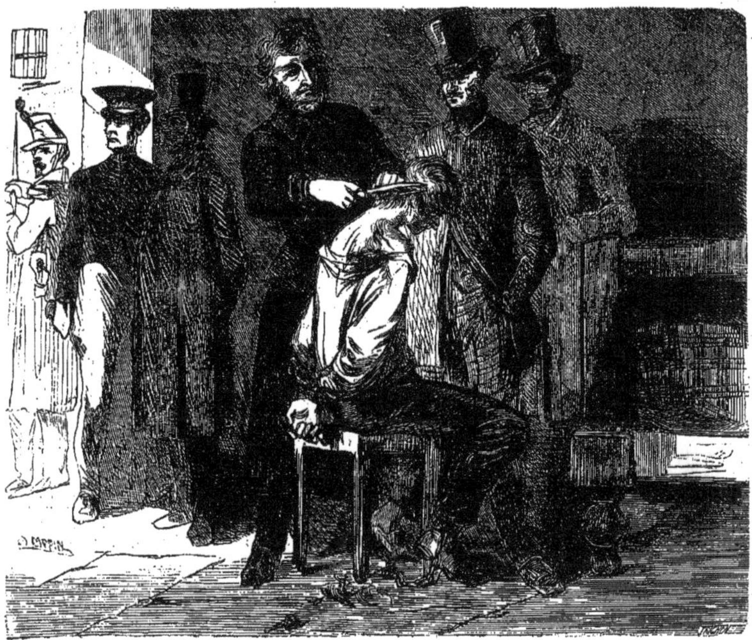

Fortuné souffrit ces horribles apprêts avec une immobilité désespérée. — Page 93, col. 1re.

passage, et je vous jure que vous approcherez du roi!

Quel que fût l'habit que portait Marcel en ce moment, l'empreinte de supériorité et de noblesse répandue sur ses traits suffisait pour que la comtesse prît confiance en sa protection. Il sépara la foule devant les pas des deux solliciteuses, et, à force d'énergie et d'adresse, parvint à les placer au premier rang de la haie décrite sur le passage du cortége.

Madame de Lavernay remercia l'inconnu qui lui était venu si heureusement en aide.

— Oh! madame, dit celui-ci, Fortuné s'est jeté devant moi pour me défendre des coups d'un meurtrier... Il a été blessé à ma place... Que je puisse au moins lui rendre quelque chose aujourd'hui dans la personne de sa douce et belle Henriette...

Marcel s'interrompt alors subitement; on entend retentir ce mot : LE ROI! et la troupe se range sous les armes.

Le républicain attache son regard avide de ce côté : le frémissement froid que rend l'acier des baïonnettes semble se répandre dans ses veines; son cœur bat avec violence; son sang se glace, ses lèvres se dessèchent; quoique sous la voûte du ciel, l'air manque à sa poitrine.

Ayant plus vécu en province qu'à Paris, Marcel ne connaissait pas la figure du chef de l'Etat, ou plutôt il la méconnaissait d'après l'effigie officielle adaptée à la monnaie, et où l'artiste, abusant de la classique couronne de feuillage consacrée par l'usage absurde de chercher la poésie en dehors du siècle où l'on vit, semble s'être donné pour tâche de reproduire quelqu'une des médailles bysantines, oubliant ce qu'il pouvait y avoir de malencontreux à rappeler à la pensée d'un peuple affranchi et brave un souvenir de ces inglorieux despotes du Bas-Empire. Dans la contemplation d'une telle œuvre, l'ennemi des princes aurait-il pu apprendre à puiser des sentiments de vénération pour ce personnage que le calomnieux exergue prétend lui avoir servi de modèle? Marcel, il est vrai, avait, depuis, cherché l'occasion de rectifier ses idées d'après les splendides portraits en pied, à qui sont dévolus annuellement au Musée les honneurs du grand salon. Or, la plupart de ces images ne lui avaient guère moins menti par la forfanterie de leur pose, la raideur de leur taille, la dignité factice de leur front. Ces portraits avaient étalé un idéal des héros d'Homère ou des paladins du Tasse. Marcel, dupé par des pinceaux courtisans, avait transporté ce type dans ses rêves : c'était lui que son œil s'était appris à mesurer d'en haut, que son cœur avait appris à haïr.

Lorsqu'au lieu du formidable adversaire qu'il imaginait, il vit s'avancer un homme simple et grave, à la démarche lente, portant sur son visage les sillons imprimés par la fatigue d'incessants travaux et par les soucis de la royauté, son premier mouvement fut la surprise et le dépit. Le roi n'affectait ni faste éblouissant sur sa personne, ni superbe dédain dans ses manières : son regard fin, insinuant, caressait volontiers; son geste semblait révéler l'habituel besoin de provoquer la sympathie et la confiance. Ainsi, dans ce moment, en traversant la place pour monter en voiture, le prince s'entretenait avec un personnage qu'à son allure insouciante, à l'éclair franc et passionné de sa prunelle, surtout à sa physionomie enjouée en un tel lieu, il était facile de reconnaître pour un de ces hommes qui ont voué leur vie à l'exercice d'un art. Le roi portait de temps à autre la main sur l'avant-bras de son interlocuteur, comme pour mieux captiver son attention. Tous deux s'arrêtèrent comme de concert; le prince était tourné vers l'antique et régulier Carrousel; son doigt indiquait à l'artiste la ligne inachevée de l'aile du château qui promet de fermer le cadre de la place; sa parole, sans doute, prenait plaisir à dérouler quelque plan favori et dont l'exécution lui tenait vivement au cœur. Son bras, qui se développait, en traçant sur l'azur du ciel une suite de lignes imaginaires, le sourire de l'espérance qui venait s'épanouir sur ses lèvres, tout annonçait l'enthousiasme du fondateur expliquant l'effet d'un monument qui va naître.

Mille sensations violentes se heurtent, se combattent dans l'âme de Marcel : sa haine cherchait le souverain, et il est forcé de voir l'homme, le père de famille... Oh ! si le prince, dans ce moment dangereux où il a naguère rencontré d'audacieux ennemis, montrait un front hautain et irrité, ou si du moins sa face hagarde trahissait les angoisses d'une lâche terreur, la pitié pourrait se taire à l'encontre d'une colère, elle disparaîtrait sous l'excès du mépris... Le chasseur trouve le même plaisir à envoyer sa balle au sanglier qui fait fièrement tête et au loup qui se tapit sous la feuillée. Mais cet homme est là immobile et calme ; son visage impassible ne décèle nulle émotion , nulle crainte. Le républicain ne sait plus où puiser la colère et l'anathème.

Cependant madame de Lavernay et Henriette, la pieuse femme retirée du monde et la jeune fille qui ne l'avait jamais connu, éblouies, effrayées de tout ce fracas de cavaliers, de drapeaux, de dorures, d'armes déployées, de tambours battant aux champs, avaient toutes deux la tête perdue.

Le froid était intense, l'atmosphère livide; un vent âpre faisait tourbillonner sur la place une poussière de glace.

Henriette, transie et palpitante, avait peine à se soutenir; les flots de poudre qui s'élevaient devant ses yeux et le trouble qui les voilait l'empêchaient de distinguer les objets. Et elle savait que le roi était là, dans ce nuage ! qu'il approchait ! Un effroi mortel la pénétrait jusqu'à l'âme... tremblante de tout son être, et près de se briser, elle n'avait d'autre appui que le sein de madame de Lavernay.

Celle-ci l'avait enveloppée dans un pan de sa pelisse et la serrait dans ses bras pour la ranimer.

Marcel fixa un long regard sur elles. On voyait sous cette enveloppe d'hermine ces deux têtes expressives : l'une, âgée et si touchante de bonté, de bienfaisance; l'autre, jeune et embellie de l'exaltation du cœur; il se trouvait là ce qu'il y a de plus divin dans la femme, la piété et l'amour.

— Oh ! que le roi donne la grâce que viennent demander ces deux femmes, dit Marcel dans un moment d'exaltation suprême, qu'il donne cette grâce... Et moi, je lui pardonne !

Ainsi un pacte se trouvait secrètement engagé entre le prince et le républicain.

L chef de l'État s'avançait, entouré par le cercle brillant de ses officiers et aides de camp.

La comtesse presse vivement le bras d'Henriette en disant :

— Le roi !

Éperdue, hors d'état de prononcer une parole, la jeune fille se jette à genoux au milieu du chemin, en élevant vers le ciel, vers le roi, la feuille de papier qui tremble dans sa main agitée et sous le vent d'hiver, et qui semble exprimer la crainte palpitante.

Le prince est frappé de la beauté de cette enfant, de cette expression de visage, qui peint si puissamment l'âme élancée vers un bien suprême, exaltée jusqu'au délire.

Il s'arrête et donne la pétition à parcourir à un de ses aides de camp.

On lui dit qu'il s'agit d'un jeune condamné à mort. Il a commis un meurtre sans préméditation, en prenant, par amour et générosité, la défense d'une femme outragée. On demande sa grâce au souverain.

— S'il est ainsi, dit le prince en abaissant un regard de bonté vers Henriette, venez demain matin chercher cette grâce, et on vous la rendra signée de ma main.

Henriette pousse un cri de ravissement et se jette dans les bras de la comtesse.

Marcel ne haïssait plus le roi.

Le prince s'éloigne, enveloppé et dérobé aux regards par le tourbillon de satellites dorés que le temps d'arrêt de l'astre a désorientés, et qui s'empressent de régulariser leur gravitation dans le nouvel orbite.

Le vieux et débonnaire général qui, sans le savoir, a servi d'introducteur dans la cour royale à un fieffé révolutionnaire, veut monter à cheval en toute hâte pour prendre rang dans le cortége. Il cherche de l'œil le domestique obligeant qui s'est chargé de garder sa monture. Il avise enfin la livrée. C'est bien l'homme; mais à sa main point de bride, près de lui point de cheval. Il accourt et secoue rudement le rêveur :

— Mon cheval ! où est mon cheval ?

Le rêveur le regarde fixement sans répondre.

— Qu'aviez-vous besoin de quitter votre place? N'avez-vous donc jamais vu le roi? Sortez-vous de votre village?... Je vous demande mon cheval... Mon cheval? imbécile!

— Allez au diable! s'écrie Marcel, qui a parfaitement oublié et le cheval et son rôle, tout absorbé dans les pensées saisissantes qui viennent de pénétrer en lui.

Le général a mieux à faire qu'à perdre le temps à châtier un manant. Il continue à s'activer dans ses recherches. La mémoire, qui peu à peu revient à Marcel, et un instinct confus du danger de sa situation, le portent à suivre le général, et, plus heureux que sage, il découvre les coursiers.

Bien qu'arrivés sous deux cavaliers d'opinions politiques fort contraires, les deux chevaux, commensaux de la même écurie, ont promptement renoncé le bon accord qui les distingue. Philosophes et d'humeur simple, dès l'instant où l'amant de la liberté leur avait abandonné la bride sur le cou, ils avaient cessé de se mêler aux chevaux courtisans et s'étaient retirés à l'écart. A cette heure encore, rapprochant amicalement leurs deux têtes que la rêverie incline, ils étudient de l'œil et du naseau les variétés de l'aride pavé, et combien trompeur et tout aussi stérile est le mince filet de terre qui les sépare.

Le général est en selle et prend le galop.

La prudence exige que l'homme en livrée accompagne le cortége jusqu'au moment où il pourra s'en séparer sans éveiller de soupçons. Marcel chemine, toujours plongé dans son absorption profonde.

Il traverse le pont Royal et tourne la tête pour voir s'éloigner le vieux château des Tuileries, mais sans lui jeter d'anathème.

— Nous, disciples de la foi démocratique, dit-il, nous qui attendons la suprême délivrance, ne nous enchaînons pas dans les liens étroits de la rivalité, de la haine, des mesquines colères. Ne voyons que l'œuvre à édifier, n'ayons pour arme, comme les héroïques apôtres, que l'esprit de persuasion. L'homme élevé peut avoir des ennemis, il ne doit l'être de personne.

En même temps, la voiture de madame de Lavernay s'éloignait dans une autre direction. La dame de charité et la jeune fille, oppressées dans leur joie, et au fond encore saisies de craintes vagues, s'en allaient bercées par le moelleux équipage, dans un silence ému, et où coulaient seulement quelques larmes.

La comtesse déposa Henriette à la porte de Madeleine. Elle lui dit adieu en la baisant au front.

— Allez vous reposer, mon enfant... dormez bien... et demain, de grand matin, nous irons ensemble chercher la grâce.

Henriette, cependant, ne monta point chez Madeleine. Dès que la voiture de madame de Lavernay se fut éloignée, la jeune fille reprit son chemin dans les rues. Elle acheta un petit pain sur son passage, l'emporta avec elle et alla s'installer sur le quai des Tuileries, à l'endroit d'où elle voyait le mieux le château.

Blottie contre le parapet, les mains enveloppées dans son tablier, elle demeura là tout entière à ses espérances, ne répondant rien aux regards interrogatifs des passants, qui s'étonnaient de la voir, avec sa jeune beauté et sa mise soignée, dans cette attitude de la misère.

Les heures s'écoulèrent, le cortége revint de la Chambre, la nuit tomba, le mouvement s'affaissa dans la ville, et Henriette demeura toujours à sa place.

Elle voulait être là, le plus près possible de celui qui devait signer la grâce de Fortuné. Sans savoir quel temps s'écoulait entre le rejet du pourvoi et l'exécution du condamné, elle sentait que ces heures devaient être bien précieuses et qu'on les mesurait sans doute d'une main avare. Il lui eût été impossible de s'éloigner de l'enceinte des Tuileries; dans la fièvre de l'inquiétude et de l'attente, elle voulait garder ces murs de l'œil; elle avait une certaine crainte que le vieux château ne vînt à s'en aller... à se perdre!...

La nuit devenant plus profonde et solitaire, Henriette était là dans une étrange position. Mais le hasard protégea la pauvre enfant de l'amour et de la pitié; nul passant ivre ne vint l'effrayer, nulle patrouille grise ou bleue ne passa dans cet endroit, ou du moins ne remarqua sa présence.

Après minuit, un silence complet régnait dans l'étendue de la ville. Henriette n'entendait que le bruit de la rivière qui coulait à pleins bords. La tête appuyée contre la pierre du parapet, elle percevait les modulations de la voix du fleuve avec une lucidité que nous n'avons jamais eue. C'était un son continu et interminable comme le temps qui en mesurait le cours; chaque vague, en s'éloignant, était une minute qui passait. Henriette trouvait là l'expression qui pouvait le mieux aller à son cœur en lui rappelant la marche des heures; la seule voix qui se faisait entendre était en harmonie avec ses désirs, et pour la première fois la nature semblait comprendre la souffrance humaine et lui répondre.

Le cœur ferme et vaillant de la jeune fille ne voulait pas faiblir et céder sous les maux du corps: une grâce providentielle sembla les diminuer.

Henriette, couverte de simples vêtements, et ayant pris très-peu de nourriture, ne souffrit pas trop cruellement du froid ni de la fatigue dans cette nuit étrange; elle s'endormit même un instant sur la pierre de la rue. Le brouillard de décembre, avec sa nature âpre et rude, protégea pourtant la jeune fille sous son aile sombre.

Dès les premières heures du matin, Henriette avait l'œil fixé sur les fenêtres du château. Le jour venait si tard que quelques vitres sous les combles s'éclairèrent d'abord de lumières intérieures. C'était le réveil de la demeure royale, c'était l'espérance pour Henriette.

Mais, en même temps, les faibles clartés du jour qui blanchissaient la brume lui faisaient peur. Elle savait que depuis quelques années les exécutions avaient lieu de grand matin; et sans qu'elle eût de craintes précises pour l'un des jours qui se levaient, le matin était depuis quelque temps une heure effrayante pour elle et bien douloureuse à passer.

Peu à peu le mouvement se répandit dans le château. Henriette s'élança sur la place au moment où la grande porte s'ouvrit. La comtesse de Lavernay y arrivait en même temps.

LE RÉVEIL.

Ce matin-là, Fortuné s'éveillait dans sa prison calme et souriant comme il était depuis longtemps. Il n'avait pas vu Henriette la veille: c'était là sa seule tristesse; mais ce nuage n'allait pas jusqu'à troubler la sérénité de l'attente où il était d'une visite d'Henriette dans le jour qui allait naître. Il trouva même une excellente idée: ce fut de se rendormir doucement pour faire passer plus vite les heures.

Son sommeil paraissait profond; le gardien en profita pour fermer l'œil de son côté. L'élève de Birouste ne savait point lire et encore moins compter; souvent, à la vérité, il avait entendu dire à ses camarades de la Force qu'entre la demande en pourvoi et l'arrêt de la cour de cassation il s'écoulait une quarantaine de jours; mais comme le temps avait passé vite pour lui depuis qu'il voyait Henriette chaque jour, il pensait qu'il y en avait très-peu d'écoulés et ne songeait point à en faire le calcul. Ses pensées habituelles et ses rêves de ce moment étaient donc bien loin de la justice et des tribunaux.

Tout à coup la porte du cachot s'ouvrit rudement; le geôlier entra avec de la lumière et secoua Fortuné par le bras en lui disant seulement:

— Habillez-vous.

— Fait-il bientôt jour?

— Cinq heures viennent de sonner.

— Pourquoi donc me lever si matin? reprit le prisonnier en passant ses vêtements. Est-ce qu'on m'apporte ma liberté? Est-ce que je vais sortir?...

Le geôlier resta muet, mais les deux coins de sa bouche se relevèrent d'une manière étrange.

Ma question le fait sourire, pensa Fortuné: c'est

bon signe... Je ne croyais pas cependant qu'on sortît de la prison si matin... mais la liberté est bien venue à toute heure.

Le directeur se présenta et introduisit un monsieur vêtu en noir, et trois autres geôliers qui servaient de comparses.

Le monsieur noir lit, lit, tourne le feuillet et lit encore.

Fortuné, à demi appuyé sur son grabat, écoute bouche béante, tandis que tous les yeux attachés sur sa personne et les bras à demi étendus, guettent le moindre de ses mouvements. Le monsieur noir a fini; alors Fortuné s'adressant poliment au directeur :

— Monsieur, pour quelle heure est ma sortie?

— Il vous reste trois heures pour vos dispositions dernières.

— Quelles dispositions?

— N'avez-vous pas entendu? On vous a signifié le rejet du pourvoi; on vous a lu que la sentence allait recevoir son exécution. M. l'aumônier est là qui vous apporte les secours de la religion.

Fortuné, que la terreur glace à mesure que ces paroles sonnent à son oreille, soulève péniblement ses mains pour les porter à ses yeux et frotter ses paupières; car tout ceci ne peut être qu'un épouvantable rêve. On interprète ce mouvement comme une tentative de suicide.

— Au poison! veillez au poison? La camisole! il a tenté de s'empoisonner.

On applique la camisole. Le monsieur noir, le directeur et les comparses se retirent, laissant le prêtre qui vient d'entrer enfermé avec le suppliciable.

Le pauvre Fortuné n'éprouvait pas encore le désespoir et l'épouvante de sa situation : accoutumé à tout souffrir des hommes, la mort qu'on lui annonçait n'était qu'un traitement un peu plus cruel que ceux de maître Birouste; mais il pleurait à chaudes larmes de ne plus revoir Henriette.

Il y avait là, près de lui, un prêtre jeune et novice encore.

Le ministre s'approcha, s'assit, commença à parler et poursuivit longtemps inutilement. Enfin, les coups répétés de sa parole forte et régulière parvinrent jusqu'aux sens du prisonnier.

Celui-ci, sans avoir la force de tourner la tête, dirigea vers l'orateur sa prunelle décolorée.

— Qui êtes-vous? demanda-t-il.

— Ne le voyez-vous pas?

— Non.

— Je suis prêtre.

— Que me voulez-vous?

— Je viens vous consoler.

Fortuné se leva à demi.

— Alors, mon bon monsieur le prêtre, dit-il avec un accent d'une tendresse et d'une douleur déchirante, alors faites que je voie encore une fois mademoiselle Henriette.

— Malheureux! à quoi songez-vous dans un tel moment! quand il faut ramener toutes vos pensées à Dieu?

Les barbares avaient des dieux, les sauvages ont des dieux, mais le paria de Paris, celui qui naît dans les derniers rangs de la populace, de parents plus ou moins voleurs et assassins, n'a jamais entendu parler sérieusement de l'Etre Suprême. Fortuné avait reçu une éducation à peu près semblable : aussi sa naïveté était bien sincère lorsqu'il demanda :

— — Qui, Dieu?

— Songez, dit le prêtre, que vous allez paraître devant lui! lui le maître suprême, terrible, et qui vous attend pour vous juger!

— Ah! dit Fortuné en haussant les épaules, encore un jugement! encore une condamnation!

— Et celle-là est pour l'éternité... Elle vous livrerait aux tourments de l'autre monde, et les supplices des hommes ne sont rien comparés à ceux de l'enfer.

— Souffrir encore!... souffrir plus que je ne l'ai fait ici-bas, dit le prisonnier en secouant la tête, je n'en crois rien... Savez-vous ce que j'ai enduré, vous? Savez-vous quelle est la vie du pauvre? Trembler à chaque instant de mourir de faim, tomber d'épuisement et ne pouvoir s'abandonner au sommeil, ramper devant tous les hommes, comprimer sans cesse sa voix, son visage, être constamment torturé, enchaîné, renversé à terre par le besoin de pain!... Et ces deux condamnations! ces deux coups de massue qui sont tombés sur moi, qui ont brisé mon être!

— Ces souffrances, interrompit le prêtre, vous furent envoyées d'en haut pour vous disposer au repentir; ne vous repentez-vous pas?

— A vrai dire, je crois bien voir quelquefois le spectre de Raymond revenir dans mon cachot.

— Et si votre ennemi était là, lui tendriez-vous la main?

— Je le tuerais.

— Oh! perversité!

— Oui, en dépit de son spectre, en dépit de leur guillotine, en dépit de votre enfer, je le poignarderais encore.

— Pécheur endurci, malheur, malheur à vous!

— J'ai tué qui m'avait nui, j'ai tué plus méchant que moi.

— Dieu a dit : Pardonnez à qui vous a offensé. Dieu a dit : Tu ne tueras pas.

— Alors pourquoi donc est-ce qu'on va me tuer, moi?... C'est violer la loi de Dieu, monsieur le prêtre, empêchez-les de me tuer.

Je ne suis qu'une faible créature...

— Appelez Dieu à mon secours; que Dieu descende entre eux et moi.

— Insensé! quelle idée vous faites-vous de lui?

— D'aujourd'hui j'en entends parler.

— Que n'êtes-vous venu à ses ministres?

— Que ne sont-ils venus à moi?

— L'esprit du siècle s'y oppose.

— Mais aujourd'hui, vous ne devez pas souffrir qu'on outrage Dieu par ma mort... ce serait de votre part trahir Dieu... Parlez aux juges, écartez les geôliers, repoussez le bourreau... menacez-les de la vengeance de Dieu... de l'enfer... Vous ne pouvez pas me laisser assassiner sous vos yeux... Pleurez, suppliez, embrassez leurs genoux... obtenez que je ne meure pas encore... qu'ils m'accordent du temps... par grâce, un peu de temps!

— Le royaume de Dieu n'est pas de ce monde...

— Mon cher monsieur le prêtre, approchez-vous encore... tout près... parlons bien bas... ce coin est sombre... la lampe ne jette que fumée... le gardien ne peut vous distinguer... Déliez mes mains... défaites adroitement votre capote... je me glisserai dedans.., vous occuperez ma place sur le lit... Quand le geôlier viendra, je me jetterai sur lui... je désarmerai la sentinelle... je m'échapperai un instant... j'irai revoir mademoiselle Henriette... lui dire adieu... Et ensuite, je vous jure... oh! je vous jure de revenir... je vous jure de mourir sans me plaindre...

— L'heure sonne... songez à votre âme immortelle.

— Vous ne pouvez rien pour me défendre, rien pour me consoler... laissez-moi... allez-vous-en.

Le ministre se résigna et sortit de la cellule. Il répondit aux regards qui l'interrogeaient sur les dispositions du condamné à faire une fin exemplaire, en secouant tristement la tête.

On vit alors entrer dans la cour de la prison une voiture d'une forme particulière, dont la destination était révélée par les facéties des hommes qui l'amenaient.

L'ancien fraudeur Tronche est toujours de service dans ces occasions; pour le récompenser dignement de sa trahison, on l'a mis au nombre des machines à tuer.

Les aides de l'exécuteur des hautes-œuvres entrèrent dans le cachot et s'empressèrent autour du suppliciable, que leurs mains habiles préparèrent à paraître sur l'échafaud.

Fortuné souffrit ces horribles apprêts avec une immobilité désespérée mais inerte, mélange de faiblesse et de croyance en la fatalité qui pesait sur lui.

Une certaine fierté l'empêchait aussi de montrer son épouvante. Il ne proféra aucune plainte, si ce n'est lorsque l'exécuteur lui prit la tête pour couper ses cheveux sur le cou. La mère de Fortuné, la pauvre Jeanne, trouvait du bonheur à passer les mains dans les cheveux roux de son bien-aimé garçon; jamais, depuis ce temps de l'enfance, aucune main n'avait effleuré sa chevelure : à ce contact du bourreau, qui lui rappelait d'une manière si cruelle la tendre Jeanne, le malheureux éclata en sanglots et appela plusieurs fois sa mère.

Huit heures sonnaient à l'horloge de la prison : le moment du départ était venu.

LE DOUBLE VOYAGE.

Nous avons laissé la comtesse de Lavernay et Henriette pénétrant au point du jour dans le bureau qui leur avait été indiqué. Elles y trouvèrent le précieux écrit du roi qui comblait leurs espérances. Le souverain, fidèle au mouvement de miséricorde qui avait si facilement, la veille, trouvé place en lui, défendait d'abord de remettre le condamné aux mains de l'exécuteur; plus tard, la peine serait commuée dans une forme régulière; en attendant, le souverain, usant de son droit de grâce, rendait la vie sauve.

Mais le ministre n'avait pas encore mis son contre-seing au bas de l'ordonnance; la nécessité de l'attendre fit perdre du temps, d'autres formalités à remplir se présentèrent ensuite; ce ne fut qu'un peu après huit heures que Henriette put sortir du château des Tuileries.

Madame de Lavernay pensa d'abord à conduire la jeune fille à la prison dans sa voiture. Mais si bien des fois elle avait accompagné Henriette dans ses visites au prisonnier quand il y avait des consolations à porter, elle pensa que, ce jour-là, il valait mieux laisser ces deux enfants seuls avec leur bonheur.

Henriette s'achemina le long des quais, tenant le précieux papier entre ses deux mains croisées sur sa poitrine.

D'abord l'ineffable douceur de ses impressions, le calme qui succédait à des anxiétés poignantes, alanguirent sa marche. Elle s'arrêtait par instant, et sa main appuyée sur son cœur, ses yeux levés au ciel, la pose de sa tête radieuse exprimaient la situation de son âme, le repos dans la joie.

Rien ne pressait d'ailleurs d'arriver, à ce que pensait Henriette : on était encore loin de l'heure à laquelle sa permission lui donnait accès dans l'intérieur de la prison.

A la place de Grève, la jeune fille quitta le quai pour les rues qui abrégeaient son chemin. Elle marcha quelque temps dans cette direction. A se sentir si forte et si légère, elle ne croyait plus avoir passé la journée de la veille sans manger, la nuit, sur le froid de la pierre; un moment avait réparé toutes ces privations, tant la joie et la tranquillité de cœur sont douce nourriture et bienfaisant sommeil.

Comme Henriette venait de dépasser l'église de Saint-Gervais, elle rencontra une mendiante courbée en deux et la chaufferette à la main, qui allait s'installer sur les marches du péristyle. Elle connaissait la vieille à la chaufferette : c'était une habituée du seuil de la prison, à qui elle avait fait souvent l'aumône avec sa bonne grâce ordinaire. La jeune fille, qui avait le cœur si épanoui en ce moment, n'eût manqué pour rien au monde de répandre sur sa vieille connaissance une parcelle de son bonheur. Elle s'approcha de la pauvresse et lui mit une belle pièce dans la main.

La vieille fit la révérence, et, relevant avec effort sa tête, dès longtemps rouillée dans une position horizontale, regarda Henriette d'une manière étrange.

Comme la jeune fille s'éloignait, la mendiante la retint vivement par sa robe.

— Ah! ma chère demoiselle, dit-elle, est-ce que vous allez à la Roquette ce matin?

— J'y cours de ce pas, ma bonne femme.

— N'en faites rien! c'est trop triste...

— Comment?

— Oui, ça vous fendrait le cœur; moi-même je n'ai pu y tenir... Et, malgré le froid, je m'en suis venue jusqu'à Saint-Gervais.

— Mais pourquoi donc?

— Parce que ça me désolait pour ce petit prisonnier qui est dans la maison depuis si longtemps, et pour vous surtout, ma brave demoiselle, si bonne, si charitable, si...

— Mon Dieu! parlez... Que voulez-vous dire?

— Vous ne savez donc pas que c'est pour ce matin... ce pauvre jeune homme, à qui vous vous intéressez...

— C'est!... quoi!... Ah! je comprends...

La vieille rabaissa tristement sa tête.

— Dieu du ciel! s'écria Henriette, on le mène au supplice.

Et pâle, éperdue, pressant son front de ses mains, elle s'élance comme une flèche, glisse entre tout ce qui s'oppose à son passage... Elle court, court encore plus vite sans reprendre haleine.

Cependant des rues plus humides se présentent; le pavé gras, glissant, inégal, rend sa course moins facile; l'agitation même de sa marche la trouble et l'arrête. Elle est là comme dans un de ces rêves où on se presse, où on palpite sur un terrain factice qui tourne et fuit sous les pas...

Elle entend sonner l'heure! les horloges se répètent de l'une à l'autre cet avertissement paisible de la marche du temps, et, pour Henriette, cette heure qu'elle ne connaît pas, qu'elle ne peut compter, est peut-être le coup mortel... Elle s'arrête cependant pour regarder entre ses mains la grâce du roi, pour s'assurer qu'elle la tient encore, et reprend sa course plus hâtive, plus éperdue.

La nécessité de chercher ses pas sur le pavé difficile avait tenu ses yeux baissés. Tout à coup elle parcourt du regard la rue où elle se trouve... Elle ne la connaît pas. Les maisons, les façades, spacieuses ou chétives, les balcons, les grandes portes-cochères, les allées, les boutiques festonnées de longues bandes d'étoffes, chargées d'objets divers, tourbillonnent autour d'elle, et rien ne frappe sa mémoire, rien ne lui rappelle le chemin qu'elle a parcouru tant de fois.

Elle se dit :

— Je me perds... J'arriverai trop tard!

Et cette pensée la rend folle de terreur.

Ses vêtements, humides du brouillard et de la sueur qui l'inonde, sont collés à son corps délié et flexible; sa coiffure s'est détachée dans sa course, et ses cheveux dérangés offusquent encore ses regards; elle arrache son peigne et le jette à ses pieds. Ainsi elle se montre belle de toute la grâce élégante de sa taille, de toute la richesse de sa chevelure onduleuse et brillante.

Dans sa course, Henriette se trouve jetée au milieu d'un carrefour; diverses rues s'offrent devant ses yeux... Elles se croisent, s'enlacent, flottent et se balancent dans un mouvement continuel causé par l'étourdissement, que le flux de la population, le bruit des voitures redoublent à chaque instant.

Henriette pense à demander son chemin. Mais distinguer quelqu'un dans cette foule, attendre la réponse serait trop long.

Elle voudrait apercevoir la place de la Bastille, précédant de peu de distance la prison, et qui serait un point certain pour diriger sa route. Mais toutes les rues qui se présentent ont la même perspective; elle ne sait laquelle choisir. Alors elle s'élance dans chacune d'elles, fend ses trottoirs encombrés de monde, interroge ses profondeurs, où des points noirs s'agitent dans la brume. Elle force son regard et cherche l'extrémité qui s'élargira sur une place... Elle n'aperçoit rien et revient sur ses pas pour s'élancer encore sur une autre voie.

En voyant cette jeune fille, les cheveux dénoués, pâle comme la mort, dans une course qui devrait empourprer son teint, emportée par l'exaltation au point qu'elle ne semble pas sentir la fatigue de la marche, et que son sein n'en est pas soulevé, se montrant si avide d'arriver et prenant cependant des rues diverses pour revenir sur son chemin, faisant avec tant de précipitation et d'ardeur des marches qui ne l'avancent vers aucun point, tous les passants s'arrêtent, tournant la tête sur sa trace et la suivent du regard.

Quelques personnes murmurèrent : *Elle est folle!* Cette assertion passe vite de bouche en bouche. Des gamins, pour qui Henriette est devenue un objet de curiosité, la suivent en courant comme elle; de braves ouvriers, craignant qu'il n'arrive malheur à la pauvre enfant, se mettent aussi sur ses traces; des jeunes filles, des femmes, émues d'un sentiment de compassion, veulent également la rejoindre. Un de ces rassemblements qu'il faut si peu de chose pour former dans les quartiers populeux de Paris se trouve bientôt amassé sur les pas d'Henriette.

Mais, eût-on des ailes, on ne pourrait atteindre la courageuse fille : elle vient enfin de découvrir la place de la Bastille; son chemin est sûr maintenant : elle palpite d'espérance; l'élan de la joie a remplacé la course égarée de l'inquiétude; elle brûle le pavé sous ses pas; les maisons glissent à ses côtés comme des nuages emportés par le vent.

C'est le moment où l'on construit le piédestal sur lequel va s'élever la colonne de Juillet : du ciment, des pierres de taille, des pavés sont amoncelés en chaos... Henriette, arrivée sur la place, la coupe dans sa largeur... La rue de la Roquette se montre là, tout près à gauche; elle arrivera dans peu d'instants! Elle respire enfin à l'aise, elle jette un cri de joie, elle remercie le ciel... A cet instant même, son pied heurte une pierre de la bâtisse, elle chancelle et tombe rudement sur les matériaux amassés... Elle se relève et veut reprendre sa route... mais un de ses genoux s'est brisé à l'angle de la pierre, et c'est la douleur maintenant qui la rejette éperdue et désolée sur la terre.

La troupe d'enfants, de gens du peuple, que la curiosité, l'inquiétude ont amassée sur les pas d'Henriette, la rejoint en ce moment. On l'entoure, on se presse vers elle. Ici, la blouse, la casquette; là, le grand chapeau campagnard; de ce côté, la marmotte, et auprès, le bonnet savoyard; mais partout l'intérêt, la franche et bonne pitié, toute prête à fouiller dans sa poche, à mettre ses robustes bras au service du malheur.

On se penche vers la jeune fille; tout le monde l'interroge à la fois.

Elle est si belle! Elle paraît tant souffrir!...

Henriette se relève à demi, se tient suppliante sur ses genoux ensanglantés, et, prenant un papier sur son sein, l'élève vers ce peuple.

— C'est une grâce à porter à un condamné, dit-elle... Je ne puis me soutenir : au nom du ciel... allez le sauver!

— Une grâce... une grâce à un condamné!... Ah! voilà... c'est pourquoi elle courait tant, la pauvre petite! Ah! Dieu... aller au secours de ceux qu'on aime, rien ne donne des jambes comme ça!

— Mes amis, reprend Henriette en joignant les mains, il est là! à la prison de la Roquette... mais on doit... ce matin même... Une minute de retard peut le perdre. Oh! je vous en supplie... à genoux... portez ce papier!

— Oui... oui... à l'instant même.

— C'est un brave jeune homme que vous sauverez, un vrai fils du peuple, digne et bon comme vous.

— Oh! vite... vite la grâce!

— Elle est signée du roi.

— Vive le roi! Et vive le condamné!

Cependant on ne veut pas abandonner la jeune fille gisante sur la terre humide.

— Laissez-moi! s'écrie-t-elle, laissez-moi mourir, s'il le faut... Mais allez... courez... sauvez-le!...

Mais les bons cœurs palpitent sous la bure, les larmes coulent sur les visages bronzés... Sur cette place qui va être consacrée par la colonne de Juillet, au milieu des matériaux qui vont dresser un monument au peuple héroïque, ce peuple a retrouvé une étincelle de ses beaux enthousiasmes, un élan de sa générosité d'âme.

— Non! non! s'écrient les braves gens en regardant Henriette; il faut qu'elle en ait le bonheur! Nous allons l'emporter dans nos bras, elle et sa grâce, et nous n'arriverons pas moins vite pour cela.

En effet, deux jeunes ouvriers forment un brancard de leurs bras enlacés et y placent la délicate enfant sans qu'elle leur pèse plus qu'un oiseau à la branche; puis ils s'acheminent à grands pas vers la prison, suivis de toute la foule joyeuse.

Au moment où le singulier cortége va entrer dans la rue de la Roquette, Henriette tressaille et commande vivement à ses porteurs de s'arrêter. Elle vient d'apercevoir le soldat du poste de la prison qu'elle a vu souvent monter la garde devant le cachot de Fortuné. Elle demande qu'on la rapproche de cet homme, et, dès qu'elle est à sa portée, elle s'écrie en joignant les mains devant lui :

— Monsieur le soldat d'Alger, avez-vous été ce matin à la prison? Est-il temps de sauver le condamné?... Voyez, j'apporte la grâce.

— La grâce! répète le soldat en ouvrant de grands yeux.

— Oh! je vous en supplie, répondez, est-il temps?

— Non et oui, cependant... voilà l'affaire... On préparait tout ce matin, et on s'arrangeait pour que ce fût bientôt fini... Mais comme je descendais la garde, que j'avais montée de sept à huit heures, on est venu dire de la barrière Saint-Jacques qu'il y avait quelque chose de détraqué dans la machine, qu'il fallait planter des clous, et que cela durerait bien une heure... Il y a donc eu une heure de retard... sans cela la chose serait faite maintenant... Vous avez joliment du bonheur!

— Nous le sauverons! dit Henriette en tournant vers ceux qui l'entouraient ses beaux yeux brillants de larmes de joie.

— Vrai, reprend le soldat, j'en suis bien aise... Je m'étais attaché à ce petit bonhomme, moi; il n'avait pas voulu se pourvoir; ce matin encore, il a envoyé promener le confesseur... En voilà un qui a du cœur!

— Merci, monsieur le soldat, dit Henriette.

— Je vous ai vue souvent venir dans le cachot pleurer avec lui. Vous êtes sa femme ou sa bonne amie (c'est tout un). Eh bien! vrai, vous auriez perdu là une fière trompe d'homme.

L'escorte reprend sa marche et monte légèrement le pavé ardu de la Roquette. C'est une marche triomphale; c'est le dévoûment passionné d'une jeune fille qui va recevoir sa récompense, c'est un groupe du peuple dans un de ses actes de chaleureuse et sainte bonté.

Enfin la sombre prison se montre à droite; on redouble de clameurs, de *vivats;* on porte Henriette jusque sur le seuil, où elle va rendre à un jeune et brave garçon la vie et la liberté.

La jeune fille s'élance à terre; elle a retrouvé toutes ses forces.

Mais la porte de la prison est ouverte, l'entrée solitaire, la cour vide et morne.

Le convoi funèbre est parti. La voiture cellulaire a emmené le condamné et le prêtre; les municipaux, les gardes, les exécuteurs ont suivi; ils ont laissé derrière eux cette cruelle solitude, plus affreuse encore que leur présence.

Le départ du condamné est annoncé à Henriette par la concierge, assise sur le banc de la cour.

La malheureuse fille se frappe le front et laisse éclater son désespoir.

Depuis combien de temps sont-ils partis?... Quelle est l'heure, l'instant où la voiture s'est mise en marche? Est-elle loin?... peut-on la rejoindre?...

A toutes ces questions, la concierge répond en secouant la tête. Elle ne sait pas; elle n'y a pas fait attention; cela ne l'intéressait pas... Elle avait son lait à veiller sur le feu... Ils sont peut-être encore près d'ici... Ils sont peut-être à la barrière Saint-Jacques!

Henriette est devenue tout à coup calme et ferme, car elle a encore besoin de ses forces, il faut dompter cette douleur qui la tue.

Ce désappointement attriste et refroidit la foule. Ce serait une folie de courir après une voiture, des chevaux, partis sans doute depuis un certain temps, puisqu'on n'en aperçoit plus de trace dans la direction qu'ils ont prise : chacun commence à songer à ses affaires, qui restent déjà en souffrance depuis un moment. On se disperse, on se retire séparément, et au bout de quelques minutes de marche, ceux qui ont trouvé la concierge si insensible de n'avoir pas remarqué l'instant du départ pensent déjà à autre chose.

Le courage d'Henriette la soutiendra jusqu'au dernier instant. Elle se fait expliquer le chemin de la barrière Saint-Jacques; elle écoute attentivement, car elle ne veut plus se tromper cette fois.

Elle presse sa main sur son front pour recueillir ce qu'elle vient d'entendre; puis, malgré sa blessure, dans un de ces moments d'exaltation où on ne vit plus en soi-même, elle se lance en courant sur le chemin qui conduit au lieu du supplice.

LA PLACE SAINT-JACQUES.

Après l'heure de retard qui, en effet, avait eu lieu, le char funèbre, les gardes municipaux qui en formaient la suite, s'étaient mis en marche.

Le convoi, ayant déjà parcouru le bord du canal, le pont d'Austerlitz, la limite du Jardin des Plantes, monte par les rues du Censier et de Lourcine à la barrière Saint-Jacques.

Fortuné, anéanti, laisse aller son corps à tous les cahots de cette voiture fermée de ferrures et de grilles qui l'emportent au lieu du supplice... Fortuné n'a pas encore vingt-deux ans, et on va le retrancher de la vie... C'est un de ces êtres dont le langage populaire explique le sort en disant : *Il avait du malheur; il était né sous une mauvaise étoile et devait finir ainsi.* Sans doute, comme les agneaux qui viennent au monde dans tel mois de l'année sont marqués pour le couteau.

Et dans quel dénûment le malheureux passe ces instants suprêmes! Il est seul dans cette voiture, premier cercueil du condamné; il parcourt cette longue file de rues sans y voir une demeure à qui jeter un regard d'adieu à travers les barreaux du char; dans le ciel, dans la ville, dans toutes ces façades, dans tout ce peuple, rien ne laisse tomber sur lui un regret, rien ne lui envoie une consolation; le chariot funèbre imprime la trace de ses roues sur la terre, laisse derrière lui un sillon de douleur et d'angoisse; et nul parent, nul ami ne vient pleurer sur cette trace... Au dedans, la pauvreté est aussi profonde; Fortuné n'a pas une pensée forte d'où jaillisse le courage, pas un souvenir béni sur lequel appuyer son cœur. Il est seul avec le prêtre et le crucifix, qui lui sont étrangers, car jamais une pensée religieuse n'a été déposée en lui; la misère qui planait sur toute son existence lui avait refusé d'avance le pain de la dernière heure.

Est-ce que vous allez à la Roquette, ce matin? — Page 93, col. 2.

Qui eût pu voir Fortuné dans ce char mortuaire, l'eût aimé pour l'excès de son malheur.

Le convoi arriva sur la petite place demi-circulaire de la porte Saint-Jacques. On transporta le condamné, inerte et demi-mort, au pied de l'estrade où s'élevait la guillotine.

— Ce sera-t-il... bientôt fini?... balbutia le malheureux.

— Vous avez encore un *bon moment* à attendre, répondit le bourreau, tandis que les apprêts de l'exécution commençaient.

Ce ne fut point un supplice bruyant, animé, palpitant d'intérêt, que celui de Fortuné. L'obscurité et l'abandon de sa vie le suivirent jusqu'à ce moment. On avait à peine connu et déjà oublié son procès, rien n'avait annoncé le jour de l'exécution, et personne ne s'y trouvait. C'était une marche funèbre, morne, silencieuse, mélancolique : c'était le convoi du pauvre.

Le brouillard, devenu plus intense, dérobait le ciel et l'horizon; sur une terre détrempée et uniformément noire, régnait une atmosphère pesante, glacée, et bornant de toute part la vue.

A droite de la barrière, le boulevard Saint-Jacques, à gauche celui d'Enfer, étendaient leurs rangs d'arbres dépouillés, aux longues voûtes de branches noires, semblables à de profonds cachots; les maigres tilleuls qui montent autour de la place étaient revêtus d'une brume congelée, formant une tenture de la plus triste teinte grise.

Les chétifs cabarets semés au bord de ce terrain étaient déserts et silencieux : dans ces jours de la morte saison où ils ne voient venir personne, ils tenaient toutes leurs fenêtres fermées.

Il se trouvait très-peu de monde sur la place.

Les habitants du quartier, les abonnés au spectacle de la barrière Saint-Jacques, étaient bien venus prendre leur place aux premiers coups de marteau qui annonçaient l'érection du théâtre; mais la réparation éventuelle de la machine retardant le commencement de la représentation, les assistants, après avoir inutilement frappé du pied et de la canne, s'étaient retirés sous l'impression du froid qui les sollicitait de rentrer au logis.

Le peu de gens qui se trouvaient là étaient des spectateurs de hasard, des charretiers en voyage qui profitaient de l'occasion pour laisser reposer leurs chevaux, des laitières chargées de cruches, qui allaient rejoindre leurs vaches à Montrouge et à Gentilly, des militaires impotents du Val-de-Grâce, accoutumés à de plus belles armes, à de plus belles morts, et regardant avec dédain le couperet emmanché de bois rouge et celui qui allait succomber sous ce coup sans défense.

Ces groupes, rares et disséminés, de loin en loin, laissaient à la place son aspect de nudité et de solitude.

Et même, ce peu d'assistants restaient engourdis et silencieux. Ces gens, arrivés là fortuitement, ne s'étaient point monté l'imagination à la joie de voir tomber une tête; ils ne pensaient point à lancer contre le criminel cette nuée de pierres et d'injures, glo-

Elle s'arrrêta subitement, pâle, froide, en disant d'une voix sourde · Trop tard ! — Page 98, col. 1re.

rieux couronnement de la justice humaine; le condamné leur était inconnu, et ils n'avaient pas non plus de marques de compassion pour lui. Tandis qu'on disposait l'appareil de planches et de cordages, les spectateurs demeuraient donc froids et béants. Il était dans la destinée de Fortuné, et comme devant compléter le néant de sa vie, de ne trouver à son supplice que l'indifférence.

L'intérêt se concentrait d'autant moins du côté de l'échafaud, qu'un autre spectacle partageait l'attention.

A gauche de la place, à l'entrée du boulevard qui, dans sa prolongation, va rejoindre celui de l'Hôpital, un cercle de badauds recrutés dans la populace était formé.

On ne pouvait distinguer à travers cette ellipse de blouses, de capotes grises, de bonnets de laine, les objets de curiosité, qui, sans doute, placés dans le centre, attiraient les regards.

Mais bientôt il s'éleva du milieu de cet orbe un roulement de tambour enroué et de trompette criarde; des chiens, venant de toute part se placer derrière les spectateurs, firent entendre de longs et aigres aboiements.

Puis on vit sur une table, dressée au centre, s'élever des chaises, et sur ces chaises apparurent des figures hâves, ornées de perruques rousses, vêtues de tuniques fripées et parsemées de dorures rouges et de ternes paillettes.

La trompette se tut.

Alors il sortit de cet espace une voix rauque et grondante qui fit retentir ces mots :

—*Vous voyez en moi, messieurs, le célèbre Birouste, grand bâtoniste-équilibriste de France, qui a eu l'honneur*, etc.

Maître Birouste, revenu à Paris, commençait sa journée; il s'installait aux barrières à l'heure où la ville ne donnait pas encore; il exhibait sa troupe; et, dans ses jeux éternels, il faisait, comme toujours, paraître au premier rang les pauvres enfants, qu'il rejetait ensuite dans le monde nus, faibles, brisés, ignorants, pour qu'ils allassent s'égarer dans la vie.

Cette voix fit tressaillir Fortuné... L'accent qui pénétrait jusqu'au fond de ses entrailles éveilla le malheureux de sa torpeur. Il fit un mouvement convulsif sur la planche où on venait de le lier, et porta un regard terne au milieu de la tribu errante.

De l'échafaud où il était monté, son œil pouvait plonger dans le milieu du cercle; mais son œil était voilé, son esprit plus voilé encore, le brouillard remplissait l'atmosphère; Fortuné vit à travers ces nuages le chœur des saltimbanques comme un de ces tableaux d'enfance qui reparaissent à l'heure de la mort.

Il considéra un instant son ancien maître Birouste, et ramenant son regard sur l'estrade fatale, il vit ce que ce maître donné par la misère avait fait de lui.

Sa pensée se ranima un instant avant de s'éteindre pour toujours; ses yeux s'embrasèrent d'un feu sombre. Il parcourut l'horizon du regard. D'un côté, il voyait son mauvais génie lui apparaître sous une

Montmartre. — Imp. Pilloy.

forme gigantesque... Un seul point dans l'éloignement perçait le brouillard, c'était la toiture rouge du cabaret Gouju... à côté de lui, l'homme qui lui liait les mains de rudes cordes était Tronche, le chef des fraudeurs qui l'avait livré... Il embrassa d'un coup d'œil lucide sa triste et rapide existence; il vit comme au milieu d'une onde trouble et agitée ces écueils où il était allé se briser.

Puis la pensée de Fortuné s'obscurcit de nouveau... le brouillard se rabaissa devant ses yeux... il n'aperçut plus le groupe des saltimbanques et la toiture rouge que comme une vision nébuleuse.

Une oscillation se fit sentir dans la planche sur laquelle il était garrotté... Il leva les yeux au ciel et prononça le nom d'Henriette.

Le vacillement de la machine redoubla... un frisson courut dans les veines du patient... mais il ne sentit pas le frisson s'achever. Le glaive était tombé sur lui.

Le corps demeura sur l'échafaud, la tête roula sur le sable noir... Elle eut un tressaillement convulsif, et les yeux se fermèrent.

Un des spectateurs dit à haute voix en hochant la tête :

— Le pauvre diable!

Ce mot fut l'épitaphe de Fortuné; elle n'alla pas se graver sur une tombe, mais resta dans l'air, errante autour de sa mémoire.

Les exécuteurs apportèrent la bière et se mirent en devoir d'y déposer les restes du supplicié.

Ce fut en ce moment qu'arriva Henriette.

Dans sa course impétueuse, effrénée, haletante d'espoir et de terreur, ses yeux étaient ardents, son visage égaré; elle jetait des cris aigus; elle avait fendu le rassemblement qui lui barrait le passage, et s'était élancée au pied de l'échafaud... Mais là, elle s'arrêta subitement, pâle, froide, en disant d'une voix sourde :

— Trop tard!

A peine ce mot fut-il prononcé, qu'un changement profond s'opéra en elle. Elle jeta de côté le papier qui contenait la grâce, prit entre ses deux mains la tête de Fortuné et s'affaissa sur la terre avec cette tête posée sur ses genoux.

Alors tout ce qu'il y a de résignation dans ces âmes détachées qui se sentent faites pour autre chose que ce monde, qui ont un pardon continuel pour la puissance qui les frappe et regardent les épreuves de la vie avec une patience qui ressemble à la tendresse, tout ce qu'il y a de calme et de force envoyés par Dieu dans les situations extrêmes sembla se répandre dans le sein et sur les traits d'Henriette.

Elle regarda à longs traits le visage de celui qu'elle avait aimé, comme si elle eût voulu puiser assez de cette contemplation pour en garder toute sa vie en son âme.

Il y avait tant de grandeur pieuse dans l'expression de cette sublime enfant, que les exécuteurs, saisis à leur insu de pitié et de respect, ne s'étaient pas opposés à son mouvement.

Henriette vit qu'ils étendaient le corps dans la bière sans linceul. Elle détacha son tablier de soie noire, ce tablier que Fortuné avait acheté pour elle du seul argent qu'il eût jamais possédé, et qu'il avait apporté furtivement sous sa main sans espoir d'être jamais remercié; elle en enveloppa la tête du mort, et, avec le plus touchant regard que ses grands yeux bleus eussent jamais élevé, elle supplia les exécuteurs de déposer cette tête ainsi ensevelie dans le cercueil.

Quand elle eut vu son vœu accompli, Henriette, toujours calme, reprit son chemin par la rue du Faubourg-Saint-Jacques. Les mains jointes, les yeux levés au ciel, elle passa comme une ombre au milieu des flots mouvants de la population et ne s'arrêta qu'à l'Hôtel-Dieu.

Là, elle pria les sœurs d'abriter son front du voile blanc et de lui donner une place dans l'œuvre de charité.

Il n'y a plus de nos jours de ces populaires légendes dont les personnages, modestement célèbres, vivent dans la mémoire des simples d'esprit comme ils l'étaient eux-mêmes. Cependant, Madeleine a souvent raconté à ses amies, en pleurant encore, l'histoire de Fortuné et d'Henriette; elle a dit comment ces jeunes êtres s'aimèrent si profondément sans jamais se parler d'amour, furent étroitement liés l'un à l'autre, et ne consacrèrent jamais cette union par le sceau divin d'un premier baiser; comment, tandis que les autres recueillent les ineffables joies de l'amour, ces timides enfants n'en prirent que les larmes. Et dans les longues veillées d'hiver, parmi les pauvres et laborieuses femmes que la gêne réunit autour du même foyer, on parle encore souvent des amants du faubourg Saint-Marceau.

FIN DU SALTIMBANQUE.

LES TROIS MEUNIERS DE MONTMARTRE

(1590)

PAR Th. LABOURIEU.

LE RENDEZ-VOUS DE LA MEUNIÈRE.

Le 15 septembre 1590, les lueurs d'un soleil couchant montraient, des hauteurs de Montmartre, le désolant tableau d'une capitale ruinée par l'étranger, saccagée par la guerre civile, et veuve de ses rois.

Les rayons du crépuscule faisaient encore jaillir de la brume la vieille cathédrale; on aurait dit qu'elle eût voulu toujours protéger, à l'ombre de ses tours et de ses longs bras de pierre, la capitale affamée et détruite! Les eaux de la Seine, qui s'élançaient de la porte de Neslo en reflétant des nuages de feu, semblaient rouler les flots de sang versés à Ivry.

L'enceinte démantelée de Paris, où se pressaient des toits effondrés, des murs ébréchés, des clochers sans faîte, avait, dans les vapeurs bleuâtres du soir, un aspect de plus en plus sinistre; Montmartre lui-même ne reproduisait que la sombre image de ces vastes ruines.

Le grand pan de mur de son abbaye, qui se voyait de toute l'Ile-de-France, était crevassé, entr'ouvert et béant; suspendu dans l'espace, il ressemblait à un fantôme prêt à étreindre la cité de ses deux bras levés sur l'horizon. Les rares chaumières qui s'échelonnaient du versant de la butte, depuis les prairies de Clignancourt jusqu'aux marais de la Bastelière, laissaient partout des traces d'incendie, de lutte ou de pillage.

L'Ile-de-France, sans roi, sans alliés puissants, ne paraissait plus avoir pour souveraine que la mort, dont la famine était déjà l'implacable auxiliaire!

Des feux de pâtres éclairaient alors de distance en distance les montueuses prairies de Clignancourt, et le sommet de la butte, d'où serpentaient ces traînées lumineuses, recevait avec Paris les dernières flammes du crépuscule.

La lumière du ciel, en dorant le faîte de Montmartre entre les crénelures brisées de sa vieille terrasse, et les nombreuses ailes de ses moulins, formait un [s]ingulier contraste avec les langues de feu qui, plus bas, déchiraient la pénombre; dans ces clartés diverses, à travers leurs teintes fantastiques, on distinguait encore les habitants de la butte qui, à cette heure, regagnaient pour la plupart leurs logis; c'étaient des pâtres à peine vêtus, des paysans en haillons ou des bouvières se traînant à peine et conduisant devant elles de maigres troupeaux.

Ces femmes étaient remarquables par leur longue et blanche robe, dont la forme monacale jurait avec la singulière profession qu'elles exerçaient. Il était aisé de voir, à leurs vêtements usés, maculés ou troués, que la misère avait chassé ces nonnes de leur couvent, et que, trop pauvres pour avoir des pâtres, elles en remplissaient les fonctions.

Ces bouvières appartenaient à l'abbaye des Capucines.

Trois moulins, placés au plus haut de la butte, faisaient ressortir ce sinistre tableau; seuls ils retentissaient de leurs joyeux tics-tacs parmi les autres moulins, silencieux comme le vaste panorama qui les enveloppait.

Quelques bouvières, également vêtues de robes blanches, venaient alors de se grouper autour d'une vieille religieuse qui, en montrant du bas de la terrasse les trois moulins, leur disait :

— Patience, mes sœurs! le roi de Navarre, malgré le nouvel approvisionnement qu'il promet à ses troupes, peut bien, ce soir, ne plus compter sur ses espions; ce matin, il lui a fallu déjà quitter notre abbaye, et vous savez le divin proverbe : *A Montmartre, tout huguenot se ruine ou se convertit.*

— Je ne savais pas le proverbe, répondait à la vieille capucine une jeune nonne, à la figure quelque peu mondaine; mais ce que je sais aujourd'hui, c'est que le roi de Navarre possède, à lui seul, plus de farine que Mayenne et ses Espagnols, tandis que notre pauvre abbaye est à la veille de ne plus avoir un seul muid de blé!

— Vous avez toujours été un tant soit peu impie, ma chère sœur, reprenait la vieille religieuse sur un ton aigre-doux, certaine déjà de l'approbation des autres capucines; eh bien! voulez-vous savoir pourquoi notre abbesse, la révérée mademoiselle de Beauvilliers, a été frappée, ainsi que nous, de la colère du ciel? C'est parce qu'elle a eu l'imprudence de donner asile à un ennemi de l'Eglise! c'est parce que nous conservons dans notre enceinte le fruit du sacrilège et de l'impunité, cette Gabrielle enfin, la favorite d'un huguenot.

La jeune nonne, en dépit des encouragements que ses sœurs donnaient à la vieille religieuse, répondit de nouveau :

— Je partage votre indignation; mais il fallait prouver cette sainte colère avant d'accepter du roi de Navarre une reconnaissance de six mille livres; avant de donner asile, pour ce prix, à madame d'Estrée?

A ces dernières paroles, la plupart des capucines se reculèrent de leur sœur en lui jetant des regards flamboyants; d'autres, pleines de contrition, se contentèrent de lever les bras au ciel pour le prendre à témoin des blasphèmes de leur compagne; mais toutes s'arrêtèrent dans leurs religieux élans à la voix d'un homme qui s'écria tout à coup derrière elles :

— Par la mort-Dieu! voilà une digne réplique; je suis sûr que la bouche qui l'a prononcée ne marchandera pas à l'ami d'Henriot un bon gros baiser!

A ce nouveau blasphème, les nonnes restèrent un moment interdites, immobiles comme la statue de sel de la femme de Loth; quelques-unes, dans leur stupeur, crurent voir dans l'inconnu qui s'avançait maître Satanas en personne.

Cependant cet homme, ce meunier, — car ce n'était qu'un meunier, — n'offrait en lui rien de terrible; il avait le visage ouvert, le front calme et les lèvres souriantes; une maligne causticité, jointe à une insouciante audace, était empreinte sur toute sa physionomie; cet homme pouvait compter trente-six ans. Sans paraître d'abord s'inquiéter de l'indignation ou de l'effroi des nonnes, il s'avançait toujours en étendant de plus en plus les bras vers la plus jeune des capucines; celle-ci, qui, implicitement, avait pris la défense du calviniste, ne semblait partager en aucune façon l'horreur instinctive de ses compagnes : c'est qu'elle avait surpris chez l'inconnu une certaine aisance chevaleresque qui rehaussait avec mystère la rusticité de son costume.

Les saintes nonnes, plus furieuses encore de l'air paterne de leur compagne en face de l'étranger, crurent de leur devoir de manifester pour elle une ostensible horreur; par un instinct de fanatique vertu, qui, en cette occasion, pouvait bien être de la jalousie féminine, elles s'élancèrent contre le meunier; celui-ci fit quelques pas en arrière; mais, au moment où, prompt comme l'éclair, il s'apprêtait à esquiver la poursuite des nonnes, son pied trébuchant, il perdit l'équilibre. Aussitôt les religieuses, qui le cernèrent de tous côtés, s'écrièrent :

— Garrottons-le! garrottons-le!

Le meunier voulut d'abord se débattre, mais il se contint; c'étaient des femmes, des nonnes! il n'osa se montrer ni discourtois ni impie; traqué comme un renard dans sa propre tannière, il n'en maugréa pas moins; et, en présence de l'ardeur des religieuses, qui détachaient à l'envi les cordes de leur longue robe pour en ceindre l'étranger, celui-ci s'écria :

— Mes sœurs, mes bonnes sœurs!... lâchez-moi... je vous demande pardon.

— Non! non! reprirent à l'unisson les religieuses, enivrées de leur triomphe; non! tu as offensé la religion, tu as insulté les filles de Dieu... pas de pardon pour toi!

— Oh! reprit tout bas le meunier, qui, cette fois, en se sentant si bien garrotté, essaya, mais trop tard, de se délivrer de ses liens. Oh! moi, qui n'ai jamais été pris par des hommes! faut-il que des femmes, des nonnes, des mendiantes me tiennent aujourd'hui en leur pouvoir!

— Allons, emmenez le huguenot, mes sœurs, s'écria la vieille religieuse, qui, à la tête du groupe, fit signe à la plupart des nonnes d'emporter ce meunier garrotté.

— Faut-il me découvrir? pensa celui-ci. Non, reprit-il, ce serait trop dangereux! Que faire... pourtant? que faire?

La victime, en se parlant ainsi, se débattait toujours; elle n'était pas moins emportée comme une plume par le groupe nombreux et serré des religieuses; ce fut alors que la cloche fêlée de l'abbaye, la seule qui restait au faîte démantelé de la chapelle, retentit dans l'air; elle fit arrêter subitement la fureur des nonnes; toutes tombèrent à genoux; et l'inconnu se sentit aussitôt déposé sur la terre; puis, un instant après, la bande des religieuses, en prières, emportée par le devoir monacal, se releva, s'apprêta à suivre la route de l'abbayé, sans paraître songer au prisonnier.

Seulement, le meunier entendit, non sans une vive anxiété, la dernière des nonnes qui disait à une de ses compagnes :

— Mais notre huguenot?... Qu'en faisons-nous?

— Ma foi, ma sœur, reprenait l'autre, je crois que celle qui nous a conseillé de le prendre se repent de ce beau conseil! En condamnant ce jeune suppôt de l'enfer, nous n'aurions pas le courage de le laisser mourir de faim; il volerait donc, par notre indulgence, la part de nourriture qui n'est que trop mince aujourd'hui pour les bonnes catholiques!

Le prisonnier sut gré à la famine d'être, en ce moment, la cause de sa délivrance; alors, à une certaine distance des nonnes, il chercha à rendre sa liberté plus complète; de ses bras, de ses muscles d'acier, il voulut rompre ses liens; ce fut impossible.

— Corne du diable! se dit l'étranger, dont la mauvaise humeur ne savait tenir devant une situation critique, voilà des nonnes qui s'entendent à garrotter un prisonnier, et à faire l'office de sergents d'armes? C'est grand dommage, pour Mayenne, qu'il n'ait pas à son service plusieurs régiments de cette espèce encapuchonnée!

— Peut-être, ajouta tout à coup une voix douce et d'un accent quelque peu railleur, car, vous le savez, dans chaque régiment il y a des traîtres?

Le meunier, en essayant de lever la tête, reconnut la nonne qui avait été le sujet de la fureur de ses compagnes contre lui; la religieuse, après avoir contemplé avec une certaine pitié perfide l'étranger étendu sur le sol, se pencha enfin vers lui; puis, en le délivrant de ses corde, elle ajouta :

— Vous voyez que toutes les nonnes ne sont pas aussi fidèles à Mayenne?

— Ah! par ma foi! dit le meunier, qui, en se sentant maître de ses mouvements, reprenait toute sa gaieté, je vois que tu tiens à mériter ta récompense; ce baiser que je t'ai promis et que je n'ai pu te donner.

— Vous vous trompez, car si je vous rends à la liberté, c'est à la condition que vous ne m'embrasserez pas.

— Est-ce possible?

— Sans aucun doute, et je vous ai reconnu, moi; si je n'ai rien dit, c'est que mes sœurs sont trop mal disposées pour vous; allons, partez! et ne vous aventurez plus si près de l'abbaye des Capucines!

L'étranger, fort intrigué des dernières paroles de la nonne, ne s'arrêta pas néanmoins à son étonnement; oubliant jusqu'à la gravité de sa position, il se leva de terre, s'avança vers sa libératrice et lui dit :

— Eh bien, vertu-Dieu! je veux te prouver, malgré toi, ma reconnaissance.

— Prouvez-la... si vous le pouvez, mon faux meunier, reprit la jeune nonne.

Alors elle gagna en courant la bande déjà éloignée de ses sœurs et se confondit aussitôt avec les dernières religieuses, qui s'étaient déjà retournées aux voix de l'étranger et de la capucine.

Le meunier avait fait à peine quelques pas vers la jeune femme, qu'il comprit la portée de son défi; au moment où il voulut courir vers elle, il se sentit retenu par un bout de corde qui lui serrait encore les deux mains; la rusée religieuse, en délivrant le prisonnier, avait oublié à dessein de le dégager entièrement, sans doute pour le dispenser d'une reconnaissance qu'elle redoutait en présence de ses charitables sœurs!

Le meunier, en voyant la religieuse regagner le groupe des autres nonnes, en les perdant toutes de vue dans les accidents de terrain, ne songea plus qu'à briser son dernier lien; dès qu'il fut bien sûr de tous ses mouvements, il regarda autour de lui; il vit à sa gauche une une fontaine gothique au fronton noirci par le temps, rongé par les rayons de la lune; sentinelle de pierre qui semblait éternellement veiller au bas de la dernière estrade de la vieille terrasse; puis, à droite, du côté opposé à la fontaine, il aperçut l'obstacle qui l'avait fait tout à l'heure trébucher si malencontreusement; ses pieds se heurtèrent encore dans des casques, des tronçons d'épée, jonchant le sol; débris de quelques guerriers de Henri, enterrés la veille à cette place, après le siége de Paris.

L'étranger, en sentant résonner sous ses pas le bruit de ses trophées inconnus, contint son hilarité; il devint pensif; puis, regardant la fontaine dont le fronton en ogive était surmonté d'une statue portant la tête dans ses mains, il s'écria :

— Parbleu! je connais plus d'un catholique qui voudrait voir le roi de Navarre dans la position de saint Denis, et, certes, il se garderait bien de crier au miracle!

Le meunier, qui ne songeait déjà plus à sa mésaventure, chez qui la mélancolie semblait incompatible avec son air de vivacité et d'enjouement, se frappa le front; il reprit un instant après :

— Mais, par la barbe du diable! c'est à la fontaine Saint-Denis que j'ai donné rendez-vous à Manon?

Il n'avait pas achevé ces paroles, qu'une jeune fille, un pied sur la dernière marche de l'estrade de la terrasse, s'avançait vers le meunier; c'était une enfant de dix-sept ans, au visage rond, coloré, aux yeux noirs, dont les longs cils tempéraient l'éclat, aux lèvres purpurines toujours souriantes, et aux dents de perles.

Cette jeune fille, dont les formes replètes, un peu ramassées, n'excluaient point cependant la gracieuse cambrure de la taille, c'était Manon; c'était la propriétaire des trois moulins dont les ailes tournaient au vent; on eût dit que le crépuscule, inondant les boucles des noirs cheveux de Manon, les plis de sa blanche collerette, où se perdaient d'éblouissants contours, voulût, avant de s'éteindre ou mourir, déposer sur la jeune fille sa dernière caresse!

Le meunier, qui se connaissait en beauté, ne put s'empêcher, à la vue de Manon, de sourire benoîtement, de détirer ses moustaches, de faire briller ses étincelantes prunelles, comme l'aurait fait un chat en face d'une souris, trottant menu et se fourvoyant sous sa griffe.

— Monsieur le meunier, dit la jeune fille, qui resta sur la dernière marche de la terrasse, et en s'accoudant sur sa balustrade, en plein crépuscule, monsieur le meunier, j'espère que vous allez me dire pourquoi vous avez exigé de moi ce rendez-vous? pourquoi vous m'avez prise à part en traitant d'affaires avec mon cousin Jacques? Je vous engage à être bref dans votre explication, car j'ai ouï dire par mes parents, par tout le village, que vous passez, mon beau commandeur de farines, pour l'espion du roi huguenot! Et croyez bien que je ne serais venue à votre rendez-vous, si je n'avais appris que vous couriez de grands dangers, si je n'avais pensé qu'il était de mon devoir de vous prévenir, sinon de vous sauver!

L'étranger, qui n'avait cessé de contempler Manon, lui répondit : — Il m'est bien doux, même de me savoir en danger, lorsque c'est aussi une jolie meunière qui m'en avise; cela me force davantage, ma mie, à vous demander un service que je n'osais d'abord réclamer de votre indulgence.

— Un service, mon maître? parlez, dit la jeune meunière sans quitter les marches de la vieille terrasse.

— Approchez-vous, belle Manon, car ce que j'attends de vous est tout aussi compromettant pour votre personne que pour moi; je le jure, jamais beauté ne fut moins digne de me rendre un pareil service?

— Voilà un singulier début!... Allons, parlez... parlez vite, mon maître; qu'exigez-vous?

— Que vous portiez à une maîtresse adorée un gage de tendresse dont vous, belle Manon, pourriez revendiquer tout l'honneur.

— Ah! reprit la jeune fille avec un ton de dépit qu'elle chercha à dissimuler sous un sourire, c'est pour une autre femme que vous m'avez demandé un rendez-vous?

— J'appartiens au roi de Navarre, ma mie, et je ne parle ici qu'en son nom; ne pouvant, comme vous l'assurez vous-même, éveiller davantage les soupçons de nos ennemis, je vous charge de remplir à ma place ma mission. C'est donc au nom du roi que je vous prie de porter cette lettre à l'abbaye des Capucines... lettre très-importante, car elle est adressée à madame Gabrielle, dont la liberté, la vie même ne sont plus en sûreté, dit-on, au prieuré de Montmartre!

— Vraiment, mon compagnon! Et c'est pour une si noble mission que j'ai failli me compromettre en me rendant à vos désirs? C'est pour un vert-galant, un débauché, un ennemi de Rome; c'est surtout pour une Gabrielle, une femme qui a quitté son mari, qui chevauche d'aventure avec un roi sans couronne, que vous m'avez contrainte à vous entendre? Ah! vous croyez que je porterai cette lettre?... Nanni! mon gentil huguenot; je suis trop bonne catholique pour cela!... Gabrielle et le roi, votre maître, sont aussi mes ennemis; c'est bien assez déjà de leur prêter mes moulins, écus comptants, sans servir gratuitement leurs amours! Ainsi, rentrez votre lettre dans votre sac; cherchez ailleurs une autre messagère! Servir une Gabrielle! moi Manon? me faire sa complice!.... Mais c'est la honte de mon sexe que vous me proposez! Dieu merci l'on connaît Manon! et il n'y a que vous, dans tout Montmartre, mon beau meunier, qui eût osé me croire capable d'une pareille bassesse!

La meunière, en disant ces paroles, s'était avancée vers l'inconnu, les yeux flamboyants, une main contre sa poitrine; son geste d'indignation trahissait bien mieux encore que ses paroles, toute l'expression de sa jalousie féminine à l'égard de la maîtresse du roi.

Le meunier qui, sans doute, voulait bénéficier de la colère de Manon, tirait toujours d'un sac pendu à son sarreau de toile la lettre du roi; puis, sur un geste négatif de la meunière, il rejeta lentement derrière lui le sac qui paraissait assez pourvu; il montra d'une main la lettre, et de l'autre, une bague qui scintilla aux derniers feux du soleil.

Manon répondit, aux gestes du meunier, en haussant les épaules; elle reprit :

— Allons donc, me payer une trahison!... D'ailleurs, je suis peut-être plus riche en ce moment que votre maître; n'a-t-il pas fui de Montmartre sans payer son hospitalité au couvent des Capucines?

— Peut-être vous faut-il une autre monnaie... ma mie?

L'étranger, enivré de plus en plus des charmes de la jeune fille, et que n'avaient fait que mieux valoir ses vives démonstrations, se penchait déjà sur le cou de satin de Manon; mais la meunière, qui avait deviné le geste du rusé galant, s'était reculé tout à coup par un prompt détour; bientôt elle obliqua de côté et d'autre; le meunier la suivait sans défiance, quand elle revint brusquement vers lui pour appliquer vigoureusement sa main rebondie sur la joue de l'audacieux compagnon.

— Tu Dieu! la belle, s'écria-t-il en riant encore de la vigoureuse défense de la jeune fille; il faut avouer que le roi de Navarre et moi nous jouons de malheur dans nos ambassades!

— Oui, beau meunier, ajouta Manon, un peu repentante pourtant d'avoir frappé si fort... et pardonnez-moi ce soufflet, en raison du vœu que j'ai formé.

— Est-ce celui de souffleter tous les galants qui oseront vous trouver jolie?

— Non, ce vœu.... et que j'ai accompli un peu rudement sur votre personne, j'en conviens; ce vœu, fait par moi devant saint Denis, ici présent, c'est celui de ne jamais me laisser embrasser... que par mon mari.

— Et, je suis franc... il est impossible que je le devienne.

— Ou par le roi de France... ce qui pour vous, mon beau meunier, est tout aussi impossible... n'est-ce pas?

— Ah! par la tête de ma mère! le baiser que tu m'as si fermement refusé... me revient alors; car, n'en déplaise à la ligue, le roi de France... c'est moi!

— Vous?... reprit Manon interdite et suffoquée à cette brusque révélation.... Vous!... un vendeur de farine?

— Regardez, sous cet habit; ne suis-je pas en effet le roi de France?

En disant ces paroles le faux meunier avait ouvert, sous son sarreau de toile, son justaucorps de buffle;

et la jeune fille vit étinceler sur la poitrine de Henri sa croix blanche, retenue par le cordon de l'ordre royal.

La belle meunière n'osa plus jeter que des regards furtifs sur le roi, au front duquel elle crut voir rayonner tout à coup la couronne de France ; Manon, les yeux baissés, les traits empourprés, essaya d'abord d'articuler quelques paroles, mais la pensée du soufflet lui paralysait la langue. Elle allait se jeter aux pieds du roi, lorsque, profitant de son trouble, il déposa sur sa joue un baiser qui le vengea cette fois du vigoureux soufflet.

Manon, à ce baiser qui la brûla, reprit une partie de son assurance ; elle dit à Henri, mais avec une pressante sollicitude, qui contrastait singulièrement avec l'ironie de son premier langage :

— Comment, sire, vous exposez-vous ainsi au milieu de vos ennemis ?

— C'est parce que je sens toute la gravité de ma position que je viens chercher un asile dans ta maison.

— Plût au ciel que vous alliez vous jeter dans les bras du roi d'Espagne ! Vous ne savez donc pas que je suis au pouvoir de trois cousins qui ont juré votre perte !

— Eh bien ! tant mieux, *ventre-saint-gris !*... je veux au moins que tes trois cousins donnent raison, ce soir même, à leur haine contre moi ! L'amour, ainsi que la politique, y trouveront leur compte.

— Mais madame Gabrielle, qui attend votre lettre, y trouvera-t-elle le sien ?

— Manon ! tu es impitoyable... et pour te punir de ta cruauté je vais aller à la rencontre de tes trois cousins.

— Oh ! n'y allez pas, sire !... par grâce ! n'y allez pas !

Et elle manifesta un geste d'effroi, qui fit sourire Henri d'un air d'orgueilleuse satisfaction ; il reprit :

— Mais je te croyais aussi mon ennemie ?.... Tu me l'as dit du moins.

— Ce n'est pas une raison, sire, pour vouloir votre mort ; car vous ne connaissez encore que le moins à craindre de mes trois amoureux, Jacques Mauduit, un pauvre idiot, un rêveur plein de dissimulation, dont la pensée est une énigme même pour moi qu'il aime ! Dieu vous garde, sire, de connaître aujourd'hui Georges Daubray, un fanatique, dévoué au parti de Philippe II, un fou plus dangereux que Jacques, un homme qui jeûne, prie, se macère, et rêve contre vous le régicide ! Que le ciel vous préserve aussi de Louis Daubray, serviteur de Mayenne, plus par intérêt que par religion, qui serait capable de vendre son roi pour posséder ma main et les trois moulins qui en dépendent ; oh ! je vous en supplie, majesté, éloignez-vous ! partez au plus vite, ne revenez pas, même pour finir le marché que vous avez conclu ce matin entre Jacques et moi.

— C'est impossible, Manon ; je tiens trop à ce marché. N'est-il donc aucun moyen de le terminer à l'insu de tes cousins.... Voyons.... dans l'un de tes trois moulins, par exemple ?

— Ah ! sire, si madame Gabrielle le savait ?

— Encore... Eh bien ! pour lever tes scrupules, je m'en vais appeler moi-même les Mauduit et les Daubray !

— Non ! sire... je vous en supplie !... Puisque vous l'exigez, je vous attendrai...

— Seule ?

— Seule... à mon moulin !... C'est au moins pour vous sauver que je me compromets ainsi.

— Mais comment saurai-je distinguer ton moulin, dans la nuit, belle Manon ?

— A ma voix, sire ; tenez, je chanterai la romance que, moi-même, j'ai retenu de madame Gabrielle, au couvent des Capucines ; on dit que c'est vous qui la lui avez apprise... Elle commence ainsi, je crois :

> Notre-Dame du bout du pont,
> Anneis et colliers je te jure..

Et le roi reprit :

> Si tu bailles vaillant garçon
> A la fille qui t'en conjure.

Il était nuit quand le roi termina ce couplet ; et l'intrépidité que la pauvre Manon avait montré au commencement de cette rencontre semblait avoir disparu avec les dernières lueurs du jour ; la hardiesse du roi semblait au contraire augmenter à mesure que la sienne diminuait ; il est probable qu'elle aurait eu la plus grande peine à échapper à ses étreintes amoureuses, si, en ce moment, un bruit de pas n'eût retenti derrière la fontaine, et si un jet de lumière ne fût pas venu éclairer nos deux amoureux. Manon se détacha brusquement du bras de Henri, qui, se retournant vers le porteur d'une lanterne, sentit une lourde main peser sur son épaule.

— Mon cousin ! s'écria la meunière d'une voix étranglée.

Henri, qui se plaça tout à coup en face du malencontreux cousin, reconnut, au visage flegmatique de Jacques, l'homme qu'il avait entrevu le matin au sujet des sacs de blés.

Le roi, malgré son don d'intuition, qui devinait la pensée la plus secrète sur le visage le plus dissimulé, ne put rien lire cette fois sur la figure enfarinée de Jacques Mauduit ; celui-ci se plaçant brusquement entre Mannon et Henri, sa lanterne à la hauteur de la barbe du faux meunier, dit résolûment :

— Eh bien ! mon compère, vous venez chercher les sacs commandés par le roi de Navarre ; vertu-Dieu ! c'est du courage par le temps qui court ; votre maître doit payer cher votre mission ; mais ce n'est pas une raison pour vouloir traiter avec la meunière d'une affaire qui ne regarde que ses trois cousins.

Manon ne savait plus quelle contenance tenir ; elle tournait et retournait dans ses mains les rubans de sa ceinture, en baissant instinctivement ses beaux yeux ; Henri, par des signes d'impatience, témoignait déjà de l'irritation que lui causait le ton que prenait Jacques ; il allait, malgré sa présence, se délivrer de toute contrainte, lorsque Jacques l'arrêta :

— Eh bien ! mon compère, où allez-vous donc ?

Le roi, en effet, prenait le chemin opposé aux moulins, et Manon, dans son trouble, s'apprêtait à le suivre. — Où allez-vous ? reprit Jacques. Vous repentiriez-vous de votre marché de ce matin ? Je comprends qu'il est plus agréable de traiter avec la meunière ; est-ce que par hasard vous voudriez, à votre profit, faire mentir la légende de cette fontaine : « Jeune fille qui a bu de l'eau de Saint-Denis reste « fidèle à son mari. »

— Ha ! fit le roi d'un air de parfait étonnement, j'avoue que je ne connaissais pas la légende, et il n'entre nullement dans ma pensée de faire mentir Saint-Denis ; sans être un Lombard, Henri, mon maître, est trop pauvre pour que je ne cherche à lui épargner le plus d'écus comptants ; je pensais que la meunière eût été plus propre que vous à comprendre les intérêts du roi de Navarre, votre ennemi, voilà tout ?

— C'est une opinion qui ne manque pas de justesse, mais que, dans mon intérêt, ajouta le meunier en souriant, sans laisser deviner la portée de son sourire, je dois faire partager à mes cousins, afin de savoir s'ils sont aussi d'un avis contraire.

Manon avait profité de ce colloque pour s'éloigner des deux meuniers ; la jeune fille, en montant alors les marches de la vieille terrasse, tournait souvent la tête du côté de Henri. Rassurée par l'air calme, presque ironique des deux fariniers, Manon indiquait d'une façon mystérieuse au roi, avec des gestes à demi significatifs, la direction qu'elle prenait, ainsi que la place du moulin où il devait l'attendre. La rusée coquette fredonnait encore dans le vent du soir ce refrain au faux meunier :

Notre dame du bout du pont,
Annels et colliers je te jure,
Si tu bailles vaillant garçon
A la fille qui t'en conjure.

UNE INVASION DE MEUNIERS.

Le refrain de Manon était à peine achevé que le roi, tout à la chanson de la meunière, se retourna brusquement du côté de Jacques. Henri surprit d'abord, aux lueurs de la lanterne du meunier, un sourcillement subit qui assombrit le visage de son rival; néanmoins, celui-ci se contint, et, un pied sur la première marche de l'estrade, il dit à Henri :

— Etes-vous dans l'intention d'accomplir jusqu'au bout les instructions de votre maître?

— Toujours! reprit hardiment le roi, qui suivait du regard la silhouette confuse de Manon, placée au-dessus de sa tête, entre les nombreux moulins qu'elle avait dépassés sans s'être encore arrêtée.

— Eh bien! venez donc!... ajouta d'une voix sombre Jacques, qui observait, non sans colère, le visage rayonnant de Henri; car celui-ci, oubliant son guide, ses propres périls, Gabrielle elle-même, ne voyait plus que la jeune fille qui s'arrêtait au dernier des moulins, à l'angle de la terrasse et à l'opposé des pans de mur de l'abbaye.

Mais Henri, qui, dans ses actes les plus inconsidérés d'amour ou de courage, conservait toujours la conscience de leurs dangers, avait bientôt reporté son attention sur son nouveau guide. Jacques, comme s'il eût deviné le regard investigateur du faux meunier, ne lui opposa tout à coup qu'un visage calme et souriant; il l'entraîna alors vers les marches de la terrasse; il monta, le premier, les gradins de pierre à demi scellés ou brisés, et, élevant sa lanterne au-dessus de sa tête pour aider Henri à franchir avec lui l'espace qui le séparait du plateau et des moulins, il lui dit :

— Il faut avouer, mon maître, que votre audace est grande! C'est au moment où Mayenne a reçu du renfort du duc de Parme, où Montmartre, si dévoué au Huguenot, se tourne tout à coup contre lui, que vous venez ici servir le roi fuyard?... Voilà du dévouement qui tient un peu de la folie!

— Et c'est avec de pareilles folies de notre part, reprit le faux meunier, parvenu sur la terrasse, que le roi de Navarre peut vaincre tous ses ennemis. Eh bien! vous vous arrêtez?... Conduisez-moi donc à votre logis?...

Jacques, en effet, ne bougeait plus; seul avec Henri sur le plateau, il n'était plus cependant qu'à vingt pas d'une chaumière dont la porte, grande ouverte, laissait arriver jusqu'à eux les lueurs d'un ardent foyer; déjà la lumière d'une lampe de fer accrochée au manteau d'une vaste cheminée, montrait à Henri et à Jacques les ombres de deux hommes passant et repassant à travers tous ces feux.

Jacques, par un brusque mouvement, revint vers Henri; cette fois, avec une expression de physionomie où se peignait la terreur; d'un accent de voix émue, il s'écria :

— Non, n'entrez pas!... au nom du ciel, mes cousins sont là... n'entrez pas!

— Allons donc!.. On voit bien que vous n'avez pas ce diable au corps dont on fait tant de crime aux calvinistes!...

Henri poussait le meunier; mais celui-ci le retint brusquement de ses larges mains au moment où il s'élançait vers le seuil de la chaumière; Jacques répondit à voix basse à Henri stupéfait :

— Écoutez, et franchissez après le seuil de cette chambre, si vous l'osez encore.

Le roi ne savait plus que penser de la conduite si étrange, si contradictoire de son guide; d'un autre côté, fort résolu à ne perdre aucun des bénéfices que lui promettait son rendez-vous avec la meunière, il se rendit aux conseils de Jacques; tout en s'avançant de quelques pas vers la porte, il se blottit derrière son compagnon; il observa, à l'un des angles de l'entrée, les personnages qu'il avait alors en face de lui; et, aux lueurs rougeâtres de la cheminée, qui mettaient en relief les physionomies des deux cousins, Henri put deviner, d'un coup d'œil, à quels ennemis il devait bientôt s'en prendre.

Ces deux hommes, assis aux bouts d'une longue table, formaient entre eux une opposition typique et de formes et d'allures; celui qui était plus rapproché de Henri était d'un embonpoint démesuré, faisant détendre de partout ses vêtements enfarinés; il ressemblait à un tonneau au-dessus duquel serait passée une figure boursoufflée, haute en couleur, sans lignes bien arrêtées; cependant, vu de profil, ce visage, au front fuyant, au nez prononcé, aux yeux cachés sous la chair, aux lèvres grosses et au menton problématique, avait un caractère d'avidité bestiale qui le rapprochait du vautour. Le second personnage, qui faisait face à cette masse charnue, était aussi sec, aussi blême, aussi osseux que ce dernier était replet et rubicond; son visage, démesurément oblong, aux yeux caves, au nez pincé, aux lèvres de parchemin, faisait froid au cœur; elle donnait un avant-goût du sépulcre!

Henri, après avoir contemplé pendant quelque temps ces deux individus, ne put s'empêcher de les comparer au troisième cousin; cette comparaison tourna tout à l'avantage de Jacques; le roi observa alors avec plus d'attention le visage régulier de son cicerone, qui accusait une certaine droiture, une certaine générosité de caractère, mais que celui-ci cherchait pourtant à rendre impénétrables sous un flegme étudié; dès lors Henri eut pleine confiance en son guide; il comprit ses récentes hésitations; sans l'image de Manon, qu'il ne pouvait chasser de son esprit, peut-être eût-il rendu générosité pour générosité à son tacite rival; du reste, il fut arrêté dans son bon mouvement par la voix du maigre cousin, qui dit au gros meunier :

— Comment se fait-il, Louis, qu'un saint jour du vendredi, à l'heure du Benedicite, Jacques et Manon ne soient pas de retour?

— M'est avis, mon cousin Georges, reprenait le gros meunier d'une voix ronflante comme celle d'un tambour, m'est avis que la religion est ici moins en cause que ton amour; tu crains que Jacques et Manon ne travaillent en ce moment à nous faire tort des trois moulins de notre oncle! sois franc, Georges?

— Le ciel m'est témoin, reprit celui-ci avec des regards béats, en ces temps de misère, dont souffre l'Eglise, du peu d'attachement que j'apporte aux biens terrestres! Tu me calomnies, Louis!... Du reste, Manon a trop d'orgueil pour vouloir jamais épouser Jacques, lui, dont le père n'avait pas, comme les nôtres, un droit de redevance sur les moulins de la meunière; lui, un mendiant, un pauvre hère, qui ne peut payer à notre cousine une cornette ou un ruban aux fêtes de Pâques! Cependant, je ne le cache pas, l'absence de Manon et de Jacques m'inquiète; depuis l'arrivée de l'espion maudit, de ce calviniste damné, qui a commandé les farines, j'ai peur que Manon et Jacques n'aient été tentés par ce fils de Belzébuth!

— Eh! mon cousin, ajouta Louis en haussant les épaules, laissons là ces scrupules d'ermite et songeons un peu mieux à nos propres affaires... à nos amours!

— Eh bien! alors, va toi-même chercher Manon.

— Vraiment, mon pieux cousin, pour que tout à l'heure, seul avec ma cousine, tu profites de mon absence?

— Louis, la rivalité t'égare; je vois bien que, dans toute ta conduite, la foi n'a jamais été ton guide.

— Alors, si tu tiens si peu aux intérêts d'ici-bas... que ne me cèdes-tu de plein gré la belle cousine?

— Je laisse au ciel, Louis, le soin de disposer de son cœur; peut-être est-ce parce que je suis, moi,

Il montra d'une main la lettre, et de l'autre une bague. — Page 101, col. 2.

un franc ligueur, détaché des biens corporels, qu'il m'aidera en sa grâce pour triompher de l'inhumaine Manon?

— Oh! le doux apôtre! fit le gros meunier en frappant du poing sur la table, exaspéré de plus en plus par la rivalité opiniâtre, mêlée de fanatisme, de Georges, le doux apôtre! qui mène de front les intérêts du ciel et ceux de son cœur! Cornes de buffle! je suis tout aussi bon ligueur que toi, et ce n'est pas une raison pour tout sacrifier à l'Eglise? M. de Mayenne ne nous en voudra pas si, tout en songeant à repousser le calviniste, nous songeons aussi à nos affaires! Je te le répète; voyons?... as-tu vu l'envoyé de Henriot? viendra-t-il bientôt enlever nos farines?

— Je n'ai rien vu, Louis, et je suis sûr, pour le plus grand triomphe de notre sainte cause, que l'espion du roi se gardera bien de revenir à Montmartre.

— Jésus Dieu! mais alors nous sommes ruinés! s'écria d'un air stupéfait le gros Louis.

— Eh bien! mon cousin, reprit Georges d'un ton flegmatique, ces farines ne nous restent-elles pas? N'es-tu pas capable, triple avare, de les vendre au peuple le plus cher possible? Et les habitants de Paris, en ce temps de disette, ne rempliront-ils pas aussitôt de pièces d'or ces muids de blé, que pourtant tu leur distribueras sans frais?

— Sans doute... sans doute... ajouta le gros Louis, dont le visage, à cette pensée, s'illumina d'un éclair de joie subite. Puis ses traits se rembrunirent au même instant, et il reprit : — Mais les deux mille mendiants, infirmes ou vagabonds, qui entourent les murs de la capitale; ces malandrins, refoulés par Mayenne, dans nos faubourgs, laisseront-ils jamais passer ces muids de blé? La faim est une mauvaise conseillère, surtout pour des gens de sac et de corde; si l'espion de Henriot ne vient pas, nous en serons pour nos fatigues; les muids de blé nous seront disputés par cette bande d'affamés qui erre maintenant aux alentours de Montmartre; ah! si tu avais vu comme moi, ce matin, avec quel air d'envie ces bohémiens regardaient tourner les ailes de nos trois moulins, tu ne parlerais pas ainsi? Qui sait même si nous ne porterons pas la peine de la commande du huguenot; si nous ne serons pas pillés à notre tour par ces vagabonds qui en veulent déjà à notre triste fortune?

— Mon cousin, reprit Georges d'un air sentencieux, si l'on m'avait écouté, ce matin, tu n'aurais pas toutes ces craintes... ces sacs de blé ne seraient pas entrés dans nos moulins au profit du roi impie! N'est-il pas honteux, au moment où l'Eglise a fondu tous ses ornements pour payer, de ses deniers, l'armée du duc de Parme, que nous travaillions, nous, au compte du huguenot? Plût à Dieu que les victimes de la guerre pillent notre maison! Fasse le ciel qu'ils s'emparent de nos farines plutôt qu'elles ne tournent à l'avantage d'un hérétique que Satan protége!

— Par l'enfer! hurla le gros meunier d'une voix formidable, le visage pourpre, ruisselant de sueur, aux paroles du fanatique, tu en parles bien à ton aise!.. Je veux que ce rosaire t'étrangle plutôt que de voir arriver ta prophétie de malheur!

— La résignation, mon cousin, est la route la plus sûre pour arriver au paradis!... Mais il se fait tard; puisque Jacques et Manon ne sont pas encore venus, prions Dieu de leur pardonner d'avoir oublié l'heure du Benedicite; j'espère au moins que Manon, par ce saint jour de la mort du Seigneur, n'aura pas oublié de nous faire observer le jeûne?

— Il me semble que la famine se charge assez de

Voilà, il me semble, pour un dévot, une croix d'un nouveau genre. — Page 105, col. 2.

ce soin! reprit l'épais meunier d'un ton bourru. Puis il ajouta en grossissant sa voix, en se tournant vers le foyer de la cheminée : — Allons, Pierre!... allons, fainéant!... debout!... sus au souper tel que nous l'inflige notre aîné, le pieux Georges!

Alors Henri, toujours caché dans l'embrasure de la porte, toujours masqué derrière Jacques, aperçut se lever, sous le manteau de la cheminée, un grand gaillard de vingt ans; celui-ci, aux larges épaules, revêtu d'une peau de mouton, n'avait pas bougé, en travers du foyer, durant l'entretien des deux cousins. Il se leva en détirant ses longs bras, en se frottant les yeux, en passant une de ses mains sur sa bouche démesurément ouverte, comme si la voix formidable de Louis l'eût arraché d'un profond sommeil.

Le gros meunier contempla en rechignant ce gars, au visage cramoisi, à la bouche fendue jusqu'aux oreilles, aux dents formidables; Louis ne put s'empêcher de s'écrier en face de ce grand garçon :

— Je ne sais vraiment où ce mendiant de Jacques a eu la tête de nous donner pour serviteur un pareil goinfre; il est capable, en ce temps de disette, de dévorer en un jour toutes nos provisions de la semaine; allons, malandrin, vite à la cuisine, et sers-nous notre pieux repas.

Au moment où celui-ci, sur l'injonction de Louis, sortait de la salle, le bruit d'une lame tombant sur le sol retentit aux oreilles du gros meunier et des discrets témoins de cette scène; ce bruit était parti du côté de Georges; mais lui, les mains jointes, les lèvres balbutiantes, les yeux baissés, tout absorbé dans sa prière, avait paru étranger à ce bruit. Louis, qui s'était baissé jusqu'aux pieds de Georges, ramassa sous la table un poignard qui, sans aucun doute, venait de glisser du sarreau de toile du saint personnage.

— Eh! mon cousin, dit Louis d'un ton goguenard, sans paraître se soucier de la pieuse attitude de Georges, voilà, il me semble, pour un dévot, une croix d'un nouveau genre?...

Louis montrait alors le poignard; Georges, en s'en emparant, lui répondit :

— Pourquoi donc? si cette croix, plus puissante aujourd'hui sur notre misérable humanité que la croix de l'Eglise, vise mieux et plus vite au but que la religion se propose; si demain peut-être, d'un seul coup, elle fait finir la cause de nos guerres civiles; si elle tarit la source de nos misères; si, enfin, du sang impur d'un ennemi de Dieu, elle venge tout le sang versé dans les rangs des pieux soldats de l'armée catholique?

— Je ne te comprends pas, dit d'un air étonné le gros meunier, dont l'attitude hébétée contrastait déjà avec l'air d'exaltation fébrile du maigre farinier.

— Tu ne me comprends pas, c'est juste! fit le fanatique avec un horrible sourire. Homme grossier, âme abjecte, tout absorbée dans la matière, jamais aucune révélation d'en-haut n'a pu traverser ton épaisse enveloppe! Aussi ce n'est pas à toi que le ciel aurait conseillé d'aller hier au couvent des Capucines, pour soulever contre la maîtresse du roi les coupables hôtesses de cette fille du démon? Ce n'est pas à toi que le ciel dira jamais dans tes rêves, comme il me le dit chaque nuit, de courir jusqu'à la tente d'un roi maudit, d'un proscrit de l'Eglise, d'un second Nabuchodonosor, pour continuer l'œuvre de Clément, le glorieux et sublime martyr de la sainte ligue de Dieu!

Le fanatique, en disant ces paroles, était arrivé au

paroxysme de l'exaltation ; d'une main frémissante, il s'était armé de son poignard, il le brandissait avec menace devant le gros cousin, qui le regardait d'un air ébahi ; plein de sa pensée de meurtre, Georges entrevoyait déjà le roi de Navarre sous la symbolique image de Satan ; il se voyait lui-même dans la position de saint Michel tenant le démon sous ses pieds !

Jacques, toujours derrière la porte avec le roi, s'était alors tourné vers Henri ; mais le roi, les regards enflammés, les traits contractés par l'horrible menace du fanatique, était déjà loin du meunier. Avant que Jacques eût pu le suivre, Henri s'était placé, d'un bond, sur le seuil de la chaumière, et au grand étonnement des deux cousins.

Jacques avait à peine rejoint l'imprudent Henri, que celui-ci comprit sa faute ; pour ne pas conjurer encore les dangers qu'il avait provoqués, le roi prit un visage calme, se composa un sourire bienveillant ; la main sur sa sacoche, il dit à ses hôtes, surpris de sa brusque entrée :

— Par la barbe de saint Denis, je vois que vous ne comptiez plus, mes fidèles ligueurs, sur l'arrivée du commandeur de farines ; il manque ici un couvert ? le mien ; or, pour ne pas vous mettre en dépense, voici ma part de festin ; les vivres sont rares... partagez avec moi.

Henri tirait en même temps de sa callebasse un énorme morceau de porc, aux tranches rosées, dont la vue fit épanouir le visage rubicond du gros meunier ; celui-ci, en dépit du saint jour du vendredi, ne put s'empêcher de se frotter les mains, de porter instinctivement à ses lèvres un des revers de sa manche. Mais à peine le lard tomba-t-il dans l'assiette du maigre meunier, que ce dernier fit un bond comme s'il venait d'être mordu par une vipère, et ses yeux, injectés de sang, s'abaissèrent tout à coup sur Henri.

Le roi, par un brusque mouvement aussi prompt que le geste du meunier, se recula de trois pas ; au même instant, le fanatique se sentit arrêté par Jacques, qui, en un clin d'œil, lui arracha des mains son poignard ; alors Georges, la bouche écumante, le front morne, les yeux hagards, à la suite de son exaltation farouche, ne put que prononcer ces mots d'une voix haletante et épuisée :

— Un saint jour de jeûne !... un vendredi !... Un ennemi de l'Eglise... nous braver ainsi... à notre table !

Puis il ajouta, en jetant un regard sinistre sur Jacques, qui le pressait de ses bras musculeux, sur Louis, qui était resté impassible devant toute cette scène :

— Et c'est vous..... c'est vous qui protégez ce Judas !

Le roi, par une contradiction extraordinaire de sa nature héroïque, subissait déjà le pouvoir du fanatique ; Henri, qui trop souvent jouait avec la mort, afin de laisser croire que, tant qu'il ne serait pas roi de France, elle n'avait aucune prise sur lui, Henri avait eu peur devant le poignard du meunier ! Cette peur, dont il ne comprenait pas la signification, dont il avait honte lui-même, était-elle une révélation de son avenir, brisé plus tard par Ravaillac ? Henri ne retrouva son audace qu'au bruit qui se fit soudain autour de lui et qui remplit toute la salle ; mais alors, comme s'il fût encore le jouet d'un rêve, un étrange spectacle le confondit de nouveau.

Dix hommes, vêtus pour la plupart en meuniers, venaient brusquement d'entrer dans la chambre ; les uns étaient déjà groupés sur le seuil de la porte, les autres descendaient d'une fenêtre, qu'ils venaient de briser pour pénétrer plus vite dans l'intérieur de la chaumière ; tous ces gens vinrent entourer le roi. Celui-ci, soupçonnant une trahison de la part de ses hôtes, rappelait à lui tout son courage ; il s'apprêtait à prendre des mains de Jacques le poignard du fanatique, à vendre chèrement ses jours, lorsque ses regards ne rencontrèrent partout que des visages amis et qui lui étaient familiers depuis longtemps.

Henri crut d'abord être le jouet d'une folle hallucination ; comment était-il possible, en effet, que ce fût Sully qui, vêtu en meunier, tenait en respect le fanatique ? comment Bassompierre, Vitry, Crillon, couverts des mêmes habits d'emprunt, étaient-ils là, près de lui, l'entourant de leurs corps, le protégeant d'un air de menace contre les trois cousins de Manon, tout aussi atterés que le roi à l'arrivée si subite, si brutale de ces singuliers auxiliaires ?

Le roi, après s'être bien convaincu de la réalité du renfort de ses capitaines, ne songea plus qu'à bénéficier du nouveau prodige de son constant bonheur ; conseillé par la prudence, il laissa agir les nouveaux venus, mais, cette fois, après s'être convaincu par la figure puritaine et quelque peu hargneuse de Sully, par la rude physionomie de Crillon, par l'air de franchise bataillense de Vitry, par les allures hardies et dégagées de Bassompierre, qu'il était bien entouré de ses plus braves, de ses plus dévoués serviteurs.

Ce fut Bassompierre qui, plus près du roi, en s'adressant à d'autres fariniers d'emprunt, ses valets, dit aux trois cousins :

— Eh bien !.... ces sacs de farine sont-ils prêts ? est-il temps, moi et mes gens, d'aider notre compère ?

Henri, se débarrassant, pour ainsi dire, d'une protection qui devenait trop menaçante, ne voulant pas éveiller les soupçons des vrais meuniers, reprit aussitôt :

— Pas encore... mes amis, car nous n'en sommes encore avec ces braves gens qu'aux pourparlers ; en voilà un surtout, ajouta le roi en montrant Georges, serré de près par Sully, en voilà un plus rebelle que les autres ; mais j'espère maintenant qu'il ne se refusera plus à servir le roi de Navarre.

Henri, en disant ces paroles, vint familièrement poser sa main sur l'épaule du fanatique ; celui-ci se recula d'un air eff ré, comme s'il eût voulu échapper à la griffe fourchue du démon ; le roi ne put alors s'empêcher de rire en face de la terreur superstitieuse de Georges ; ce qui valut au roi, de la part de Sully, un regard de sourd mécontentement. Sans égard pour la mauvaise humeur de son sévère compagnon, le roi reprit, en désignant Georges à toute la bande :

— Figurez-vous, mes amis, que ce farouche meunier refuse de saluer la belle Gabrielle, de lui porter cette lettre de Sa Majesté, qu'elle attend pourtant ce soir au couvent des Capucines.

Henri tirait de sa callebasse la lettre marquée au sceau royal, et qu'il avait, avec intention, oublié de remettre à la meunière.

Sully, à cette dernière phrase du roi, ne put contenir un mouvement de dédain, tandis que le reste de la bande riait, comme Henri, de l'attitude effarouchée du fanatique à la vue du sceau royal.

— Moi !... moi ! s'écria celui-ci, toujours retenu par Sully, me charger d'une lettre écrite à l'Esther de cet Assuérus ?... Que la famine me dessèche plutôt que de faire un pas à l'abbaye maudite !

A ces derniers mots du fanatique, les capitaines, leurs valets allaient changer de ton, lorsque Henri les contint.

Georges, qui ne se sentait soutenu par aucun des siens, qui voyait le gros Louis se blottir au fond de la pièce, tout occupé de son salut, qui devinait sur les traits de Jacques sa tacite complicité avec les faux meuniers, reprit résolûment :

— Eh bien... soit ! Donnez-moi cette lettre ; par Notre-Dame, je jure de la remettre à madame d'Estrées ; et, si vous l'exigez, je vous rapporterai la réponse de la maîtresse du huguenot !

Le fanatique s'empara à l'instant de la lettre ; mais il lança au roi de si perfides regards, que celui-ci se repentit de l'avoir chargé d'une mission qui, de nouveau, le mettait à la merci de ce fou dangereux.

UN RIVAL COMPLAISANT.

Georges allait disparaître lorsque Manon entra; à la vue soudaine de la jolie meunière, qui s'arrêta sur le seuil de la porte, tous firent divers mouvements qui témoignaient du secret hommage rendu à sa beauté; la meunière, malgré l'air impérieux qu'avait pris son visage devant ses cousins, ne put s'empêcher de laisser glisser sur ses lèvres un sourire de triomphe; mais ce sourire s'adressait aux capitaines déguisés et surtout au roi; la jeune fille voulut néanmoins profiter du silence imposé par son arrivée si subite dans la pièce des trois meuniers, aussi dit-elle à ces derniers, avec un ton de coquetterie hautaine :

— Que se passe-t-il donc, mes cousins? J'attends depuis une heure, au moulin, que ce meunier (elle montra le roi) prenne sa commande de farine.... Oui, je le vois, vous êtes rebelles aux ordres de l'envoyé du prétendant; et il faut que ce soit des compagnons de ce farinier qui se disposent à faire votre besogne. Par ma foi! vous êtes de fameux marchands!

— Je trouve plaisant, reprit d'un ton acerbe le fanatique en allant vers Manon, sans se soucier de l'attitude menaçante des faux meuniers, je trouve plaisant que ce soit notre parente, une catholique, qui se tourne contre nous pour défendre un impie! Sommes-nous donc forcés d'obéir aux ordres d'un hérétique, de livrer nos grains à nos ennemis quand les fils de l'Eglise meurent de faim?

Les capitaines d'Henri, sans le geste du roi, allaient se ruer contre l'insulteur, lorsque Manon aussi les arrêta, et dit à Georges:

— Mon cousin, êtes-vous prédicateur ou meunier?

— Manon!... se hasarda de répondre le gros Louis, tandis que la troupe du roi observait cette scène avec un nouvel intérêt... prenez garde! vous êtes trop prévenue en faveur du calviniste, prenez garde que je donne raison au fanatisme de mon cousin Georges!

— Et l'opinion de Louis était-elle aussi celle de Jacques? ajouta Manon, sans daigner répondre à son gros amoureux, mais cependant d'un air de distraction trop étudié pour la circonstance.

— Peut-être, reprit celui-ci en fixant sur la belle meunière des regards qui la firent frissonner; à moins que Manon ne se décide à dire à l'instant lequel de ses trois cousins elle préfère!

— Le temps est mal choisi, mes chers parents, pour me forcer, séance tenante, à aimer l'un de vous! car, cette fois, je ne suis pas seule à défier votre odieuse tyrannie... et c'est à ce compagnon (la meunière fit un pas vers Henri), c'est à lui que je demande protection et justice contre une persistance qui, de votre part, devient une infernale cruauté.

Manon, en ajoutant ces paroles, se reculait de plus en plus vers le groupe des capitaines; le roi, par un manége contraire, s'était avancé vers la jolie meunière.

Sully, par des gestes d'impatience, accusait la mauvaise humeur que lui causait ce nouvel incident; alors Manon qui, à part elle, redoutait les représailles des meuniers, jeta ces paroles à Henri, en s'enfuyant derrière le groupe des capitaines :

— Sire, ne tardez pas davantage, ou c'en est fait de vous!

Georges et Louis, en voyant disparaître Manon derrière le groupe des capitaines, voulurent s'avancer vers elle, comme pour demander compte au roi de la fuite de leur cousine. Henri, entouré aussitôt de ses hommes d'armes, dit alors au fanatique :

— Ne pars-tu pas au couvent des Capucines?

— A l'instant, maître, reprit Georges en se ravisant.

Georges avait enfin disparu vers la porte du fond. Le gros Louis se disposait, en se glissant le long du mur, à suivre le fanatique, lorsque le roi lui barra le passage; Louis tressaillit, surtout à la vue de son cousin Jacques, dont le sourire lui révéla la satisfaction qu'il éprouvait à voir ses deux cousins traqués dans leur propre demeure; le gros Louis, guidé par ses instincts d'avare, devina que la joie secrète de Jacques provenait de ses espérances sur Manon, sur la possession tant convoitée de ses trois moulins; Louis voulut, à l'aide de sa force athlétique, se débarrasser de l'étreinte du roi, mais il fut aussitôt cerné par cinq gaillards qui lui coupèrent toute retraite; Henri, en retenant par son sarrau le gros meunier, lui dit :

— Un mot, mon fidèle meunier... Tu t'es si bien tenu à l'écart, durant notre lutte, que je tiens à te rendre agréable auprès de mon maître.

— C'est bien de l'honneur pour moi... fit le gros cousin, en lançant toujours des regards inquiets du côté de la porte... Mais, sans vouloir offenser ni vous, ni les vôtres... j'appartiens à la ligue : bonne et fidèle monture ne sut jamais manger à deux râteliers; vous le savez, mes maîtres!

— Bah! répondit le roi, si la paille manque à l'un des râteliers... Voyons, ne soit pas si rétif, et fixe toi-même le prix que tu mets à tes services.

— Où est Manon? pensa le gros meunier, sans songer d'abord à répondre au roi.

— Eh bien! tu te tais? dit Henri d'un ton sévère, en se tournant d'un air de menace vers les capitaines.

— C'est pour aller loin? se décida à répondre le gros farinier.

— A un quart de lieue, ajouta le roi; et pour annoncer à tous les pauvres, à tous les vieillards que Mayenne a chassés de leur ville, qu'il y a désormais à Montmartre du pain pour eux!.. Pour leur dire, honnête ligueur, que le roi de France, mon maître, n'entend pas régner un jour sur un cimetière; qu'il veut dès maintenant nourrir jusqu'à ses ennemis, pour mieux les vaincre à force de bienfaits!... Sauras-tu au moins retenir ces paroles, si je les fixe à... cent écus?

— Cent écus! cent écus! répéta le gros meunier en écarquillant ses petits yeux, qui brillèrent comme des escarboucles; puis il reprit tout bas, en se consultant : Oui, mais Manon, où est-elle? Et Jacques est de connivence, j'en suis sûre, avec cet abominable mangeur de porcs?

— Voyons, deux cents écus!... Voilà, j'espère un fort beau denier pour une si belle mission. Maintenant, j'ai fixé mon prix, il faut obéir.

Louis, placé entre sa cupidité et sa jalousie, ne savait plus à quelle décision s'arrêter; pourtant, lorsque le roi sortit de sa poche un sac de cuir d'où résonnait le son métallique des pistoles, les traits du gros meunier se dilatèrent spontanément; Louis, au bruit argentin que le roi de Navarre provoqua en secouant le sac, n'y tint plus, et se jetant sur la bourse de cuir, qu'il arracha des mains d'Henri, il sortit en criant : — Dans une heure, je vous le jure, tous les affamés de Paris seront ici.

Henri, dont le but secret était de se débarrasser des trois cousins, voulut à son tour interpeler Jacques; mais ce dernier, plus agile, plus heureux que Louis, n'était plus là; profitant du manége du roi pour décider l'avare à entrer dans son complot, il s'était adroitement fait oublier; masqué derrière l'excessive corpulence de Louis, il avait pu gagner la porte du fond de la chaumière. Quand le roi voulut se tourner du côté où il l'avait laissé, il ne vit plus, à ses côtés, que le groupe de ses capitaines; il s'aperçut que Sully, tenant la clef de la porte, la tête penchée sur la serrure, écoutait le bruit des pas des meuniers; Sully, en se redressant dès qu'il n'entendit plus rien, dit au roi d'un ton bref: — Votre Majesté n'a plus un instant à perdre; il faut qu'elle nous suive, qu'elle rejoigne son armée, campée à Clichy; car elle ne doute pas des rigoureux devoirs que nous a imposés notre zèle pour la suivre malgré elle, sous ce déguisement, jusque dans ce bourg ennemi.

Sully, en disant ces paroles, ne quittait pas la porte; il restait aux aguets, faisant signe à quelques gens de sa suite de gagner la porte opposée, et d'entraîner le roi par leur exemple.

Henri parut hésiter à se rendre aux conseils de son rigide ami; il savait trouver en Bassompierre un flatteur de bon conseil, prêt à caresser ses penchants; il se tourna donc vers celui-ci, et lui dit :

— Eh bien! mon capitaine des aventures, tu ne me réponds rien? Est-ce que sérieusement Sully a raison? Le péril est-il aussi grand qu'il le lui paraît dans son humeur de moraliste? le fou s'entend-il contre moi avec le sage?

— Puisque le sage, Majesté, nous a forcés ce soir, en nous affublant de ces habits, à rentrer dans notre rôle de fou, il faut bien que nous soyons de son avis.

Et Bassompierre, en disant ces paroles, regarda d'un air narquois Sully, fort étonné de l'approbation du courtisan.

— Mais, quel danger me menace donc? Parlez!... parlez! reprit vivement le roi en se rapprochant de Crillon et de Vitry, toujours silencieux.

Bassompierre, pourtant, n'avait été de l'opinion de Sully que pour le jeter dans une nouvelle défaveur, et il ajouta :

— Rosny, qui, pour le salut de Votre Majesté, place autant d'espions autour de vous qu'il en met dans les camps ennemis, vient de nous apprendre, sire, que le duc de Parme est à Ivry, prêt à entrer dans Paris pour secourir Mayenne.

— Ah! la belle nouvelle! fit le roi, puisque c'est grâce à ce malencontreux allié que, ce matin, nous avons fui de céans!

— Enfin, ajouta Bassompierre, monseigneur craint d'un instant à l'autre que Mayenne ne sorte avec ses Espagnols pour envelopper votre armée; pour profiter peut-être de notre entreprise nocturne, dont madame Gabrielle est le prétexte.

— Rosny sait pourtant que Mayenne, tant que nous serons près des murs de Paris, n'osera jamais sortir de la capitale!

— Voilà pourtant la cause de notre déguisement, et de l'assaut de cette caverne! Tant il est vrai, sire, qu'il n'y a rien comme un sage ami pour faire commettre aux plus fous des extravagances dans le goût de celles dont vous venez d'être témoin!

— Extravagances!... extravagances! reprit Sully avec impatience, qui pourtant ont sauvé Sa Majesté du poignard d'un obscur assassin!

— Allons donc, mon brave Sully, reprit Henri, est-ce qu'il y a jamais eu d'exemple qu'un roi de France soit mort dans une chaumière?

— Pourtant, sans Crillon, sans Vitry, sans Bassompierre lui-même, Votre Majesté risquait fort de jouer sa couronne au fond de cette misérable bicoque! D'un instant à l'autre, un traître de papiste peut nous reconnaître et nous dénoncer! Sommes-nous en force pour vous défendre? Je vous le répète, sire, il faut partir; chaque minute de retard est un nouveau danger pour vous.

Sully s'adressait en même temps à Crillon et à Vitry; ceux-ci, subjugés par l'air de pressante sollicitation du conseiller, se joignaient à lui pour entraîner le roi; mais Henri, se rappelant le double but de ses mystérieuses démarches, s'écria d'un accent plus désespéré que résolu :

— Et Gabrielle!... et Ma.... Il n'acheva pas, honteux déjà de la première syllabe qu'il venait de prononcer devant Sully; et, regardant Bassompierre, il chercha dans ses encouragements un dernier espoir de lutte ou de tentative contre la sagesse de Rosny.

Rosny, poussé à bout, exaspéré des hésitations de son maître, reprit vivement :

— Quand vous lasserez-vous donc, sire, d'affliger vos amis, en compromettant, par l'éclat de vos galanteries, le triomphe de vos armes, la bonne cause de votre droit?

Henri était presque décidé à suivre Sully, convaincu bien plus par sa raison que par son autorité; mais, blessé dans sa fierté par la dernière et brutale allocution de son conseiller, il s'arrêta et se redressa tout à coup; son front se plissa, ses yeux s'illuminèrent; Crillon, Vitry, Bassompierre ne virent plus alors un roi faible, irrésolu en face d'un courtisan, maître de sa volonté; mais le héros invincible, le récent vainqueur d'Ivry, qui répondit à Sully, déjà honteux de sa boutade :

— Maître Rosny, vous devriez savoir qu'il y a des hommes qui n'ont point assez de grandes qualités pour n'être pas obligés de cacher leurs faiblesses.

Sully, dans son zèle, dans son attachement trop excessifs pour son roi, avait tué lui-même son autorité en la faisant peser sans ménagement sur Henri! C'était là où l'attendait le cauteleux Bassompierre; aussi ce dernier n'oublia-t-il pas de faire remarquer à Vitry et à Crillon la confusion de Sully devant la prompte colère du roi; mais Henri, guidé par sa bonté native, mesura son emportement à la confusion de son conseiller; il ajouta en lui tendant la main :

— Allons, mon brave Rosny, pardonne-moi!... Ce n'est pas ta faute si tu ignores que le plus grand tort d'un roi qui veut être populaire, c'est de s'aliéner le cœur des femmes!... Mais parbleu! j'y pense, reprit-il aussitôt en se tournant vers Bassompierre, et avec ce sourire benoîtement expressif qui savait lui gagner les cœurs, il y a un moyen de vous mettre tous d'accord sur les chances de ma fortune.... c'est d'en décider, à l'exemple de nos pères, au jugement de Dieu!... Voyons, Bassompierre, puisque tu as l'air de soutenir mes projets contre Sully, oseras-tu te mesurer avec lui pour me fixer enfin dans mes irrésolutions?

— Je sais que Votre Majesté donne toujours raison à la folie, s'écria Sully; mais, enfin, il faut bien finir par lui complaire!

Alors le conseiller s'avança au milieu de la chambre où se tenait Bassompierre; guidé par cette représaille, qu'il cherchait depuis longtemps à exercer contre le complaisant de son maître, Sully étendit précipitamment ses bras vers son rival; prêt à enlacer son antagoniste, il lui dit :

— Je vais prouver à Bassompierre qu'il est encore un fou de lutter avec moi.

Mais celui-ci, pour l'éviter, avait prestement dévié de quelques pas; puis, revenant avec vigueur contre lui, le dominant de toute la hauteur de sa grande taille, il saisit, enlaça de ses bras maigres et nerveux le corps trapu du conseiller; le cercle des capitaines, des valets s'était formé autour des deux champions; Bassompierre, en dépit des efforts désespérés de Sully, le coucha sur la terre aux grands ébattements du roi, des capitaines et des valets; puis le vainqueur tendit courtoisement la main au vaincu, en lui répondant :

— Dieu a prononcé; Sa Majesté est libre, et c'est le sage qui a eu tort de se mesurer contre le fou!

— Oui, dit Sully, honteux de s'être laissé surprendre dans cette lutte inégale; mais, pour ne faire repentir personne de nos billevesées, ne quittons pas Sa Majesté; restons avec elle puisque nous ne pouvons pas l'enmener, et, à la moindre alerte, souvenons-nous que nous avons tous été des imprudents de jouer ainsi avec la fortune de la France!

Sully, en secouant la poussière de ses habits, gagnait déjà la porte en plaçant à chaque coin de la chambre ses propres valets; Henri, devant le nouvel acte de Sully, resta stupéfait; Bassompierre lui-même, qui ne savait pas heurter de front l'inébranlable entêtement du conseiller, paraissait aussi interdit que le roi; ce dernier lui dit, d'un ton assez impérieux :

— Si cependant, Rosny, j'ordonnai à toi et aux tiens de sortir, de me laisser seul?

— Nous aurions la douleur, moi et les miens, de vous désobéir, Majesté, reprit cette fois, d'un ton de profond respect et d'un air de grand sang-froid, l'impitoyable Sully.

Henri était dans un mortel embarras; il avait tout tenté pour être libre, rien ne lui avait réussi, et il connaissait trop son conseiller pour savoir que ses dernières paroles n'étaient pas, de sa part, de vaines fanfaronnades; Henri traduisait déjà sa mauvaise humeur, son embarras, par des signes d'impatience qui stupéfiaient tous les capitaines, mais non Rosny. Ce fut en ce moment que la porte du fond de la chaumière s'ouvrit de nouveau, et que Jacques parut sur le seuil.

— Eh bien! mon compagnon, s'écria le meunier en s'adressant directement à Henri, ne voulez-vous donc pas finir avec moi le marché de ce matin; les sacs et les moulins attendent, venez!

Les capitaines, sur un signe de Sully, voulurent encore accompagner le roi; Henri les arrêta.

— Mes amis, attendez-moi dans cette salle; ce marché me regarde; quant à toi, Sully, reprit-il de ce ton ferme qui ne souffrait pas de réplique, — je t'ordonne aussi de rester.

Henri, sur ces dernières paroles, avait vivement, et par prudence, refermé la porte; il montait déjà l'escalier, conduisant à une pièce supérieure, lorsque Jacques, resté au bas des premières marches, dit au roi :

— Montez dans cette chambre, vous trouverez la croisée ouverte; au bas de la croisée, une corde pour vous aider à fuir tout importun; et dès que vous serez libre, venez me rejoindre aux moulins.

Henri s'arrêta, fort étonné du conseil de Jacques; c'est qu'il était, à la fin, anéanti des bons offices de plus en plus problématiques de son guide étrange; néanmoins, il se décida à monter seul l'escalier, et le roi ne put s'empêcher de se dire, en entrant dans la chambre, avec cette insouciance gasconne qui lui était familière : — Pâque-Dieu! voilà, si je ne me trompe, un rival bien complaisant; il ne me fait rien oublier! jusqu'à la corde nécessaire pour aller rejoindre sa fiancée. Il se dirigea vers la fenêtre, où appendait en effet jusqu'à terre une corde solide, blanche de farine. Henri, avant de s'élancer dans l'espace, chercha dans la nuit à découvrir la place du moulin où l'attendait Manon; un rayon lumineux partit tout à coup du faîte du moulin tant cherché par lui; il éclaira, comme par enchantement, le bâtiment ailé, caché d'abord dans la pénombre : Manon avait-elle deviné la pensée d'Henri? avait-elle vu, de sa petite fenêtre, le visage du roi encadré par les rayons intérieurs de la chambre?

Henri allait s'échapper par le seul chemin qui lui était offert, lorsqu'il vit passer le groupe de ses capitaines; il reconnut la voix de Sully, qui disait à Bassompierre :

— Monseigneur, ne perdons pas une minute; je vous dis que le roi a profité de son entrevue avec ce meunier pour rejoindre sa Gabrielle; rendons-nous à l'abbaye des Capucines. Puis, après un instant de silence, il entendit Crillon, qui lui répondait :

— Plus bas!... plus bas, monseigneur; ne voyez-vous pas ces espions qui nous observent?

Henri, en effet, après la fuite de ses capitaines, allait se pendre aux nœuds de la corde, lorsque deux voix connues le retinrent encore à la fenêtre : ces voix étaient celles de Jacques et de son valet, tant bafoué, tout à l'heure, par le gros cousin.

— Ainsi, disait Jacques au valet, de la croisée — où tu étais placé, tu as tout vu, tout entendu?

—Oui, maître! et, sur mon honneur, c'est la vérité!

— C'est bien; cours d'abord à l'abbaye des Capucines, et ne t'y arrête que le temps nécessaire pour ne pas perdre de vue mon cousin à la Bastelière.

— C'est chose faite!.... maître!

COMMENT UN ROI PEUT N'ÊTRE QU'UN MAUVAIS MEUNIER.

Henri, étrangement étonné des paroles de ces deux hommes, s'était peu à peu retiré de la fenêtre; l'oreille collée contre les pierres de son embrasure, il attendit, tout en écoutant, pour se remettre à la croisée, que Jacques et son valet se fussent séparés; le roi, en face de la lumière obstinée du moulin, excité de plus en plus dans sa passion par les événements qui pour ainsi dire, gravitaient autour de lui, sauta sur la corde; en un instant il toucha la terre; mais à peine fut-il à quelques pas de la maison, qu'il se rencontra avec Jacques.

— Vous?... encore vous? s'écria le roi, désagréablement surpris.

— Sans doute, mon compère... reprit Jacques d'un air impassible; puisque vous êtes seul, que vos amis vous ont quitté, ne vous faut-il pas quelqu'un pour vous aider à sortir les sacs des moulins? Eh bien! me voilà... moi, prêt à vous servir.

— C'est pousser trop loin la complaisance! ajouta le roi sur le même ton, en se dirigeant vers le bâtiment éclairé par le falot de Manon.

Mais Jacques l'arrêta :

— Où allez-vous donc, mon compère?

— A ce troisième moulin que vous voyez là-bas... et qui est éclairé.

— Pourquoi faire?... puisqu'il est vide? Venez avec moi.

Et Jacques, en entraînant Henri, ralluma sa lanterne à la lampe pendue à la cheminée de la chaumière; puis il dirigea les rayons de son falot vers le moulin de Manon; le roi le vit en effet entouré de sacs nombreux amoncelés à sa base.

— Malédiction! s'écria le roi avec dépit. Bientôt il se contint et suivit Jacques, tout en ne perdant de vue aucun de ses gestes; arrivés tous deux au bâtiment opposé à celui de la meunière, Henri s'arrêta; il se demanda si Jacques, dans toute cette comédie, n'était pas, depuis longtemps, le mystificateur de sa passion? Alors le meunier, déjà au haut de l'échelle du moulin, dit à Henri :

— Eh bien! à quoi songez-vous donc? Le roi, ce me semble, n'est pas pour si longtemps à Clichy que vous perdiez ainsi votre temps? Le duc de Parme va, dit-on, faire user au huguenot plus d'une paire de chausses de Paris à Pau!... Allons... allons! dépêchons-nous.

— Vraiment? reprit le roi, qui ne pouvait s'empêcher de sourire à cette boutade de Jacques, qui augmentait encore ses soupçons. Tout en montant à son tour sur l'échelle, il répondit au meunier : — Vous détestez donc bien le prétendant, mon maître?

—Moi? reprit Jacques, en ayant soin de laisser passer le faux meunier le premier dans le soubassement du moulin,— moi détester le roi? Jésus!... Mais je suis un trop pauvre sire pour détester un homme d'une aussi haute lignée! D'ailleurs, le prétendant est un assez bon homme; à mes yeux, il n'a qu'un tort.

— Ha!... et quel est ce grand tort, à votre idée?

— Celui de croire trop à sa fortune et de ne pas se défier assez du poignard de ses ennemis.

— Bah!... fit le roi en prenant machinalement un sac que Jacques lui faisait signe de lui charger sur les épaules; mais si mon maître agit ainsi, c'est que, probablement, il ne vent pas rendre sa vie pire que la mort?

Henri, en disant ces paroles, tout à ses remarques sur Jacques, qui confirmait, par ses réponses, ses récents soupçons, avait laissé tomber le sac que lui avait assigné le meunier; celui-ci, en voyant le sac rouler par terre, jusqu'à ses pieds, s'écria en ne ménageant pas la dignité de son illustre rival :

— Par la mort-Dieu! voilà un singulier meunier! Est-ce ainsi qu'on prend dans ta province un sac de farine pour le charger sur les épaules d'un compagnon? Tiens, regarde, ajouta Jacques en déposant sa lanterne sur un des rangs des nombreuses poches de blé, voilà comme on charge un sac!

Le farinier prit alors aux deux extrémités la toile pleine de farines, qu'il leva tout à coup comme une plume sur le dos, alors courbé du roi. Celui-ci, qui, avec une intention hostile, regardait depuis quelques secondes les lanternes de son compagnon, fit brusquement un demi-tour pour esquiver le fardeau, car Henri sentit, malgré son incognito, que son rôle prenait une tournure par trop compromettante, au point de vue de sa dignité; aussi, par la prestesse et la circonvolution du roi, Jacques et son sac allèrent-ils rouler, l'un portant l'autre, sur le plancher, et se perdirent-ils sous un nuage de farine, dont Henri profita pour renverser la lanterne, glisser comme un reptile jusqu'au bas de l'échelle, laissant Jacques maugréer, tempêter dans les ténèbres.

— Maladroit! triple maladroit! criait-il; viens donc au moins à mon aide.

Mais, de l'extrémité opposée de ce moulin, brillait un rayon de lumière échappée de la fenêtre de Manon; aussi le roi fut-il sourd aux malédictions de Jacques; tout à ce rayon tentateur, Henri se guida vers le moulin de la tendre meunière, qui, impatiente, sans doute, dans son ambitieux amour, répétait encore ces quatre vers de Gabrielle :

Notre-Dame du Bout-du-Pont,
Annels et colliers, je te jure,
Si tu bailles vaillant garçon
A la fille qui t'en conjure.

Le roi, le cœur gros d'espérance, doublement heureux d'avoir échappé à tant d'entraves, se dirigeait avec une prudence excessive vers le moulin de Manon, craintif si près d'un bonheur qu'un nouvel incident pouvait faire évanouir.

Henri, après des détours inouïs pour mieux se déguiser dans l'ombre, n'était plus qu'à dix pas de l'échelle du moulin de la meunière; déjà il s'avançait pour placer un pied discret sur l'échelle du moulin, lorsqu'il se heurta contre un nouvel obstacle; il leva les yeux; chose incroyable! il vit encore Jacques! l'infernal Jacques, qui, debout contre l'échelle, d'un air froid et résolu, lui barra de nouveau le passage.

Henri se crut alors le jouet d'un rêve moqueur, d'une hallucination menteuse; il se frotta les yeux; mais, aux lueurs vacillantes de la lanterne, il reconnut la figure impassible du meunier :

— Toi! encore toi? s'écria le roi avec rage.

— Il me semble que vous m'avez donné assez d'avance sur vous, pour que, malgré ma chute, je puisse vous rejoindre sans trop me presser? reprit Jacques les bras croisés, sans bouger de l'échelle.

— Oh! cette fois, misérable meunier, tu lasses ma patience!... cria Henri, ivre de fureur.

— Vous avez raison, sire! — ajouta vivement le meunier d'un air digne et solennel, et qui aperçut le roi se reculer tout à coup, plus surpris que furieux, en se voyant ainsi découvert! — Oui, vous avez raison de vous emporter contre un obscur paysan qui ne sait, lui!... que défendre l'honneur de sa fiancée, car ce que j'ose, moi, pauvre hère, contre un roi comme vous, plus d'un grand seigneur de votre suite ne l'a pas osé!... C'est, en effet, bien de l'audace, de ma part, sire, de me mesurer avec un roi qui prouva à M. de Liancourt, le mari de Gabrielle, qu'il n'avait ni le droit ni le pouvoir d'aimer sa légitime amante? Que voulez-vous? je ne suis, moi, qu'un pauvre paysan, ignorant jusqu'aux droits de son état, ne consultant que les lois de la nature pour défendre son amour et son bien!... Du reste, vos gentilshommes trouvent sans doute dans votre libéralité des compensations en vous livrant leurs femmes; moi, sire, je n'en trouverais pas en vous livrant Manon!

Henri était atterré; il se sentit humilié devant l'énergie et le grand sens des paroles du meunier; le roi de Navarre, malgré l'avantage qu'avait sur lui un obscur paysan, sut gré cependant à celui-ci d'avoir tout entrepris, dans ses manéges d'amoureux, avant de forcer son auguste rival à jeter son masque!

— Ainsi, balbutia Henri pendant que Jacques, à son tour, prenait le pied de l'échelle, — ainsi tu m'avais reconnu... tu savais tout?

— Oui, Majesté, dit Jacques en dissimulant un sourire, et, pour le repos de madame Gabrielle, dont je défends aussi les intérêts.

— Si... pourtant, je montais malgré toi à ce moulin, si j'osais...

— Je sais que vous pouvez vous débarrasser de moi; je sais que, d'un mot, vos hommes d'armes, déguisés en meuniers, m'entoureront, me bâillonneront, me tueront... si vous l'ordonnez! je sais enfin que vous avez le pouvoir de marcher sur mon cadavre... Mais je connais aussi votre cœur, sire; il est incapable d'une traîtrise; l'honneur pour vous est moins placé dans votre droit que dans votre force! Et, tenez... faites-moi mentir, si vous l'osez... tenez, je vous laisse cette fois le passage libre!..

Jacques, en effet, se retirait de l'échelle, et il montrait du doigt à Henri la fenêtre éclairée de Manon. Le roi fut stupéfait, étourdi par tant de délicatesse, qui visait si juste, si habilement au but où voulait atteindre le meunier; Henri se recula donc de nouveau, mais non sans jeter un regard de regret vers le falot suspendu à la fenêtre de la meunière!

— Tu as eu raison, ventre-saint-gris! reprit enfin le roi, de faire appel à ma générosité; c'était peut-être la seule chance que tu eusses contre ma passion pour ta jolie fiancée.

— Oh! j'en avais une autre, fit Jacques, déjà sur l'échelle, en profitant ainsi des paroles et des actions du roi.

— Vraiment? s'écria celui-ci, qui poussait alors la complaisance jusqu'à tenir les étais vermoulus de l'échelon pour aider Jacques dans son trajet.

— Ah! tu tenais encore en réserve un autre moyen de me faire quitter la place?

— Oui, sire, et ce moyen, ajouta le meunier en se retournant, un pied sur l'extrémité de l'échelle, tandis que l'autre poussait la porte du moulin, et ce moyen eût été pour moi une représaille de plus, si vous n'aviez pas voulu que je vous remplaçasse à ce rendez-vous; apprenez, maintenant, que pendant que vous conspiriez contre l'honneur de ma fiancée, pendant qu'on attentait, malgré moi, à vos jours, un autre crime se méditait ici.

— Un autre crime?... dit le roi en se relevant brusquement.

— Oui, sire, un autre crime, car, en ce moment, Georges Daubray fait parvenir à la supérieure des Capucines, mademoiselle d'Aubervillers, un poison qui, en lui donnant la mort, livre aussitôt madame Gabrielle au pouvoir de l'Espagne.

— Tu mens!... tu mens!... fit le roi en s'avançant de nouveau contre Jacques, en escaladant les étais vermoulus de l'échelle.

Le meunier, qui, aux lueurs du falot, aperçut les traits bouleversés du roi, qui lut sa profonde anxiété écrite sur sa mâle figure, le meunier hésita à lui répondre, il eut pitié d'Henri; mais se rappelant à son tour les angoisses qu'il lui avait fait subir, Jacques lui dit avec un sourire amer : — N'est-ce pas, sire, que c'est un ingénieux moyen de s'attaquer à votre fortune? Puisqu'on ne peut vous terrasser par les armes, on veut du moins, à l'exemple du chef des Philistins, vous vaincre par l'amour!

— Encore une fois, tu mens... tu mens!... s'écria le roi avec une telle violence, que, cette fois, Jacques eut pitié du roi.

— Sire, il en est temps encore, courez vite, courez jusqu'à l'abbaye; mais vous n'avez pas une minute à perdre si vous ne voulez que l'abbesse des Capucines ne soit punie par Georges le fanatique de son hospitalité à l'égard de madame Gabrielle.

Le roi, d'abord au comble du désespoir, se contint tout à coup; il se rappela les paroles du meunier à son valet; ces paroles incohérentes que tous deux avaient échangées, près de la maison du cousin, eurent pour lui un sens révélateur; Henri se dit que son rival, sans doute, avait prévu un danger que sa présence pouvait prévenir à tout jamais. Pendant que le roi se faisait cette réflexion, qui éclaira sa pensée, Jacques entrait au moulin; le meunier resta un moment comme perdu dans une obscurité complète.

— Est-ce vous, sire? dit bientôt une voix douce et tremblante, qui sortit du milieu de la nuit, et le cœur de Jacques bondit dans sa poitrine au son argentin et harmonieux de la voix de Manon; l'heureux rival du roi s'empressa de se guider vers le côté où il venait d'entendre la peureuse coquette; il s'écria en contrefaisant le mieux qu'il put l'accent béarnais :

— Oui, belle Manon, c'est moi! En même temps la main de Jacques rencontra le bras replet, la main soyeuse de la jolie meunière; alors l'obscurité lui sembla tout rempli de rayons; un frisson de volupté courut dans tout son être; et, en sentant si près de lui sa fiancée abusée, il n'eut plus de paroles, plus d'arrière-pensées; celle-ci, honteuse, presque repentante même en se croyant au pouvoir du roi, résolut de lutter contre les étreintes du farinier; mais ce dernier ménageait avec d'autant moins de façon sa tendresse, que, sans s'en rendre compte, il se vengeait à la fois de Henri et des anciens dédains de sa cousine; Manon, en se dirigeant vers le faîte du moulin, lui dit avec cette étrange signification d'une amante en émoi :

— Ah! sire, vous me récompensez bien mal de mes services; vous abusez singulièrement de vos avantages... Mais si je suis descendue de ma chambre, c'est que mon anxiété pour vous redoublait encore par les lenteurs de votre retour!. . Ah! sire! que pensez-vous donc de moi?

Jacques, en homme prudent, ne souffla mot, lorsqu'un bruit formidable de voix éclata sur mille tons différents et ébranla en même temps toutes les charpentes du moulin. Ces voix, ces clameurs, ces cris d'enthousiasme se résumaient par ces mots : — « Vive le roi! vive le bon Henri! vive notre sauveur! » Manon, qui déjà était sur l'escalier conduisant à sa chambre, pour mieux se défendre, à la lumière, contre le hardi ravisseur, s'arrêta tout à coup; d'une voix pleine d'épouvante, étranglée par la stupeur, elle dit à Jacques, qui ouvrait devant elle la porte de cette chambre :

— Mais vous n'êtes donc pas le roi, vous?

— Non, Manon, reprit résolûment le meunier sans déguiser cette fois son organe; mais, désormais, vous m'appartenez plus qu'au roi.

Alors on entendit du dehors les nouveaux cris de la foule, qui répétait toujours : — «Vive Henri! vive le vainqueur des traîtres! le sauveur des bons Français! »

Manon, restée sur le seuil de la porte, ne savait plus quelle contenance tenir; ses doigts seulement tourmentaient avec colère les plis de son corsage! et Jacques, debout devant sa jolie cousine, semblait jouir impitoyablement de son embarras.

La meunière, remise bientôt de sa stupeur, lança de son ardente prunelle un terrible regard sur Jacques; mais à l'air de crainte, de tendre supplication dont se couvrirent subitement les traits du meunier, Manon s'apaisa; elle pensa que Jacques était le seul témoin de sa mystification; elle lui abandonna sa main et lui dit :

—Jacques!... c'est un tour infernal! mais je vous le pardonne.

— Oh! merci, Manon... merci, ma femme! s'écria Jacques en entraînant la meunière vers une fenêtre. Si vous tenez à voir le roi, il est en ce moment bien près de nous, béni par tous les pauvres de Paris, qui se jettent à l'envi sur nos sacs de farine.

— Oh! non! non! s'écria Manon, confuse, en se reculant avec épouvante jusqu'à l'extrémité de la chambre.

— A votre aise, ma charmante cousine, ajouta le meunier, dont tous les desseins n'étaient pas encore accomplis; prenant alors la lanterne placée d'abord en dehors de la fenêtre, qui avait servi de signal au roi, il se pencha sur la croisée; il couvrit des feux de son falot l'étrange spectacle qui se déroulait à ses pieds; durant ce manége, Manon s'était échappée de la chambre et descendait avec mystère de l'escalier du moulin.

Jacques, tenant toujours sa lanterne suspendue dans l'air, à califourchon sur le rebord étroit de la fenêtre, aperçut tout à coup une cohue de haillons, de membres étiques, de figures hâves et caves qui couvraient une partie de la butte; cette multitude fantastique, qui grouillait jusque dans les limbes de la nuit, pressait, enlaçait avec ardeur Henri, pâle, suppliant; cette fourmilière de têtes hétéroclites se massaient, pour ainsi dire, autour du roi, qui, éclairé par la lanterne de Jacques, laissait lire à celui-ci toute son anxiété, car, en aucune façon, le visage de Henri n'était le reflet de l'épanouissement de cette foule de mendiants, d'affamés, qui pourtant paraissaient accoutumés à insulter qu'à bénir!

— Mes amis! s'écriait le roi, puisque vous m'avez reconnu, ne perdez pas un temps si précieux pour vous; par grâce, je vous en prie, imitez vos frères, emparez-vous de ces sacs... ils sont à vous!... C'est assez de reconnaissance... laissez-moi sur-le-champ me rendre au couvent des Capucines; laissez-moi déjouer la trahison de mes ennemis; laissez-moi passer, mes amis, au nom de cette vive affection que vous me témoignez?

Mais plus le roi parlait du danger dont le menaçaient ses ennemis, plus la cohorte des mendiants se resserrait encore; mille bras étiques l'entouraient, mille mains décharnées s'accrochaient à ses habits; le roi, malgré lui, en dépit de tous ses efforts, ne pouvait faire un pas devant cette muraille humaine.

Jacques vit un grand vieillard enlacer de ses bras noueux le corps d'Henri; il l'entendit s'écrier à la foule:

— Non!... non!... nous ne quitterons pas ainsi notre père!... Au moment où il nous rend la vie, nous devons la lui consacrer pour protéger, pour défendre notre roi... N'est-ce pas, mes amis?

— Oui!... oui! s'écria la foule, accrue encore de nouveaux arrivants qui, des autres moulins, venaient de se partager les sacs de farine.

— Oh! Gabrielle, ma tendre Gabrielle! reprit le roi les mains jointes, pressé de partout, et d'une voix lamentable que, seul, Jacques entendit, — c'est moi! c'est moi qui vous ai perdue!

— Oui, tenons-le bien, ajouta à son tour un paralytique qui, en dehors de la foule, se joignit au vieillard pour cerner le malheureux Henri, car nous ne pouvons pas laisser aller à la mort notre bienfaiteur, notre véritable, notre seul roi... à nous!... Et voyez-vous ce traître? (Alors Jacques aperçut, derrière le visage de parchemin du paralytique, la figure rougeaude de son cousin, se dissimulant de plus en plus sous son sarreau blanchi.) Eh bien! ce traître, ajouta le mendiant, ne voulait-il pas nous faire accroire que c'était Mayenne qui nous payait ses vivres, lui, l'affameur des Parisiens! le gourmand de taxes et d'impôts! lui qui, au contraire, nous a rejetés loin des murs de notre ville, le digne allié des Espagnols?

— A mort!... à mort le traître!.. hurla la foule.

Henri se remit tout à coup de sa vive anxiété, car, aux lueurs de la lanterne, il aperçut un groupe de bénédictines descendre enfin d'un tertre de la butte et s'avancer vers lui; et, au milieu de ce groupe solennel, silencieux, il vit se détacher une figure séraphique, empreinte d'une majestueuse sérénité; c'était le jeune et charmant visage de Gabrielle, qui rayonna aussitôt comme une auréole divine jusqu'au cœur du roi; à côté de ce visage, Henri reconnut les traits plus austères de l'abbesse des Capucines, et, derrière les nonnes qui entouraient ces deux femmes, les capitaines déguisés.

— Oh! elle est sauvée! s'écria le roi, qui, après avoir levé ses mains au ciel, les laissa retomber cette fois sur les lèvres des mendiants, groupés à l'envi autour de lui.

Jacques, toujours grâce à sa lanterne, aperçut encore dans le groupe des capitaines Georges le fanatique, Georges, garrotté, dont les yeux flamboyants cherchaient encore le poignard qu'on lui avait arraché.

L'abbesse d'Aubervillers quitta la main de madame d'Estrées, et elle se fit un passage à travers tous les mendiants qui se signèrent devant elle en disant :

— Sire, ce misérable... et elle montra Georges garrotté au milieu des faux meuniers, ce misérable, après avoir fait tourner mon troupeau contre moi, voulait attenter à ma vie; mais Dieu, qui bénit vos armes, n'a pas permis cet odieux attentat! Je vous rends donc madame d'Estrées, Majesté, puisque le fanatisme de vos ennemis ne la met plus en sûreté même chez des catholiques; de loin comme de près, je prierai Dieu pour vous, sire, ainsi que pour l'homme, pour l'inconnu qui nous a fait avertir des dangers qui nous menaçaient!

Le roi, en s'inclinant vers l'abbesse, s'était mis presque à genoux devant elle; les mendiants ne gardaient contre Henri qu'une rancune, celle que leur avait inspirée la ligue contre l'hérétique prétendant; aussi ne purent-ils s'empêcher de faire éclater leur enthousiasme à la vue de l'adroit huguenot, agenouillé devant une abbesse.

— Vive le roi! cria d'une même et formidable voix la foule, et dont les échos durent retentir jusqu'au delà des murs de Paris.

— Mais qui donc m'a trahi? hurla avec rage le fanatique, après ces cris, toujours tenu en respect par deux meuniers, qui n'étaient autre que Sully et Bassompierre; — qui donc m'a trahi?

— Moi! mon doux cousin!... s'écria Jacques, en balançant sa lanterne sur les mille têtes qui se levèrent tout à coup, fort intriguées à l'aspect du farinier à la lucarne de son moulin.

— Toi?... dit Georges en cherchant à rompre ses liens pour s'élancer vers Jacques; mais celui-ci, aux grands ébastements de la foule, se contentait de répondre à la fureur de Georges en faisant miroiter sur son visage fiévreux les rayons obliques de sa lanterne.

— Oui, moi!... reprit Jacques; moi, le pauvre hère qui n'avait pas de quoi payer à Manon une cornette, un ruban aux fêtes de Pâques; moi à qui l'on ne refusera plus la main de notre cousine, ni les trois moulins qui appartiennent à son mari.

— C'est faux!... c'est faux!... hurla le gros Louis qui, étant parvenu à se débarrasser de ses cordes, menaça Jacques du poing.

Le cousin se contenta de se moquer, avec les mendiants, de la fureur de ses deux rivaux.

Le roi et Gabrielle s'étaient alors rapprochés l'un de l'autre. Etrangers à cette discussion des trois cousins qui semblait si fort amuser la populace, ils se livraient à la joie de la reconnaissance et de l'amour; mais bientôt une voix timide et caressante vint frapper les oreilles des deux amants. Gabrielle et Henri se retournèrent; ils virent en face d'eux, devant les capitaines déguisés, devant l'abbesse et ses nonnes, la tendre et confuse Manon qui venait de s'échapper de sa volontaire prison; elle se jeta aux pieds d'Henri, d'un air si confus, que la tendre Gabrielle en eut pitié; aussi Manon, qui lut cette pitié sur les traits de celle dont elle avait voulu faire sa rivale, se cacha-t-elle la tête dans ses mains.

— Sire, dit Manon qui tentait de se réhabiliter aux yeux du roi, — mon plus grand désir, en effet, est d'épouser l'homme qui, dans la personne de Sa Majesté, a ce soir sauvé la France.

— Et qui a sauvé aussi la belle Manon... n'est-ce pas? ajouta le roi en souriant; puis l'abbesse des capucines, en tendant la main à Manon, en regardant d'un air rien moins qu'évangélique les deux paysans garrottés, reprit aussitôt :

— Et en raison des services que Jacques nous a rendus, nous renonçons aux redevances que nous payait Manon tous les ans; ce sera son cadeau de noce.

Jacques, à son tour, était descendu de sa retraite aérienne. Manon, en sentant auprès d'elle son fiancé, osa enfin regarder Gabrielle; l'éclat angélique de douce majesté, qui brillait sur son visage souriant, fit comprendre à la meunière qu'elle avait eu tort d'avoir voulu lutter un moment avec la maîtresse du roi. Henri, prenant enfin la main de Gabrielle, donna, à son cortége, grossi de la foule des mendiants, le signal du départ.

— Sire, dit alors le vieillard, à la tête des pauvres, pour la plupart blancs de farine, couverts de sacs de blé, sire, nous permettez-vous de vous faire l'escorte, avec nos prisonniers, jusqu'à Clichy, jusqu'à votre armée; car nous tenons à prouver que si vous partez de Paris, son peuple, du moins, est avec vous contre l'étranger qui l'y chasse!

Sur un signe affirmatif du roi, des éclairs de joie, de reconnaissance étincelèrent dans tous les yeux. Le cortége du prétendant-fuyard, suivi de tous les mendiants de Paris, descendit alors de la butte aux cris réitérés de « Vive le père du peuple! vive le roi de France! »

— Eh bien, Manon, disait Jacques qui, avec l'abbesse et ses nonnes, suivait le chemin opposé du côté du prieuré des Capucines, — eh bien, vous le voyez, vous l'entendez, Dieu n'abandonne pas tout à fait, en dépit de nos deux cousins, les partisans du roi hérétique?

Manon se contenta de répondre à ces paroles par un regard d'indéfinissable tendresse. Une femme sait être reconnaissante à l'amant qui oublie de lui rappeler, pour mieux lui plaire, ce qui fait auprès d'elle son pouvoir et sa force!

Le roi, toujours en marche, éclairé par les torches des faux meuniers, ses capitaines, suivi de mille mendiants, disait à Sully, en lui montrant la foule déguenillée qui composait le plus gros de son escorte :

— Sully, j'ai remporté aujourd'hui une plus grande victoire que celle d'Ivry, et pour quelques sacs de farine, je me suis attiré tous les cœurs des bons Parisiens.

Bassompierre, se penchant à l'oreille de Sully pour ne pas être entendu de Gabrielle, murmura : — Je sais qui a plus gagné aujourd'hui que le roi à cette belle victoire.

— Qui donc? répéta à deux fois le vertueux Sully, qui n'avait rien deviné des intrigues du roi, — qui donc?

— Mais madame Gabrielle d'Estrées!... ventre-saint-gris! dit plus bas encore l'adroit Bassompierre au grave Sully.

FIN.

www.ingramcontent.com/pod-product-compliance
Ingram Content Group UK Ltd.
Pitfield, Milton Keynes, MK11 3LW, UK
UKHW021104260726
13994UKWH00002B/699

9 782329 135823